故事会

2004 · 3

（总第 318-321 期）

合订本

上海文艺出版社

图书在版编目(CIP)数据

《故事会》2004年合订本.3/《故事会》编辑部编.

上海: 上海文艺出版社，2004

ISBN 978-7-53212-742-9

Ⅰ.故...　Ⅱ.故...　Ⅲ.故事－作品集－中国－当代　Ⅳ.Ⅰ247.8

中国版本图书馆CIP数据核字(2004)第068162号

责任编辑: 鲍　放

封面设计: 李宝强

故事会 2004年合订本 3

(总第318-321期)

《故事会》编辑部　编

上海文艺出版社出版

地址: 上海绍兴路74号

电子信箱: gushihui@263.net

网址: www.slcm.com

中国图书进出口上海公司发行

地址: 上海市广中路88号

电话:36357888

字数 280,000

ISBN 978-7-53212-742-9/Ⅰ·2129

318

2004 SEMIMONTHLY 上半月刊

5月

STORIES

百姓话题

故事会

2004 年 5 月
上半月刊·红版

主 编：何承伟
副主编：吴 伦

社务委员会
何承伟 吴 伦 姚自豪
夏一鸣 冯 杰 张 凯
本期责任编辑：蔓 石
美术编辑：李宝强
发稿编辑：
夏一鸣 潇 白
鲍 放 梁宁宁
姚自豪 马 峡
主管：上海市新闻出版局
主办：上海文艺出版总社
（上海市绍兴路 74 号）
邮政编码：200020
电话：021-64375030
出版发行：《故事会》出版发行部
（上海市建国西路 384 弄 11 号甲）
邮政编码：200031
电话：021-64313938
广告总代理：上海文艺广告传播中心
上海市绍兴路 74 号（邮编：200020）
广告总监：张 淮
广告业务：021-34010383
广告投诉：021-64333738
广告经营许可证
沪工商广字 3101034000029 号
发行：中国图书进出口上海公司
封面图片由上海红叶图片有限公司提供

本刊各栏目欢迎来稿。来稿寄上海市绍兴路 74 号《故事会》杂志社，邮编：200020；本刊 E-mail 地址：gushihui_sh@163.com；本期责任编辑 E-mail 地址:manshi@126.com

行医之道

古时有一庸医，医死了病人，被其家属捆缚起来问罪。这天夜里，庸医盗了主人马匹，飞奔回家。到家后，庸医看到儿子正在读医书，就正色对儿子说："读书固然重要，但学会骑马更为重要！" （齐琳琳）

童言无忌

小男生甲：我哥哥昨天被一只蚊子叮到，整个手指都肿起来了！

小男生乙：那有啥稀奇！我叔叔上个月被虎头蜂叮到，整只脚都肿起来了！

小男生丙：我姐姐才厉害呢，不知道是被啥叮到，她整个肚子都肿起来了！ （李维超）

（本栏插图：李 加）

误 会

超级市场里，一个男人推着购物车，车内一个小孩正尖声叫嚷，号啕大哭。

那男人一边推着车，一边轻声说："小龙，不要紧张啦。小龙，不要尖叫呀。小龙，不要大喊。小龙，保持镇静。"

"你这么有耐心安慰儿子，真是很难得。"一个女顾客对他说。

"小姐，你误会了，"男人说，"我才是小龙。"

（杨鑫芳）

绝不说谎

教育局长视察一所中学，看见一个学生手中提着一只火鸡，局长问他从哪儿搞来的。

学生答道："刚刚偷的。"

陪同视察的校长反应很快，立刻得意地说："看，我们教育的学生尽管有些坏毛病，但绝不说谎。"

（王宇洋）

硕士和博士

冯老太有两个外孙，一个叫"硕士"，一个叫"博士"。有人问她，两个外孙的名字这么奇怪，是怎么起的。

冯老太说："有一年我女儿去考硕士，结果带回来一个外孙，就取名叫'硕士'。过了几年，我女儿又去考博士，结果又带回来一个外孙，就取名叫'博士'。所以在我们家，'硕士'比'博士'大。" （晓 梅）

大 学 生

一个大学生和大一学弟谈心得，问学弟从哪儿最容易认出一个学生是几年级。

学弟摇头说不知道。

学长说"在食堂吃饭时。看到碗里有一条虫子大惊小怪是大一的，拿上碗去找管理员是大二的，把虫子夹到桌子上继续吃是大三的，连虫子一同吃下去就是大四的！"（段晓明）

卡 尔在课堂上回答了老师的所有问题，老师非常满意地说："你的成绩提高得很快，你近来是在上辅导课吗？"

秘密

卡尔说："不，先生，这几天我家的电视机坏了。"

（李云贵）

大智若愚

有个人挑着两只大篮子在街上走，每只篮子上停着一只黑色的母鸡，他边走边叫卖道："卖乌鸦啦！"

大家想：这个人把鸡当乌鸦卖，一定是个呆子。有一个人问他："你的乌鸦多少钱一只？"卖鸦人答道："每只5元。"这人想想，5元买只鸡很划算，于是给了他5元钱，就要从篮子上面拿黑母鸡，谁知卖鸦人拦住他，说："不是那个，乌鸦在这里面！"

他掀开盖着篮子的花布，从里面掏出一只乌鸦，嘲笑地说"你难道连母鸡与乌鸦都分不清么？"

（滕利强）

差点吃人

李小弟写文章老是漏字，写不出难字又不去问人，宁可让它空着。

有一次，他在作文簿上写："我爸爸身体不好，叫我去买人。我走进人店，只见盒子里都是人，有的人壮，有的人瘦。我买了半斤回到家里，切成块块，就开始蒸人，蒸好人，我端了一碗人汤准备给爸爸送去……"

老师看了他的作文大吃一惊，急忙找李小弟来问，才知他写的是人参，漏掉了一个"参"字。

（李云贵）

高 科 技

某领导到一乡镇企业视察，对厂长说"希望你以后把企业办大办好，要多吸收一些高科技的成分！"厂长问领导："高科技是什么？"领导一时语塞，竟不知如何回答。

厂长见状，说："我知道了，高科技就是我不知道、您也不知道的东西！"

（刘恒源）

绝对没用过

有个妇人到皮具店，把几天前买的小钱包退还。店中规定用过的货品一律不能退，妇人坚称钱包还是全新的："我绝对没用过。"

既然她如此坚持，皮具店的营业员只得把货收下，退钱给她。可是，几分钟后她又回来了，怯生生地说："对不起，我把钥匙留在钱包里了。"

（杨鑫芳）

失 火

一位好莱坞影星的豪华别墅失火了。

主人吩咐女仆："赶快通知电视台、广播电台和各家报社的记者。"

"好吧，先生。可消防队还要不要通知呢？"女仆问。 （杨东杰）

疾病是逸乐所应得的利息。——培根

亲自体验

五岁的小强哭着找妈妈，因为他的小妹妹扯了他的头发。妈妈对他说："别生气，你妹妹不知道拉你的头发会痛呀！"小强想了想，回到屋里去了。过了一会儿，屋里又传出了哭声，这次是妹妹的。

只见小强蹦蹦跳跳地从屋里走出来，对妈妈说："现在她知道了。"

（李云贵）

丈夫的特征

警察问："太太，我们发现一具男尸，可能是你丈夫。你能提供他的一些特征吗？"

太太说："他的右耳是聋的。"

"……还有其他特征吗？"

太太想了想，又说："噢，还有，他说话有点口吃，还喜欢眨眼睛……"

（杨东杰）

责　任

有一个6岁的男孩和一个5岁的女孩一起玩，男孩亲了女孩一下。女孩就学着电视剧里的话，说："你亲了我就要对我负责。"男孩一听，也不含糊，马上回答："我会对你负责的，我们已经不是3岁的小孩了。"

（杨东杰）

考试与饮食

张老师说话爱打比方，这天，她在总结考试的重要性时说"平时测验是点心，百吃不厌，阶段考试是正餐，定时定量，统考是满汉全席……"

一个学生插嘴说："报告老师，我们正在减肥……"　（王艳菲）

离婚的理由

杨太太要求离婚，她对法官说："整整20年了，每到周末，我都要给那个没良心的家伙搓背……"

法官问："夫人，这就是你要离婚的理由吗？"

杨太太气愤地说："要知道，就在上星期，我发现他的后背竟从来没有过的干净！"

（杨东杰）

替人背了黑锅，末了却不露声色，一次违心代人受过的经历，却在无意间成就了我的一段成功人生。

违心的代价

□南枫

那年我大学毕业后来到深圳，在一家公司找到一份销售工作。

进入公司不到一个月，我便发现了一个秘密：已经在这家公司工作了快五年的"酒窝王"，见谁都是笑眯眯的，没有一点架子，唯独和老总谈话时板着脸没有一丝笑容。

后来，我从湖南会计口中得知了谜底。原来，酒窝王和老总都是总公司派过来的元老级人物，可两个人始终貌合神离，穿不到一条裤子里来。

酒窝王决定另谋高就，但离职补偿问题却未能和老总谈妥。年轻气盛的酒窝王一时性起，将公司一部手提电脑和投影仪搬走，再不露面。

自小在西北高原长大的老总自然咽不下这口气，他很快"邀请"酒窝王到公司面商，说是邀请，其实就是一出"鸿门宴"。

酒窝王胆子也不小，来了个"单刀赴会"，只不过并没把手提电脑和投影仪带来。

这下老总气得眼睛都绿了。两个人在办公室里拍桌子摔板凳，吵得震天价响，整个走廊都闻得到火药味。过了一会儿，忽见老总端着一个杯子走出来，他径直走到我身旁，压低嗓门对我说："小南，你打110报警，公司遭窃了，请他们来捉贼。"

"啊？有贼？"老总吩咐，我哪敢怠慢，没来得及考虑，就按他说的打了电话。放下电话，我一琢磨，才明白过来，老总要抓的哪是什么贼，分明是酒窝王呀！酒窝王平时待我不薄，再者，他们之间的恩恩怨怨，我一个新人何必掺和进去？

我越想越后悔，悔不该帮老总打这个电话。我极力安慰自己：端人饭碗听人使唤，我这是没得选择……十几分钟后，果然来了两个警察，他们到里屋问了一下情况，很快便走了。又过了很久，酒窝王也大摇大摆地走了。

下了班，从同事口中我才得知：警察认定这属于非刑事性质的劳资纠纷，建议到劳动部门解决。我长舒一口气，暗自庆幸没出什么乱子，否则我岂非做了个大恶人？

可是世上没有不透风的墙，不久，酒窝王频频打来电话，要请我喝茶。我做贼心虚，执意谢绝。酒窝王看约不出我，就在电话里恶狠狠地将老总大骂一通，我嘴里敷衍着，心里猜测是哪个杀千刀的家伙告的密。

如果不是酒窝王亲口告诉我，打死我都不会相信，出卖我的不是别人，正是老总本人！原来，事后和解中，酒窝王质问老总为何报警，在酒窝王的步步追问下，理屈词穷的老总说出了我的名字……

一听这话，我真是怒火万丈，恨不能马上找老总理论一番，然后炒了他的鱿鱼！但是，亲近的朋友们都劝我说现在工作不好找，你那老总也许是一时糊涂，又或许有什么苦衷。我一听也有道理，事情便搁了下来。

转眼到了年底，老总请销售部人员吃饭，庆贺公司近段取得的不菲业绩。酒至半酣，话便多了起来。不知是谁，扯起了酒窝王的事，马上有人跳出来，借着酒劲骂："哪个混蛋把小南出卖了……"我偷眼看了一下，只见老总一脸尴尬，端着的酒杯喝也不是，放也不是。

经过这段日子，我倒是平静了许多，一想，既然都忍到这个份上了，何必再捅破呢，于是顺口来了句："或许是我打电话时被酒窝王听到的吧……"

大家一下全愣了，我乘机端起酒杯，说声干，一仰脖一全倒进喉咙里，然后把空杯举向众人。在一片干杯声中，老总很快恢复自然，索性来了个难得糊涂。

再后来，公司的业务规模越做越大，而我也由一个无名小辈开始进入老总的视野，不断被加薪、升职，一年后被提拔为销售部经理兼总经理助理，统领着三十多号人马。又过了一年半，老总被调回京，我成了他的后任，还被授予公司5%的股份，由一个打工仔晋升成了"老板"。

对于老总，我一直以恩师相待。只是他也许永远都想不到，在我无限感激的内心中，始终有一点隐隐作痛。也许，生命历程中，有些代价，注定要你付出；而有些苦涩，只能隐藏在心。

（本篇月月评短信代码：0901）

（题图：安玉民）

不算数 这张欠条

□芦宏伟

老耿是个民警，两个多月前，他在一个迪厅抓嫖娼时，有个小子很嚣张，老耿给了他两巴掌，谁知这小子是一个副市长的儿子，结果人家告了老耿，老耿就被下了岗。

闲着也是闲着，这天，老耿骑自行车到郊外一个葡萄园去买葡萄，其实，买葡萄是假，散心是真。

老耿出了市区，拐上一条黄泥小道，骑出不远，身边喇叭一响，一个声音喊道："哟呵，这不是咱们的老耿同志嘛！"

老耿一瞅，是个大胖子，开一辆崭新的摩托车，有些面熟，仔细一想，这不是三年前自己抓的那个贪污的局长吗？

胖子外号张胖子，以前是工商局局长，三年前被举报贪污，调查后进了公安局，由老耿等几个人审讯。老耿手腕很硬，给了张胖子"几下"，这"几下"就让胖子交代了，并且记住了老耿。

老耿看一眼张胖子，没搭话。张胖子放慢速度，跟老耿并排开着，皮笑肉不笑地说："听说你刚被下了岗啊！唉，像老耿这种人才，怎么会被下岗呢？这世道哇……"这话正戳到老耿的痛处，他脸上不由得一热。老耿心里不是个滋味，面对张胖子的冷嘲热讽，也无话可说。

张胖子继续得意地说道："我坐两年牢出来后，虽然局长不干了，但自己办了洗衣粉厂，嘿嘿，老天爷保佑，还弄得不错。哼，风光不减当年！对了，厂里缺个看大门的，老耿哇，像你这种年纪出去找工作也没戏了，不如就先凑合去我那里干着吧？""不必了！"老耿冷冷道。

"哈哈哈！我说……哎哟！"张胖子只顾得意了，没留意路边一块砖头，摩托车辗在砖头上，朝路边一滑，"哗啦"一声，连人带车摔进了路边的小沟里。老耿吓一跳，忙下了自行车跳进沟里。只见张胖子上半身露在外面，下半身被摩托车压着，右大腿还咕嘟咕嘟往外涌着血。

张胖子刚刚不可一世的一张脸已经变得苍白，有气无力地哀求道："求求你，老耿，救我一命！我、我给你钱……"老耿正要弯腰去抬张胖子腿上的摩托车，听他这么说，就直起身子，问："你这条命值多少钱？"张胖子一边呻吟，一边哼哼道："我出一万块，只要……只要你救我，求求你了！"老耿冷冷地嘲讽道："你这条命原来只值一万块钱呀？"张胖子忙道："我知道少了点！是少了点！我出三万，不，五万！"

老耿这才抓住摩托车，发一声喊，从张胖子身上掀了起来。张胖子喘着气，讨好道："老耿，你可是人民的好警察、好公仆，不能见死不救呀！"老耿眼睛一瞪，说："我下岗了！"

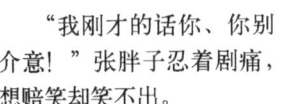

"我刚才的话你、你别介意！"张胖子忍着剧痛，想赔笑却笑不出。

老耿撕下张胖子的一片衣襟，缠在他的腿上，边缠边说："你是不是以为只要花钱，什么事都能办成？"

张胖子脱口而出："那还用说！"他又一咬牙，拍着老耿的肩膀说，"好吧，老耿，我知道趁这次机会，你不宰我一刀是不可能的！这样好了，我出十万，只要你现在把我送进医院！"老耿眉头一皱，手里用力一系，张胖子痛得一咧嘴。老耿瞟了张胖子一眼："你身上有那么多现金吗？"

"这个……"张胖子傻眼了，现在身上确实只带了几百块钱，但他毕竟头脑活络，拍着胸脯说，"我知道现在这年头，空口承诺你是不会信的，这样吧，我打一张十万块的借条给你！"

老耿一点头，道："好！"

老耿从张胖子的包里找出纸和笔，张胖子哆嗦着手写道："我欠警察耿天鸣十万块人民币！"在欠条下面张胖子签上自己的名字，没等老耿说什么，张胖子自觉地用手指沾了一下血迹，摁了一个指印。

张胖子多精明，他的钱哪有那么好赚？他本来也不肯写这个借条，想等路过的人来救自己。但他转念一想，这条小路白天的过路人本来就少，加上现在大部分人都是见事儿躲着走，会有人管自己吗？自己腿上伤口却耽

误不得，万一失血过多再来个感染什么的可麻烦了，思来想去，他也只能使用缓兵之计，先打十万块的欠条给老耿，渡过眼前的难关再说。

老耿收起欠条，骑着自行车飞速朝市区骑去。

不大一会儿，一辆出租车急驶而来。老耿跳下来，把张胖子抬上了车。坐到出租车上，张胖子一颗心才算放下了一大半，也开始心疼起刚才开出的借条来了。十万块？这钱也赚得太容易了吧！如果不给，自己亲手打的欠条可在老耿手里，白纸黑字加上红手印，要想赖也不是那么容易的……

出租车起价6块，到人民医院一共用了10块钱，老耿付了车钱，陪张胖子进去检查。医生检查下来，张胖子腿骨骨折，需要动手术。张胖子的手机被那一摔给摔烂了，所以临上手术台前，他给老耿一张名片，让老耿打个电话通知他家里人。刚进手术室，张胖子忽然暗叫不好：如果老耿找到自己家，亮出那张欠条的话，事情便要糟了！连急带疼，他嗷的一声就昏过去了。

再说老耿，坐在手术室外面的长凳上，手里拿着张胖子的名片，和他打下的欠条，皱着眉，抽着烟。一根烟抽完，老耿仿佛下了决心似的，把烟头扔在地上，用皮鞋踩灭，大步朝外走去。

老耿按名片上的地址找到了张胖子家，张胖子的老婆正睡午觉呢，穿着睡衣打开门。老耿把张胖子的欠条递给她，说："张胖子欠我的钱，这是欠条。"张胖子老婆看了看欠条，说："不错，这是张胖子的笔迹，你现在就要钱吗？"老耿点点头："是的！"张胖子老婆疑惑地看着老耿，犹豫了一下，说："好吧，你等着。"她进了屋，很快出来把钱递给老耿。

"张胖子现在在第一人民医院。"老耿扔下一句话，拿着钱转身就走。

"真是个怪人！"张胖子老婆看着老耿的背影，喃喃说道，随即赶向了第一人民医院。

到了医院，张胖子的腿已经处理好了，身体其他地方并无大碍。看到老婆赶来，张胖子第一句话就焦急问道："有个五十来岁，衣服土得掉渣的瘦老头来找过你吗？"

"他去咱家了，就是他告诉我你在这里的呀。"老婆说，"还拿着你的借条向我要钱来着。"

张胖子心急火燎地问："钱呢？你给他钱了吗？"

老婆痛快地说："给了，你的字迹我认识，就帮你还了钱。"

"我的天啊！"张胖子眼前一黑，气得差点晕倒，随即怒骂道，"什么狗屁警察！都是他妈的假正经，其实干

警察不也是为了赚钱……"

老婆见张胖子这么生气，不解地问："你怎么了？不就十块钱吗？值得这么大惊小怪吗？"

张胖子一愣："什么？十块钱？"

"是呀，给，你看欠条。"说着，老婆把欠条递给了张胖子。

张胖子接过欠条一看，没错，就是自己打的那张带血的欠条，只是在"十"字后面有一个香烟烧过的焦黄的疤痕，刚好烧去了那个"万"字，再一看欠条的角落处写着两个字：车钱。

（本篇月月评短信代码：0902）

（题图、插图：安玉民）

上海文艺出版社隆重推出《十面埋伏》

由著名导演张艺谋精心打造的武侠巨片《十面埋伏》原创小说由上海文艺出版社独家出版。小说作者李冯假武侠题材，在作品中倾力呈现动人心魄的爱情传奇和复杂纠曲的人性渊薮。这是一个"现代眼光中的武侠世界"，江湖组织并不总是除暴安良、行侠仗义；江湖组织也有违背人性，压抑人性，损伤个人感情、权力和人格的时候。小说《十面埋伏》不仅成功承继了武侠大家古龙的快节奏语言风格，同时也承继了古龙小说中对人物角色特点的安排——最好的朋友就是最大的敌人，最美的姑娘则是隐藏最深、最诡秘的人物。小说采用第一人称叙述，叙述人头脑中萦回不去的是当年他任奉天县府衙捕头时，江湖组织"飞刀门"覆灭过程中发生的一系列刻骨铭心的事情。

开眼

□ 安 欣

处长老来得子，45岁生了个大胖小子，可儿子抱回来，全家都傻了眼，原来他的肛门紧闭，像粘了强力胶。处长急了，赶紧送医院。医生全面检查，却查不出原因。

处长琢磨，过去有种说法，人要是干了坏事，生下孩子都没屁眼。可他觉得自己没干什么坏事呀，怎么就摊上了没屁眼的儿子？他央求医生想想办法，医生决定用药通一通，开塞露，通便灵，立得便……好几种药多管齐下，药力是够大的，但无济于事，那眼就是不开，儿子的一张小脸憋成了酱茄子，把处长急得团团转。

有人建议处长去找心理医生看看。心理医生检查了一番，说："这种症状以往比较少见，不过近些年开始流行，今年我这里已经有好几例了。"处长急着问："医生，这究竟是什么病？有办法治吗？花多少钱能治好？"医生摆摆手："莫急莫急，这要看你当父亲的配合情况，配合得好，就能很快做出诊断，对症下药。"处长

人不可像走兽那样活着，应该追求知识和美德。 ——但丁

固定工作 (文：杨东杰；图：枫叶)

1. 小丽放学回家，神秘地说："妈妈，小强要我嫁给他！"

2. 妈妈关心地问："他有固定的工作吗？"

3. 小丽咬着手指，认真地想了想。

4. 最后，她兴奋地说："他是我们班上负责擦黑板的！"

说："医生有什么要求尽管吩咐，我保证配合。"

医生点点头，说："我问你什么，得实话实说，不说实话病就难治。"处长一迭声道："一定一定，一定说实话。"医生说："据我判断，你儿子的病遗传的可能性比较大，你这几年什么事想得最多呀？"处长犹豫了一下，说："当然是想着怎么把工作干好。"医生连连摇头："你不说真话我就无能为力了。"处长挤出一点尴尬的笑，说："哈哈，医生，不瞒你说吧，其实我整天净想着怎么捞钱了，谁让我手上有点权呢？这年头有权不用，可要过期作废的呀。"

医生一笑："这就对了，症结就在这里，你交了实底，我就有办法了，看我手到病除。"

说话的工夫，医生拿出一枚清代乾隆年间的大钱，贴在孩子肛门处，钱眼对准肛眼，轻吹一口气。可真神了！奇迹发生了，小孩肛门洞开。

处长那个感激呀，握住医生的手一个劲道谢："太感激您啦，不过这是什么妙法呀？"

医生嘿嘿一乐，说："这就是遗传的奥妙，有其父必有其子，老子整天想着钱，儿子能不见钱'眼'开吗？"

（本篇月月评短信代码：0903）

（题图：安玉民）

百姓故事
(1)
(2)

　　本书所列的百姓话题有三十个之多，诸如话说"当官的"、话说"发财"、话说"球迷"、话说"妻子"、话说"打工"等等，每一个话题都以一种朴实亲切的叙述方式，通过一则则情节性强、生动有趣的小故事揭示问题，形象地道出老百姓要说的心里话。都是老百姓自己讲述的故事，都是讲述老百姓自己的故事。

名作故事

　　汇集了经过精心修改包括美、英、法、德、日、俄等国名家大师的作品，其情节或紧张奇特，或真切动情，或谐趣幽默，或荒唐却耐人寻味，既简练明朗，又保持了原作之精华。

笑话故事

　　是从《故事会》十几年来的作品中遴选出来的笑话精品，共600余则，全方位地折射了社会、艺术和人生，作品趣味盎然，回味无穷。

谜案故事

　　收入的90则作品都是世界著名谜案故事，主人公除了名侦探福尔摩斯外，还有怪盗英雄、强悍警察、著名律师等等，他们八仙过海，各显神通，是一本谜案故事的精萃之作。

讨一个说法

说大事、小事,普通人的身边事
讲闲话、实话,老百姓的心里话

一个怀孕的农妇,拖着沉沉的身子,蜷缩在小拖拉机的拖斗内,面容憔悴,眼神哀怨,风尘仆仆地在往县城的路上赶着。她要去告状,因为村长欺负了她丈夫,她要去县里讨一个说法——这是电影《秋菊打官司》里的一个镜头……

"讨一个说法",这是老百姓在受了委屈、遭了不平后试图伸张正义、维护尊严的一声呐喊。虽说是"有理走遍天下",但有时候因时、因势、因人、因情,"黄泥巴掉在裤裆里",不是屎也是屎,还真是说不清呢!今天,我们就来说说这个话题……

第一个故事:

为自己的贪心下跪

有时候,祸福全在一句话之中,比如这个阿成吧,他拿出家里的全部积蓄,又向亲朋好友借了些钱,买了辆新车拉起了黑活,可黑活还没拉上三天就出事了:那天,阿成送完一个客人往回走,忽听见后面"哐当"

一声,车身猛地一震,撞车了!下车一看,车的后屁股被撞得一塌糊涂,刚要骂娘,可一见撞他车的人,自己倒先笑了:"阿狗,是你啊?"

阿狗是阿成多年没见的中学同学,可同学归同学,现在两个车都被撞了,阿狗的头上还撞了个大包,总得让"老娘舅"来裁决一下,于是阿成掏出手机,准备叫交警。

这时，阿狗一把拉住了阿成的手："别别别，咱哥们商量商量，你的车入保险了吗？"看阿成点头，阿狗忙说："这就好办了！我的车没入保险，要赔只能我自己掏腰包，干脆说是你违章倒车撞我，让保险公司出钱修车。"

阿成一听，跳了起来："这不是事实呀，是你追尾，你又没系安全带，所以头才撞成了这个样，违章的是你呀！"阿狗一听乐了："啥事实不事实的，捞得实惠就是最大的事实。让保险公司出钱修车，我再给你一千元的好处费，这样我也能少赔点，你我皆大欢喜，怎么样？"

阿成有点犹豫："保险公司会同意吗？"阿狗说："你怎么那么傻？只要交警开出证明来，保险公司又能怎么样？"

阿成一想，也是，新买的车被撞坏了，挺窝火的，如果能捞回点钱来，心里多少也平衡一些。想到这儿，他点头同意了，于是他俩开车来到交通队，按事先编好的说了一遍，交警开出了阿成全责的证明，他们又到保险公司"折腾"了一番，然后把车往修理厂一放，就找个地方喝酒去了。

其实车子撞了，阿狗的头也撞了，真应该好好歇歇，可多年的老同学难得见面，两人只想一醉方休，这一喝就没完没了啦，天南地北地侃着，哥长弟短地说着，直到晚上十点多钟才分手。

第三天，阿成到修理厂取车，没碰见阿狗，却看见了他的媳妇阿春，阿春一见面就破口大骂，边骂边哭："你谁不好撞，偏撞你的老同学，撞死了你得偿命呀！"

原来，阿狗回家不久，就因头疼被阿春送进了医院，一查，是脑出血，因为受伤后又喝了酒，耽误了抢救，最后虽然保住了一条命，可是却成了植物人。阿春倾其家中所有，又向亲戚借了好多钱，才凑够了手术费。这时，她向阿成伸出了手："手术费和住院费一共是 10 万元，拿来吧！"

阿成傻了："啊？这些费用让我出？凭什么？"阿春火了："你违章开车造成事故，你不出钱，谁出？"

阿成哪里肯掏这笔钱，可万万没有想到，阿春竟一张诉状将阿成推上了法庭。阿成接到法院的传票，头都大了，他找到当时处理事故的交警，把真实情况讲了一遍，要求改写事故裁定书，交警听后板着脸说："你以为我们交警是你家的佣人，想怎么改都成？告诉你，白纸黑字，休想耍赖，除非当时有目击证人，否则无法翻案！"

阿成一听，心凉了半截，目击证人，上哪找去？法院开庭，他当然败诉了，法官判他赔偿阿狗的医药费、伤残费及精神损失费共计 28 万元！

阿成只入了 5 万元的第三者责任

险，就是保险公司全掏了，还有23万元上哪找去？阿成怨天恨地，他的妻子一气之下回了娘家，还口口声声说要和阿成离婚。女儿哭着退了学，她知道上大学只能是梦想了。

这时的阿成真是上天无路、入地无门呀，他想讨一个说法，可上哪儿说去？他来到出事地点跪下，手举着一块寻找目击证人的广告牌，苦苦等待着，一天、二天、十天过去了，跪得双腿红肿，看热闹的人劝他死了这心，也有同情他的，扔点钱给他。

据说，目击证人到现在还没有找到，阿成还在事发现场这么一天天地跪着……

第二个故事：

黄河的水和浴池的水

王县长特别喜好洗澡，尤其是桑拿，几天不洗就身上痒痒、难受，可他洗澡从不找小姐，嫌她们太脏、太没品位，他只是在水池里泡够了，到桑拿室里蒸透了，再让搓澡工搓搓，然后，沏上一杯茶，静静地品，慢慢地喝，喝水品茶之际，神思万里，就能把一切烦心事抛到九霄云外。

王县长虽然爱洗澡，但他是一县之长，熟人多，不方便，所以他常常到邻县去洗。

这天，王县长开着车来到邻县杨镇的"好梦来"洗浴中心。他在水池里泡够了，就走到桑拿室门口，一看，已有两个男人坐在里面了，他觉得这么小的桑拿室太挤了不好，再说和不认识的人赤裸裸地坐在一起也别扭，于是就回到水池里继续泡。泡了一会儿，他再到桑拿室看看，嗨，这两个男人还在，就这样来回跑了好几趟，总不见他们有出来的意思，王县长心里有些恼了：这两人怎么这么蘑菇？不怕蒸化了？他敲了敲门，说："喂，再不出来，我可进来了！"

谁知王县长这么一敲，却敲出了祸殃：只见里面一个人突然身子一歪，倒在地上，另一个人急坏了，大声嚷着："王县长，你快进来吧，刘局长晕倒了！"王县长冲进去一看，倒

在地上的那人正是本县税务局的刘局长!

其实,刘局长是个贪官,腐败透顶,他的手下查出私企老板张军偷税上百万元的线索,他压下没有上报,而是要十万元好处费。张军为了表示谢意,就请刘局长来消费,刚才他们洗完澡又玩了小姐,回来后想冲个澡准备回家,这时却看见王县长走了进来。刘局长知道王县长为人正直,疾恶如仇,最恨别人干偷鸡摸狗的事,于是慌慌张张地拉着张军躲进了桑拿室。两人原以为王县长泡一会儿就会走,谁知他不但不走,还要进桑拿室,吓得他俩背过身子,对着墙壁,大气也不敢出。桑拿室里温度很高,十分闷热,时间长了哪里受得了!现在听说王县长要进来,刘局长吓坏了:这回乌纱帽丢了不说,弄不好还得蹲大狱!他越想越怕,一下子心脏病就犯了……救护车还没来,他就一命呜呼了。

俗话说:"好事不出门,坏事传千里。"税务局长死在浴室里,这本来就耐人寻味,再加上县长和私企老板在场,这似乎就更有文章,于是各种街谈巷议像长了翅膀一样传遍了十里八乡,老百姓说什么的都有。

没过多久,市里派来了调查组,先把张军叫去,张军全都交待了;再一查,刘局长家里来源不明的存款就达二百万元之多。调查组走后,市委组织部长找王县长谈话,让他退居二线当副县长。王县长不服气,说自己和刘局长没关系。组织部长笑眯眯地说:"你别瞎想,没人说你有事……让你当副县长是工作需要。"

王县长心里憋闷,一急一气就住院了。妻子来看他,劝道"你想开点,出了这么大的事能保住个副县长已经是福气了。"王县长说:"可我问心无愧呀!凭什么撤我,这不明摆着说我有事吗?"妻子说:"我们老夫老妻了,你也不用瞒我,我总不能背着告你去。"王县长一听,觉得这话里有话,就说:"这么说连你也认为我有事?"妻子笑了:"你蒙三岁的孩子吧!咱们县里洗澡的地方那么多,你为啥跑到外县去?外县洗澡的地方也有的是呀,为啥你们会在一个地方洗?你说是碰巧,鬼才会信你呀!"

听到这话,王县长差点没被气死,他大发雷霆,骂道:"你给我滚,滚得远远的!"妻子哭着嚷道:"我滚得远远的,你好去找小姐来?"说完,她哭着跑了。

王县长长长地叹了口气:唉,都说是"跳进黄河洗不清",可我只是进了浴池,怎么也洗不清了呢?

第三个故事:

叫一声"大哥"泪涟涟

老于是个老实人,人缘很好。后天老于就要去长沙出差,因为要出远

门，一下班就被厂里几个哥们拉住了，非要聚聚不可，于是几个人就一起进了“国荣食府”。

一进饭店，老郑就嚷着叫小姐，老于说：“咱哥几个吃喝，干吗叫小姐呀？”这话一说，几个哥们都说老于扫兴，老于也只好不吭声了。

一会儿喊来了一个小姐，年纪不大，只有十七八岁的模样，可坐下来又是喝酒又是抽烟，还会讲黄段子，倒像个“久经沙场”的老手一样。老郑他们跟小姐搂搂抱抱、又笑又闹的，可老于是个正派人，他碰都没碰小姐一下，在一旁看着，挺心疼的：多好的女孩呀，唉，算是毁了！

看老于受了冷落，老郑就说“老于，跟妹妹去旁边包厢唱首歌去！”小姐挺聪明，马上过来一屁股坐在老于腿上，娇滴滴地笑道：“走呀！”老于一把推开了她，有点恼怒地喝道：“不去！”小姐一噘嘴，生气了。

这酒喝了两个钟头，几个人都喝到八成了。老于酒劲上来，话也多了起来，他对小姐说：“小姑娘，你哪里人，叫什么名字？”小姐说：“我湖南人，你叫我小红好啦！”老于语重心长地说：“小红啊，你看你年纪轻轻的，竟出来做小姐，对得起父母吗？听我的话，快些回家吧！”几个哥们见老于对小姐上起了“政治课”，都觉得好笑：这个老于，真是榆木疙瘩！

不料小红听了却大声说道：“哼，你刚才还在桌子下面偷偷摸我的腿呢，这会儿装什么假正经！”几个哥们哄堂大笑，老郑叫道：“好啊，都说老于是个老实人，原来喜欢搞‘地下工作’呀！”

老于火了，霍地站了起来，指着小红嚷道：“谁摸你腿了！你这个丫头，真是不知好歹，好心劝你，你倒反咬一口！你这种当鸡的女人真是不可理喻！”这一下小红也急了，拍着桌子叫了起来：“我高兴当鸡你能怎么样？要不是你们这种臭男人，怎么会有我们？”几个哥们看事情闹僵了，纷纷打圆场。老郑拿出烟来递给老于一支，老于没接，老郑又递给小红一支，笑着说：“好了，好了，这事

到此为止，不要再吵啦！"

小红接过烟，老郑给她点上，小红深深地吸了一口，才稍微平静了下来。老于是个牛脾气，见小红在朝着他吐烟圈，一个一个地吐，好像在故意气他，顿时恼羞成怒，他从上衣兜里掏出自己的香烟，狠狠地朝小红摔去，气咻咻地嚷着："让你抽，让你抽，一个小女孩会抽烟很得意是吗？"

正说着，门"哗啦"一声被推开了，进来了七八个警察，原来，这阵子正是"扫黄"期间，派出所接到举报，说是"国荣食府"有暗娼，于是就来查了。几个人被带到派出所，一审，老郑他们很快放了出来，老于却被留了下来，原因是老于嫖娼了，那个小姐全都招了！

老于明白了：是这个湖南小姐在陷害自己、报复自己啊！老于再三跟派出所的警察解释，可警察说，小红交代她跟老于两个月前就认识，还发生关系了。老于一听火冒八丈高，按他的脾气，这事非得闹个水落石出不可，可真要闹起来，单位里的领导、同事知道了，老于可真丢不起这张脸啊！再说，小姐都承认了，谁能相信你是清白的呢？老于只得认输，偷偷

地交了五千块罚款。

第二天，老于一直呆在办公室里，心里的苦自不必说了，想到明天就要去长沙出差，他就找车票，不料车票不见了，怎么找也找不到，弄丢了票，没办法，只好自费又买了一张。

当天晚上，老于的老伴在单位值班，老于一个人呆在家里喝闷酒，正喝着，电话响了，拿起话筒一听，是一个声音带着湘味的女孩，老于心头一震："是你？你这个小姐啊，你害得我还不够惨吗？怎么又往我家里打电话？"

打电话的正是那个小红，电话那边怯生生地说着"对不起，大哥，不，我应该叫你一声大伯……你是个好人，你是真心想帮我，你那天扔给我的烟盒，我当时无意间放进了口袋，事后才看到里面有一张去湖南长沙的车票，大伯你是真的想让我回家做个好女孩呢！可我还害你……呜呜呜……"电话里那小红伤心地哭了。老于这才恍然大悟：自己怕车票丢了，匆忙之中放进了烟盒，烟盒里有名片，小红才找到了电话号码。

小红在回湖南之前对派出所说了事情的真相，老于这才讨回了公道……

"为自己的贪心下跪"作者：张开山(本篇月月评短信代码：0904)；"黄河的水和浴池的水"作者：张开山(本篇月月评短信代码：0905)；"叫一声'大哥'泪涟涟"作者：芦宏伟(本篇月月评短信代码：0906)。

下期话题：我的女朋友　　　　　　　　　　(题图、插图：王申生)

会说话的

□ 赵宏昌

腿要撒尿，大成妈喊了一声："点点，到外面去上厕所！"结果一向我行我素的点点，一转身就跟老太太出了客厅。回来后，老太太又发出了一些指令，点点居然一一照做，让躺就躺，让闭眼就闭眼，让打个滚儿就打个滚儿，做得分毫不差，刘大成两口子是眼睛瞪得溜圆。

齐燕向婆婆讨教训狗的诀窍，老太太乐了："这算什么？如果是老头子出马，像点点这么灵性的狗，说不定能让它像人一样说话！"

大成两口子听愣了："像人一样说话！这怎么可能！"

看儿子儿媳不信，老太太的话匣子就拉开了："你们没有听过'会说话的狗'，是因为你们没有听过《灵狗

今儿是个好日子，刘大成下午刚到家，他妈就来了电话，说小狗点点会说话了，听到这个消息，刘大成差点兴奋得精神错乱：天哪！点点真的会说话了？那可真是太好了！

话得从两个月前说起，大成妈来看大成，不知为什么家里的小狗点点跟她特别亲热，虽然短短几天，但大成妈走到哪，点点就跟到哪，最让刘大成和齐燕两口子惊讶的是，一天晚上全家人正在看电视，点点蹭着茶几

经》。"

"《灵狗经》？"大成、齐燕像听天方夜谭的故事。

老太太说，《灵狗经》是他们老刘家世代相传的一本神书，照书上说的训狗，就能把有灵性的狗儿调教得像人一样能说话，很多年前老刘家的祖上，还有人被慈禧太后专门聘到宫里训狗。齐燕忍不住插嘴问："那后来呢？是不是他把宫里的狗都教得会说话了？"老太太说："哪有那么多有灵性的狗，会说话的只有一只。"

老太太说，后来也是那位老刘家的先人自己大意，有天夜里他跟狗儿说话，不巧给一个起夜的太监撞着了，那个老太监听狗馆里半夜还有人窃窃私语，就隔着门缝看了一眼，那一眼吓得他差点尿了裤子，连夜通报慈禧太后，说宫里的狗成精了，在讲人话呢，慈禧太后害了怕，就调来火枪手，把狗馆围住一顿枪炮，夷为平地……

大成听得入神，不由追问："妈，那后来呢，那《灵狗经》是不是没了？"

老太太说，那位先人当然死了，可是《灵狗经》却传了下来，下一代的传人，怕为经书再招来杀身之祸，就背下经文，又一把火烧了，以后《灵狗经》口传心授，秘不外泄。

"妈，你，你是不是说，这一代传人就是咱爸？"大成听得两眼发亮，齐燕也是心跳加快。

"可不是！"老太太的一个可不是，把两口子高兴懵了，他们做梦也没想到，老刘家竟然藏着这么一个天大的秘密，竟然可以让狗说话，这要公布开来，还不闹得全球超级大地震？

大成妈回家的时候，两口子非要她把点点带上，让老爸调教得开口说话——两口子早就合计过，这点点一旦开了金口，可是一件不得了的事。到了那时候，他刘大成两口子还费劲巴拉地上什么班？那钱还不是会像流水一样跑进家门？

老太太走后，刘大成两口子是一天三次轮流往老家打电话，大成他爸倒也不嫌烦，往往给两口子一汇报，就半天不放电话。

今天老太太打来的电话，说点点开口说话了，让刘大成兴奋得足足绕了自家的茶几转了两百七十八个圈，这时齐燕也下了班，他把这事儿一说，两口子饭也顾不上吃，就盘算起以后的事，越盘算越是兴奋，一夜不知起了多少回。

第二天一大早，两口子就坐上长途汽车回了老家。刚进门，大成就迫不及待地问他妈："点点呢？点点上哪儿去了？"齐燕早已从包里取出了三四根准备好的火腿肠，就等着犒劳他们最亲爱的点点。大成妈还没回话，"丁零零"一声响，点点已风一样地从门外扑进。

"我的小宝贝，你可想死我了——"两口子刹那间激动得热泪盈眶，丢下包抱起点点没头没脑就是一阵乱亲，"我的好乖乖，快说句话，快叫一声爸爸妈妈好！"

不知是怕生呢还是害羞，点点冲两口子拼命摇尾巴，可就是一声不吭。

正闹腾着，门外进来了一个人——大成的大伯，大伯瞅着大成两口子，一脸的不屑："这狗要是会说话，那日头不是从西边出来了？"刘大成兴奋得过了头，没注意到他大伯的脸色："大伯，这你可就不知道了，点点可不是一般的狗，再说咱老刘家的《灵狗经》——"

大伯鼻子里一哼，打断他的话："不一般怎么样，有《灵狗经》又怎么样，那狗它还当真能说人话？""当然能！"两口子应了一声，接下来便又是一番折腾，可越折腾心越是冷——点点只会呜呜地叫，连半个字也没说出来！

大伯早就是一肚子的火，这时候哪还忍得住："你们都不会说人话了，点点还能说人话吗？"顿了顿，只觉得那气更大，"你们两口子好好瞧瞧自己，这些日子你们天天往家打电话，可电话里都说了些啥？啊？"

大成齐燕是一头雾水：这大伯是咋啦？他们把目光齐刷刷地转到老太太身上，等着妈说句话。这时，老太太脸上红一阵白一阵的，把儿子拉到了一边，抹着泪说"大成，你别怪妈，妈以前说的那些瞎话都是骗你的——是你爸病了，你爸一直不让我给你打电话，可他自己却总一个人守着电话发呆，后来你大伯就给我出了那个主意……这两年，你爸身子骨一天不如一天，这些就不说了，前天去检查，医生说他胃里长了瘤子，要做手术，你爸这一把年纪了，他呀就担心这上了手术床再也下不来……"

大伯在一旁又忍不住了："你个混账东西，三四年了不回家，电话也不来几个，你叫点点喊你们爸妈，可你心里还有爸吗？这些日子你们倒一天几个电话往家里打，可一张口就是你们的狗，你们真是书都读到狗肚子里去了……你爸这两年最盼的就是你能来，怕你城里惯了，来了住不惯这老房子，前年还把这房子翻了新，连他喜欢的火炕都拆了，可你，哪像个儿子？这几年春节，你知道他们是怎么过的，电视里唱着'常回家看看'，他们可是哭着过的年——"

大伯还要接着骂，却见刘大成和齐燕呆呆地喊了一声"爸"，不知什么时候，门口立了一个人影，手里还拎着一包药，可不正是大成爸……

（本篇月月评短信代码：0907）

（题图：箭 中）

叫你不服气

□庞　兵

黄正高是黄海市税务局局长，这天，到省税务局开完会，刚走出办税大厅，迎面与一个戴墨镜的男人撞了满怀。

没等黄正高说话，这个趾高气扬的男人就喊了起来："你瞎了眼啊，怎么走的路？"黄正高正想发作，这个男人突然摘下墨镜，惊讶地叫起来："天哪，你不是黄正高吗？"黄正高定睛一看，这个耀武扬威的家伙原来是大学同学庄大胜。庄大胜握着黄正高的手说："这真是大水冲了龙王庙，一家人不认一家人。黄老弟，你到这个地方来干什么，莫非是跟我一样，来

交个人所得税的？"黄正高心里有气，随口说："你看我像交得起个人所得税的人吗？"

没想到庄大胜上下打量了黄正高两眼，不客气地说："不像，看老弟一身劳动人民的打扮，我猜你还在清水衙门里穷熬着吧。今天我请客，香格里拉大酒店，让老同学也享受一下资产阶级的腐朽生活。"说着话，他向外一招手，走过来一个年轻漂亮的小姐，低声下气地说："庄总，您有什么吩咐？"庄大胜没有正眼看那位漂亮的小姐，而是炫耀地看着黄正高说："这是雪丽，我的司机兼生活秘书。"

说着话，从口袋里掏出一个硕大的鳄鱼皮夹，取出一张支票，说："雪丽，把我这个月的所得税交了。另外你告诉陈局长，说中午我有客人，他的饭局我就不参加了。"雪丽温顺地说着是是是好好好。接着，庄大胜不由分说，拉着黄正高上了大厅门外的"大奔"，来到省城最豪华的酒店香格里拉大酒店。

进了酒店，庄大胜要了一个包厢，两人落座。庄大胜调侃地说："老同学，大学时，我们都佩服你人最聪明，最有魄力了，怎么现在混成了小市民？瞧你穿的那西服，跟民工似的，那是成功男人穿的衣服吗？"说罢，他从皮夹里拽出一叠百元大钞，连数也没数，甩给黄正高说："老弟，揣上这笔钱，到专卖店里买一套像样的西服，把自己包装包装。"

黄正高冷冷地推开庄大胜甩过来的钱，不动声色地说："我记得当初毕业时，老兄分在一个小县城的政府机关里，多年不见，看来混得不错啊，现在哪里发财？"庄大胜没有意识到黄正高的不快，还是大咧咧地说："机关里的那点薪水还不够我抽烟的呢！没多长时间，我就辞职下海了。现在，我在省城开了个公司，钱不算多，几百万还是有的。"说着，庄大胜把身体陷在沙发里，抖动着大腿说："我现在要车有车，要房有房，人生不就是那几十年吗？要及时行乐啊。对了，我还

不知道老同学现在哪里混，怎么样，还过得去吗？要是混得不如意，到兄弟的公司里，我给你部门经理做做，总比你在单位穷熬强。"

黄正高怒火中烧，但还是不动声色地说"谢谢老同学心里还有我这个人，不过，兄弟我现在还过得去，我在黄海市税务局当差，虽然是个芝麻官，可好歹是一把手，还活得下去。"庄大胜显然有些吃惊，他从沙发里坐直了身子，悻悻地说："看来兄弟我自作多情了，老同学都混上局长了。"

看着庄大胜这微妙的变化，黄正高乐在心里，他要的就是这个效果。

庄大胜显然还不服气，过了一会儿，他又挑起了战火："黄大局长，公务员总是公务员，你有机会出入这样的高消费场所吗？在这里消费一天，没有两千块钱可打不住啊。"黄正高的火终于压不住了，他冷冷一笑，摸出手机，拨了一个号码，对着手机说了几句话，不一会儿，走进来一个妙龄女郎。女郎看见黄正高，惊喜地叫道："黄哥，你是什么时候来的，怎么不提前打电话？"黄正高微笑不语，妙龄女郎一屁股坐在黄正高的大腿上，撒娇道："狠心的家伙，这么长时间不来看我。"

这下，庄大胜的脸上有些挂不住了。黄正高似笑非笑地说："老同学，看看我的小玫，人家可是堂堂的大学

生呢，还算有气质吧。”庄大胜悻悻地说：“不错，不错，比我那个生活秘书强点。”黄正高乘胜追击：“好是好，可养着她成本高着呢，我在208号房给她长期包了房间，光房费每天就上千。”

庄大胜的声音小了起来，点头哈腰地说：“自古英雄爱美人，值得，值得。”

黄正高挥挥手，对小玫说：“我们还有事谈，你先走吧。”小玫噘着嘴站起来，说“那你晚上要来看我呀。”然后走出了包房。

庄大胜傻呵呵地望着小玫从门口出去，想了想，又从皮夹里掏出一张卡片，说：“黄局长，我下午约定和陈局长到富豪俱乐部打高尔夫球，要不你也来放松一下？别看这张卡片，十万块会员费呢。”

黄正高呵呵一笑道：“不好意思，兄弟俗务缠身，下午要到省政府拜访杨秘书长，没有时间陪老弟清闲。不过我这里也有张贵宾卡，价值十五万，老弟要是不方便，可以用我这张卡去消费。”

庄大胜目瞪口呆，他半信半疑地拿过黄正高的贵宾卡，翻来覆去地看着，好像是在鉴别真伪。

黄正高得意地笑了，索性又掏出一大把卡，一张张指给庄大胜看：“这张国际信用卡，里面的钱不多，只有二十来万，平时零用的，这张是贵宾卡，去商场拿个十几万东西没问题……对了，我在东山还有栋别墅，这是钥匙，你要是在城里呆腻了，可以到那里住几天。”

庄大胜被彻底地打败了，他羡慕地把黄正高的这些东西拿在手里，看了又看。

突然，黄正高把那些卡片夺了回来，装进腰包里。

庄大胜奇怪地问：“老同学，干吗那么紧张，我还没到抢你的卡来花的地步吧。”

黄正高笑着不说话，庄大胜突然明白过来了：“哦，你是怕我拿着这些

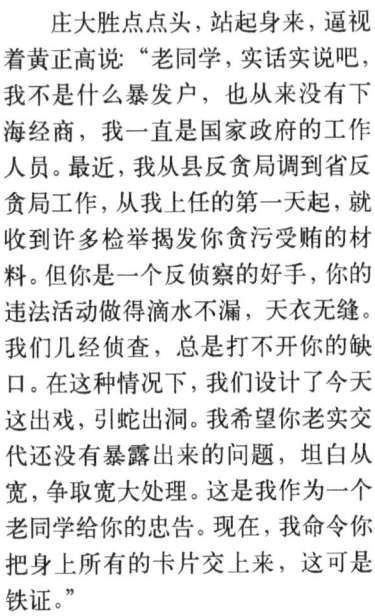

· 大千世界 众生百相 ·

卡去告发你贪污受贿，对不对？"黄正高微笑着说："人心叵测啊。"庄大胜说"我要想告你还不简单，写封信就是了。"黄正高说："证据呢？你以为这些卡都是用我的名字吗？"庄大胜摸摸脑袋，说："208房间的那个女孩不是证据？"黄正高说："我一个电话，她马上会从那个房间消失。"

庄大胜心悦诚服地说："佩服佩服，老同学做事真是滴水不漏啊！"说完，他拿起手机，拨了个号码，轻声说了几句。

黄正高等待着庄大胜发起新的进攻，他倒要看看，这个不知天高地厚的同学还有什么资本在他面前炫耀，他思考着，是不是把他的秘密存折拿出来和庄大胜斗一番，他今天就是要证明，当年大学同学时，我黄正高比你庄大胜强，现在我依然比你强。

门开了，走进一个高个子男人和一个矮个子男人，两人径直走到黄正高的面前，拿出一张纸，对他说："黄正高同志，我们是省反贪局的工作人员，鉴于你有贪污受贿的重大嫌疑，现在宣布，对你施行'双规'。请你在规定的时间和规定的地点，向组织交代问题。"

黄正高从沙发里跳起来，嘴半张着，就是说不出话来，头上的虚汗刷刷地流着。

两个人又走到庄大胜的面前说："庄处长，黄正高可以交给我们了，李局长要你在完成任务后，立即回局里开会。"

庄大胜点点头，站起身来，逼视着黄正高说："老同学，实话实说吧，我不是什么暴发户，也从来没有下海经商，我一直是国家政府的工作人员。最近，我从县反贪局调到省反贪局工作，从我上任的第一天起，就收到许多检举揭发你贪污受贿的材料。但你是一个反侦察的好手，你的违法活动做得滴水不漏，天衣无缝。我们几经侦查，总是打不开你的缺口。在这种情况下，我们设计了今天这出戏，引蛇出洞。我希望你老实交代还没有暴露出来的问题，坦白从宽，争取宽大处理。这是我作为一个老同学给你的忠告。现在，我命令你把身上所有的卡片交上来，这可是铁证。"

庄大胜又转过身对高个子说："现在，你立即到208房间去。"高个子说："庄处长，去那里干什么，那可是高消费场所，呆长了会违反纪律的。"

庄大胜轻轻一笑说："那里有一个美女，她现在还没有被转移走，扣留她，她可是我们重要的人证呢。"

一边的黄正高重重地跌坐在沙发里，两眼无神，嘴里喃喃道："完了，这下全完了……"

（本篇月月评短信代码：0908）

（题图、插图：王申生）

重重关上的车门

□ 何承亨

梁冲是南方一家汽车厂的总工程师。这次，他作为厂方的特派代表，前往上海，同一家跨国汽车公司进行合作谈判。据说另一家汽车厂也在争取这个项目，但是实力不如梁冲他们厂，所以梁冲对此行很有信心。

跨国公司对这次谈判也很重视，专门派了年轻有为、处事谨慎的副总裁田正义前往机场迎接。

一路上，田正义显得十分热情友好，殷勤地向梁冲介绍他的日程，又询问他有什么特别要求。梁冲谦虚地表示客随主便，一切由田正义安排。半小时后，迎宾车停在公司大厦前的停车坪上，田正义快速下车，小跑着绕过车后，为梁冲打开车门。梁冲下了车，随手一用力，"砰"的一下关上车门，整个车身都微微地颤了一下。一

旁的田正义见此情景，不禁愣了一下。

跨国公司的安排十分紧凑，头两天是参观考察，第三天是合作会谈。前面两天里，田正义竭尽地主之谊，全程陪同梁冲游览上海的繁华街景，参观公司的生产基地。梁冲看得兴致很高。晚上，田正义把梁冲送回下榻的酒店，梁冲下了车，回手"砰"的一下，又把车门重重关上了。

这次，田正义皱了一下眉，沉吟片刻，终于小心地问道："梁先生，我们公司的安排有什么不妥，接待有什么不周，还请您海涵。"梁冲哈哈笑着说："哪里哪里，田先生把什么都考虑得非常周到细致，你辛苦了，谢谢。"

说这话时，梁冲是满脸的真诚，田正义却显得若有所思……

第三天，谈判的日子到了，一大早，田正义就候在酒店门口接梁冲，然后直接开车到了公司总部的大厦前。梁冲对今天的谈判也做好了充分的准备，他夹着公文包，踌躇满志地下了车，回过手，又是"砰"的一下，把门重重关上。只见田正义在一旁暗暗地咬了一下牙，向手下的人吩咐了几句，便丢下梁冲，径直向董事长办公室走去。梁冲正感到有些莫名其妙，田正义的手下客气地将他让到了休息室，说："田副总裁说是有紧急事要与董事长谈，请梁先生稍等片刻。"

半小时后，令人吃惊的事情发生了，田正义回到休息室，抱歉地对梁冲说："梁先生，这次谈判取消了，我们暂时不打算和贵厂合作了，真是非常抱歉。"

"什么？这不是开玩笑吧？"梁冲目瞪口呆，想问出个究竟，可是田正义连声说抱歉，却不再多说一句话。

梁冲此行无功而返，灰溜溜地回到了厂里。没多久，他们得到消息，那家跨国公司和另一家汽车厂合作了。梁冲百思不得其解："他们的葫芦里卖的是什么药，怎么态度说变就变，放着我们质量这么好的产品不要，却去和实力不如我们的汽车厂合作？"

梁冲越想越不甘心，最后自费买了机票，到上海去问个究竟。他找到了田正义，说什么也要请他吃顿饭。田正义推辞不掉，就去了。几杯酒下肚，梁冲就问起谈判忽然取消的原因。

田正义喝了一口酒，犹豫了半天，终于道出了原委："那几天我一直陪着你到处观光，发现你总是重重地关上车门，开始我还以为是你在发脾气哩，后来才发现，这是你的习惯，说明你平时关车门一直如此。你是汽车厂的高层人员，平时坐的肯定是你们厂生产的好车。你重重关上车门的习惯，说明你们生产的轿车车门有质量问题，不易关车。好车尚且如此，一般的车辆就可想而知了。我们把汽车重要的附件拿给你们生产，不是等于在砸我们自己的牌子吗？"说到这里，田正义话锋一转，真诚地说，"不过，你们公司的实力还是很强的，希望我们今后还有机会合作……"

没等田正义说完，梁冲长叹一声，用手狠狠地拍着自己的脑门，痛苦地说："习惯呀，该死的坏习惯！这根本不是我们厂生产的汽车有质量问题，而是我从小就养成的坏习惯，我连关自己家的房门都是这样重手重脚的呀！真没想到，这样的小节也能误大事，我这重重的一关，关上了一扇什么样的门呀！"

（本篇月月评短信代码：0909）

（题图：安玉民）

□尹利华

童心

赵局长正在给六岁的孙子讲童话。他说，古时候呀，有一个残暴的国王，他喜欢吃一种稀有的海螺，于是就命令他的老百姓都到海里给他捉这种海螺。如果哪一天捉不到，他就大发雷霆，杀掉一个人。一天，大家都没有捉到这样的海螺，人们害怕极了。正在这时候，一位白须飘飘的老神仙出现了，他将一只癞蛤蟆变成了一只像咱们的房子这么大的海螺，让人们去献给国王。大家兴高采烈地抬着这只蛤蟆变成的大海螺向国王的城堡走去……

赵局长刚讲到这儿，门铃响了。

他开门一看，熟人，是养殖场的小王和小马，两人照例给他送水产品来了。

小马和小王两人满头大汗，抬着三只黑色的编织袋。赵局长将他们让进了屋后，习惯性地往门外瞅了瞅，没人。

他回身对孙子说"乖，爷爷有事情和叔叔说，你先去玩，回头爷爷再给你接着讲故事，好不好？"孙子很听话，蹦跳着出门玩了。

关上门，赵局长含笑说"两位辛苦，先喝杯水。你们张场长真是好福气，有办事效率如此之高的部下。"

小王和小马抹了抹额头的汗，满脸堆笑，说："赵局长，您客气了，这是我们应该做的，应该做的，没有您这几年的关怀，就没有我们养殖场的今天。"

赵局长满意地笑了，指着那三只编织袋问："老张这次给我弄了些什么玩意儿？"

小马说："一袋甲鱼，一袋龙虾，一袋扇贝。"

放下东西，小王和小马就告辞了。

赵局长送走小王和小马没一会儿，孙子回来了，缠着他继续讲故事。

赵局长将孙子抱在膝盖上，慈爱地说，那个国王一见人们送来了这么一只大海螺，自然高兴极了。他命令铁匠连夜打造了一个巨大的蒸锅，清蒸了这只海螺，然后他就拿了一把大叉子，挖着螺肉，边吃边往里走，一连吃了三天三夜。人们在外面等国王出来，等啊等啊，却见一只又大又丑的癞蛤蟆从里面蹦了出来。大家都明白了，原来他们那位贪吃的国王变成了癞蛤蟆。于是，无论这只癞蛤蟆蹦到哪里，人们都用唾液吐他，用石头扔他……

为了讲得更形象，赵局长一边讲着，还一边向孙子表演那个变成癞蛤蟆的国王又蹦又跳的滑稽样，把孙子逗得拍着小手喊"打癞蛤蟆喽，打癞蛤蟆喽。"

中午吃饭的时候，孙子的神色有些怪怪的，突然很认真地问："爷爷，王八是什么？"

赵局长哈哈大笑："傻孩子，放在桌子中央的不是王八么？"

"噢。"孙子盯着桌子中央的那盆甲鱼汤，显得很吃惊的样子，面色变得青白。

赵局长用筷子夹了一块甲鱼肉，放在孙子的小碗里，孙子却很快把它扔在地板上。

赵局长忙问："乖乖不爱吃？"

孙子的小嘴绷得紧紧的，不说话，只是用一双充满惊悸的眼睛盯着桌中央的那盆甲鱼汤。

赵局长说"这个很好吃的，乖乖以前不是经常吃么？"

说完，他做了个示范，夹了一块甲鱼肉，往嘴里塞。

"爷爷，不要！"孙子突然大声哭了出来，小巴掌将赵局长筷子上的甲鱼肉打落，然后扑倒在赵局长怀里，搂着他的脖子，晶莹的泪珠扑扑地落下，"我不要爷爷变成王八，我不要爷爷变成王八！"

赵局长一愣，忙问是怎么回事。

孙子抹着泪，说"那两个叔叔是坏人，我听见他们在门外说，谁吃了他们送的王八，谁就会变成王八！"

听了孙子的话，赵局长持筷子的手僵在空中，再也放不下去……

（本篇月月评短信代码：0910）

（题图：张 恢）

冰海中最后一条义犬

□ 宝宝贝贝

加拿大北海岸是一片冰雪世界。这一天，当地名医葛林费尔忽然发现信鸽雷西飞回来了，他从雷西脚上解下一封信，那是一个危重病人的家属写来的。病人住在六十多公里之外，医生不敢耽误，拿起医药箱，奔出屋子。屋外的四条大狗一见到主人，马上摇头摆尾地围上来。"贝克、汉丝、拉脱、夏里，都跟我来！"他驾上雪橇，朝冰原驶去。

雪橇在冰原上飞驰。忽然，脚下传来了冰层的断裂声！医生大声吆喝着，希望能赶在浮冰完全断裂前冲上对岸。四条狗也似乎察觉到危险，拼命地往前跑，可就在此时，雪橇"轰隆"一声，连人带狗一齐掉进冰冷的海水里。医生忙拔刀割断皮带，免得雪橇把他和狗拉入海底。

四条狗和他一起游向就近一块有两张乒乓球桌大小的浮冰。但是，浮冰边缘很滑，冻僵的手使不上劲，医生的另一只手还紧紧抓住医疗箱的皮带，所以他的一次次努力都失败了。

这时，四条狗像商量好似的，一齐游到医生周围，咬住他的外衣，将他往浮冰上顶。医生趁身子被抬高的一刹那，用力一撑，才翻上了浮冰。

医生马上把四条狗都拉了上来。可是他全身湿透，如果不能将衣服迅速烘干，将被活活冻死在冰面上。万般无奈之下，医生想到了杀狗。但是，这四条狗救了他的命，他怎么下得了手呢？犹豫再三，抵挡不住的寒冷还是使他下了决心。

真诚的友谊好像健康，失去时才知道它的可贵。 ——格尔顿

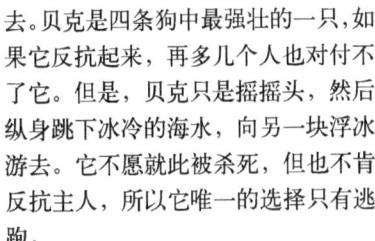

　　他拿出锋利的手术刀，首先抓住夏里，刀子往下一插，刀尖直中夏里的心脏。趁另外三条狗还没来得及作出反应，他又抓住拉脱的脖子，手起刀落，把它杀死了。剩下的贝克和汉丝惊恐地瞪圆双眼，死死盯住主人。

　　光是两条大狗的脂肪已足够点起一堆火来，但是他知道，他的杀戮行为将会引起剩下两条狗的戒备和反抗，如果不将它们杀掉，说不定突然之间，自己的喉咙就会被狗牙咬穿。

　　他看了一眼汉丝，这是一只母狗，它和贝克是最要好的一对。它此时也感到了他眼里的杀意，马上龇牙咧嘴地低声咆哮着。医生把刀藏在身后，一点一点地走近汉丝。他知道，贝克跟随自己的时间最长，感情最深，可能一时还不会攻击他，但汉丝这条母狗的自卫意识是很强的。

　　果然，没等他走近，汉丝已经朝他扑了过来。他往旁边一闪，左手夹住狗头，右手对准狗的心脏部位捅了一刀。

　　蹲着的贝克猛地跳了起来，但它并没有扑向医生，只是不停地跳跃，在躲避他，喉咙里还发出既悲哀又愤慨的呜咽声。

　　医生的眼泪流了下来。他知道贝克跟自己感情最深，但夏里和拉脱是它的亲兄弟，而汉丝是它最心爱的母狗，亲眼目睹了它们被杀死，很难保证它永远不生二心。

　　医生别无选择，他握着刀，又慢慢朝贝克走去。贝克是四条狗中最强壮的一只，如果它反抗起来，再多几个人也对付不了它。但是，贝克只是摇摇头，然后纵身跳下冰冷的海水，向另一块浮冰游去。它不愿就此被杀死，但也不肯反抗主人，所以它唯一的选择只有逃跑。

　　瞧着贝克游向20米开外的那块浮冰，医生的眼泪又流了下来。贝克终于爬上了浮冰，抖抖掉身上的海水，站在那儿遥望着自己的主人。

　　医生用刀把3张狗皮剥了下来，脱下湿淋淋的衣服，将还有点温热的狗皮裹在身上。接着他又打开了药箱，拿出酒精浇在由3条狗的脂肪组成的火堆上，然后用火石点着，一个特殊的火堆熊熊燃起。医生就着火烤了几块狗肉，半生不熟地吃了下去，又割了几块生狗肉扔到贝克那边。贝克只看了看，便掉过头闪开了。

　　这时一阵大风吹来，医生所在的这块浮冰向海外漂动的速度加快了。浮冰如果离冰原太远，不是慢慢融化，就是被汹涌的海浪打碎，他也会掉进冰冷的海水里冻死，他心里暗暗着急。

　　这时，只见贝克从对面的浮冰上纵身跳入海里，游到浮冰边，它一边用头顶着浮冰，一边用四条腿在水中猛蹬。向外海漂移的浮冰竟然停住了，然后又向冰原漂了回来。

· 点击网络故事 ·

过了一会儿，医生看见贝克的动作渐渐变缓，鼻子、嘴巴发青，知道它被冻得快不行了，赶紧伸手想把它拉上来。但它一摆脑袋，躲过了他的手。他又伸过手去，它又躲开了。医生只得抓起两根死狗的长骨当作桨，也奋力划水，希望尽快划到冰原。

在人和狗的共同努力下，浮冰终于靠上了冰原。

医生赶紧将贝克捞了上来，又抓起药箱，纵身跳上了冰原。他想把狗抱在怀里，用自己的体温去温暖它，但被它挣脱了。几乎冻僵的狗稍一喘息，马上又艰难地站了起来，歪歪扭扭地向远处走去，然后站稳下来，远远地望着他。医生又难过又愧疚，他知道贝克此刻仍对他心怀戒备，生怕他也把它杀了取暖。

大约过了半个小时，一架沿海岸线巡逻的警用直升机发现火堆，飞了下来。医生得救了，他见到警察的第一句话就是："快！快送我去救病人！"

由于及时动了手术，两个小时后，病人终于脱离了危险。疲惫到了极点的医生打开门准备透透气时，一抬头，发现贝克呆呆地蹲在他的面前。

惊讶万分的医生一把紧紧地将贝克搂住，心里同时骂着自己：真是该死！当时只顾着救病人，怎么就没想到贝克也在冰原上！幸亏贝克身强体壮，没被冻死，又回到他身边来了！

医生心里一阵欣喜，又一阵惭愧，眼泪不由自主地流了下来。贝克一边有气无力地摇动尾巴，一边伸出舌头，舔着主人脸上的泪水……

（本篇月月评短信代码：0911）

（题图：箭　中）

· 本刊信息传真 ·

《解读〈故事会〉》

一本揭示 故事会 40年发展历程的传记

亲爱的读者，为体现与时俱进、求实创新的办刊思想，本刊在《故事会》创刊40年之际，特推出《解读〈故事会〉：一本中国期刊的神话》一书。关于《故事会》这本杂志，你可能有过这样那样的疑问：为什么《故事会》能几十年长盛不衰？高考满分作文与读《故事会》有什么关系？为什么卖《故事会》杂志就能赚钱？……看完这本书，相信你会揭开所有的谜底。

友谊是一种和谐的平等。——毕达哥拉斯

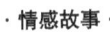

一件红褂子

□ 齐运喜

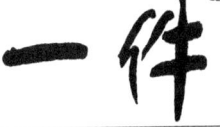

老王的女儿出嫁了。女儿出嫁这天，老王像个受委屈的孩子，缩在屋角里，双手掩面，哭得很伤心。妻子的眼圈也红红的，边落泪边劝说老王："一个大老爷们，别婆婆妈妈的总是哭！"仿佛老王的泪水侵犯了"她们"的专利。

老王的泪水不是悲伤，而是留恋。夫妻俩就这一个宝贝女儿，女儿在他们身边生活了24个春秋，现在要从这座城市嫁到另一座城市，老王当然舍不得，他曾对妻子感叹说："要是男家离得近就好了，咱家有点好吃的饭菜，我就端着给女儿送一碗！"

女儿走了，老王总感到家中空荡荡的，时常一个人望着窗外发怔。有几次，老王夜间醒来，告诉妻子，他又梦到女儿了。平时做饭，老王会不自觉地做三个人的饭，有时打饭也给女儿多打一份。妻子虽说也想念女儿，但不像老王那样"发神经"。

女儿出嫁两个多月了，她卧室的东西仍原封不动地摆在那里。老王爱看书，想把女儿的卧室收拾成一间书房。有几次他走进去，看看这，摸摸那，不舍得改变原来的布局。妻子见老王"心太软"，这天上午趁他上班的时候，把女儿的卧室彻底收拾了一下，该搬的搬，该卖的卖，快刀斩乱麻，收拾得整整齐齐。

老王下班回来，见自己的书房已拾掇好，书橱上一尘不染，写字台也油光发亮，先是咧嘴一笑，接着就皱眉问道："女儿的衣橱呢？里面还有一件她没拿走的红褂子。"妻子回答："衣橱搬到咱卧室里去了。刚才楼下

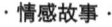

来了个收破烂的老汉，我觉得女儿的这些衣服都过时了，留着也没什么用，一狠心就把那件红褂子还有七八件别的旧衣服全卖给他了。"老王一听，瞪了妻子一眼，起身就往楼下跑。妻子心中纳闷:不就是一件没用的红褂子吗？里面又没装存折，你急慌什么呢？

老王一口气跑到楼下，向楼下的郭大嫂一打听，收破烂的老汉沿着小巷往东去了，连忙向东追去。老王追到小巷的尽头又折身向正南，追了足有两公里才找到那个收破烂的老汉。老汉驼背弓腰，瘦骨嶙峋，蹬着三轮车，边骑边吆喝。老王上前打了个招呼，驼背老汉停下来，问老王想卖什么。老王气喘吁吁凑到三轮车前，伸手翻找了一阵，终于找到那件红褂子，拿在手中抖了抖，说:"这件红褂子，我不卖!"

驼背老汉瞟了老王一眼，说"我不认识你，红褂子是一位胖太太卖给我的。"

"胖太太是我老婆。老师傅，你说个价，我把这件红褂子拿回去。"

"我是按斤买来的，七八件衣服才给你太太六块钱。你单要这一件，价格……"

"一件给你三块，怎么样？"

"不卖!"

"给你六块，总可以了吧？"

"不卖! 褂子卖给我就要由我当

家，给一百块都不卖! "驼背老汉说到这里，冷不防竟一把将那件红褂子夺了过去。

对方不卖，老王总不能硬抢，急得搓手顿足，一时不知怎样办才好。女儿的衣服，除了女儿自己买的就是妻子买的，自己仅仅给女儿买过这一件红褂子。三年前，老王到外地出差，在一家店里，发现这件红褂子样式很好看，上面还绣着一朵黄菊花，女儿的小名恰恰叫菊花，就花三十块钱买下了这件衣服。不料回到家让女儿试穿了一下，褂子又瘦又小，实在没法穿。女儿当时说:"这是爸爸的一片心，留着作纪念吧。"老王想，女儿出嫁时没有带走这件红褂子，也许是故意留在家中作纪念的，睹物思人，无论如何也要追回它! 想到这里，他就从兜里掏出一包香烟，堆着笑脸抽出一支，刚要递给驼背老汉，不料老汉把头一扭，牵起三轮车大踏步走了。

老王只得随后跟过去，一路苦苦恳求道:"大哥，求求你，卖给我吧，你说多少钱就给您多少钱! "

驼背老汉不理不睬，牵着三轮车径自低头往前走，步步带劲，似乎想把老王甩掉。可他左折右拐，转了几条胡同，仍见老王像苍蝇一样跟在车后哼哼，于是打住脚步，气咻咻从兜里掏出一卷钞票，回头对老王说:"我身上就这几十块钱了，你拿去吧! "

老王先是一怔，接着就发火道:

"你这个乡下老头真怪，我要褂子，哪个要你的血汗钱？你照直说吧，到底多少钱才能赎回那件褂子！"

"是我怪，还是你怪？花六块钱卖掉的衣服，为什么要花大价钱赎回去？"驼背老汉索性将红褂子揣到怀里，俨然一副啃不动的硬骨头。

老王无奈地叹息一声，只好一五一十将赎回红褂子的原因向驼背老汉讲了一遍。驼背老汉听后，眼圈儿红红的，慢慢地从怀中抽出红褂子，双手捧到老王面前："拿去吧，你女儿会永远幸福的！"

老王接过红褂子，就要掏钱。驼背老汉板着脸叫道："你要再提钱，我就一把夺走它！"说完，把脚一跺，扭身走了。

望着偭老汉的背影，老王不由苦笑一声，然后拿着红褂子沿原路返回。回到家门前，碰上了一楼的郭大嫂，老王忍不住将这件蹊跷事从头至尾向她学说了一遍。郭大嫂听后，不由皱起了眉头："这个收购破烂的老汉我早就

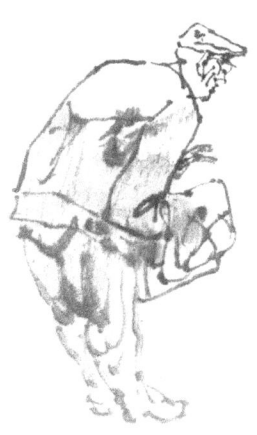

认识，经常停下车子与我唠嗑，听他说过家中的一些事情。早知你家卖掉的是这件红褂子，我就不会让你去追赶他。"

"为什么？"老王一脸惊疑。

郭大嫂告诉他：驼背老汉有两个女儿，一个叫大菊，一个叫二菊。五年前，老汉买了一件绣着菊花的红褂子，回家给大女儿穿了。二女儿见姐姐穿了新褂子，便哭着闹着也要一件红褂子。人穷志短，老汉腰里没钱呀，一气之下就打了二女儿一巴掌。后来大女儿出嫁了，二女儿却得了白血病。老汉打了那一掌后就时常后悔，有时竟怀疑二女儿的白血病是自己一掌打出来的。医治白血病需要好多好多钱，老汉一贫如洗，只好眼睁睁地看着花朵一样的二女儿枯萎了。二女儿临死前告诉父亲："姐姐穿上那件红褂子好漂亮，褂子上的菊花好艳

来信选登

山东乳山市读者王海波：小白您好，今年我参加了贵刊举办的"月月评"活动，在第三期活动中得奖了，可是我依照要求发短信告知联系方式后，到现在都快一个月了，还没收到奖品，不知道是怎么回事？

小白：今年我们的各项活动参加者踊跃，比如我们的"开门红"活动，至今已经收到10万多张选票，选票和来信一箱箱堆得小山似的。而最能够获奖的是1000多位幸运者，可是真正的百里挑一哦！所以，小白首先要恭喜各位幸运的获奖者。由于数量众多，而且获奖名单的整理、奖品的寄发都需要时间，所以请大家千万别着急，您的耐心与理解是对我们工作的最大支持！当然，我们也会尽力让奖品又早又安全地抵达您那里。

小白：三月红版《故事会》的点评征稿启事刊登后，许多读者来信与我们分享了阅读后的感受。其中，苏州的范梅仙、陕西的陈博清等多位读者获得了"优秀点评奖"。下面是一封点评信的片段：

《鞋垫》：厅长把装有31双绣花鞋垫的箱子"往路边的沟里一扔"，是这篇故事的故事眼。这一"扔"，真实矣，深刻矣！

《台阶》：这篇情节很曲折，尤其是最后的"一个台阶一万元"，又使故事具有了喜剧色彩。

《难不倒我》和《吃野味的理由》内容一般，而且前者不够真实。

《钻夜壶》：看罢全文，莞尔一笑，故事情节简单极了。然而，作者生花的妙笔，却把这个简单的情节描绘得如此扣人心弦。故事技巧的魅力，正在这里。

中篇故事《伸向民工的黑手》，最大的成功之处在于它的真实性和时代感。窃以为目前我们的中篇故事，最大的弊病在于虚假：看起来曲折离奇，但经不起推敲琢磨。而这篇，让人感觉非常真实可信。唯其真实性和时代感，使得"黑手"有了振聋发聩的感染力。一个优秀的中篇！

　　　　　　　　　　　　　　读者　王道庄

美，爸爸以后有了钱，给俺也买一件……"二女儿死后，老汉发誓要买一件那样的红裇子，作为"还愿"焚烧在二女儿的坟土前……

听到这里，老王忍不住插了一句："他给女儿买了吗？"

郭大嫂叹息道："真遗憾，老汉走遍这座城市的大街小巷，也没买到那种样式的红裇子。也许，你太太当作破烂卖给他的这件红裇子，样式和大小与他过去买的那件一模一样。不然，他刚才不会这么执拗的。"

老王一听，立刻掉转身子，大踏步追赶驼背老汉去了。

还好，那老汉并没走太远，三轮车停在一条巷口的拐角处，老汉兀自抱头蹲在那里，眼里满是泪花。老王上前，把红裇子塞到老汉的手中："拿去吧，老哥！"

"你……你……"

"天下做父母的，都是一样的心呐！"老王感叹一声，掉转身子，沙沙沙沙，一溜碎步走了，任他怎么呼唤也不回头……

（本篇月月评短信代码：0912）

（题图、插图：黄全昌）

买 酒

□ 原上草

星期天早上，加伟还在睡懒觉，朋友阿林打来了电话："哥们，今天我忙得要命。你能不能帮我买点酒？我有个朋友非要喝那种酒不可。"

加伟和阿林的关系很好，所以满口答应："行啊，什么牌子的？"阿林说："听他说叫什么'沁园春'，是一个系列品牌，有六七个品种，你就每样给他买一瓶吧。"加伟问："他要那么多干什么？"阿林神秘地说："你只管买好了。钱我们会如数付给你的。对了，你可一定要买到啊，到时我们就请你喝沁园春。"

既然答应了人家，就得帮人家办好。吃过早饭，加伟就上街去买"沁园春"了。

他来到一家副食店，跟老板一说，老板直摇头："我从来没听说过这个牌子。我这里其他牌子的酒都有，你要不要挑一瓶？"加伟连连摇头："我是帮一个朋友买的，他只要沁园春的，还说这个系列的酒他每种都要一瓶。"老板十分惋惜："那以后我有了这种品牌的酒你再来吧。"

谁知加伟一连跑了好几家商店，都是这种情况，老板都说没见过这个牌子的酒。加伟心里就打鼓了，怀疑阿林是不是在跟自己开玩笑呀。为避免让阿林戏弄，加伟打了阿林的手机"哥们，我跑了好多地方都没有你说的

中国足球流行风

吃不着葡萄说"葡萄酸"，
踢不好足球说"球不圆"，
射不进球门说"门太扁"，
赢不了对手说"心太软"，
在南方踢球说"天太暖"，
在北方踢球说"地太寒"，
在东方踢球说"菜太咸"，
在西方踢球说"饭太甜"。
看球的多了说"心里烦"，
看球的少了说"情绪懒"，
记者们来了说"别添乱"，
老板们来了说"快给钱"，
冲不出亚洲说"地有坎"，
去不了巴黎说"路太远"，
批评起球员说"净弱点"，
批评起球迷说"眼太短"。
我要说：
请给咱球迷留点脸，
请给咱中国球迷争点脸，
请给咱球迷露点脸，
请让咱球迷扬一回脸！

(添龄 推荐)

那种酒啊，你别是在寻我的开心？"阿林一听不乐意了："哥们，我请你帮这点忙你也帮不上？再找找吧，我相信你一定能找到的。拜托啦！"

请问，加伟买到酒了吗？

A.买到了（短信代码EA） B.根本没有这种酒（短信代码：EB） C.有这种酒，但是加伟没买到（短信代码：EC）

猜情节，赢大奖

开动脑筋，猜想正确的情节！请选择你认为正确的情节发展，将其短信代码发送到200056（中国移动）或900056（中国联通）。我们将在本月下半月的刊物上刊登这个故事的结尾，并从竞猜正确的读者中抽取优胜奖20名，赠送价值100元的纪念品；从参加竞猜的全部读者中抽取参与奖500名，赠送价值10元的纪念品。所有参与读者将另获赠精彩梦网信息服务。

参加全年情节ABC活动，并猜对全部情节的3名读者更将获得特等奖彩信手机一部！

得奖读者在评选结果揭晓后将得到短信通知。本活动每条短信收取0.10元。

(题图：张 恢)

名医出手

□ 武爱民

有个医生姓刁，人称名医刁，他专治疑难杂症，医术还不错，经他手的病人，虽然基本都能痊愈，但最后都或多或少要落个心疼病，没办法，他收费特别宰人，下手毫不留情。

这天，名医刁正在给一位病人诊治，助手小黄紧张兮兮地冲进诊室，附在他的耳边说："赖大发来看病！"

名医刁听了，眉毛一扬，心说这下好了，终于逮着机会治治他了！

赖大发也是当地名人，本是一个小公务员，因善于溜须拍马之道，几年来飞黄腾达，坐了国税局稽查大队队长的位子。有一回名医刁对赖大发"孝敬"不够，结果被他揪住偷税的小辫子，狠狠整治一番。赖大发自己却借此成了新闻人物，大报小报都赶着宣传他的事迹。最近还有传言说，他就要升任国税局局长了。

一想起这些，名医刁的气就不打一处来，他吩咐小黄："让他马上进来！"

不一会，这个赖队长就进来了。名医刁细一打量，心里又犯起了嘀咕：他哪像有病的人啊？脸上红光满面，精神抖擞，好像刚从酒会上下来一样！

赖大发大概记不起来给名医刁穿

过小鞋了，一进门就冲他抱拳："久仰久仰！"

名医刁屁股都没抬，有心杀杀对方的傲气，冷冷地问："你有病？"

赖大发被噎了一个大紫脸，他环顾四周，见诊室里只有他们俩，突然像被人抽了脊梁骨，一下子矮了三分，凑上前来，带着哭腔说："刁医生呀，您大人不记小人过，过去的事多包涵，现在只有您能救我了！"

名医刁抱着双臂，连讥带讽："凭我的经验，我断定你身体没病，而是神经出了问题。"

没想到赖大发一拍大腿，跷起大拇指说道："不愧是名医！一眼就看出来了！"

这下倒把名医刁搞糊涂了：这主儿唱的到底是哪出戏？

再往下听才明白，原来前几天赖队长开着公车去赴宴，喝醉了酒，回家路上撞死一位卖菜的农家大婶，他怕自己的大好前程可能就此毁掉，一咬牙，便趁着夜色开车跑掉了。谁知回到家，就发现自己的两只手直抖，像得了鸡爪疯，当时以为是吓的，没在意，可休养了两天，这种奇怪的症状却依然没有好转，除了睡着后不抖，其他时间都在周而复始地抖动。赖大发去了好几家医院，都说治不了，这下他慌了神，总这样下去怎么得了？上级组织部门肯定会以为他的健康有问题，不但不会让他担当局长

的重任，很可能还会让他提前办理病退！情急之下，就想到了名医刁。

名医刁脸上不动声色，心里却琢磨着怎么办才好，报警吧，赖大发肯定要蹲大狱，自己也能报一箭之仇，但钱却赚不到了；不报警，只敲一笔钱，岂不是太便宜他了！怎么着也得给他点颜色看看！

到底是名医，他装模作样地给赖大发检查了一番后，心中已有了主意，皱着眉头说："你这种病很罕见，估计全世界的名医见了都得摇头。"

赖大发一听跟傻作样的，说话也不利索了："你的意思是说，没治了？"

名医刁叹了口气，说道："心病还需心药治，我倒有个法子，你要是有胆量，不妨试一试。"

"只要能让我的手恢复正常，什么法子我都愿意试！您就甭绕圈子了，直说吧！"

名医刁摆摆手，又道："天机不可泄露，如果你愿意，回去准备30万元诊疗费，三天后来找我，顺便签一份合同。"

名医刁是何等精明之人？赖大发的底子他虽不能门儿清，但风言风语也听了不少，知道他明里打扮得像个清官，暗地里却为自己捞足了油水，这30万元，他绝对拿得出来。

赖大发听了，脸都绿了，看样子这笔钱对他来说也如心头之肉。

见他犹豫，名医刁又说："当然，你去找别的医生也可以，不过如果处理不好，可能会并发下肢瘫痪、脑震荡什么的，何去何从，你考虑吧。"

赖大发开始像猴吃蒜似的在房间里打转转，最后一咬牙，很阳刚地冒出一句豪言壮语："我做！反正横竖已经这样了，还不如赌一把！"

三天后，他果然掂着一个大皮包上门了。

名医刁拿出一份合同给他看，大意是手术如失败，院方不承担任何责任之类的话，等他签了字，才说了实话"我已经打听到死者家的情况，过一会儿呢，死者家属就要来了。"

赖大发惊得一下子跳了起来："姓刁的！你什么意思？干吗要出卖我？"

名医刁摆摆手让他保持镇静，然后向他解释："你的病是精神因素引起的，这种因素就是出事后的罪恶感，你必须勇敢地面对那件可怕的事才行。等会儿他们来了，你要忍辱负重，让他们揍两下，等他们火气消了，你的心理障碍也就没有了，手自然会好。"

"可是，他们要把我打死怎么办？"

名医刁安慰他"不会，我这里是哪儿？医院啊！我会随时实施抢救的，保证你性命安全，尤其会保证你双手的安全！再说了，你不是带着30

万吗？我已经跟他们把赔偿的事情谈妥了，你只要给他们出出气，就准保没事了！"原来这三天名医刁也没闲着，停了业，推掉好几个病人，亲自走街串巷，千方百计打听到了死者家的地址，然后向家属表示：可以找到肇事者，并负责让对方支付20万元赔偿金，但前提是不能惊动官府。对方果然同意。名医刁算盘打得好，20万把死者家属摆平，剩下10万进自己的腰包。

赖大发拼命地搓着手说："完了完了！我的小命就要交待在这儿了……这就是你想的法子？我算是明白了，难怪你要签什么狗屁合同……"

说着，赖大发就想开溜。这时门外一阵喧哗，就听有人喊："队长，这儿有辆白色捷达车！牌照号34235。"

"司机呢？司机在哪儿？"另一个人粗着嗓子问。

名医刁一听，心说糟了！怎么还来了个队长？

再说什么也晚了，没等赖大发起身，呼啦啦拥进来四五个人，一看更傻眼：他们都穿着交警制服！看样子死者家属并没有信守承诺，直接告到交警大队了！

房间里只有名医刁和赖大发两人，为首一个大个子交警一看赖大发满脸惊慌的表情，就猜了个八九不离十，问他："门口是你的车？"

赖大发知道逃不过了，忙站起身，强压着内心的慌乱说："警察同志，我是市税务稽察大队的赖大发，你们大概听说过我的名字，说实话，对那天晚上发生的事，我也很难受，不过我真不是有意的！那大婶骑车突然摔倒了，正好倒在我的车前面，当时我也是害怕，心里一乱，就开着车跑了，其实我心里比谁都内疚……"

赖大发喋喋不休地说着，那边几位都不吭声了，抱着双臂看他表演。

赖大发更慌了，接着说："我真的不是有意要逃避责任，主要是那晚上喝得多了点儿，又是头一次碰到这事，结果一念之差……这样吧，等做完手术，我会马上登门致歉！并赔偿一切损失！"

大个警察听完，似笑非笑地说："我们是交通中队清障组的，你的车停在了不该停的地方，所以必须马上拖走，不过，鉴于你刚才所说的情况，只好委屈你了，呵呵，酒后开车、肇事逃逸……你的罪不轻啊！我们会跟事故科联系的。"

名医刁和赖大发都傻了，原来他们并非为那件肇事逃逸案而来！现在好了，死者的家属还没有到，这出戏就不得不收场了！名医刁心里又气又恨，白耽搁几天时间不说，自己的10万块也泡汤了！

赖大发的脸红一阵白一阵，还想和交警泡蘑菇。

名医刁附在他耳边说："老弟，赶紧走吧，这场官司反正你是免不了了，等会儿死者家属来了再被饱揍一顿，你可就赔大了！"

话刚说完，赖大发就滋溜一下钻出了门，在那一瞬间，名医刁注意到，赖大发的两只手竟然不抖了！

（本篇月月评短信代码：0913）

（题图：魏忠善）

·本刊信息传真·

投 稿 指 南

本刊各栏目欢迎来稿，对作品的基本要求为：1.情节精彩，并具有一定的新意；2.题材不限，特别欢迎贴近生活、有时代气息的爱情故事、校园故事、幽默故事和悬念故事；3.叙述口语化，平易浅显，生动活泼；4.故事主题积极健康、色调明亮；5."点击网络故事"、"3分钟典藏故事"、"情节聚焦"、"快乐辞典"等栏目欢迎推荐作品，其余栏目需原创作品。

本刊采取优稿优酬原则，原创作品平均稿酬为300-400元/千字。来稿可寄往上海市绍兴路74号《故事会》编辑部，邮编200020。本刊电子信箱：gushihui_sh@163.com；本期责任编辑电子信箱：manshi@126.com。

抽象的花卷

□ 张东兴

有个卖花卷的，做的花卷味道好分量足，可是生意却清淡得很。为什么呢？因为他有个毛病，花卷做好，直接从面案子上往蒸笼里扔。这一扔不要紧，他的花卷长什么样，也就可想而知了。因为样子难看，所以买者寥寥。

卖花卷的觉得挺委屈。他认为花卷么，终归是要落肚的，味道好能挡饿就行了，要长得好看干什么？可是在咱们这儿，他这一套理论自然是行不通的。越是行不通，他还越渴求获得承认。

有一天，一个从省城回来的打工仔来买花卷，在他的花卷摊前转了三圈，没头没脑地说了一句："你这花卷，到省城广场一定好卖。"

第二天，又一个打工仔来，说了同样的一句话。

第三天，还是。

卖花卷的坐不住了。有道是佛争一炷香，人活一口气，自己的花卷做得这么好，在家乡却得不到承认，还在这儿呆着干什么？他不敢耽搁，直接把花卷摊搬到省城广场边上去了。

头一天，卖花卷的怀着忐忑不安的心情去卖。想不到，他的花卷很快就受到广场上游客的关注："哎，你这模型，多少钱一个？"

卖花卷的非常激动：人家省城人的欣赏水平就是不一样，上来就夸我这馍行！行就得多卖您几文了。他一

咬牙:"一块钱一个!"要知道,这花卷原来才卖三毛钱一个。

"一块钱一个,很便宜呀,给我来五个,回去送人。"那人高高兴兴地付了钱,等拿到手才知道,"噢,闹了半天是花卷呀!"

卖花卷的就奇了怪了:"您以为是什么?"游客用手一指"我以为是广场雕塑模型呢。"

卖花卷的顺着人家手指一看,广场上那个雕塑还真的和他的花卷很像哩!怪不得从省城打工回去的人要他到省城广场来呢!

卖花卷的脑子不慢,顺水推舟地说:"啊,您弄错了,那雕塑是我这花卷的广告。"

这个游客一走,卖花卷的忙跑到那雕塑跟前,仔细打量,越看越像自己的花卷,可这么个像花卷一样的雕塑是什么意思呢?再一看,前面还有个牌子,刻着雕塑的名字——"抽象"。卖花卷的摸摸脑袋,舔舔嘴唇,还是不明白。

他问旁边一个放风筝的老头:"大爷,这个雕塑什么意思?"

老头一听,向他怒目而视,看他诚惶诚恐不像有意挑衅,眼珠一转,说:"您去问问别人吧。"

卖花卷也没细想,就另找了一个年轻人打问。不料这年轻人一听,不由分说,抓住他暴打一顿。

卖花卷的鼻青脸肿地回来找老头算账,老头乐了:"挨打了吧?告诉你,在我们这儿,流行着一句歇后语:广场上的雕塑——鬼知道什么意思。所以你问别人雕塑什么意思,就是骂人家是鬼,当然要挨揍了。可是我人老了,揍不动你,只好找个代理人。"

卖花卷的听了,心里那叫一个火大,可他转念一想,反正打也打了,干脆就在这儿住下来,专在雕塑下面卖花卷吧。他还给自己的花卷注册了商标:抽象牌花卷。

你别说,他的生意还挺火,来广场游玩的人总要捎几个回去当纪念,从他家乡来的人也不例外。尽管卖花卷的已给了优惠待遇,家乡人还是后悔不已:那价钱比家乡贵多了,早知如此我们就不把他骗省城去了!

(本篇月月评短信代码:0914)

(**题图**:张 恢)

□ 高静云 改编

谋杀给你看

克里是个记者，住在一栋15层公寓大楼的顶楼，没事的时候，就在阳台上摆弄他种的几盆花。

这天，克里像往常一样，在阳台上给花浇水。突然，头顶传来一声惊呼，克里下意识地一抬头，只见一个胖女人像只断线的木偶一样，从他的阳台前落了下去！克里眼尖，认出那是住在他楼下一层的维顿太太，她怎么会从屋顶上掉下来呢？就在维顿太太经过克里阳台前的一瞬间，克里看见她的两只手在空中乱舞，脸上露出惊恐的神色。

过了一两秒钟，楼底传来"通"的一声响，不用看，克里就知道维顿太太没有救了。克里探出脑袋往楼上看去，只见楼顶天台的栏杆上露着半张脸，克里定睛一看，心头一紧，原来那个不是别人，正是维顿太太的丈夫——维顿先生！说时迟，那时快，也就是一眨眼的工夫，维顿先生的脸便缩回去不见了。

维顿太太当场摔死了。警察在维顿夫妇家里发现了一封维顿太太签了名的遗书。据维顿先生说，当时他正在屋里，维顿太太突然从窗口跳了出去，把他吓傻了。警察于是得出结论，维顿太太是自杀身亡的。

这件事好像就这么过去了，只有

克里知道：维顿先生在撒谎，维顿太太不是从自己家窗口跳出去的，而是被维顿先生从天台上推下楼的!

现在更危险的事情是，维顿先生一定也看见了克里，对他来说，克里是唯一的知情者，也是一个最大的隐患，弄不好，心狠手辣的维顿先生还会想办法杀掉克里灭口呢。

是福不是祸，是祸躲不过。克里思来想去，决定亲自去拜访一下维顿先生。第二天晚上，他独自下楼，敲开了维顿先生的房门。

维顿先生是个身材健壮的中年男人，他打量了克里几眼，不动声色地把他请进了屋。

克里坐下以后，先试探地说："维顿先生，我对你太太的死感到很抱歉……"谁知维顿先生哈哈大笑起来，对克里说："你不用拐弯抹角的，有什么话直说好了。"

克里叹了口气，说："维顿先生，那天我亲眼看见你太太从我的阳台前落下去，我想你也看见我了吧？"

维顿先生冷冷地说："是的，我把她推下去以后，看见你探出了头……你是不是想去警察局告发我呢？"

克里干咳几下，苦笑道："我没有证据，警察不会相信我的，何况你的太太在遗书上签了名。"

"哈哈……"维顿先生又笑了起来，"我太太很相信我，我事先打好了这封遗书，告诉她那是一份领养老金的文件，叫她签名，她眼神不好，看也没看就签了。然后我骗她上了天台，把她推下去……这样解决问题可比和她离婚划算多了。"维顿先生停下来，点了支雪茄，死死盯着克里，又说，"这事本来神不知鬼不觉，可惜被你看见了。"

"我就是为这事来的。"克里说，"你担心我迟早会去告发你，或者用这事来敲诈你，是不是？"

维顿先生说："克里先生，你说的没错，你别想从我这里拿到一分钱。我正在盘算怎么除掉你，不过现在干掉你太容易引起警察的怀疑，但你如果不安分的话，我随时可以下手。"

克里尽量用平静的语气说："维顿先生，你们的家务事我管不着，我只想太太平平过日子。你看这样好不好？我……呃，我让你也拿到一些证据，咱们扯平怎么样？"

"证据？什么证据？"维顿先生疑惑地问。

"杀人的证据。如果我去杀一个人，让你把我杀人的经过拍下来，你的手里就有了王牌，咱们俩就可以相互信任，谁也不会告发谁，谁也不用怕谁了……"

维顿先生沉思了一会儿，说"这倒像是一个好办法，可是好端端的，你想杀掉谁呢？"

克里说："有个叫艾西丽亚的女

人，我和她只是逢场作戏，玩玩而已，可是她却缠上了我，非要和我结婚不可，我早就想甩掉她了。下个星期，我们一起去艾西丽亚的公寓，她一心想当电影明星，我就说你是电影制片人，想和她认识认识，然后趁她不备，我把她从公寓阳台上推下去，你拍下证据就行了。这样你放心了，我呢，既除掉了心头大患，以后也不用提心吊胆地过日子了。"

"好，一言为定！"维顿先生拍着克里的肩膀，表示成交。

两天后的晚上，克里和维顿先生一起到了艾西丽亚住的公寓。艾西丽亚住在13楼，屋子很大，里面空荡荡的。艾西丽亚看见克里，显得很高兴，像小猫一样地迎了上来，问："亲爱的，你今天怎么有空来了？这位是……"

克里偷偷朝维顿先生使了个眼色，然后对艾西丽亚说："这位是电影制片人，到这里来选外景，我让你见见他。"

"哦？"艾西丽亚两眼放光，露出一脸崇拜的神情，转脸问维顿先生，"您是哪家电影公司的制片人呢？"

维顿先生一愣，随即灵机一动，回答道："哦，我是独立制片人。"

克里朝他竖了竖大拇指，然后提议："咱们来喝一杯吧，艾西丽亚你去拿杯子。"趁艾西丽亚离开的工夫，克里从兜里掏出一小包粉末，对维顿先生说："这是镇静剂，一会儿我放在艾西丽亚的酒里，再动手就容易了。"

不久，艾西丽亚拿来了杯子，克里借着倒酒的机会，把粉末从手指缝漏进了一个酒杯，使劲晃了晃，然后把那个酒杯递给了艾西丽亚。这一切，维顿先生都看在了眼里。

三个人喝完酒，又开始聊天，聊了一会儿，艾西丽亚的眼皮便耷拉下来了，话也说不利落了。克里站起身，去拉艾西丽亚的手："宝贝，咱们到阳台上去吹吹风吧。"艾西丽亚痴笑着站起身，整个人靠在克里的身上，晃

晃悠悠跟着他往阳台上走。

克里一边走，一边把手背在身后，冲维顿先生做了个手势。维顿先生心领神会，从包里拿出了早就准备好的照相机。

克里搂着艾西丽亚走到阳台的栏杆边上，栏杆很低，克里用手指着楼下让艾西丽亚看，艾西丽亚俯身去看，就在这个当口，克里抓住艾西丽亚的肩膀，把她往下一推。只听艾西丽亚一声惨叫，整个人从栏杆上翻了出去，一只高跟鞋挂在栏杆上飞了起来。

"卡嚓"，闪光灯一亮，维顿先生不失时机地把这个镜头拍了下来，"好了，好了！"他兴奋地叫起来，"咱们快走！"

"别急。"克里叫住了他，从口袋里掏出一块手帕，把房间里可能留下指纹的地方都一一擦干净，确信什么痕迹都没有留下以后，才拖着维顿先生走了出来。

两个人没有坐电梯，而是顺着楼梯一直跑到底楼，从大楼的侧门离开，钻进克里的轿车，快速地开走了。他们拐过楼角，看到一群人围在人行道上，中间躺着的那人一只脚没有穿鞋子，显然正是艾西丽亚。

几天后，克里去见维顿先生，告诉他艾西丽亚的葬礼已经举行过了，警察认定艾西丽亚是喝醉了酒，失足掉下阳台的。维顿先生很满意，笑呵

呵地说："这下咱俩扯平了，严格说起来，我手里的证据更实在哩。"

不久，克里搬了家，离开原来住的公寓大楼。搬家的当天晚上，他穿戴整齐，去一家饭店吃饭。饭店里，有个女人正在等他。看见克里进门，那个女人迎上来，和克里亲吻了一下。她不是别人，竟然是已经"死去"的艾西丽亚！

艾西丽亚问："那个维顿先生没有怀疑你吗？"

"呵呵，一点也没有怀疑，他一定把那张照片当宝贝一样地藏着呢。我们联手演的这出戏去除了他的心病，他以后再也不会来找我的麻烦啦。艾西丽亚，你真是个不错的演员呢。"

艾西丽亚的脸上笑成了一朵花："你别忘了，我本来就是一个特技演员呢。那个维顿先生呢？这样做是不是太便宜他了？"

克里想了想，说："我们现在没有证据，奈何不了他。但是他做了恶，总有一天会遭到报应的。"

原来，艾西丽亚根本没死。那天，克里事先在艾西丽亚阳台的下面一层布了一张网，落到那张网上以后，艾西丽亚立刻跑到底楼，在人行道上假装昏迷，引来行人观看，这对艾西丽亚来说是小菜一碟，而心急火燎的维顿先生当然看不出破绽来！

（本篇月月评短信代码：0915）

（题图、插图：箭 中）

这年头，美容够时髦的，"人造美女"层出不穷。可要是告诉你，不仅让你免费美容，还倒贴你钱，你敢去吗?

手机美容

□黄廷洪

老库克经营的女子美容店因为生意萧条而濒临倒闭，就把店铺转让给了儿子小库克。开业的头一天，小库克承诺：不仅免费为女士们美容，而且还付给顾客一笔可观的"岁月赔偿金"。他解释说：女士们从我的美容店出去时至少要比进来时年轻十岁，这笔钱就是对她们由大变小的"赔偿"。

老库克很担心，赶紧劝儿子："天底下有你这么做生意的吗？要不了几天，你就会关门的。"

可是小库克胸有成竹地说："你放心吧，只要我的美容店有人光顾，就不愁赚不到钱。"

转眼一年过去，出乎老库克意料的是，小库克的美容店不仅没有倒，生意反而越来越红火，他买了轿车、别墅，穿着名牌服装，活得十分滋润。老库克大惑不解，跟儿子打听发财的秘密。

小库克诡秘地一笑，说："我这女子美容店嘛，这一年是一分没有赚，还贴进去十几万……"

老库克听得愣了："那……那你买房买车的钱是哪来的？"

"爸爸，别急，这里不赚钱，我另有赚钱的地方，你看——"他用手往女子美容店旁边的一家店一指。

老库克一看："手机美容店？"

"对，手机美容店，那个也是我开的。"

老库克还是一脸的茫然，他不知道女子美容和手机美容有什么关系。

小库克解释说："美容吗，女人都喜欢，可男人的心思就复杂了。一方面，他们希望自己的妻子年轻漂亮，娇艳动人，另一方面，他们又害怕自己的老婆年轻漂亮以后会带来许多麻烦，比如说寻找外遇、被人骚扰什么的。男人们心里一矛盾，就会反对妻子做美容，大大影响美容店的生意，我解决了这个难题，让男人都迫不及待地送妻子来美容，所以我发财了。"

"你是怎么解决这个难题的？"老库克睁大了眼睛问道。

小库克神秘地告诉父亲：他在给那些女人垫胸丰臀、拉双眼皮、抽脂肪的时候，神不知鬼不觉地在她们的眼皮子底下、胸部、臀部或者别的什么地方安装一个只有芝麻粒大小的电子感应器。

"这又怎么样呢？"老库克一副穷追不舍的样子。

"天哪，你怎么还不明白？"小库克说，"然后我就通知她们的丈夫到我的手机美容店来给手机美容，就是在手机上面安装一个接收器，这样那些变得漂亮迷人的妻子们的一举一动，通过身上的电子感应器准确无误地发送到了丈夫的手机上，也就是说，丈夫可以24小时实时监控妻子。你说，哪个男人不愿意出这笔手机美容费呢？当然，那可不是一笔小数目，比美容的手术费要高得多啦。"

"上帝啊，你真是个天才的商人。"老库克不得不承认儿子比自己有生意头脑。他正要离开，突然想起什么似的转过身来，问道："我记得当初你妈也在你的店里做过美容？"

"是啊，她可是我的第一个顾客。难道你没有发现她自从到我这里做了美容以后，人也漂亮了，精神也好了，气质出来了，变得更加自信了？"

"可是你为什么没有通知我来做手机美容啊？"

小库克笑嘻嘻地说："我不是送过你一部手机吗？那就是经过美容的啊。因为你是我爸，我就没有跟你要手机美容费——"

"天哪！"老库克傻了，呆呆地站在那里，好半天才骂道，"该死的基姆，难怪死缠着要和我换手机，我说他怎么舍得用一部时尚新潮手机换我那部半新不旧的玩意……"

（本篇月月评短信代码：0916）

（题图：箭 中）

鸟公子

□ 李子胜

鸟公子的大名几乎无人不知，只因他从小酷爱养鸟赏鸟逗鸟，总是笼不离身鸟不离手，因此大家就给他取了这么个绰号。鸟公子聪明伶俐，父亲又溺爱，所以从小除了玩鸟，就是跟着父亲摆弄围棋，颇有点游手好闲的味道。

十八岁，鸟公子的父亲亡故，也没给鸟公子留下什么产业，只是在临咽气时，告诉儿子自己有个莫逆好友，叫洪信，在京城开个中药铺，可以投奔他，学点手艺，平静度日。鸟公子葬了父亲，卖了房子，揣着父亲早已封缄好的书信，背着父亲留下的围棋，提着心爱的鸟笼，一路打听，流落到京城。

洪信见了鸟公子，听说故交辞世，唏嘘一番，读了鸟公子父亲的书信，就安排鸟公子住下了。

转天早饭后，鸟公子看着几个伙计在柜上忙活，也不知道自己该干些什么，就愣愣地站在一幅"童叟无欺"的中堂下面，等人吩咐，可是，大家就如同没有看见他一般。鸟公子心里不是滋味，就想伸手帮忙，可是，他碰什么东西，立刻有伙计慌忙过来，说："公子，这不是你干的活儿，我们来吧。"鸟公子和洪老板提起父亲让他学艺的事情，洪老板支吾着说："不忙不忙，现在不缺伙计。"

洪老板叫来自己的儿子洪武，让他陪鸟公子先逛逛京城。鸟公子就提着鸟笼和洪武溜达到街上。不到一个月的光景，洪武带着鸟公子出入饭馆

酒肆，把京城逛得差不多了，每次都是鸟公子结账，很快，鸟公子所带的银钱就所剩无几了。洪老板和老板娘以及伙计们的脸色有些木然，每日的饭食也越来越粗陋，鸟公子眼看着自己心爱的鸟儿越来越瘦，夜晚睡觉，不觉潸然泪下。

一天，洪武带鸟公子来到一个茶楼，很多人在下围棋，鸟公子立刻被吸引住了。他发现原来这是个下彩棋的赌馆，很多人围在一起押胜负，一盘棋下来，银子输赢不下百两。洪武也上场去下彩棋，但他水平很差，盘盘皆输，鸟公子又替他赔了不少银子，心中更加郁闷慌乱，又不好说什么。

这天早晨，洪老板要去东北购买药材，和鸟公子道别，嘱咐鸟公子再好好逛几天。鸟公子要上街时，惊讶地发现鸟笼被人打开，鸟儿也不见了。他感觉到，人家这是要赶他走了，在洪家的日子快过不下去了。

转过几天，吃晌午饭的时候，突然听见老板娘的哭声，鸟公子忙问发生了什么事情。老板娘告诉他，老板去东北进药材的路上，被土匪绑票了，土匪捎信来，要一万两银子赎人，五天内交钱放人，不然就撕票。

"我们怎么这么倒霉啊，这药铺怕要关了……"老板娘哭诉着。伙计们也耷拉了脑袋，中午连做饭的人都没有。饥肠辘辘的鸟公子忽然想

起那个下彩棋的茶楼，就偷偷对洪武说，我想想办法吧。已经呆在一旁的洪武惊疑地看着鸟公子，说："你傻乎乎的能有什么办法啊。"鸟公子回身到自己的卧房取出父亲留给他的那副围棋，对洪武说："你跟我走吧。"

来到赌馆，鸟公子找张桌子小心地摆好围棋，摸出十两银子，对众人说，"一盘十两，谁和我下？"

人群中立刻闪出个人，坐在鸟公子对面。不到一炷香工夫，鸟公子的一条大龙就被吃掉了。洪武在一旁只剩下叹气了。一个下午，鸟公子输了整整五十两。一连三日，鸟公子都是输棋，洪武见没有指望，都懒得陪他了。

第四日，鸟公子央求半天，洪武才没精打采地陪他又来到赌馆。鸟公子对众人说，今天我押多一些，一千两，谁下？大家都熟悉了鸟公子的棋艺，不禁哂笑。前几天赢了鸟公子的人争抢着要下棋，鸟公子说："诸位，亮出银子，谁下都可以。"

有个性急的主，掏出张五千两的银票，冷笑说："要下就下五盘，怎样？"鸟公子认出来人，思忖片刻，点点头。

鸟公子执黑子，布局与前几日也没有大的区别，几手棋后，洪武几乎要哭了，看来，今天也是凶多吉少。可是，等洪武再定睛观看时候，鸟公子对面的那人额头已经渗出汗珠，不到

两炷香工夫，鸟公子已经优势尽现。

在下面的四盘棋中，鸟公子大开杀戒，棋风咄咄逼人，对手却目瞪口呆，到最后数子，那人已经口吐白沫，差一点没昏厥过去。

等那个人被抬下去以后，再也无人敢和鸟公子对局。

洪武大喜过望，正要和鸟公子离去，人群中站出一位虬髯中年人，拦住了鸟公子。中年人说："公子好身手啊，别忙，你和我换个地方，赌一盘五千两的如何？"

鸟公子迟疑地点点头，中年人便拉起鸟公子的手向外走。洪武收拾了棋子，尾随着二人，走在后面。三个人绕来绕去，走了很远，尾随看热闹的人也都知趣地走了，中年人忽然回过头，说："公子，你前几日不会下棋一般，为何今日棋风如此高妙？"

鸟公子叹了口气，说："实不相瞒，我也是为了救个朋友，无奈之间，略施小计。我前三日不假输几盘，谁会和我赌今天的棋局呢？"

中年人

哈哈大笑："我没有看错人啊！"说着，一把扯下鬓下胡须，鸟公子定睛一看，不由大惊，此人竟然是洪老板！

洪武也呆了，惊喜地说："爹，怎么是您啊？"

洪老板找了辆马车，三人回到药铺，伙计和老板娘看见洪老板并不吃惊，洪老板对鸟公子一拱手："恭喜公子啊！"

洪老板拿出鸟公子父亲的那封书信，递给鸟公子，说："你看看就明白了。"

原来，洪老板被土匪绑票，竟然是鸟公子父亲早在死前设计好的！

洪老板说："令尊是我的救命恩人，这个药铺，就是你父亲出钱托我经营的，现在，公子完全可以胜任掌柜的位子了。"

"掌上灵通杯"《故事会》优秀作品月月评

《故事会》与上海掌上灵通咨询有限公司联合举办"掌上灵通杯"《故事会》优秀作品月月评活动,全年共设价值48万元的奖金和奖品。参加方式如下:

1. 请选出本期你最喜欢的一篇作品,将其篇尾的月月评短信代码(如0901,没有短信代码的作品不参加评选)发送到200056(中国移动)或900056(中国联通)。每次限选一篇,可多次投票。

篇名与短信代码

代码	篇名	代码	篇名	代码	篇名
0901	违心的代价	0911	冰海中最后一条义犬	0920	富太太保镖
0902	这张欠条不算数	0912	一件红裥子	0921	穿透心灵的子弹
0903	开眼	0913	名医出手	0922	打架看报
0904	为自己的贪心下跪	0914	抽象的花卷	0923	误解
0905	黄河的水和浴池的水	0915	谋杀给你看	0924	一向如此
0906	叫一声"大哥"泪涟涟	0916	手机美容	0925	请给市长问个好
0907	会说话的狗	0917	鸟公子	0926	暗示
0908	叫你不服气	0918	神厨	0927	实习扒手
0909	重重关上的车门	0919	闹洞房	0928	理想体重
0910	童心				

2. 凡选中故事在得票数前三名的读者均可参加抽奖。每期共设:一等奖3名,奖金各500元;二等奖10名,奖金各300元;三等奖20名,奖金各100元;阅读奖500名,各获价值15元的纪念品一份。所有参与读者将另获赠精彩梦网信息服务。

3. 本期活动截止期为:2004年5月5日。得奖读者在评选结果揭晓后将得到短信通知。本活动短信收费:0.10元/条,咨询电话:021-53854588。

鸟公子说:"可我对药材一无所知啊。"

洪老板捻着胡须,说:"药材知识,易学易会。经商之道,最重要的是戒贪。贪婪之人,早晚自断财路,还会引来杀身灾祸。如果你是贪财之人,恐怕只能在我这里做个小伙计了,呵呵。"洪老板顿了顿,又说,"但公子你能重义轻利,不计前嫌,所以我才把掌柜的位子给你呀。不过,你的鸟是我放走的,我希望公子不要玩物丧志啊。"鸟公子听了连连点头。

洪老板又回头对满面羞愧的洪武说:"明天把这五千两银票给那个人送回去,不然,为这不义之财也许真的会大祸临头。"

十年后,鸟公子的中药堂誉满京城,几次大的灾疫,鸟公子还无偿给百姓配药,鸟公子的儒雅棋风,也广为传播,当然,这是后话,此处不表。

(本篇月月评短信代码:0917)

(题图、插图:黄全昌)

人若志趣不远,心不在焉,虽学不成。 ——张载

神 厨

□ 范学望

那时候镇上有个厨师名叫张三，身怀绝技，菜里不放丁点荤腥，他就能空手做出带鱼味的菜肴，也能做出带鸡味的菜肴，或者带鸭味、肉味的菜肴。因为这手绝活，他被人称为"神厨"。贫穷人家遇有喜事但又买不起多少荤菜，常常找张三帮忙。

张三只二十出头，长相不错，个头不高不矮，品貌也很端正，白围裙一扎，往灶台上一站，操起家伙来真是神气十足，不少未婚的姑娘总以羡慕的眼光看着他。

十里外有一个朱员外，家里有钱有势，尽管对此事觉得挺怪的，但不屑于找张三来帮忙。不想一日朱员外遇到一件疑难事，原来他有个独子，

今年十六岁，这天，小少爷闹着要吃鱼汤面。这本来很平常，上街买两条活草鱼回来便成。可那是一个严寒的冬天，湖面上结冰封冻月余了，市面上连鱼鳞都没有，莫说是鱼了。没有鱼就做不了鱼汤，没有鱼汤又何来鱼汤面呢！朱员外无奈之下想起了神厨张三，忙派家人驾着马车去请。

家人对张三如此这般一说，张三欣然应允随车而去。

朱员外对张三的厨艺本来也是将信将疑，不过让他试试看。可是神厨张三真不含糊，在朱员外家的灶屋里，只用半炷香的时间就做出了一碗热腾腾香气扑鼻的胡椒鱼汤面，上面又撒了一把绿如翡翠的青蒜，那诱人的香味更是飘散了一屋。当张三把面端进堂屋时，一旁急吼吼的小少爷早已按捺不住，抢过面去大吃起来，才吃一口就啧啧称道妙、妙，香、香，好吃、好吃。坐在上手的员外闻着那味，也不由得流下了口水。看热闹的小姐目光热热的，不时地在张三脸上飘来飘去，脸上飞起一阵阵红晕。

张三走了，可员外家的事更大了。小姐茶饭不思，昼夜难寐，不是念叨鱼汤，就是念叨神厨张三。员外急得手足无措。夫人知道这是女儿看中了小厨子，害了相思病，怎么办呢？

几天过去了，小姐日渐消瘦，情况有增无减。员外找的两三个名医都说心病心医，夫人更是泪洒衣襟，一个劲地催员外快想办法。

员外咬咬牙，心想就是女儿下嫁过去，也不能便宜了那小子，一定要他把绝技交出来，好让我们家有享不尽的口福，又省了好多钱。夫人听了也觉得甚妙，事情就这么定了。

这一日媒婆上了张三的门，说员外派她来为小姐提亲，张三真是喜不自禁，原来他从员外家回来以后，心里也念念不忘小姐的音容。当媒婆吞吞吐吐说出条件时，张三犹豫了一会便答应了。这又令媒婆大喜过望，媒婆原以为这是张三的看家本领，不会轻易教人，现在事情竟容易地成了，员外那儿的赏钱自不会少。

张三随媒婆又一次进了朱员外的门。谈好一个月后花轿上门，同时向小少爷传授绝技，如食言听候老爷告官发落。

朱员外一家满心欢喜，小姐听了早就一展愁眉，满脸灿烂。

转眼间喜期已到，朱员外家张灯结彩。张三骑着高头大马披红挂花，领着花轿在一阵吹吹打打的声乐中来到朱员外家门前。

按约神厨张三要先向小少爷传授绝技。朱员外一直很纳闷，这种高超的技艺怎么能一教就会。他们三人一起进了厨房。只见张三从怀里掏出四块毛巾，上面各绣着鱼、鸡、鸭、猪的图案，然后让小少爷和员外分别闻了闻。

啊，两人不闻则罢，一闻惊诧不已，绣鱼的上面有浓烈的鱼香，绣鸡的上面有浓烈的鸡香，绣鸭的上面有浓烈的鸭香，绣猪的上面有浓烈的肉香。朱员外忙问是怎么回事，难道这刺绣绣什么就会有什么异香吗？

张三笑笑，说，员外莫急，听我慢慢道来。这刺绣哪有什么蹊跷，而是我先把鸡鸭鱼肉这些东西煨成浓汤，将手巾放在里面浸上一个时辰，拿出来晾干，再浸上一个时辰，拿出来晾干，这样反反复复十多次，最后原汁就渗进了毛巾，到用时只要把毛巾扔在锅里一煮就行了，上次小少爷的鱼汤面我就是用鱼手巾煮汤做的。

朱员外听了，像吃大亏似的定在那里，半晌才摸摸张三的头说，小子这神厨就这么回事啊，真便宜了你!

这时，外面笙呐又响了起来，鞭炮再次鸣放，神厨张三兴高采烈地领着新娘一路吹吹打打回家去了。

（本篇月月评短信代码：0918）

（题图：黄全昌）

□ 肖剑波

闹洞房

大嘴李要结婚了，他的哥们儿个个高兴得摩拳擦掌，准备各显神通，尤其是顾老歪。

为什么呢？原来大嘴李平时说话损，老是拐着弯地骂顾老歪，这下可让老歪逮着机会了，下决心要把大嘴李的洞房闹个天翻地覆。

这个顾老歪可是闹洞房的"高手"。上回眼镜刘结婚，顾老歪想出的一个超高难动作，愣是让眼镜和他媳妇折腾了一宿都没过关，结果把眼镜媳妇急得呜呜地跑出了洞房。

转眼到了大嘴李举行婚礼的这天晚上。大嘴李自知今日在劫难逃，只得愁眉苦脸地向各位哥们作揖，求大伙无论如何要手下留情。顾老歪喜笑颜开：好你个大嘴李，今天知道求饶

了？晚啦，下次吧！

顾老歪正准备宣布闹洞房开始，突然，一行人扛着摄像机径直闯了进来。打头的一个记者模样的年轻人自我介绍说，他们是市电视台的，要赶拍一栏《移风易俗话婚礼》节目，缺一组闹洞房的镜头，为了寻求节目的真实感，听说这里正在闹洞房，就冒昧地赶来了。

大嘴李一听，忙把客人请进屋，说没想到结婚能碰上这档子好事，高兴得直叫老歪快点开始。大伙也高兴，上电视节目可都是头一回呀！

顾老歪就不客气了，马上宣布要让大嘴李两口子来个热身节目"人猿泰山"，就是让大嘴李四肢着地，他媳妇吊在他腰间满屋子转。不料，记者

一听直皱眉头，连连摆手，说："不行不行，这种模样怎么能上电视？"

顾老歪一想也是，可再一想更愁了，"人猿泰山"已是最初级的节目了，其他节目可就更不雅了。记者好像明白了他的苦衷，索性亲自上阵做起了司仪。嘿，还别说，记者就是记者，说起话来一套套，又吉利又喜庆，出的节目新颖别致，又文明又热闹，让顾老歪一帮子哥们大开了眼界，只恨自己结婚没赶上这样的好事。

记者的节目出了一个又一个后，他一抬腕看了看表，说"时间不早了，新人们也辛苦了，咱们现在拍最后一个镜头，新郎新娘送别客人！"

大伙虽然有些不舍，但为了配合摄像的需要，还是按照记者的安排，一个个与大嘴李握手祝福，出了洞房。

大嘴李等顾老歪们和摄制组一走，连忙就关了新房的门，与新媳妇抱作一团，笑成一堆。

原来，哪里有什么电视摄制组，他们都是大嘴李花钱从市里一家礼仪公司特意请来的。这样一来，既让顾老歪们无法大闹洞房，又给自己的洞房花烛夜摄下了一个美好的纪念！

（本篇月月评短信代码：0919）

（题图：张　恢）

鸟　奴（青春小说系列）

这是一部故事精彩可读性很强的动物小说；这是一部蕴含深刻哲理让人掩卷沉思的动物小说。动物行为学家"我"与藏族向导强巴在滇北高原日曲卡雪山进行野外科学考察时，意外地发现一对蛇雕与一对鹩哥把自己的窝筑在同一棵大青树上。从动物分类学上说，蛇雕属于食肉猛禽，鹩哥属于普通鸣禽，蛇雕是各种雀鸟的天敌，鹩哥被列入蛇雕的食谱。在大自然的食物链上，二者是猎手与猎物的关系，怎么可能共栖共存呢？"我"决心揭开这个谜。"我"埋伏在离大青树不远的石坑里，亲眼目睹蛇雕一家子是如何飞扬跋扈欺凌可怜的鹩哥的，也清楚地看到鹩哥一家子是如何谨小慎微忍气吞声在夹缝中求生存的。经过半年的观察研究，"我"排除了这家子蛇雕与这家子鹩哥之间传统的"共生共栖"、"单惠共栖"和"假性共栖"这几种大自然常见的共栖关系，而是属于非常罕见的主子与奴隶的共栖关系。动物界特殊的"兽际关系"，折射人类社会复杂的"人际关系"，具有强烈的震撼力量。作品语言流畅生动，对大自然的描写惟妙惟肖，值得一读。

沈石溪著

这是一种特殊的职业，其中的酸甜苦辣，外人从不知晓……

富太太
保镖

□ 远　岳

1. 挑选保镖

"火榕树保镖学院"在深城鼎鼎有名，它训练出来的保镖，素质好，武功高，那些大款富豪之家，都喜欢雇用"火榕树"的保镖。

这天，"火榕树"的学员们正在训练场上学搏击，突然听教练说："院长来了。"大家一望，只见院长陪着三位客人走了过来，在他们身后，还跟着三名剽悍健壮的保镖。

客人是一男二女，男的五十多岁，秃顶，虚胖，脸色白中泛青。他

左边那女士约三十来岁，是个浑身是肉的"丑大鸭"。右边那女郎约二十五岁，娇小玲珑，秀气得像个"金丝雀"。

三位客人只扫视了一眼昂首挺胸的学员们，一句话也不说，就跟着院长往资料室走去。

快下课时，院长回来，大声叫道："华健平、李奇，到办公室来。"两位学员应声而出。

那华健平今年22岁，长得魁梧英俊，一副武打明星的样子。李奇中等身材，相貌平平，比华健平大两岁，但他的武功在学员中最棒。

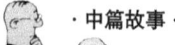

二人来到办公室里，见客人正在翻阅他们的资料。

秃顶男人半眯着眼睛仔细打量华健平，说"你的血型比较特别呀。"说着，一脸慈祥地拍拍他那厚实的胸脯。

院长介绍说："这是杨雄董事长，他带着夫人和女儿到本院来挑选保镖。"

华健平很有礼貌地向秃顶男子行了个礼，说："杨董事长，您好。"他又对那娇小女孩行礼说："请小姐多多指教。"接着又向那个"丑大鸭"行礼道："请夫人多多关照。"

那个"丑大鸭"突然哈哈大笑起来："哈哈，老爸，他叫我夫人，"又指指"金丝雀"，"叫她小姐，哈哈，小——姐！"

"金丝雀"脸一红，恼怒地扫了狂笑的"丑大鸭"一眼。

华健平愣住了，他望望一直默默无言的李奇，低声问："我说错了什么？"李奇锐利的眼光闪了闪，低声说："你搞错对象了。"

这时杨董事长干咳着，摸摸秃顶，指着"金丝雀"说："她是我的夫人肖燕，"又指指"丑大鸭"说，"她是我的女儿杨云英。"他见华健平脸上露出疑惑的神情，微笑着淡淡说："哦，华先生，你太可爱了。从古到今，夫人比女儿小一点也不稀奇。看来你

和我有缘分，只要你体检合格，我决定雇你当我的保镖，试用期月薪八千元，试用期合格，月薪一万元。"

华健平惊喜地脱口而出："啊，一万元——"

杨雄嘴角露出一丝微笑，转头望着李奇："李先生，院长告诉我，你的武功最好，我也想请你当保镖，你同意吗？"

李奇望了杨雄、肖燕和杨云英一眼，想了想，说："多谢杨董事长抬爱，不过我想等到毕业后再找工作。"

华健平诧异地望着李奇，大声说："李奇，你疯了？这可是月薪一万块呀！李大哥，你再想想、再想想！"

但李奇对院长行个礼，决然地走了。华健平急忙向众人告辞后，快步追上李奇。

李奇望着华健平说："阿华，你最好不要当他们的保镖。"

华健平惊讶地说："待遇这么好，可遇不可求呀。你能说说原因吗？"

李奇担忧地望着他，说："原因一时我也说不出，但你该知道我们那不成文的'保镖原则'吧。"

华健平说："当然知道，"接着他像背书一样说，"保镖原则一共有五条，一、绝对保证老板安全；二、绝对保证老板的隐私；三、绝对不跟老板做违法的事；四、绝不和老板的女人纠缠；五、绝对要学会保护自己。"

李奇紧握华健平的手说："对，但

高明的保镖，不是让雇主挑选你，而是你挑选雇主。阿华，凭我的观察，这家人不适合我们。你看，那杨雄城府不露，女儿比夫人大，女儿与夫人明显不和。女儿高傲、轻浮，夫人神情冷漠、又美得勾人魂魄。这种家庭最难侍候……你可别忘了第四条呀。"

华健平笑了："李大哥，我决不会和老板的女人纠缠。"李奇叹了一口气："有时，就怕你身不由己。"

华健平紧紧地握着李奇的手："李大哥，你放心，一发现不对，我马上离开。"

李奇望着华健平，道："兄弟，我知道你母亲常年瘫在床上，要钱动手术，你需要这份工作……祝你好运，有事一定来找我。"

第二天，杨雄带着华健平去体检。杨雄特地请他的老友王大夫为他检查。检查非常仔细全面，几乎把华健平从头到脚查了个遍，查完后，王大夫说："结果下午才出，你们先回去吧。"

下午，杨雄特地派司机把华健平接到一处欧

式风格的豪华别墅。华健平走进富丽堂皇的客厅，见杨雄与王大夫正在看化验报告。杨雄见华健平进来，客气地让他在沙发上坐下。

王大夫微笑着，亲自倒一杯茶，双手递给他："这是上好绿茶，清香润口，长期喝，对身体有益。"

华健平接过茶，道了谢，然后一饮而尽。

杨雄望了华健平一眼，拍了拍化验报告，说："你的身体还行，只是有些小问题。"

华健平吃惊地问："有什么问题？"王大夫取出B超片子，指着肾脏部位。华健平凑过来一看，只见肾脏上有块小小黑斑。他紧张地问："那是什么？"

王大夫说："你的肾脏有病变，它

的特征是尿频、尿急……幸亏现在还是早期，如不及早治疗，就麻烦了。"

华健平听了又惊又急。他曾听人说，肾病非常难治。自己肾有毛病，当保镖的事肯定泡汤了。他痛苦地闭上眼睛，仿佛看到自己躺在病床上，母亲也躺在病床上，旁边站着医生，伸着手，冷冷地说：钱，有钱继续治，无钱快出去。

突然，他耳边响起杨雄的声音："华先生，我聘请你。"一听这话，华健平还以为自己在做梦，他睁开眼，抬起头，呆呆地望着杨雄。

杨雄慈祥地微笑着说："华先生，我仔细研究过你的资料，你是个孝子，相信你会忠于雇主的。"

华健平茫然地说："可我，我有肾病呀！"

杨雄说："这种病不传染。你身体强壮，抓紧治，会好的。"说罢，取出一叠钱，递给华健平，"这是一万元订金，你先寄一部分给你母亲吧。"

华健平感激得眼含泪花，颤抖着手，接过钱，站了起来，朝杨雄深深鞠了一躬道："董事长，我会当一个好保镖的！"

这时，肖燕与杨云英进来了。肖燕望了华健平一眼，朝他点点头，上楼去了。杨云英从头到脚打量着华健平，然后哇哇叫起来："啊，真帅气，酷毙了。老爸，我今晚有舞会，我要

华仔当我的保镖。"

杨雄摇摇头道："不行，他还要回学院上课。你叫别的保镖陪你去吧。"

杨云英拉长了脸，噘着嘴，踏上楼梯，突然转过头，冲着华健平暧昧地一笑，随后"噔噔噔"上楼了。

半个月后，华健平、李奇毕业了，两人互道珍重，各奔前程。

华健平正式当上杨雄的保镖。经过一段工作，他觉得工作还算顺心，但有两件事让他心里不安，第一他发现肖燕与杨云英常常偷看他练功，这让他想起李奇的话，想起保镖的第四条原则 第二，是他夜尿次数增多，估计肾病可能变重了。

2. 富婆之家

这天傍晚，肖燕对杨雄说杨云英到老地方玩了，她也要去。并且要求让华健平保护她去。杨雄虽不大愿意，但不好推辞，只得点点头。

肖燕要去的"老地方"是"银凤凰俱乐部"。华健平知道这个俱乐部是富太太们最喜欢去的地方，人称"富婆俱乐部"。那儿靓女俊男如云，有歌有舞，传说还有许多神秘的游戏，到底如何神秘法，他不知道。

华健平陪着肖燕到了俱乐部，进入舞厅，华健平算是开了眼界，只见那舞厅高大宽敞，装饰得豪华壮丽，如同皇宫。那数不清的奇异吊灯，晶莹闪烁，让人眼花缭乱。秀丽漂亮的

女侍应像神秘的花蝴蝶，在人群中穿梭；英俊挺拔的男侍者脸带微笑，在花枝招展的贵妇中穿行。

肖燕不断地和熟悉的贵妇们含笑招呼，那些贵妇则望望跟在她身后的华健平，意味深长地挤眉弄眼，不时发出窃笑。肖燕在舞池边的一个包厢里坐下，立刻有英俊的男侍者过来，殷勤奉上饮料。

这时，一个五十多岁的贵妇扭过来，对肖燕点点头，就向华健平伸出手，用高傲的口吻说："帅哥，来陪我跳舞！"

华健平望着她那张涂满白粉的老脸，真想呕吐。他下意识地一口拒绝："谢谢，我必须保护夫人，不能离开！"

贵妇笑着问肖燕"好妹妹，我让他陪我跳舞，你不反对吧？"

肖燕对华健平道："既然吴夫人这么赏脸，那你就去吧。"

华健平坚持说："不，我不能离开岗位。"肖燕赞赏地笑了。贵妇只好怏怏不乐地离开，迎面碰上杨云英。杨云英问道："吴夫人，什么事让您不高兴？"老贵妇悻悻地说了原因，杨云英一听，狡猾地笑了。

这时，一位英俊的男士来请肖燕跳舞。肖燕对杨云英说"你照看一下阿华，好吗？"杨云英笑道"本小姐乐意之极，夫人你请

吧。"肖燕望了华健平一眼，挤出一丝笑容，就走进舞池与那男士翩翩起舞了。

华健平觉得肖燕这个笑容似乎有点古怪，但怎么古怪，他也说不出。他只是目不转睛地望着她。他见这位"金丝雀"舞姿美妙动人，简直像云中的仙女。他不由得看呆了。

"喂，看什么？"杨云英冲他喊了一声，一把把他拉到自己身边坐下，华健平一惊，想站起来，杨云英的动作更快，身子一闪，就坐到华健平的大腿上，抱着他的脖子，横躺在他的怀中。

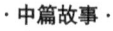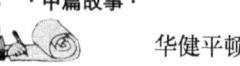

华健平顿时惊得手足无措，嘴里连连说："小姐，小姐，你快起来，这样不好，很不好，不正常。"

杨云英咯咯笑道："小傻瓜，在这里，这样才正常。你看看，这舞池中，这舞池周围，贵妇、老板、小姐，你就明白了，嘻嘻。"

华健平转眼四下一看，果然，几乎所有男女都亲昵地粘在一块。此时肖燕也紧紧粘在那英俊男士的怀中，如痴如醉地摇摆着。

杨云英咯咯笑道："这是富太太俱乐部，这是纸醉金迷的世界。"说着伸手从桌上拿来自己的饮料，"你是个涉世不深的小傻保镖，有很多事我得慢慢教你。来吧，把这杯一千元的饮料喝了吧。"

华健平吓了一跳"什么，一千元一杯？我喝不起。"

杨云英笑道："嘻嘻，我请你喝。你喝了，我就下来。"

华健平只得接过饮料，喝了。杨云英果然下来了，华健平全身一松，忙站起来，望着在旋转摇摆的肖燕。杨云英嘴一撇，说："哼，她是舞迷，不跳够不会回来。"

这时华健平感到尿急，他望望四周，嘟哝了一句："洗手间在哪？"

杨云英笑道："我带你去。"华健平觉得一个小姐带保镖去小便，真是荒唐。他刚要迈步，突然觉得头有点昏。他奇怪地想，刚才还好好的，怎么就头昏了？他睁眼朝周围望去，仿佛觉得周围的人都变成了男妖女怪，在他面前乱舞乱转，转得他两眼昏花，天旋地转。他似乎听见杨云英的声音飘进耳里："阿华，你头昏？快，我扶你到楼上的贵宾室休息去。"说罢，她不由分说，扶着华健平就走。华健平身不由己地移动了脚步。

上了楼，在杨云英的搀扶下，华健平不断看到拥抱着的男男女女在打情骂俏，经过一个半掩的房间时，华健平发现一个男侍者弯腰低头，屁股翘起老高，一个半老徐娘拼命地拳击他的屁股。

他吃惊地站住了："杨小姐……我做梦吗？"

"嘻，正常现象，那是钱太太，白天受丈夫的气，晚上到这儿来发泄。男侍者的屁股贵着呢！这一顿打，起码值五百块。"见这样乌烟瘴气的情景，华健平喃喃地说："这是什么地方……什么世界……"

杨云英把华健平带进一个房间，让他躺在床上："大保镖，渴了吧？我给你倒杯茶。"

"谢谢。"华健平接过茶，一饮而尽。不料茶一喝下去，他顿时觉得全身燃烧起来，一股欲火如岩浆一样直冲出来。他吃惊地问："我……我喝了什么？"杨云英直言不讳地说："啊，小帅哥，那是古老的春药。刚才，我怕你不听话，给你喝了迷魂药。"

华健平大吃一惊，想爬起来，但全身无力，只有欲火在燃烧。杨云英浪声笑着扑在了华健平的身上……华健平气愤之极，但头昏无力，只得听任摆布……

好一会儿，杨云英才下了床，她心满意足地穿好衣服，取出一叠钱，扔在华健平的衣服上："小帅哥，你财色双收呢。"华健平怒火中烧，叫道："你……你无耻……你把我当成什么了？"杨云英咯咯笑道："我的小帅哥，别故作清高，哪个女老板的男保镖不这样？等一下，你还有进账呢。"说罢，她头也不回地出门走了。

杨云英刚出门，门又开了，华健平看到，刚才那个找他跳舞不成的吴夫人乐颠颠地走了进来，他惊恐地大叫一声："你，你来干什么？"

吴夫人媚笑道："啊，帅哥，我来陪陪你。"

华健平气得几乎眼角流血，怒吼着："你们无耻！一群母狗！"

老贵妇笑道："哈哈，这里就是我们有钱人的世界，你懂吗？"说着关上门，扑上床来……

不久，老贵妇从他身上滚下来，扔下一叠钱，快步走了。

药性一过，华健平跳了起来，抓起那两叠钱要扔，但又猛地停住了，杨云英给了五千块，老贵妇竟然给了一万元。

就在这时，肖燕走了进来，她见华健平光着身子，手中拿着钱，脸上顿时显出了古怪的神色，冷冷说："保镖先生，刚上班，就做起生意了？"

华健平羞得脸红耳赤，他手忙脚乱地穿上衣服，委屈地叫道："是杨云英害我的，她给我吃了迷魂药和春药！我找她去，我要报复！"

他说完箭一样冲出去。可他找遍了整个俱乐部，也没找到杨云英和那个吴夫人。他垂头丧气地想，先保护肖燕回家，马上向杨雄辞职。李奇说得不错，这家人不好侍候，但又一想，辞职了，失业了，妈妈怎么办？要大笔钱才能住院治病呀。一想到钱，他下意识地把攥在手中的钱放进了口袋。

肖燕走到他跟前警告道："华仔，你不能报复。"

华健平愤愤地问："为什么？"

肖燕冷冷地说："杨云英是杨雄的心肝宝贝。在深城，杨雄黑白两道都吃得开，他的其他几个保镖又特别厉害。你若伤害杨云英一点皮毛，你的末日就到了。"

"那我就这么白白被她凌辱了？"

肖燕说"你真想报复，就要找准机会，神不知鬼不觉，让杨雄父女找不到把柄，你才能活得好好的。走，跟我回去。""不，我不想在杨家呆了，我要辞职。"

肖燕狠狠瞪了他一眼："为了报复，更为了你的母亲，你不能辞职。"华健平痛苦地抱着头，无言以对。肖燕拍拍他："放心，我会帮你的。"华健平疑惑地问："你和杨云英是一家，为什么要帮助我？"

"谁说我们是一家？杨云英是我的敌人，有我无她，有她无我。""这是为什么？""你现在不用知道……听我的话，乖乖回去，装作什么事也没有发生。"

回到别墅，杨雄、杨云英和三个保镖在客厅里看电视。杨云英见华健平回来，得意地朝他眨眨眼。华健平气得想冲上去揍她，被肖燕暗暗踢了一脚。恰好这时，他感到尿急，就朝洗手间奔去。

华健平解完手回来，杨雄笑容满面地亲手倒了一杯绿茶，递给他说："保护夫人，辛苦了，来坐下喝杯茶吧。"华健平接过茶，一饮而尽。他刚想向杨雄请假，明天去看肾病，杨雄先说话了："阿华呀，明天你陪我外出，早点去睡吧。"

3. 笑里藏刀

第二天，杨雄带着华健平和另两个保镖，先坐飞机，再坐轿车，来到一个偏僻的地方。这地方，山清水秀，景色宜人，可是连个医生都没有，更谈不上医院了。华健平急坏了，这几天，尿越来越急，越来越频繁，肾也痛起来了，他担心再不去医院，病情就被耽搁了。

杨雄非常关心他，还不时泡那上好的绿茶给他喝。他对华健平说："阿华，回去后，我带你找王大夫看病，费用由我负责，你别担心。"

华健平发现杨雄的身体也不好，脸色白中泛青。他原以为在这儿呆几天，杨雄就会让他回去看病，哪知道杨雄让他在旅馆住下，自己却带着另两个保镖到处转悠，就这样整整游荡了一个月。华健平受不了了，坚决要求回去。杨雄这才答应。

好容易回到深城，一进别墅，华健平就跳下车，冲进楼内，往洗手间奔，在经过客厅时，杨云英媚笑着拉住他："小帅哥，回来了，我真想你呀。"华健平已是尿急难忍，厌恶地叫道："放开，我要去小便！"不料他甩掉杨云英的纠缠，只跨出一步，一股热尿直冲而出，沿着裤管，流淌下来，那腥臭热气在客厅里散发。

华健平只觉得大脑"轰"地一声，巨大的羞愧使他大脑麻木，眼前直冒星光。杨云英惊叫一声，急忙松开手，捂住鼻孔，一边急急后退，一边凶巴巴地大叫："臭保镖，胆大包天，竟敢在大厅中撒尿，炒你鱿鱼！"

肖燕闻声过来，惊疑地问："华仔，怎么啦？"

华健平呆呆地望着地上的尿，羞

得无地自容，脸红得像火在燃烧：天啊，这是怎么回事，我一个堂堂男子汉，居然在大庭广众下撒尿。啊，我的肾，难道无药可治？

杨雄进来了，他望望地上的尿，露出极不易察觉的笑容。肖燕看着他这奸笑，疑惑地睁大眼睛。

杨雄的奸笑在一瞬间化为宽容的微笑："哦，阿华，没事没事，我马上带你去医院，找王大夫给你治病。真神了，他早就说你的肾有问题的嘛。"

半小时后，杨雄带着华健平来到了医院。王大夫一看华健平的脸色，惊讶地说："啊呀，才两个月，怎么就弄成这个样子？你肯定没吃我开的药，或者吃错药。要知道，吃错药会使你的病情加重、加快十倍的。"

拍好片子，王大夫说："下午，我带片子到董事长家。你先把这片药吃下去。"他说着取出一片蓝色的药，让华健平当场吃下。

下午，王大夫准时来到杨家。

华健平疲倦无力地躺在沙发上，见了王大夫，他急切地问："医生，我的肾脏还能不能治？"

王大夫取出片子，递给华健平。华健平一看，只见其中一只肾已经变黑，这黑就表示肾已坏到没用的地步。他的心顿时如同被巨拳猛击一下，眼前一黑，片子从他手中滑下来，飘在地上。

迷糊中听到王大夫在他的耳边说着："不要太紧张，你年轻力壮，只要动手术，把坏肾摘除，一样能活得好好的。肾有两个，摘除一个，对身体没什么影响，只有一个肾的人多的是……"

一个肾！华健平觉得自己的灵魂飞了，心想：要摘除我一个肾脏？不，不，我不摘！

王大夫的话又飘来了："不摘除这个肾，会引起病变，有生命危险！"

他又听到杨雄在大声说："不行，王大夫，他不能死，他的一家人都靠他生活，他母亲的病也要靠他治呢。"

一提到母亲，华健平的心震撼

了：啊，对呀，我不能死。

他无力地说："摘吧，为了我的母亲……但请不要把我的病告诉我的家人。"

杨雄赞赏地大声说："你是个好儿子。放心，手术费我出。王大夫，什么时候动手术？"

"他的肾脏坏得非常厉害，明天做。"

华健平无力地点点头："好吧，就明天吧。"

杨雄取出一大叠钱交给王大夫："一切手术，你帮我搞妥。"王大夫收了钱，取出一份表"华先生，这份表，必须当事人签名，方可动手术。"

华健平痛苦地在表上签了名。王大夫收回表，告辞走了。

肖燕从楼上下来，望着魂不守舍的华健平，问："怎么回事？"华健平痛苦地说："我的一个肾脏坏了，要摘除，明天动手术！"

肖燕眉头紧锁，怔怔地想了一会儿，见杨雄进来，忙转身上了楼。这时，杨云英从外面回来，厌恶地望着华健平道："臭保镖，臭保镖，不要靠近我。"

华健平愤怒地望着她，见杨雄在面前，他才忍着没有出声。

第二天，杨雄陪华健平到医院，一直等到华健平被王大夫麻醉了，他才对一个保镖说："你照顾好他，我有件急事要办，一个月后才能回来。"

手术后，回到病房，华健平才醒来，他伤心地望着腹部，轻轻抚摸着伤口缝合处。他心疼从此自己就成了一个肾的人了。养伤期间，肖燕倒是不时来看他，和他聊天，给他说了不少安慰话，使他感觉非常温暖。

二十多天后，华健平康复，回到了别墅，肖燕显得非常高兴。华健平问："夫人，董事长有什么事，去了这么久？"

肖燕嘴一撇，说："谁知道他又到什么地方鬼混了。"

华健平疑惑地说："不会吧，你这么漂亮，还拴不住他的心？"

肖燕瞪他一眼："我知道你的意思，是说我这么年轻、漂亮，为什么要嫁给这个老头子？实话告诉你，我是被骗的，被他布置好的陷阱害的。"

华健平惊讶地说："陷阱？"

肖燕恨恨地说："我本来是杨雄的秘书，他向我求爱，被我回绝了。当时，他嘴上说无所谓，谁知却暗中叫人引诱我到澳门借高利贷赌博，又让我输个精光，再唆使高利贷者向我讨钱，追杀我，当我被逼得走投无路时，他答应帮我还钱，但要我答应嫁给他。我没法了，只有嫁给他。后来，我才知道这全是他设置的陷阱！"

说到这儿，肖燕咬牙切齿地用力拍着桌子："我的一生被他毁了，我当初心爱的人也离我远去！"

华健平惊讶地望着她："啊，原来

是这样……你发现后，可以和他离婚呀。"

肖燕摇着头说："我的青春、我的美貌、我的前途都被他毁了，绝不能便宜了这个人面兽心的家伙！这一切要有所补偿，就算他死了，我也要得到他的遗产，可恨的是，这几天我发现，我的这个愿望要落空了。这老鬼已经签署了遗嘱，在他死后，所有财产都归杨云英，我将一无所有。我恨他！我要夺回属于我的一切！"

听了她这番话，华健平顿时目瞪口呆，他忽然想到，既然杨雄是这样的人，为什么会对我这样好？难道这也是一个陷阱？可是，我没有钱，也不是女人，和他无冤无仇，他无须对我布置陷阱呀……

肖燕显然也想到了这一层，不解地说："华仔，我觉得非常奇怪，按杨雄的为人，他不会对你这么好的。难道这老家伙死到临头，善心大发？"

华健平大吃一惊："董事长会死？"

肖燕说："是呀，他身患重病，但他从不肯对我透露他得了什么病。不过，我知道他的肾脏不好，一夜要小便好几次。"

华健平心中猛地大震：什么，杨雄的肾脏也不好？他突然想到什么，脸色刹那间变得异常苍白。肖燕忽然也明白过来，惊恐地望着华健平。

华健平喃喃地说："证实，我要证实……"他站起身，牙齿咬得咯咯响。肖燕也站起来，关心地握住他的手："你要小心，要冷静，杨雄不好对付。现在我们是同一条战线上的，我会帮助你。"

华健平依然喃喃地说："我，我要证实，一定要证实。""你如何证实呢？""我，我，我要找一个人……"

肖燕猜到他要找谁，就说："去吧，不过千万要小心。"

华健平梦游一样往外走，几乎把迎面走来的杨云英碰倒。杨云英尖叫着闪开，迷惑地说："这臭保镖怎么了？"

肖燕讥笑道："他臭？你忘了你曾经用迷魂药和春药才得到他的吗？"

杨云英凶巴巴地瞪了她一眼："哼，我的事不用你管。"说罢高傲地扬着头，上楼去了。肖燕望着她的背影冷冷一笑。

4. 密谋复仇

这天下班后，王大夫从医院出来，刚钻进自己新买的小车，突然发觉脖子一凉，一把他最熟悉、锋利无比的手术刀压在他的脖子上，而且压在他十分熟悉的动脉大血管上。而真正让他惊骇的是后面那个叫华健平的人。

华健平冷冷地命令："把车开到一个没人的地方！"

王大夫心里有鬼，所以不敢开口，乖乖照办。车很快开到郊外，停在一块荒草地前。华健平押着他下车，把他逼到一棵树下。

王大夫知道报应到了，他脸色死灰，颤声说"华大哥，有事慢慢商量，请先把手术刀挪开……这刀是非常锋利的……"

华健平厉声吼道："你知道手术刀非常锋利？可你，却用这锋利的刀残忍地割开我的肚皮，摘掉了我的肾脏，你把肾脏还给我！"

王大夫颤声说："还、还你这不可能了，它已经被移植到杨雄身上了。"

华健平的猜测果然被证实了！华健平的怒火在心中爆炸了，炸得他目露凶光，那凶光刺得王大夫瑟瑟直抖。

华健平继续怒吼道："我的肾根本没问题，说，你是怎样使我像有肾病的？"

"我、我，我给杨雄一些能引发肾脏疼痛和利尿的药物，让他掺和在饮料中让你服下去。"

华健平醒悟道："怪不得杨雄经常给我泡绿茶喝，那么，那B超片不是我的了，是谁的？"

王大夫低声说："是，是杨雄的。"

华健平怒吼一声，忍不住狠狠踢了王大夫一脚，继续问："他有那么多保镖，为什么偏偏选中我？"

"哎哟，"王大夫呻吟着，结结巴巴地说，"因、因为你的血型特殊，刚好和他一样，器官移植时，不会有排异反应。他、他年纪大了，经不起排异反应的折磨。没有你的肾脏，他最多活两年。"

华健平问："那天，杨雄和我躺在同一间医院接受手术吧？"

王大夫怯怯地望他一眼："是的，你在楼下，他在楼上，就在你头上的房间里。我把你的肾脏割下后，放进一个准备好的容器里。然后，我上楼，马上为杨雄动手术。""你把我鲜活的肾脏，换进了他肮脏的躯体里！你这王八蛋，把肾脏还给我，还给我！"华健平像疯了一样，用力抓住王大夫的衣领，咬牙骂道："狗杂种，杨雄给你多少钱，你居然做这伤天害理的事！"

王大夫喃喃道："他有的是钱……他是有钱人……有钱能使鬼推磨嘛……"

华健平努力使自己恢复平静，命令王大夫再把事情从头到尾说一遍。王大夫讲完后，华健平取出一支录音笔，狠狠地对王大夫说："听着，你所讲的，我都录了下来，我要把它交给公安局……"

王大夫脸色惨白，啪地跪倒在地，求道："华先生，不要这样做，你一交给公安局，我就完了。"

华健平吼道"王八蛋，我的一生

已叫你毁了。等我把杨雄抓住，还是由你动手术，肾脏还给我。否则，你也别想活下去！"

说罢，他头也不回往路边走去。突然，他听见身后马达响，回头一看，只见王大夫开着车快速追了上来，他马上意识到王大夫狗急跳墙，想杀人灭口了。

幸亏华健平反应敏捷，他左脚一点，身子拔地而起，闪开了急驰过来的车头。王大夫的车像箭一样从身边掠过，一时控制不住，车竟然冲到了路边的栏杆上，一支折断的栏杆直直穿过车窗，插进他的胸口。王大夫一脸的恐惧与痛苦，表情慢慢凝固了！

华健平见王大夫死了，直感到浑身冰冷，暗叫一声：完了！谁帮我把肾换回来——

他坐出租车回到市区，就给肖燕打了一个电话："夫人，快到银凤凰俱乐部，我有急事要与你商量。"

很快，两人在银凤凰俱乐部的一个情侣包厢碰头了。华健平此时方寸大乱，他心中只有两个字：报仇！

肖燕了解华健平此时的心情，她紧紧地拥抱着华健平，不断说着安慰的话，吻着他，一直吻到床上……华健平的男性能量喷薄而出，被"金丝雀"融化了……他心中想：啊，肖燕是爱我的。

一阵激情过后，肖燕说出了她的报仇计划，华健平毫不犹豫地答应下来，并且开始准备。

三天后，杨雄带着保镖回来了。

他在别墅里没有见到华健平，觉得奇怪，问肖燕："华健平呢？"肖燕朝杨云英努努嘴："有人老骂他臭保镖，他受不了，走了。"杨云英哼了一声："一个大男人，连尿都憋不住，要他干吗？"

杨雄笑着拍拍杨云英的肩膀："好女儿，赶走他也好，反正，我对他是仁至义尽，他要走，就不好怪我

了。"

肖燕又说道"还有一个坏消息要告诉你。"杨雄一怔:"什么坏消息?"

杨云英抢着说:"那个经常来向你要钱的王大夫死了。"杨雄大吃一惊:"死了,怎么死的?"肖燕漫不经心地说:"出车祸,开车太不小心,撞在栏杆上,就死了。"杨雄松一口气,心里嘟哝一句:这是好消息呀!这下,秘密再也无人知晓了。

杨云英说:"爸爸一路顺风回来,我设宴为你洗尘。"杨雄哈哈大笑:"好,今晚我们来个一醉方休!"

这一晚,杨雄特别高兴,频频和肖燕、杨云英以及几个保镖碰杯,喝得特别尽兴。王大夫死了,华健平走了,他获得新肾,能不高兴吗?他醉眼蒙眬地上了床,早早休息了。

不知道过了多久,突然,他觉得身上一阵冰凉,想翻身坐起,但身子转动不了,他睁大双眼,发现自己手脚都被绑着,整个人像猪一样被牢牢地绑在一块大石头上。从传进来的阵阵海浪声判断,这是个海边的山洞。杨雄惊恐地四下张望,发现女儿云英也被绑在一边,仍昏睡着。

紧接着,杨雄的血液一下子凝固起来了——他看到华健平正用可怕的眼神瞪着他。

杨雄的脸刷地变得灰白,全身发起抖来:"阿华……你绑架我……"

华健平死死地盯住他,一言不发。洞中只有几支蜡烛发出点点黄光,更显得阴森骇人。

杨雄见华健平仍不出声,不由浑身冰冷,又一次叫道:"阿华,有事就快说吧!"

华健平缓缓地取出录音笔,按了一下开关,王大夫的话传了出来"不关我的事,都是杨雄指使的,他想偷你的肾,换在他身上……"杨雄听得脸色由白变青,大声嚷道:"他说谎,说谎……"

华健平大喝一声"姓杨的,事到如今,你还想抵赖?"说着跨步上前,掏出一把手术刀,掐住杨雄的脖子,一刀狠狠地刺了下去。杨雄吓得闭上眼睛,但奇怪的是他并不觉得痛,只觉得衣服被划开了。

华健平指着他腹部刚愈合的伤口,说道:"姓杨的,你还有什么话要说?"

杨雄知道无法抵赖,他眼珠转转,说:"阿华,是我错了,我怕你不答应。你要多少钱,我都给你!什么都好商量,你冷静……"

"你以为钱是万能的,钱能买所有的东西吗!告诉你,你的钱,我一分不要!"

"啊,那你要什么?"

"我只要我的肾,你马上把肾还给我!"

杨雄惨叫道:"啊,不,这不行,

美德产生自信,自信产生热诚,热诚可以征服世界。 ——克汀没有你的肾,我会死,你要多少钱都行,只是不能取我的肾。"

华健平像一头猛虎般在洞中走着,吼道:"我不要钱,我只要肾! 我要剖开你的肚皮,取回我的肾!"

说着他举起手术刀,真的要向杨雄腹部刺去。杨雄叫道:"不要,没有专门的容器,这样取肾,肾马上会坏死的! 再说,你杀了我,就是杀人犯,哪个医生会给你做手术?"

华健平愣住了,缓缓把刀放下。

杨雄说:"听我说,华仔,就算我买你一个肾还不行吗? 你靠一个肾也能好好活下去,有了钱,你妈的病也能治好。你要多少? 一百万,两百万,五百万?"

华健平不出声,愤怒地望着他。杨雄叫道:"好了,八百万怎么样? 就当你中了两次六合彩。"

华健平叹了一口气:"两次六合彩,哼,如何付钱?"

杨雄一看有门,脸上立刻有了光彩:"我这就叫肖燕把钱拿来给你。"

"你以为我不清楚,你对肖燕防范非常严,存折的密码都由你保管,她哪里有钱? 你还想骗我?"华健平说着,又举起了手术刀——

杨雄叫道:"我马上把密码告诉她,你把手机给我。"

"又想搞陷阱了? 你在电话里捣鬼怎么办?"

杨雄恐惧地叫道:"阿华,你说怎么办?"

"你把存折的密码告诉我,我打电话给肖燕,让她取钱给我。"

杨雄只好低声把密码说了,华健平道:"如果你骗我,我就剖开你的肚皮取回我的肾!"

杨雄哭丧着脸:"我的命都在你手里,哪里还敢骗你呀。"

华健平点点头,走出洞口,用手机把密码告诉了肖燕。电话那头的肖燕给了他一个响亮的吻,兴高采烈地说"阿华,拿到钱,我们就远走高飞,开始新生活。八百万呀,你永远不用干活了,还能把你妈的病彻底治好!"

一个小时后,肖燕开车来了。华健平走出山洞,迎了上去,问:"密码正确吗?"肖燕微笑着说:"正确,我先取了一百万出来。"说着,她取出一只手提箱,递给华健平。

5. 蛇蝎美人

华健平双手接过,低头打开箱盖,啊,一叠叠的钱……

突然,他觉得身后一阵剧痛,一股巨大的电流突然射进他的体内! 难道是肖燕在暗算我? 不可能! 他摇摇晃晃想转过身来,但又一股强大电流击在他的头上,难道真的是这只"金丝雀"?

华健平挣扎着转过身去,只见肖

燕双手拿着电枪，面露凶相，不断地扣动扳机，强大的电流击得华健平连连后退。

肖燕阴笑道："穷保镖，你配不上我，你只配当我的工具。"说着又扣动了扳机。

华健平被击得瘫倒在地，喃喃地重复着："我是工具……工具……"

肖燕冷笑道："对了，像你这种穷保镖，除了当工具，还能当什么？实话告诉你，我早知道杨雄要偷你的肾。"

华健平痛苦地说："为什么……不告诉我……"

肖燕冷笑道："告诉你，你还会仇恨杨雄、帮我报仇、夺取财产吗？这是我长期的计划，你还记得你在'银凤凰俱乐部'受辱的事吧，那也是我导演的戏，我知道那个杨云英有性变态，我故意给她制造机会。这样，你就会恨杨家所有的人，乖乖听我的摆布！"她边说边冲着倒在地上的华健平不断扣动扳机。

华健平望着肖燕断断续续地挤出几个字："你……狠……毒……的女人……绝……没……"然后痛苦地闭上了眼睛，坠入无穷无尽的黑暗中，他脑海中最后出现的两个字：妈妈！

肖燕仍然紧握电枪："臭保镖，不懂世事的穷保镖，想攀附我，分我的钱。告诉你，杨雄的钱全是我的，我还要这钱来得堂堂正正，而你只好背黑锅了。"

她对着华健平心脏部位，不断地放电、放电，直到华健平直挺挺地躺在地上毫不动弹才停手。她从华健平身上搜出手术刀，稍一迟疑，举刀朝华健平的心脏部位猛插下去……

她取出华健平身上的录音笔，然后，把华健平拖到悬崖边，绑上石头，用力推下悬崖。

随后她手握手术刀，冲进洞里。

杨雄一见她，惊喜地叫道："燕，你来了，快，快点把我解开。"肖燕冷笑道："解开，解开你？你以为你是谁？"杨雄惊讶地望着她："这是什么意思？"

肖燕嘿嘿笑道："什么意思？你忘了，是谁设陷阱害我？是哪个老头儿害了我一生？现在我终于等到这一天，既可以报仇，又可以把杨家财产全划到我的名下。"

杨雄终于明白了："你，你和华健平是一伙的。"

肖燕狂笑道："他只是我的工具，是我杀人的替罪羊！"

杨云英一听，恐惧地叫道："你要杀我，杀我们！"

肖燕过去，把刀抵在杨云英的脖子上："骚货，你不要怪我，谁叫你对我凶巴巴的，抢我的财产呢。"说罢狠劲一划，杨云英的气管被割断，很快死去。

杨雄绝望了，瞪着肖燕："燕，看

在我们夫妻一场的分上，不要杀我，五千万财产都给你，只求留我一命！"

肖燕得意地狂笑："钱？钱？现在，多少钱也救不了你了！"

多少年仇恨的力量集中在肖燕手中，手术刀快速地在杨雄脖子上一划。杨雄瞪大眼睛，最后声嘶力竭地说了句："我，费尽心思……娶到了……一个杀我的人……"

肖燕狂笑三声，取出杨雄的手机，按了一行信息："夫人，我和杨云英被华健平绑架，快取一百万来救我，银行存折密码是784343，快，华健平像疯了。"然后，她按下了发送键——

半小时后，公安局接到肖燕的报警电话，查到了山洞，他们发现了杨雄与杨云英的尸体，华健平不知去向。

从遗留在现场的录音笔，公安局断定华健平是杀人凶手，发出通缉令，全国通缉华健平，但华健平自然如泥牛入海，无影无踪。

肖燕如愿以偿地继承了杨雄的全部遗产。

一个月后，华健平在保镖学校的同学李奇带着刑警突然出现在肖燕面前。李奇拿着另一支录音笔，脸色凝重地对她说："一个月前，华健平找到我，给了我一把银行保险柜的钥匙，说如果他一个月后不和我联系，就让我去银行，打开保险柜，里面有一支录音笔，记录你和他密谋的过程。"

肖燕脸色霎时变白了，她喃喃地说："啊，华健平这傻瓜什么时候变得这么狡猾？"

李奇说："华健平受到重大打击，不狡猾才怪，可他还是不够聪明……他再次受了你的欺骗……你杀了他，为什么？"

肖燕狂笑起来："他想分我的钱，谁敢和我抢钱，就必须死……"

李奇说："你变态了！"

"掌上灵通杯"'04《故事会》读者满意度调查

为了更好地了解读者需求，提高刊物质量，《故事会》与上海掌上灵通咨询有限公司合作，举办《故事会》读者调查活动。具体参加方式如下：

一、短信参与方式：将你选择的1-4题答案代码连续输入短信（如：baca）发送到200056（中国移动）或900056（中国联通）。接收：0.1元／条。

二、邮寄参与方式：填妥以下问卷表格（复制有效），剪下后寄往上海市绍兴路74号《故事会》编辑部，邮编200020，信封上请注明"调查问卷"字样。

以上参与方式可任选一种。对答完全部题目并提出中肯意见的读者，特设优秀读者奖20名，各奖现金500元；另设邮寄参与奖500名，各奖价值30元的礼品一份；短信参与奖1000名，各奖价值20元的礼品一份。所有参与短信方式者还将获赠免费一月的精彩信息服务。本活动截止日期：5月31日。

请您回答：

1. 你看《故事会》的频率是（　　）。

a.每期都看　　b.经常看　　c.偶尔看

2. 你觉得今年《故事会》改成半月刊以后，故事和以前相比（　　）。

a.更好看　　b.差不多　　c.不如以前好看

3.《故事会》中你最喜欢的栏目是（　　）。

a.百姓话题　　b.中国新传说　　c.中篇故事　　d.幽默世界　　e.笑话　　f.其他

4. 你觉得目前《故事会》最需要提高的是（　　）。

a.故事质量　　b.封面插图　　c.广告内容

沿此处剪开 -

姓　名		性　别		出生年月		文化程度	
邮　编		地　址					
职　业		答　案	1	2	3	4	
你对改版后的《故事会》还有什么意见和建议？（请另附页回答）							

肖燕尖声狂笑："变态，我当然变态，在杨雄这种家庭，不变态才怪……哦，我以前，是一只纯洁的天鹅……不，不，我不是天鹅，我是变态的金丝雀……我死了，可是，我不后悔，我毕竟把杨雄给宰了……"

刑警冲上来，铐住了这只可怕的"金丝雀"。

三天后，李奇一个人来到华健平落海的地方，把一束鲜花抛进大海，伫立许久，才含泪默默地离开。

在他身后，大海正唱着亘古不变的沉重的歌……

（本篇月月评短信代码：0920）

（题图、插图：杨宏富）

在背后称赞我们的人就是我们的良友。——塞万提斯

当代传奇故事

优秀的传奇故事能给人以悲喜、惊恐、神秘等强烈而多变的阅读快感。本书每则故事无不以"奇"作为情节的核心，让人读来欲罢不能。作为"故事会爱好者丛书"中的一种，本集子相当具有代表性，故事的特点，《故事会》的风格，从此书可窥一斑。

发财故事

发财，自古以来人皆往之，因此发财故事也就在民间绵延不绝。本集36则发财故事分六大类：因财起祸、生财之道、天落横财、发财恶梦、飘忽财运、钱难通神等。故事生动，通俗可读。

旅途故事

46则旅途故事，让人在应接不暇的情节、人物中体验生活、体验社会、体验人生，从而拥抱生活，拥抱明天。作品充分运用了故事艺术的诸种表现手法：悬念、对比、误会、包袱……情节跌宕起伏，引人入胜。

喝酒故事

酒这东西，自古以来人们就对它褒贬不一，毁誉参半。本集古今中外64则喝酒故事，或喜或悲，或辛或酸，或啼笑皆非，按内容分为"因酒生事、借酒陈言、醉酒出丑、酒水糊涂、酗酒丧身、荒唐赛酒"等六类。

不过一碗饭

两个不如意的年轻人，一起去拜望师傅："师傅，我们在办公室被欺负，太痛苦了，求你开示，我们是不是该辞掉工作？"

师傅闭着眼睛，隔了半天，吐出5个字："不过一碗饭。"就挥挥手，示意年轻人退下。

才回到公司，一个人就递上辞呈，回家种田，另一个没动。

日子真快，转眼10年过去了。回家种田的以现代方法经营，加上品种改良，居然成了农业专家。另一个留在公司的，也不差，他忍着气，努力学，渐渐受到器重，成了经理。

有一天，两个人遇到了。农业专家说："奇怪，师傅给我们同样5个字，我一听就懂了，不过一碗饭嘛，日子有什么难过？何必硬留在公司？所以我辞职了。"他问另一个人："你当时为何没听师傅的话呢？""我听了啊！"那经理笑道，"我在想，不管多受气，多受累，不过为了混碗饭吃，老板说什么是什么，少赌气，少计较就成了，师傅不是这个意思吗？"

两个人又去拜望师傅。师傅已经很老了，仍然闭着眼睛，隔半天，答了5个字："不过一念间。"

（作者：刘燕敏）

（插图：箭 中）

儿子与劫贼

大明有个朋友是警察，一天，他给大明说了个故事——

有个学校地处市郊，通往学校的路上有一片山林，经常发生拦路抢劫的案件，一般人夜里不敢走那条路。

可是，一天夜里，有个农民带着一袋子钱在那条路上走，遭遇了劫贼。劫贼要抢他的钱袋，农民死死抓住不肯松手。劫贼拔出刀来威胁他，农民还是不松手。最后劫贼用刀刺伤了农民的手，夺走了钱袋。可是劫贼没跑多远，农民就从后面追了上来，他追得飞快。劫贼从没见过这么不要命的主儿，腿肚子发软，被追上了。农民死死抱住他不放，这时正好有一辆车从那里经过，下来一群人，把劫贼抓住了。

大家把劫贼扭送到派出所，有人好奇，问农民："大伯，你那个包里有多少钱呀？"农民把包打开，大家都愣了，里面都是一块两块一毛两毛的小票，顶多也不过两百来块钱吧。为了两百块钱，连命也不顾了，人们都觉得那个农民有些不可理解。那农民说："我挑菜来城里卖，起早摸黑才赚来这些钱，容易吗？说没就没了，你肯吗？"人们问他，连夜拿钱去学校做什么？农民说他儿子在那里读书，明天就要去外地实习了，身上的零花钱不够。

被抓的劫贼一脸的晦气，他说看到农民死死护住钱袋，还以为是逮到一条大鱼呢，早知这么少，他就丢下跑了。

据他交代，他在学校附近作案多次，次次都顺利得手。他抢的都是学生，不少学生去城里玩，很晚才回来，只要拦住他们把刀一晃，他们都会乖乖地把身上的钱、手表和手机交出来，逮住一个，怎么也有个五百六百的，有一个带着女朋友，身上光钞票就有一千多……

朋友的故事讲完了，大明觉得意犹未尽："这个故事平淡了一点，要是被抢的学生中有那个农民的儿子……"

谁知，他朋友一拍巴掌："哎，让你说对了：那个身上带着一千多元钞票的学生，不是别人，就是那个农民的儿子！"

（作者：廖　钧）

救他，就把他抛到海里

一个国王和一个波斯商人同坐一船。那波斯商人从来没见过大海，也没尝过坐船的苦，所以一路上，总是哭哭啼啼的。

大家百般安慰他，他仍然继续哭闹。国王被他扰得不能安静，心里很烦。大家始终想不出办法让商人停止哭闹。

船上有一个哲学家对国王说道："您若许我一试，我可以使他安静下来。"

国王说道"太好了，这真是功德无量的事啊。"哲学家立刻把那波斯商人抛到海里去。商人在海里沉没了几次，人们抓住他的头发把他拖到船边。他连忙双手紧紧地抱住船舷，人们把他拖到船上。他上船以后，老老实实坐在一个角落里，不再做声。

国王很高兴，便问哲学家："你这方法奥妙何在？"哲学家说："原来他不知道在海里灭顶的痛苦，想不到坐在船上的可贵。一个人，总要经历过忧患，才能知道安乐的价值。"

（推荐者：杭大庆）

穿透心灵的子弹

□ 杨格

盈盈年轻的时候，漂亮得不行。那年头，号召城市知识青年到农村去，盈盈兴奋极了，宽条军皮带在小蛮腰上一扎，就兴高采烈地和一批同龄人来到了农村。

盈盈去的是大兴安岭一个叫老鹰崖的林场，林场里有个小伙子叫大柱，在当地可是声名赫赫。他有着东北人特有的强健体魄，高大帅气，尤其是他手中的那把猎枪，可谓是百发百中。

盈盈到达老鹰崖不久，就听见林场里的人在骂一头野猪，这头野猪经常在夜晚来糟蹋林场的庄稼。大柱知道后说："看我来教训教训它那张贪吃的大嘴。"一天晚上，野猪偷偷地溜到林场时，等候已久的大柱举枪便射，枪声响后，野猪的厚嘴唇开了花。野猪逃跑后，大家在野猪中弹的地方看见满地的獠牙。盈盈看呆了，她痴痴地看着大柱，而大柱也意味深长地看着盈盈，盈盈的脸颊飞上了红晕。

盈盈和大柱恋爱了，他们的关系从隐蔽到半公开，再到完全公开，老鹰崖的小伙子们看见盈盈和大柱出双入对时，眼睛里都是沮丧和嫉妒。

这天，盈盈家来了客人，是她的同学建军和爱红，他们也下放到了大兴安岭地区，不过和盈盈不在一个林场。

对于建军和爱红的到来，盈盈和大柱是非常慎重的。大柱知道，建军以前追求过盈盈，在情敌面前，他一定要好好表现表现。大柱打了好几种野味，盈盈早早地把野味炖在锅里，当建军和爱红来到盈盈的小屋时，小屋里已经被香味所弥漫。酒桌上，两个男人推杯换盏，颇有相见恨晚的意思。爱红也被满屋和谐豪迈的气氛所感染，缠着和盈盈喝酒，四个人闹在一起。

酒过三巡后，建军和大柱都有了些醉意，大柱灌下一口酒，拉开了嗓门说："建军，你是城里人，不过喝酒像个男人，敢不敢和我打个赌？"建军说："我有什么不敢的，你说赌什么？"大柱说："你知道老鹰吧，那家伙飞得又快又高，你信不信，我一枪能打中三只老鹰！"

建军僵着脖颈道："大柱，你是不是想在我们面前逞英雄？你喝醉了。"盈盈和爱红也疑惑地看着大柱。

大柱见几个人被自己镇住了，更加兴致勃勃，眼睛里闪出兴奋而凶狠的光来。他说："那咱们就来打这个赌，谁输谁喝酒！"说着，他把挂在墙壁上的猎枪取下，噼里啪啦地打开枪栓，卸下所有的子弹，递给建军，再叫建军挑给他一粒子弹，他将子弹压在枪膛里，抽身走到屋外。

· 大千世界 众生百相 ·

剩下三个人也想跟出去，但酒劲上扬，只好瘫坐在那里，你一言我一语地说着话。说着说着，话题就离开了林场，说到了城市，说到了家。爱红突然流下了眼泪，说她天天梦见自己回到爸爸妈妈身边，爸爸的风湿病犯了，妈妈的头发白得像雪一样。

爱红的话让建军和盈盈也伤感起来，他们都停止了说话，静静地想着心事。

突然，屋外传来一声清脆的枪响，屋里的三个人这才想起和大柱打的赌。

不一会儿，大柱回到小屋里，让盈盈他们目瞪口呆的是，大柱的手里真的提着三只大小不一的老鹰，老鹰都还活着，扑棱着血肉模糊的翅膀。三个城市里的青年还是第一次那么近距离看见老鹰，他们看见老鹰的眼神里满是愤怒和惊恐。

大柱像一个凯旋的将军，他得意洋洋地将老鹰摔在地上，豪爽地笑着说："建军，你输了，喝酒！"大柱的眼神瞥过建军和爱红，最后落在盈盈的身上，就像那天晚上射中野猪后的眼神。盈盈的脸上又飞过红晕，她掩饰不住对大柱的自豪。

盈盈用胳膊拐了拐大柱，柔声问："大柱，告诉我们，你一粒子弹是怎么打中三只老鹰的？"建军和爱红也用眼神问着同样的问题。大柱哈哈

一笑，噼里啪啦将猎枪斜靠在墙壁上，端起碗喝了一大口酒，故意卖了个关子："我杨大柱的枪长了眼睛是不假，可我再有本事，一粒子弹也穿不过三只老鹰的翅膀啊。"

三个人被大柱说得云山雾罩的，都等着他往下说。

"前几天，我发现老鹰崖顶上有一只雏鹰，这只雏鹰羽毛刚刚长起来，还不能利索地在天上飞呢。我知道，这几天，雏鹰的爸爸妈妈会训练它在天上飞行。刚才，我来到老鹰崖顶下，没等多长时间，就看见两只老鹰领着雏鹰从巢里飞了出来。当雏鹰歪歪斜斜地飞起来后，我瞄准它的翅膀，扣动了扳机，雏鹰就像断线的风筝一样跌在我的面前。"

建军着急地问："可是，你打中的是一只雏鹰啊，那两只是怎么回事？"

大柱不慌不忙地说："别着急，你听我说啊。鹰爸爸和鹰妈妈看见孩子被击落后，像疯了似的扑了下来，扑在我的面前，想救下他们的孩子。这个时候，我可以不慌不忙用枪托打断它们的翅膀，把它们一家三口生擒活捉。你们说说，我是不是一枪打中三只老鹰？"说到这儿，大柱眉飞色舞，就等着听赞扬的话了。

可是出乎大柱意料的是，小屋里静悄悄的，没有他预期的赞叹声。沉默了好大一会儿，爱红响起了抽泣声，她依偎在建军的怀里说："建军，我想爸爸，我想妈妈。"建军搂着爱红，轻拍着她的肩膀不说话，盈盈的眼眶里也噙满了泪水。

大柱不知道自己做错了什么，他拉住盈盈的胳膊问："你们都怎么啦？"盈盈轻轻地甩开大柱的大手，冷冷地扭过头。那天晚上，建军和爱红离开了老鹰崖林场，而盈盈再也不理睬大柱了，他俩分了手。

后来，盈盈回城，结了婚。她的丈夫知道了这段故事，问盈盈，为什么突然和大柱掰了。盈盈沉默了一会儿，低声说："鹰爸爸、鹰妈妈看见孩子被射杀，疯狂得没有理智，这种疯狂不是最伟大的父爱和母爱吗？可大柱为了炫耀，竟然利用了这种爱。他的那颗子弹不仅杀伤了三只鹰，也杀死了我对他的爱情……"

说完这段话，盈盈抱着丈夫的肩膀，泪水涟涟……

（本篇月月评短信代码：0921）

（题图：安玉民）

打架看报

□ 杨　格

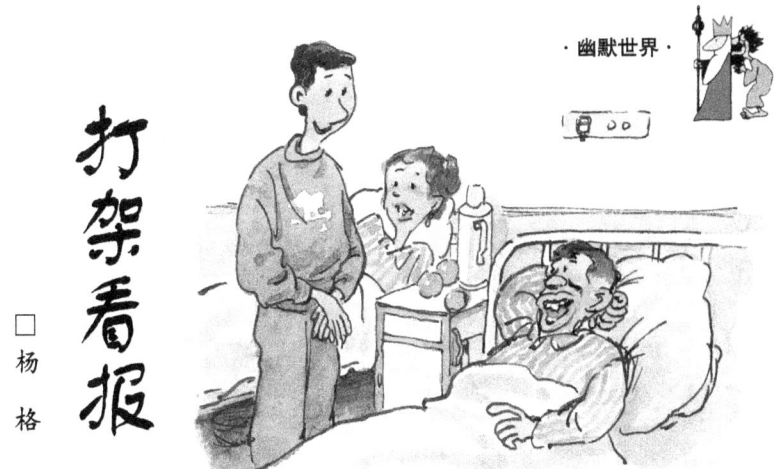

李小阳是个宣传干事，这天在《中原日报》上看到一条新闻。这条新闻说，中原市有一对小夫妻，为了争看《中原日报》，大打出手，双方都挂了彩，在中原医院接受治疗呢。

看罢新闻，李小阳差点笑死过去。因为这个《中原日报》在中原市根本没人爱看，每年都是靠强行摊派订阅的，搞得大家怨声载道，这样一张报纸，竟然有人为了看它打得头破血流？李小阳不相信，一想，反正没事，干脆到中原医院去探个究竟，看看这条新闻到底是真是假。

来到医院，一说找那两个为争看《中原日报》打架的人，护士都笑嘻嘻地说知道。李小阳按照她们的指点，来到一间病房里，果然看见一对伤病员躺在两张病床上。男的脸上刻着手指甲的痕迹，耳朵上包着纱布，女的乍看起来没有什么伤势，可仔细一

瞧，头发的密度不均匀，显然在搏斗时被拽下了不少头发。

李小阳说明来意，问报纸上的新闻是不是真的。小两口很配合，连连点头，说全都是事实。

李小阳奇怪地问："《中原日报》真的那么好看？我怎么就体会不到？"那女的说："当然有那么大的吸引力，我和我老公因为争看《中原日报》打架的事不止一次两次了，只不过这次出手有点重，酿成了流血事件，被记者发现了。"男的也说："对，我们每天都离不开《中原日报》，可以说，没有《中原日报》，我们就不能快乐健康地生活下去。"

李小阳越听越糊涂，这《中原日报》连他这个搞宣传的人都不愿看，怎么会让这对小夫妻离都离不开？

那女的大概也看出了李小阳的疑惑，解释道："同志，你不知道，我这

个人有严重的失眠症，每天晚上，安眠药一把一把地吃，就是不顶用。可有一次，我碰巧看了张《中原日报》，奇怪了，一个版没看完，眼皮就往下沉，刚看到第二版，立刻呼呼大睡，到后来，我养成了习惯，每天临睡前看5分钟《中原日报》，保证一觉到天亮！你说，我离得开《中原日报》吗？他要和我抢，我能不急吗？"

李小阳听罢，茅塞顿开，又问那男的："莫非你也有失眠症？也指望用它来催眠？"那男的摇着头说："我哪有什么失眠症，不过我每天有应酬，在外面大吃大喝，回家倒头就睡，

结果落下一身肥肉。我尝试过许多减肥方法，可都没有效果。就在我丧失信心的时候，是《中原日报》给了我福音。"

李小阳问："《中原日报》跟减肥有什么关系？"

那男的说："关系大着呢。《中原日报》上都是大话、假话、空话、废话，一看就让人反胃，这一反胃，我吃下去的东西就全吐出来，再也不怕高血压高血脂了。所以每天晚上，我都要坚持阅读《中原日报》，减轻肠胃的负担。你说，我们哪一天能离开《中原日报》呢？"

（本篇月月评短信代码：0922）

误 解 □ 杜文龙

某公司新招来了一个女清洁工，专门负责打扫经理室，其余地方还是由原来的男清洁工来打扫。

第二天经理一早上班，刚走到办公室门口，就听见新来的女工在办公室里说话："我脱吧。"

接着传来男清洁工的声音："不，让女同志脱，男同志看着，我多不好意思，还是我脱，你看吧。"

女工犹豫了一下，说"要不这样吧，我们一人脱一天，今天我先脱。"

"也好。"男工答应了。

经理在门外一听就火了，心说在我的办公室里怎么可以发生这种事情。

他急忙推门冲进去，喝道："你们两个都住手，谁也不准脱！"

办公室里的两个人回过头，不解地问："怎么了，经理，为什么不让我们拖？"

经理定睛一看，看见他们手里的拖把，顿时恍然大悟，但又不好意思说自己理解错了，他怔了半天，然后红着脸说："你们都别拖，今天……我拖给你们看。"

（本篇月月评短信代码：0923）

一向如此

□ 张东兴

深夜，一个在酒吧喝得醉醺醺的男人挥手招来侍者，给了他一百块钱小费，问："现在几点了？"

侍者见他出手如此阔绰，就好奇地问："像您这么有钱的先生，会没有自己的手表吗？"

男人说："怎么没有，还是块劳力士呢，只不过我一向把它放在保镖的手脖子上。"

侍者道："啊，您还有保镖！怎么没见他来呢？"

"我一个人出来的时候，一向把他放在我的劳斯莱斯里。"

侍者听说他还有进口名车，更加敬慕了。可是他向外看了看，赶紧对男人说："哟，您是不是出去看看啊，外面连个车毛都没了。"

男人一点也不惊慌，说："那是正常的。这时候我的劳斯莱斯一向放在我的别墅里。"

侍者惊呼："哇！您还有别墅。那平时谁住那儿呢？"

男人说："废话！别墅向来是藏二奶的地方，要不怎么叫别墅。"

这么富有的人拥有个二奶，侍者倒是能理解。所以这回他就没再惊呼："那您夫人一向放在哪呢？"

男人面现苦恼，说："当我不在家的时候，她一向放在我的二奶那里。"

侍者惊呼道："啊哟！那不要打起来了吗？"

男人平静地说："打不起来。这时候我的二奶一向放在她包的二爷那里。"

"噢——"侍者松了一口气，同情暗生。忽然他又想起了一个问题："您的二奶既然不在家，那您太太还老上那儿去干吗？"

男人突然发怒，把一杯酒泼在侍者脸上："这都想不起来，笨蛋！她当然是去那儿会我的保镖了！"

（本篇月月评短信代码：0924）

请给市长问个好

□ 阳　春

东江市剧团当红名角小凤仙色艺双佳，被蔡市长包养之后，更是身价百倍，一言九鼎。一些局委区县的头头脑脑，见了她就像见了市长，点头哈腰，拍马逢迎，恭维备至，都想给她留个好印象，让她吹吹市长的枕头风，以便仕途通达。

一日，小凤仙率团到某县演出，孙县长孙子似的跑前跑后，又是给她安排小灶单炒，又是让她单间另宿，又让通讯员打水扫地叠被褥，伺候得无微不至。演出时一到小凤仙出场，孙县长就站起来带头鼓掌，一段戏唱完后，掌声往往经久不息。

剧团演出结束要返回市里了，孙县长让司机用他的专车去送小凤仙。小凤仙临上车时，孙县长握着她的手依依不舍，总觉得有话没说完。司机打开车门，小凤仙钻进车内的一刹那，孙县长心里那句话终于脱口而出："请代我向蔡市长问个好！"

小凤仙瞥一眼周围送行的一大群县领导，脸刷一下红了，愤怒地瞪一眼孙县长，"砰"地甩上车门悻悻而去。

不久，市辖县区机构改革，区县合并，孙县长和那个县政府同时消失。

（本篇月月评短信代码：0925）

读书不必求多，而要求精。这是历来读书人的共同经验。 ——邓拓

暗　示

□ 唐　俑

东宝今天"运气"不错，赶公共汽车时旁边站着一位漂亮的小姐。稍嫌遗憾的是，这位小姐虽然漂亮，但妆化得夸张了点，香水味儿刺鼻了点。上车不久，东宝就发现对这位小姐感兴趣的不止他一个人，还有一个男人也凑了上来，只不过他的兴趣在小姐的挎包上。不到5分钟，就朝小姐的挎包至少扫描了10次。东宝顿时警觉起来，这家伙可能是小偷！

果然，那个家伙开始行动了，手上不知什么时候多了一把尖刀，试探着去划小姐的挎包。

东宝当然不能视而不见，否则良心不安。但他又不敢勇敢地站出来去抓小偷——万一小偷恼羞成怒，手上的那把尖刀可不长眼睛。东宝只好用手去碰小姐裸露的胳膊，用这种方式暗示她有小偷，让她注意自己的财物。碰了一下，小姐似乎没有反应。东宝急了，又不轻不重地捏了她胳膊一下。小姐这回有了反应，偏过头对东宝笑了一下，露出雪白的牙齿。

就在那时，东宝的目的地到了，车一停稳他就下了车。

那位小姐到底明没明白自己的暗示呢？如果没搞明白，那么她岂不是……就在东宝胡思乱想的时候，忽然听到后面有人嗲声嗲气地叫："先生，您别走这么快嘛，您走这么快，我怎么赶得上嘛？"

东宝一回头，发现叫的人正是那位小姐。东宝奇怪了：她下车来追我，难道是要发我点见义勇为奖么？他停住脚步，问："你跟着我干什么？"谁知小姐的神情更奇怪："您不是暗示我跟您走么？"

"你说什么？暗示你跟我走？我为什么要你跟我走？要你跟我走干什么？""您在车上碰我一下，又捏了我一下，那一下捏得人家好痛哇……"小姐娇嗔地说，说完又来了这么一句，"先生您的眼力真好，一眼就看出了我是做什么的。不过，我白天一般是不做生意的……"

（本篇月月评短信代码：0926）

实习扒手

□飞　鸟

有个人名叫吴德兴，好吃懒做，不学无术，整天做些偷鸡摸狗的勾当。因此，村人都叫他"无德性"。

这天，无德性在一本杂志上看到一篇报道，讲一个小偷在公共汽车上，明目张胆地偷走了一个牛高马大的中年男人的钱包，可是车上的众人眼睁睁看着，没有一个人报警，就连当事人察觉了，竟也没有反抗……

看完后，无德性忍不住大发感慨。突然他脑袋里灵光一闪：对了，既然现在的人全都是纸老虎，偷钱这么容易，老子何不也去当当"三只手"？

主意打定，第二天下午，无德性往怀里放了一把玩具匕首，踏上了去县城的中巴车。无德性上车的时候，车上除了司机和售票员，再也没有其他人。无德性一屁股蹾在座位上，耐心地等待猎物出现。

不一会儿，中巴车在一个小站停住了，车门刚打开，就"呼啦"拥上来十几个人。一个衣着考究的胖子坐到无德性前面的那个座位上，闭目养神。

无德性乐了：这不是送上门的买卖么。他瞅准时机，将手偷偷往胖子鼓鼓的口袋摸去。

"咳，咳咳！"一阵咳嗽声响起，无德性心里一惊，手"吱溜"一下就缩了回去。无德性寻找发声的来源，看见售票员正盯着自己。无德性用目光狠狠地剜了售票员一眼，并将藏在怀里的玩具匕首露出了一小部分。果然，售票员马上害怕了，忙将头扭向窗外。无德性一见，好不得意，心想那篇报道上说的果然有道理。

还好胖子没有察觉。这回，无德性干脆大大方方地将手伸进胖子的口袋，可是就在他的手指尖搭到一只钱包时，"咚"！后脑勺上狠狠地挨了一下，直打得他眼冒金星，接着一双大

人家帮我，永志不忘；我帮人家，莫记心上。 ——华罗庚

理想体重

□ 吴佳芯

海伦结婚6个月以后，她妈妈第一次来看她。看见海伦面容憔悴，妈妈关心地问："你们的婚姻怎么样？"海伦顿时哭了："妈妈！太可怕了，哈罗德太可怕了，从早到晚，他不停地指责我，无时无刻不在和我吵架。现在，我已经比结婚前整整瘦了6公斤了！"

妈妈听了，心疼地惊呼道："天哪，我可怜的孩子！你必须和那个混蛋离婚！"

海伦擦着眼泪说："会的，妈妈，我一定会和他离婚的，不过还要等3个月。"

妈妈奇怪地问："为什么现在不离婚，还要等3个月？"

海伦抽泣着说："因为我离我的理想体重还差3公斤，妈妈，我再和他吵3个月就够了。"

（本篇月月评短信代码：0928）

手从天而降，死死地抓住了无德性的手。

无德性定了定神，才看清楚抓他手的是一个瘦子。无德性心里一宽，凶巴巴地说："妈的，你要干嘛？"

瘦子说："干嘛？不让你偷钱呗。"

无德性恼了，心想我怎么这么倒霉，偏遇上个爱管闲事的。他挣脱双手，刷地从怀里抽出玩具匕首，沉着脸说："你不想活了，老子偷别人的钱，关你屁事！"

无德性的话音刚落，不知谁带头说了一句："偷了钱还这么嚣张，揍死他！"那十多名乘客一拥而上，对着无德性就是一顿拳打脚踢。可怜无德性还没搞清怎么回事，就被揍得死去活来，最后，昏了过去。

无德性醒来的时候，已躺在派出所里。一名警察乐呵呵地对他说："醒啦？"

"哎哟……"无德性呻吟着，"疼……"

"疼？你没被打死就不错啦。"那个警察一拍桌子，"我当警察到现在，还是头回见你这样蠢的扒手，竟当着人家一大家子亲友的面下手偷东西……"

原来，刚才车上的那十几个人都是亲戚，中午刚参加完一场婚礼，一起坐车回去，结果被无德性给遇上了。

"啊！"无德性听明白以后，眼前一黑，双腿一伸，又晕死过去。

（本篇月月评短信代码：0927）

（本栏题图：李 加）

经典图书《话说中国》出版了

世界品牌期刊在编好刊物的同时，几乎每年都推出能代表自己文化追求的品牌图书，以回报长期关心、支持刊物的读者。他们能做到，《故事会》为什么不能？

历经6年，这套大型故事体的历史百科全书《话说中国》终于和读者见面了，这不仅是《故事会》的骄傲，也是《故事会》读者的骄傲！世界大刊美国《读者文摘》抢在其他同行之前，买下海外版版权。该书的魅力究竟何在？

故事文本的感性冲击和知识短文的理性概括互相弥补；文字和图片互相交融，图书、杂志、网络等全新的编辑手法超常而融洽地汇集一体，使这套大书既可以从头看起，又可以从任何一页读起。在中国，目前还没有这样一部既有价值和品位，又充满现代编辑手法、适合大众阅读的历史百科全书。

每一个中国人都为中国拥有5000年的文明史而感到骄傲，我们深信，读过历史的人和没有读过历史的人是不一样的。可喜的是这套书创造了一个让中国大众尤其是青年学生轻松愉快地走进历史文化大门的机会。

阿P故事

阿P是一个社会群体的缩影，他独特的对事对人的处理方式，使这些故事充满了情趣。不过洋相百出的阿P，他的内心世界又是复杂的，他的所作所为留给读者的思索是多层次多元化的。阿P故事不仅仅是消遣作品，还有着揭示社会矛盾、启迪人生和思考未来的认识和教育作用。

滑稽故事

滑稽是一门引人发笑的艺术，被称之为生活和艺术中一种特殊的"调味品"。本书所选故事均取材于社会生活，作者想象力丰富，倾向性鲜明，作品内容极具口传性，诙谐色彩浓郁，是人们茶余饭后上佳的精神伴侣。

319

2004
SEMIMONTHLY
下半月刊

5月

STORIES

故事会

2004年5月
下半月刊·绿版

主 编：何承伟
副主编：吴 伦
社务委员会
何承伟 吴 伦 姚自豪
夏一鸣 冯 杰 张 凯
本期责任编辑：马 峡
美术编辑：李宝强
发稿编辑：
梁宁宁 蔓 石
夏一鸣 鲍 放
潇 白 姚自豪
主管：上海市新闻出版局
主办：上海文艺出版总社
（上海市绍兴路74号）
邮政编码：200020
电话：021-64375030
出版发行：《故事会》出版发行部
（上海市建国西路384弄11号甲）
邮政编码：200031
电话：021-64313938
广告总代理：上海文艺广告传播中心
上海市绍兴路74号（邮编：200020）
广告总监：张 淮
广告业务：021-34010383
广告投诉：021-64333738
广告经营许可证
沪工商南广字3101034000029号
发行：中国图书进出口上海公司
封面图片由Corbis/达志影像提供

本刊各栏目欢迎来稿。来稿寄上海市绍兴路74号《故事会》杂志社，邮编 200020；请在信封上注明"×
×栏目"收；本期责任编辑E-mail地址:maxia@126.com

·笑话·

炒 腰 花

生物考试中有一道题目——肾脏的功能是什么？小张想不起来该如何回答，最后急中生智，答道："可炒腰花，为饭店一常见菜。"

（陈 博）

别射上衣

　　——家服装店遭抢了。歹徒刚刚出门，便碰上了巡逻的警察。于是，发生了一场枪战。

　　这时，服装店老板赶了过来，一把拉住警察求道："请射他的裤子，别射上衣，他的上衣还没付钱呢！"

（付秀玲）

（本栏插图：李 加）

减 肥

　　——个胖子在体检后央求医生"医生，我不想减肥了，我实在无法忍受那么多节食的规矩。"

　　医生答道："没问题，我建议你买一台健身器。"

　　病人问："太好了。什么健身器呀？"

　　医生笑答："牵引器。按你的体重标准，你应该再增高20厘米。"

（竹 君）

不 能 洗

母亲：乖女儿，洗个热水澡，然后去睡觉。

　　女儿：不行呀，明天我要考试，今晚不能洗。

　　母亲：洗澡跟考试有什么关系？

　　女儿：关系太大了，我的手臂和小腿上全是答案。

（王成化）

4 应该笑着面对生活，不管一切如何。——伏契克

失误

六岁的儿子近来厌食，无论妈妈如何哄，他就是不肯吃饭。爸爸想吓唬他一下，便抓起电话筒假装"报案"："你好，请问是公安局吗？这里有一个小朋友不肯吃饭，你们快来把他带走吧。"儿子瞪大眼睛，认真地说："爸爸，你还没有拨号呢！"

（杨东杰）

谈论儿子

四位牧师的母亲聚集在一起，谈论着自己的儿子。

第一位母亲骄傲地说道："我的儿子是一位天主教的主教。当他步入教堂时，人们会说：'您好，阁下。'"

第二位母亲接着说道："我的儿子是一位基督教的主教。当他走进教堂时，人们会说：'您好，尊敬的阁下。'"

第三位母亲说道："我的儿子是一位红衣主教。当他步入教堂时，人们会起身站立，恭敬地说道：'您好，尊敬的阁下。'"

第四位母亲想了一会儿，说道："我的儿子身高2米20，体重200公斤，当他走进教堂时，人们会惊呼：'噢，上帝！'"

（文　竹）

高度与长度

工程师、数学家和物理学家们正围绕在校旗四周热烈讨论，这时，一位英语系教授走过来问："你们在谈论什么呀？"

数学家答道："我们在谈论旗杆的高度，还在研究计算公式呢！"

英语系教授说："这好办！你们看着。"说着，拔出旗杆，放倒在草坪上，用借来的卷尺量了量，说："正好3米。"然后，重新安装好旗杆便离开了。

数学家讥讽道："这个英语系教授！我们问他的是高度，他却告诉我们旗杆的长度。"

（闻春国）

吸烟的伤害

两个人在讨论吸烟对身体的哪部分危害最大。其中一个人说对耳朵造成的伤害最大，另一个人感到很奇怪，问他为什么。他回答道："因为我老婆只要一看见我吸烟，就对着我的耳朵唠叨个没完！"

（王长征）

8小时

顾客问洗衣店老板："我的衣服什么时候可以洗好？"老板说："3天以后。"顾客问："为什么要这么长时间？广告里说，你们24小时就可以洗好啊！"老板笑道："完全正确。但是，我们一天工作8小时啊！"

（马保奉）

上吊自杀

一个瘦女人对一个胖女人说"如果我像你这么胖，我就上吊自杀！"胖女人对瘦女人说："如果我自杀，那一定用你当绳子！"

（徐 璐）

考验女婿

一对老夫妇有三个女儿要出嫁。丈母娘想考验一下女婿如何对待自己，于是，便邀请大女婿与她一起散步。

路过一座小桥时，丈母娘突然从桥上跳了下去，大女婿立即跳到水里救她。第二天，房前停了一辆"夏利"车，挡风玻璃上贴着一张纸条，上面写道："赠给亲爱的大女婿——岳母"。

接着，丈母娘想，应该考验一下二女婿了。她采取同样的做法，二女婿也跳到水里，把她救起来了。结果，二女婿得到了一辆"桑塔纳"车。

丈母娘又如法炮制，考验三女婿。三女婿心里盘算：丈母娘已拿出了两辆汽车，不会再有钱了。于是他便没有去救，结果丈母娘被淹死了。

第二天，三女婿刚要出门，看到门前停着一辆崭新的"奔驰"车，挡风玻璃上写着："赠给可爱的三女婿——岳父"。

（马保奉）

怕 痒

有一个老汉第一次看到火车时，忍不住摸了一下火车的车厢，这时刚好火车鸣笛，发出巨大的声响。老汉惊奇地叫道："哎哟，原来这家伙也怕痒！"

（王何平）

再走一次

一个男大学生带着女友在城里散步，恰好路过一家饭馆。

女友赞叹道："噢！多香啊！"

男大学生很绅士地说："如果你喜欢，我们再从那饭馆门前走一次。"

（马 越）

随机应变

汤姆在街上闲逛，忽然听到后面有人叫"谁丢了100美元？"汤姆急忙跑过去，说道："是我丢的！"

拾钱人问："你的100美元是什么样的？"

汤姆答道："一张整的。"

拾钱人说："可我拾到的是两张面值50美元的！"

汤姆一愣，赶紧辩解说："没想到这100美元掉在地上摔成两半了！"

（寒心血）

古树的年龄

一位将军新买的农场里有一棵参天古树，据说有300年的历史，所以他额外支付了一笔钱。

回城后，朋友们都不相信那棵树有那么长的年代。于是，将军就派管家去验证树龄。

管家回来后报告主人："这棵树竟然有332年历史了！比我们预想的还长！"将军说"干得好！可你是如何准确算出它的年龄的？"

管家得意地回答："这很简单，把它砍倒后数一下它的年轮不就知道了吗？"

（文 竹）

本刊读者可通过《话说中国》
一睹《清明上河图》的惊世风采

世界品牌期刊在编好刊物的同时，几乎每年都推出能代表自己文化追求的品牌图书，以回报长期关心、支持刊物的读者。他们能做到，《故事会》为什么不能？

历经6年，这套大型故事体的历史百科全书《话说中国》终于和读者见面了，这不仅是《故事会》的骄傲，也是《故事会》读者的骄傲！世界大刊美国《读者文摘》抢在其他同行之前，买下海外版版权。该书的魅力究竟何在？

故事文本的感性冲击和知识短文的理性概括互相弥补，文字和图片互相交融，图书、杂志、网络等全新的编辑手法超常而融洽地汇集一体，使这套大书既可以从头看起，又可以从任何一页读起。在中国，目前还没有这样一部既有价值和品位，又充满现代编辑手法、适合大众阅读的历史百科全书。

每一个中国人都为中国拥有5000年的文明史而感到骄傲，我们深信，读过历史的人和没有读过历史的人是不一样的。可喜的是这套书创造了一个让中国大众尤其是青年学生轻松愉快地走进历史文化大门的机会。

《话说中国》每卷收有国宝级图片200多张，最近，经北京故宫博物院授权，

传世名作、一级国宝《清明上河图》将以最先进的印刷技术，在《话说中国·文采与悲怆的交响》一书中以整卷（12版）拉页的形式展现全貌。并以原寸的比例，反映画中所表现的市俗生活，并配有图解文字，以帮助读者看懂这幅绘画史上的无价之宝。

《清明上河图》所描绘的讲故事场景

雨夜惊魂

□赵永杰

晚上七点，乔治和妻子玛丽开着车子去约克镇参加朋友哈瑞的生日宴会。从他们家到朋友家要经过一条乡间小路。这条路格外偏僻，路上的路灯幽暗地闪烁着，像鬼火一样。这天外面正着小雨，北风呼呼地刮着，特别寒冷。乔治打开车上的收音机，想和妻子一起听听音乐，早点捱过这段漫长的路程。

突然，优美的音乐被打断了，广播里传来一则新闻通告："约克镇警察局紧急通告：今天下午有一个名叫约翰的病人从镇精神病医院逃走。此人极度危险，两年前因疯狂残杀六人被捕，后转入该院治疗。警察局通令全镇居民锁好门窗，外出当心，一旦发现行踪奇怪之人要立刻报告。"

玛丽听了，不由得打了个寒战："太可怕了，这个地区正流窜着一个杀人狂，我们会不会遇上啊？"乔治忙安慰她："别乱想，怎么会那么巧呢？再说了，咱们不还有车吗？怕他干吗？"可话刚说完，车就突然开不动了。"见鬼！"乔治骂了一声，下车一检查，原来是引擎出了故障。玛丽一下子又紧张起来。乔治想了想，对玛丽说："这样吧，你在这儿等着，我去附近问一下，看能不能找到个修车的地方。"

玛丽抱紧乔治，在他耳边说："我害怕，你忘了现在正有个杀人狂在外边吗？我们不能分开。"乔治拍拍她

·悬念故事·

的肩膀，温柔地说："别害怕，听我的，你藏在后座上，锁好所有车门，没有人会瞅见你的。如果我回来，会在车顶上连续敲三下，那时你再开门。记住，亲爱的，一定要听到三声后再开车门。我会小心的！"说完，乔治吻了一下玛丽，打开车门，跑进雨中，很快被黑夜吞没了。

玛丽迅速锁好车门，按照乔治说的，躲在车后座上，开始了漫长的等待。四周黑漆漆的，安静得出奇。玛丽拿出一盘音乐磁带，塞进随身听里，把音量调大，想为自己壮壮胆。这一招果然有效，没过多久，她感到又累又困，竟然迷迷糊糊地睡着了。突然，一阵搔抓声把她吵醒了，那声音像是从车顶传来的。玛丽连忙关了随身听。"大概是乔治回来了吧。"玛丽想。她正打算开门，忽然想到丈夫的暗号，他明明说敲三下再开门啊。玛丽竖起耳朵仔细辨别来自车顶的声音。"砰……砰砰……砰……"那声音不太规律，而且不止三下。"会不会是别人或者别的东西？"玛丽恐惧到了极点，虽然她强迫自己保持镇定，可身体却一直在颤抖，而那莫名的敲打声仍断断续续地响着。

玛丽就这样一直在恐惧中煎熬着。"乔治去哪儿了？为什么还不来接我？难道……不会的！"她分分秒秒被这些问题折磨着，却不得不一次

次打断自己不祥的猜测。天哪，再这样下去，人一定会变疯的！于是她鼓起十二分的勇气，战战兢兢掏出手机，给乔治打电话，可紧张得几次都按错了键。终于拨对了，电话那头却一直是"嘀——嘀——"的声音，没人接。玛丽知道乔治是从来不关手机的。她顿时觉得毛骨悚然，眼冒金花，一下子晕了过去。

不知过了多少时间，迷迷糊糊中，她听到警笛声从远处传来，那声音越来越近，好像是朝她的车子开过来了。"警察来了！"玛丽兴奋地坐起来朝车窗外看。果然，她的车子已被四辆警车围了起来，警灯刺眼地闪烁着。一个警员走到玛丽车前，对她说："这位女士，现在您已经安全了，请下车跟我们到警车上去。一直朝前走，别回头！"玛丽觉得踏实多了，立刻打开了车门。

快到警车跟前时，玛丽抑制不住好奇心，转过头，朝自己的车看去。天哪！她差点栽倒在地，只见乔治正直挺挺地挂在自己车上方的树上，一根绳子牢牢地勒着他的脖子，风吹着他的身体来回摇摆着，他的脚每触到车顶时就发出"砰砰砰"的声音。原来，在玛丽睡着的时候，那个杀人狂就把乔治杀死了，然后把他吊在了那棵树上。

（本篇月月评短信代码：1001）

（题图：箭　中）

关在笼子里的老虎仍然是老虎。——阿富汗谚语

霉运当头

□ 闻春国 编译

巴德里和伯尔约是两个小偷，为了躲避警方，他们三个星期前逃到了孟买的海滨。两人贼心不改，又干起了老勾当。上个星期，他们对一座三层别墅发生了兴趣，经过整整七天时间的外围探查，他们发现每天都有很多高级小轿车从这里进进出出，穿着考究的人们在这里忙忙碌碌，工人们常用货车将体积庞大的金属箱搬进这座大房子里。让巴德里和伯尔约更为兴奋的是，在这熙熙攘攘的人群中，他们还看到了几位一向崇拜的电影明星。直到昨天，这里才总算平静了下来。两人琢磨着房子的主人大概出去度假了，于是，便选择在这个漆黑的夜晚行动。

他们翻过铁栏杆，撬开窗框，进入一间地面铺着大理石的房间。巴德里用笔式电筒搜寻了一圈，见一切正常，就招呼伯尔约："打开强光灯。"灯光一下子照亮了这个装饰华丽的房间。伯尔约张大着嘴巴，眼睛盯着身边那些美妙的东西——精雕细刻的豪华柚木沙发、闪闪发亮的巨型铜灯……他自认为这辈子也算是走南闯北了，可却从没见过这么漂亮的玩意啊！

巴德里咂着嘴唇，露出了贪婪的微笑："伯尔约，这下我们可交上好运了！"伯尔约像小孩子似的在沙发上兴奋地蹦了起来："噢！简直和电影里看到的一模一样。"巴德里朝伯尔约的肋部捅了一下："瞧你的右边，老弟。"伯尔约抬眼望去，右边立着一排巨大的壁柜，上面摆放着电视机、音响设备、花瓶和一些精美的古董小雕像。

巴德里见伯尔约爱不释手地抚摸着身边的那台电视机，赶紧提醒道：

"电视机太重了，还是搬其他东西吧。"

伯尔约没理会，却用手摸索着一块漆得非常艳丽的实木护墙板。他自言自语道："我在电影里看过这玩意，好像是可以打开的。"话音刚落，那护墙板"咔哒"一声就分开了，里面露出一个保险箱来。

巴德里那双本来就鼓突的眼珠简直要迸射出来了，他立即掏出几根细金属丝熟练地捅着锁眼，几乎没费什么周折就将保险箱的门打开了：只见一块块黄灿灿的金币从保险箱里哗啦啦地滚落下来。这是他有生以来所看到的最为惊喜的一幕！

两人的心不停地狂跳着。这可是飞来横财呀，他们连做梦都没有想到过！想到一夜之间将成为富翁，两人极度兴奋。

巴德里见伯尔约光顾了高兴，忙打开一只黄色麻袋，说"嗨，快干活，装上录像机和古董。"

伯尔约不同意："古董我们一窍不通，要卖出去的话，说不定一下子就会被人逮住的。"他提起一个漂亮的黑色录像机，惊喜地喊道："嘿！伙计，这个录像机轻得很！"说着，用一只手就将录像机翻转了过来。

巴德里拿起录像机，也忍不住轻声赞叹道："这种进口货好像是专门为我们造的，带起来多轻便啊。"边说边迅速地将一块块金币装进麻袋中。

就在这时，一阵刺耳的汽笛声划破了寂静的夜空。巴德里和伯尔约顿时吓得面无人色。"好像离这里很近，"伯尔约压低嗓音说道，"也许那人看见我们的灯光了。"他暗自责备自己太粗心大意了，竟然忘了把百叶窗放下来。两人立即把那只又大又重的麻袋用力拖到窗口，堵在上面，然后屏住气，躲在麻袋后面听动静。

还好，那些人从车上下来后，只进屋拿了点东西，又开车走了，好像根本就没在意房间里的变化。

巴德里和伯尔约满载而归。第二天一早，他们就迫不及待地扛着沉重的麻袋，来到交易市场。交易市场的老板打开麻袋时，他们得意地期待着老板发出惊人的叫声。谁知，老板一件件看过后，竟然笑出声来："年轻人，一次搞到这么多的假货也真不容易。那袋金币、铜灯，连同录像机和音响，加起来顶多值二十八个卢比，上餐馆吃一顿都不够！"

巴德里和伯尔约不相信，以为老板在骗人，可是后来一连走了几家，都是这么说。两人不死心，又托人去调查，一调查才恍然大悟。原来，他们所选中的那座房子以前确实是一座私人别墅，可如今已经租借给一家电影制片厂供拍摄电影使用，别墅里的那些陈设只不过是一些仿冒的道具而已！

（本篇月月评短信代码：1002）

（题图：李　加）

第一次抢劫

□霍革军　编译

修车厂的机修工亨利是个好吃懒做的家伙，他微薄的收入根本不能满足奢侈的生活欲望，因此他便开始策划抢劫银行。

周五临近下班时，亨利戴着假发，穿着增高鞋，走进了一家银行。他知道，这个时候银行里的人不会很多，每个人都急着想过周末。警卫此时也会比较松懈，而出纳的抽屉里却装满了钱。

由于是第一次作案，亨利有些紧张，他走过去，假装填写存款单，同时悄悄地观察四周，见那个仍开着的窗口后面只有一个女人，就放心多了。

这个女出纳名叫珍妮，她见了亨利，懒洋洋地问："有什么事吗？"

亨利没出声，把刚写好的纸条送进窗口。珍妮一看纸条，双眼突然睁得圆圆的。只见纸条上醒目地写着：

这是持枪抢劫，把抽屉里所有的钱都给我！

紧接着，亨利又从贴身的包里拿出一个纸口袋，放在柜台上，低声说"快一点儿，不要按报警器。"他拍了拍他那鼓鼓囊囊的皮夹克口袋，继续说："我可不想要你的命。"

珍妮只犹豫了一秒钟，就按了密码，打开了抽屉。她把所有的钞票都塞进那个纸口袋里。慌乱中，有一张二十元的钞票落到了地上。珍妮弯下身去捡钱，她的头暂时消失在亨利的视线外。

"你在干什么？"亨利呵斥道，他

担心这个女人会按响报警器。

只一会儿工夫，珍妮就又回到了他的视线中。她把纸袋卷起来，眼睛瞪得大大的，声音有些颤抖地说："我……我……掉了一张钞票，"她把袋子递过来，"给……给……你。"

亨利迅速地拿过战利品。看着吓得连话都说不清楚的女出纳，亨利料想她不敢有什么行动。银行里静悄悄的，根本没人知道这儿正在发生抢劫案。

"谢谢你，小姐。五分钟后，你再去按报警器吧。"亨利微笑着看了眼女出纳，转身向门口走去。

他匆匆跑到停车场，快速闪进车里，开车向他的住所飞驰。很快就到家了。他停好车，抓起口袋，麻利地进了公寓门。

他一屁股坐在地板上，正要把口袋里的东西往外倒，耳边突然响起了重重的敲门声："开门开门！我们是警察！"这怎么可能？亨利给弄糊涂了。他们不可能这么快就破案了呀，一定是搞错了！

很快，门被撞开了，四个持枪的警察冲了进来，枪口正对着坐在地上的亨利。亨利目瞪口呆，双手不受控制地举了起来。

"亨利·丹尼，你因抢劫银行罪被捕了。"警察抓住他的手臂，给他戴上了手铐。

"但，但是……你们是怎么……"

一名警察拿出一张纸，对亨利说："看出这张纸条上你自己的字迹了吗？"

亨利睁大眼睛一看，确实是他自己写的纸条。

"你用的是你自己的自动取款机收据。你抢劫的那个出纳员凭借这个查出了你。我们将把这袋钱带走，而你就等着在监狱里呆几年吧。"

警察拿过纸袋，往里面看了看，突然恼怒地抓住亨利的衬衫领子，吼道："钱呢？"

另一名警察也凑过来，往口袋里看了看，然后皱着眉头把里面的东西倒在了地上。所有的人都愣住了：口袋里原来是一个吃了一半的三明治、一块糖和许多废纸！

"可怜"的亨利还没明白纸袋里的钱是怎么变成三明治的，那个女出纳珍妮已经扛着鼓鼓囊囊的钱袋，远走他乡了。

原来，珍妮弯腰捡钱时做了手脚，调了包。她向警察录了口供后，就大摇大摆地走了。这下珍妮有大把的钱可花了，而倒霉的亨利却成了她的替罪羊。

（本篇月月评短信代码：1003）

（题图：箭　中）

（本栏目欢迎读者踊跃来稿，电子邮件请发 maxia@126.com）

不急了 (文：叶 丹；图：枫 叶)

1. 汤姆要参加一个重要会议，可来到机场一看，却发现班机误点了！

2. 汤姆暴跳如雷，吼道："如果耽误了会议，我一定要和你们航空公司算账！"

3. 十五分钟之后，汤姆满面通红地回来了，职员赶紧赔笑说："先生，班机半个小时内一定起飞。"

4. 汤姆讪讪地说："晚点也行，我不小心把护照塞进邮筒了，邮局说，要一个小时才能把邮筒打开。"

·本刊信息传真·

欢迎来稿：为了我们的《故事会》更加精彩

　　人类天生就有讲故事的才能，而悬念是故事必不可少的要素之一，为此，本刊特推出"悬念故事"栏目，以强化故事的悬念色彩。来稿要求：1. 要有新奇性，不能让读者观其头而凭经验就能知其尾。2. 要有暗示性，不可故弄玄虚，让读者摸不着头脑。3. 要有诱导性，步步为营，充分调动读者的兴趣。4. 本栏目题材不限，字数以3000字以内为宜。

　　此外，您手中还有什么其他得意之作？本刊辟有二十多个原创性栏目，如中国新传说、笑话、我的故事、幽默世界等，可谓丰富多彩，必有一栏适合您。

　　中篇故事是我们这次征稿的重点，要求作品内容厚实、选材新颖、结构紧凑、情节引人入胜。字数以20000字以内为宜。本刊实行优稿优酬制度，对于特别精彩的作品，我们将给予重奖。

　　除了原创故事，本刊还设有外国文学故事鉴赏、情节聚焦、3分钟典藏故事、快乐辞典等推荐性项目，稿件一经采用，均可获得相应的推荐费。

　　来稿必须注明投稿人的真实姓名、地址和其他有效联系方式（如电话、手机等）。投稿地址：上海市绍兴路74号《故事会》杂志社，邮编：200020。本期责任编辑E-mail地址：maxia@126.com。

警匪故事

　　本书汇集五则中篇故事精品，描写公安人员深入虎穴，与潜伏的敌特土匪斗志斗勇，最后使之落入天罗地网。故事情节曲折复杂，悬念性特别强，敌我之间关系扑朔迷离，错综复杂，人物命运特别牵动人心。

红色间谍故事

　　7则中篇故事，描写一群置生死于度外，出生入死在敌巢魔窟中，机智勇敢地与敌特匪首周旋，进行地下斗争的革命者。故事情节曲折，人物形象鲜明，具有震撼人心的艺术魅力。

捣蛋鬼故事

　　本书收入的"捣蛋鬼"，是一批头上长角的油子、懦夫、贪者、莽夫、偷儿、怪徒，他们大多性格怪异，但在激变的环境中却展现出了人们意想不到的美丽人生。书中也描写了另一类罪错者，故事往往以轻喜剧的风格来处理人物之间的矛盾冲突，让你饱览社会生活的丰富多采。

怕老婆故事

　　怕老婆现象古今中外均不同程度存在，汇集出书这是第一本。作者均取材于实际生活，有古代代表性作品，更多的是描写当代人的这类夫妻关系。他们怕老婆的行为，离奇古怪；怕老婆的动机，五花八门。

□李子胜

五万元的心债

老方四十多岁了，在小县城的一所普通中学教书，收入不高。妻子所在的工厂一直不景气，儿子眼看该搞对象结婚了，可是，现在娶个媳妇，没有十万八万根本不行，这事就成了老方的一块心病。

看周围人都在炒股，有人没几天就翻番了，老方也想试试。他和妻子商量了几晚，把十几年积蓄的五万元拿出来，急急忙忙开了户头，买了股票。不料，没过几天，股价急转直下，全部套牢，老方一下子懵了。

这天是周一，老方去学校给学生上课，还没出居民小区，就发现地上有个黑皮包。他好奇地拾起黑包，觉得有点沉，可眼看就要迟到了，也来不及打开看，就迅速骑车离开了。

来到学校，办公室刚好没人，老方打开黑包一看，顿时惊呆了：里面整整齐齐放着的都是百元大钞，正好五捆。这可是五万元啊！他本想贴个失物招领启事，可又一想：股票赔本，儿子的婚事没有着落，现在可正是用钱的时候啊！经过一番思想斗争，老方一咬牙，先拿着应应急吧，等有了余钱，一定奉还！

回到家，他把钱取出来，又数了一遍，用报纸裹好，在屋子里转了几圈，这才把钱放到壁橱的最上面一层。随后，他把那个黑皮包扔进了附近的河沟里。

过了几天，吃饭时，妻子不经意地说："你听说了吗，旁边那幢楼有一对没儿没女的老夫妇，老头平时捡破

烂，积攒了一些钱，前几天去交公房的购房款时，包带断了，提包从车把上掉了，老头愣没察觉，等到了房管所，才傻了眼。唉，五万块呀！也不知道谁捡去了。"老方心里一惊：对呀，那个被他偷偷扔到河沟里的提包的确带子断了，而且里面正好也是五万块。

妻子看他脸色不好，关切地问："你在听我说话么？"老方回过神来，点点头，故意问道："后来呢，找到了么？""找到什么呀，谁会还呢？老头老太一下子全病倒了！"

晚上，老方翻来覆去睡不着，想想自己是个老师，做下这种见不得人的事情，怎么为人师表？再说了，良心上也过不去呀！还是明天把钱还给人家吧。

第二天下班回家，老方打开壁橱，伸手去摸那个装有钱的纸包，却不料，钱不翼而飞！老方全身瘫软。他想：家里就三个人，钱怎么会突然没有了呢？他向四周扫了一眼，见桌上压着张纸条，上面是儿子的留言：

爸爸妈妈：

我和几个同学商量好了，一起去大城市做生意。家里的五万块钱，算是我借你们的，我会好好努力，给你们一个惊喜的！

儿子　即日

妻子回来后，老方把儿子的留言给她看了，并把自己捡到巨款，想还给人家的想法都跟她说了。妻子趴在他怀里哭了，老方也不住地唉声叹气。最后，夫妻俩商量好，等段时间，只要股票反弹，凑足五万块钱，就赶紧还给人家，现在先给人家写封信。

晚饭后，老方写好信，下楼装着散步，想打探一下老夫妇家的门牌号码。当他转到那幢楼附近时，隐隐听到了哀乐声。他忙凑上前去看，从围观人的口中得知，他要找的那个老头死了！老方愣住了，好半天才把手里的信放回口袋。

老方心慌意乱地回到家，把看到

的一切告诉妻子，两个人都沉默着。晚上，老方连连做噩梦，总梦见自己是杀人凶手。

两个星期后的一个傍晚，老方下楼时，看见那个失去老伴的老太太披头散发，浑身脏兮兮的，正在垃圾桶里翻腾着。老方见了心里直发酸：唉！都是自己作的孽呀！他下决心一定要弥补自己的过错。

周日早晨，老方带了几个学生来到老太太家。老方热情地说："老奶奶，您是孤寡户，我是这些学生的班主任，以后，我们会轮流给您做家务的。您以后的生活，就由我们来照料吧。"这天，老方和几个学生把老太太家打扫得干干净净。临走，老方又把200块钱塞到老太太手里，老太太激动得直抹眼泪。

半年过去了，老方坚持每周带学生来照顾她。从此，老太太再也不捡破烂了，脸上也有了笑容。

这时候，股市忽然回暖，老方的股票也上涨了。一天早晨，他将股票抛售出去，把五万块钱取了回来。他心里说：终于等到了还债的这一天！这可是一笔巨大的心债啊！

老方心情轻松地来到老太太家，不料，老太太忽然病倒了。老方把她送到医院时，人已经深度昏迷。没过几天，老人就面带微笑地永远闭上了眼睛。

老方在整理老太太的遗物时，发现了一个信封。他一眼就认出那是自己曾经想寄给老头的信啊，后来老头死了，他就没寄，可这封信怎么会到了老太太的手里呢？更为奇怪的是，信封上还歪歪扭扭地写着几个字：方老师亲启。

打开信封，里面除了老方的信外，还有一张信纸，上面写着：

方老师：

你第一次带学生来我家时，这封信掉在了地上，我见上面的地址是我们家的，就打开来看了，所以什么都明白了。我相信你是个有良心的人，所以，你对我的帮助，我都接受了。这些天我身体不好，总梦见老头子，我知道自己日子不多了，我也是念过几年书的，就给你写了这封信。那些钱，我知道你会还给我的，可我留着也没用，你替我捐给学校吧。那些懂事的孩子，我打心眼儿里喜欢……

老方泪流满面地读完了老人的信，心中万分惭愧。在一次班会课上，他终于鼓足勇气，把这个"五万元"的故事讲给他的学生听。学生们都流下了眼泪，他们觉得，这是一节最难忘的班会课。他们的老师，坦率地以自己沉痛的经历，教给他们如何做一个堂堂正正的人。

(本篇月月评短信代码：1004)

(题图、插图：王申生)

□徐甜甜

歪解
"招贤帖"

江南有一个叫钱洪的米商，他极有钱，却很吝啬，而且经常欺行霸市，恶名很盛。

钱洪人长得奇丑，却有七个长相标致的老婆。七个老婆先后给他生了八个儿子，一个女儿。儿子们都长得像母亲，个个眉清目秀，现在都已成了家。所以，只要一谈到儿子，钱洪的橘皮脸就会乐得开出花来。可是，一讲到女儿，钱洪就笑不出来了。为什么？钱洪的女儿叫百斤，长得和父亲活脱脱一个模样，大饼脸，绿豆眼，蒜头鼻，还有一脸令人厌恶的"麻豆豆"，体形更是圆鼓鼓的，上下一般粗，再美妙的罗绮轻纱穿在她身上，也像是给灯罩上了罩子一般。更要命

的是，这个百斤还有点傻，大字不识一个，所以，都28岁了，还没嫁出去。

钱洪急得直跳脚，可这事偏偏又声张不得，所以，他只好把八个儿子召回家中，一起想办法。俗话说得好，三个臭皮匠，还能顶个诸葛亮呢！九个人你一言，我一语，终于一个一箭双雕的计谋诞生了。

第二天，钱洪让人在城门边上贴了个"招贤帖"，上写："现寻教书先生一人，教小女识文断字，一年为限，只要小女学会一二，即赏一千两，如若不成，则以一两之财相送……"一时间，城门边聚满了看热闹的人。一千两，那可不是个小数目啊！虽听说钱百斤有点傻，大字不识一个，但是，

总是值得一试的。果然，重赏之下，必有勇夫。东城根颇有些名气的教书先生李伯东揭下了告示，径直来到钱洪家中。钱洪细细打量这个年轻的教书先生，相貌一般，却还过得去，忙笑眯眯地叫儿子们递上契约。契约上所写的，与"招贤帖"大致相同，李伯东看了一遍，就毫不犹豫地签上了自己的名字，并画了押。

一年过去了，李伯东用尽浑身解数，只教会百斤写"一"、"二"、"三"，但这也够了，契约上不是说，只要百斤学得一二，即赏一千两黄金吗？

这天，李伯东郑重地向钱洪递上辞呈，并当场让百斤写下了"一"、"二"、"三"三个字。钱洪眯着眼，对李伯东说："既然先生决定要走，那我就不强人所难了，按契约赏一千两，还望先生笑纳。"说着，竟把百斤推到李伯东面前。钱洪的八个儿子马上拱手相贺"恭喜妹夫。"李伯东一愣，惊问道："不是说，赏一千两吗？"钱洪仍然笑眯眯地说："是啊，没错啊，一千两等于百斤，赏一千两，就是赏给你我这宝贝女儿——百斤啊！"李伯东如遭了一记闷棍。"啊？"看着站在一旁满脸墨迹、傻呆呆的百斤，李伯东忽然明白了。他用发抖的声音叫道："你，你怎么能这样解字呢？我，我要告状！"钱洪慢条斯理地说："你要告，就告吧。"

李伯东愤愤不平地去县衙门击鼓鸣冤，县太爷早已被钱洪买通。最终，李伯东非但没有要到赏金，还被打了二十棍，并被勒令完婚。李伯东气得一口气没上来，吐血身亡。

钱洪虽然没能把女儿嫁成，但也乐得省了一笔学费。李伯东一死，他又故伎重演，又在城门边上贴了一模一样的"招贤帖"。虽说赏金可观，但大家都清楚了钱洪的鬼把戏，年轻人谁也不想娶百斤这样的女人做老婆。于是，一连三天，"招贤帖"竟然无人理睬。

第四天，终于有一位自称李仲西的外地教书先生揭下了帖。众人议论

纷纷，说他是想钱想疯了，要娶百斤做老婆，还不如到河里随便抓只癞蛤蟆做老婆算了。李仲西却是充耳不闻，径直去了钱家。钱洪见眼前的李仲西生得英俊，又气宇不凡，心中大喜。他像前一次一样，递上契约，然后双方签名画押。

春去冬来，一年之期转眼就到。李仲西向钱洪提出辞呈，说自己无能，教不会百斤小姐。钱洪大感意外，本想欺负李仲西是外地人，不明就里，哪怕只教会女儿一个字，就把女儿这个大包袱推给他，谁知李仲西居然连一个字也没教会她。钱洪无奈，拿出一两银子，让他走人。可李仲西不愿意了："我与钱老板有约在先，为何钱老板私自毁约？"钱洪愣了一下，问："契约上写得明明白白，'如若不成，则以一两之财相送'，我现在给你一两银子，有何不对？"李仲西一字一顿地说道："我要告状。"钱洪心想，我还怕你个外乡书生不成？于是撇撇嘴说："那你就试试看吧。"

第二天，李仲西果然去了衙门。县太爷仍然是那个县太爷，早被钱洪收买了。这天升堂时，堂下挤满了来看热闹的百姓，大家都想看看这个自以为是、甘愿自投罗网的李仲西到底能有多大本事。

县太爷正襟危坐，一拍惊堂木："李仲西，你状告钱洪钱老板可有凭证？""有！"李仲西答道，随即转身问钱洪："我们是否立有契约？"钱洪点点头："是啊，契约上写得明明白白，'如若不成，则以一两之财相送'，而今你只字未教，给你一两银子有何不对？"李仲西又问："那我请教钱老板，一两等于几钱？"钱洪想也未想，答道："十钱，这个小孩都知道。""这就对了，那再请问，钱老板家中，姓钱者几人？""我有八儿一女，加我共十人。""这就更对了，以一两之财相送，就是以十钱之财相送，十钱之财，就是你姓钱的全家之财！这契约上可是写得明明白白。"钱洪和八个儿子急了，叫道："胡说！你怎么能如此解字？"李仲西不慌不忙地转向县太爷，说道："那么一年之前的李伯东之案，又是如何解的字，断的案？"县太爷心底一凉，心说今天这案子可不好断啦，如果判钱洪无罪，那不就等于承认自己以前办了冤假错案？众目睽睽之下出尔反尔，头上的乌纱帽可就危险了！

看着堂下无数双眼睛，县太爷决定自保，便一拍惊堂木道："大胆钱洪，限你三日内将全家之财按约送与李仲西！"钱洪顿时腿一软，栽倒在地。堂下响起一片叫好声……

退堂之后，李仲西来到一座坟前，轻轻地拔起坟上的新草，哭着喊道："哥，我替你报仇了……"

（本篇月月评短信代码：1005）

（题图、插图：黄全昌）

· 民间故事金库 ·

王竹传奇

□ 任瑞珏

古老的黔中地区有一个叫燕楼的地方，住着父女两人，以种竹卖笋为生。女娃子年方二八，生得明艳照人，清纯可爱。

这天早晨，老人起来发现竹园里长出了一个与众不同的大笋子，光鲜欲滴，硕大挺拔，像个威风凛凛的将军，父女俩开心得合不拢嘴。

当晚，老人梦见一位白胡子仙人手托金色莲蓬，从一道霞光中幻化而出，来到老人面前说道："你园中那个大竹笋是开启南山石宝洞的宝匙。你

必须护到九九八十一天才能摘。到时你不仅可以得到满洞的奇珍异宝，还会得到盘古开天辟地时留下的开天斧和金芦笙，它们可保你们十八里村寨五谷丰登，人畜平安。记住，切不可对任何人泄露天机。"说罢金光一闪，仙人消逝于星空之中。

这天，老人有事出门，吩咐女娃子好生看管大竹笋。看着那棵青翠欲滴的大笋子，女娃子抑制不住好奇，想用嘴去咬一下笋尖，试试硬不硬。不料就在女娃子张嘴咬笋尖的一刹那，一股白色的浆液从笋头射进了女娃子的嘴里。女娃子顿觉清凉幽香，浑身说不出的舒服，接着就昏昏然沉睡了……

不知过了多少时候，女娃子被老爹的咆哮声惊醒了："我不是让你好

生看管这笋子吗？你耳朵打蚊子去了？它怎么成了这样？"女娃子睁眼一看，那根高大坚挺的大笋子，竟然变得像霜打的茄子一样，软软地倒在园子边上。女娃子哭着把事情的原委告诉了父亲。老人回忆起神仙的话，不禁痛心疾首，连连说："作孽呀，作孽！"

说来也怪，此后这女娃子的肚子竟然一天天大了起来。老爹猛然想起一定是那笋浆起的作用。可到了十月瓜熟蒂落的日子，女娃却没有生产。

她的肚子虽然越来越大，但日常劳作却丝毫不受影响。

就在女娃子怀胎期间，不知为什么，朝廷突然派了大队人马前来剿灭他们这个远在深山的村寨，寻找什么藏满财宝的石宝洞。

村民们纷纷逃往山外。好在父女俩的住处比较隐蔽，没被官兵发现，他们也就安心地等待胎儿降生。

到了怀胎整整三年的时候，女娃子的肚子里居然传出了胎儿的说话声。女娃子吃惊地对着肚皮说："孩子呀！你到底是人是怪？你快点出世吧，娘可是难受得很呀！"

话音刚落，肚皮就"咕嘟咕嘟"响了起来，一个稚嫩的声音喊道："娘呀！时候还没到哩，您老人家不要心急。到了该出世那天，我自然会出来的！"

老爹也跟着央求道："乖孙子呀！你快点出来吧，外面好玩得很呀！"肚子里的孩子又叽里咕噜地说："姥爷呀！您赶紧多采点新鲜笋子给我娘吃，让我快快长大，到时我不就出来了吗？"

冬去春来，又过了两年。一天，父女俩听到肚子里的孩子叫嚷道："娘呀！我要出世啦！"

父女俩一听，忙问："你怎么出来呀？"

"我从娘的肚脐眼中出来。娘啊，您把双手分开，让姥爷用新鲜竹叶接

有牺牲精神才能有成功的希望。——日本谚语

住我就行了。"

父女俩赶紧按孩子吩咐的去做。刚准备妥当，只听肚子里面叫了声："我出来了！"话音刚落，只见女娃子的肚脐处立刻自然裂开，一个白生生、胖乎乎的男孩从里面跳了出来，站在铺开的竹叶上，只一会儿工夫，就长成了一个十五六岁的少年。他走到母亲肚子前用嘴轻轻地呵了一口气，女娃子的肚子就立刻愈合了。

父女俩甭提有多高兴了。只见孩子调皮地朝着他们扮了个鬼脸，亲热地叫了声："娘！姥爷！"然后跑到当初大笋子生长的地方，撒了一泡童子尿。不一会，地底下竟然又破土而出一根更大的笋子，那大竹笋"咔嚓咔嚓"地自动裂开，从里面跳出一匹小马驹。小马驹刚落地就见风而长，一眨眼，便长成了一匹高头大马，马鞍子左右两边还分别挂着一柄斧子和一把金芦笙。这时，只见那少年光着屁股腾身跃上马背，纵马向山中的竹林飞驰而去。

这边神奇少年出世，骏马欢鸣之声引得老父女俩开怀畅饮，可那千里之外的皇宫却遭到狂风袭击，宫殿砖瓦翻腾，彩旗和战鼓被吹得东倒西歪，朝廷上下莫不胆战心惊。皇帝马上命护国法师用通灵眼观望究竟发生了什么事情。

不一会儿，法师就看见西南黔中燕楼的军营处黄土飞天，喊杀之声不

绝于耳。一个光着屁股的少年骑着一匹英勇无比的战马，手持大斧，嘴中吹着金光闪闪的芦笙，在兵营中东奔西杀。

就在法师准备详细打探战况之时，少年的斧子和金芦笙突然放出两道异光，犹如万道金针，直刺法师的通灵眼和顺风耳。只听得"哎呀"一声，法师顿时眼失明，耳失聪，倒在宫殿之上。

文武百官一个个吓得面如土色。皇帝大怒，正欲兴师问罪，只听得飞马急报，驻守在燕楼地区的官兵全部阵亡，杀死官兵的是一个骑着高头大马的光屁股少年和一大群竹笋兵。

皇帝大惊，忙又点了四路兵马，向燕楼地区进发。那少年面对朝廷的千军万马，不急不慌地跨上宝马，跃上石宝山头，开天斧一挥，金芦笙一吹，只见漫山遍野破土而出的竹笋，一个接一个"噼噼啪啪"爆响起来。霎时间，一队队身强体壮的竹笋兵从中跳出，队列整齐地把守着能进入村寨的各个山口。

四路官兵不明就里，又不熟悉地形，贸然进山。突然从四周铺天盖地冒出无穷无尽的竹笋兵，把他们团团围住，杀得官兵死伤大半，剩下的小部分落荒而逃。

皇帝见四路官兵大败而回，不禁雷霆大怒。这时伤已渐愈的法师忙凑到皇帝耳边说起了悄悄话。皇帝听

了，紧锁双眉。法师又轻声说道："陛下的江山要紧，还是人要紧？请陛下三思。"皇帝冥思苦想了三天三夜，也想不出更好的办法，只得同意让法师见机行事。

再说那光屁股少年赶走了官兵，又把流离失所的乡民接回来重建家园，大家都亲热地叫他"竹王"，而他们居住的这个村寨也因此改名为"竹王寨"。长大成人的竹王果然不负众望，带领寨子里的百姓打鱼造田，春耕秋收，日子过得好不快活。

这一天，村寨外来了一个衣裳破旧的客家女子，只见她双目灰暗，面黄肌瘦，臂上挎着一只破篮子，手里拉着一根破竹竿，脚下拖着一双破草鞋，一看就知道是个好久没进过米水的逃荒女。

当她路过竹王家门口的时候，倒

地昏死了过去。竹王娘赶紧把女子扶进家门，给她灌下一碗热气腾腾的竹笋汤。不多时，只听得那女子口中幽幽叹出气来，双眼左右环顾了一圈，轻声问道："我这是到哪了？"竹王娘见女子醒来，就告诉她这是黔中燕楼竹王寨。女子听完，轻轻地点了点头，又昏昏沉沉地睡了过去。等她再次醒来时，已是月上柳梢头。

竹王娘为女子准备了可口的饭菜，又给她烧了一大缸洗澡水，还找了几件衣裳给她换上。没想到，这个逃荒的脏女子梳洗打扮出来后，犹如换了一个人。只见她粉脸红唇，眉目传情，身形婀娜，活脱脱一个美人胚子。

女子告诉竹王娘她是从北方逃难来的，名叫翠花。竹王娘见这么标致的一个客家女来到这儿，无比欢喜。她告诉翠花，白天见到的那个老汉是她爹，她还有一个英勇的儿子。说完，竹王娘又盯着翠花打量了好久，直看得翠花满面羞涩，红晕点点……

就这样，

翠花很快成了竹王的妻子。她整日里不是帮姥爷栽竹摘笋，就是帮婆婆缝衣纺线，有时还帮着竹王拉马喂食，看竹王操练武艺。她的善良勤劳，不仅得到了老人们的喜欢，更赢得了竹王的信任，连竹王从不离身的两件宝物开天斧和金芦笙也交由她保管……

多年后的一天，朝廷的兵马又神不知鬼不觉地闯入了燕楼地区，翠花亲手为竹王牵来了宝马，并奉上开天斧和金芦笙。在与竹王道别时，翠花的脸上不觉已挂了一串晶莹的泪珠。

山前的喊杀声震天动地，翠花的心，也随着那阵阵惨叫在不停地滴血。因为她知道，此次竹王必败无疑。

原来，翠花就是皇帝的女儿。父皇曾经答应过她，只要她把竹王的神兵利器弄得失去法力，不危及到朝廷的安全就行了，而朝廷是绝不会伤害竹王和他的乡亲们。所以她就扮作逃荒女来到这里。在得到竹王一家信任后，她天真地按照法师的要求把开天斧放进滚水中煮了三天三夜，又把金芦笙用黑狗血涂抹了一遍，最后把那匹宝马尾巴上的三根神毛偷偷剪掉了。所以，竹王所有的神兵利器顷刻间都成了一堆废物。

本来翠花只想完成父皇的任务就返回宫中，没想到这里民风纯朴，且竹王一家待她如亲人一般，她更没想到自己竟然真的爱上了竹王，爱上了竹王寨，所以，她决定留在这里。

正如翠花所料，此次竹王遭遇了惨败。尽管他仍旧可以利用神奇的身躯逃脱朝廷的追杀，可当他发现自己深爱的妻子居然背叛了自己时，他的心顿时冷若寒冰。他没有愤怒，也没有丝毫怨言，任由朝廷的快刀斩下他的头颅。

竹王的头从战场飞回家，看见翠花的胸口深深地插着一根锋利的竹笋，血正顺着她的手指慢慢滴落下来，流进了自己出生的那块土地。她挂着眼泪的笑窝让竹王心痛不已。

这时，竹王娘哭喊着向他的人头跑来。竹王忙问："娘，娘！您说竹笋砍了还会长出来，人的头砍了会不会再长起来？"

竹王娘流着泪说："傻孩子呀，哪有人头砍下还会重新长起来的呢？"

竹王笑了，笑得很灿烂。他知道母亲虽然说错了话，但至少说的是真话。其实他是竹笋所生，如果母亲能回答"人头砍了还会长"，那么他的脑袋又会重新从身子里长出来。不过当他看见翠花倒在血泊里的那一刻，他就不想重生了，因为他曾经被最爱的人所欺骗……

竹王轻轻地叹了口气道："娘，既然人头砍了不会重生，就请把我的尸身装在一个竹筐里，然后埋在翠花鲜血浸润过的那块土地上，等满了一百天后，再把竹筐挖出来。"

竹王娘照他的话去做了。第九十

"掌上灵通杯"《故事会》优秀作品月月评

《故事会》与上海掌上灵通咨询有限公司联合举办"掌上灵通杯"《故事会》优秀作品月月评活动，全年共设价值48万元的奖金和奖品。参加方式如下：

1. 请选出本期你最喜欢的一篇作品，将其篇尾的月月评短信代码（如1001，没有短信代码的作品不参加评选）发送到200056（中国移动）或900056（中国联通）。每次限选一篇，可多次投票。

篇名与短信代码

代码	篇名	代码	篇名	代码	篇名
1001	雨夜惊魂	1009	老红娘的苦心	1017	死亡电波
1002	霉运当头	1010	球迷家事	1018	君子鞋店
1003	第一次抢劫	1011	草原复仇狼	1019	传错话
1004	五万元的心债	1012	亲情彩票	1020	吹牛
1005	歪解"招贤帖"	1013	两个脚印	1021	两块钱一斤
1006	竹王传奇	1014	王二小卖刷子	1022	不是人
1007	太婆的糖	1015	蛇显爪	1023	狗证难认
1008	雪比亚麻布更白	1016	敲诈"老巫婆"	1024	阿P探病

2. 凡选中故事在得票数前三名的读者均可参加抽奖。本期共设：一等奖3名，奖金各500元；二等奖10名，奖金各300元；三等奖20名，奖金各100元；阅读奖500名，各获价值15元的纪念品一份。所有参与读者本另获赠精彩梦网信息服务。

3. 本期活动截止期为：2004年5月20日。得奖读者在评选结果揭晓后将得到短信通知。本活动接收短信：0.10元／条。客户服务电话：021-53854588。

九天时，竹王娘看见地底下的土在不停地向上涌动，震得整个地皮都在发抖。她一时慌了，生怕自己的儿子被土压紧了出不来，连忙把地刨开，打开了竹筐。

顷刻间，筐里密密麻麻地飞出许多黑血头、竹节身的大马蜂，黑压压的，像一团团墨云，朝着皇宫方向飞去。

只可惜竹王娘没按时辰揭筐，提早了一天，那群马蜂修炼的功力尚未到家，虽然一路上刺杀了众多官兵，但在到达皇帝寝宫之前，都纷纷坠地而亡。

就在皇宫中大摆酒宴庆祝诛杀竹王、剿灭蜂害成功的那一夜，皇帝和护国法师却莫名其妙地死在了自己的床上。

他们身上没有任何伤痕，只是胸前各自停着一只带着竹笋斑纹的血蝴蝶。有人惊讶地发现，这两只血蝴蝶，一只的翅纹上隐隐现出"翠花"的字样，另一只的翅纹上则映出"竹王"二字……

（本篇月月评短信代码：1006）

（题图、插图：黄全昌）

太婆的糖

□ 李 妮

我是个土生土长的农村娃。小学五年级时，大我10岁的姐姐嫁到了邻村，第二年就大肚子了。那年春节，城里的表妹阿丽第一次来乡下过年。我们乡下孩子最喜欢过年，一到那时，就一窝蜂出动，给认识不认识的长辈拜年，长辈们都会为了讨个吉利，给我们糖吃。那年，我们几个娃子决定带阿丽去邻村拜年，也好看看姐姐。

姐姐见我们来了，非常高兴，挺着个大肚子招呼我们。见我们坐不住，她一下就看穿了我们的鬼心思。"阿牛，你最大，要带好妹妹。拜年可以，只是不要去隔壁太婆家。"我们那里人管自己的祖母辈老人叫太婆。我疑惑不解地问"那为什么呀？"姐姐生气地说："小孩子家问那么多干吗？"我便没敢再往下问。

那天，雪下得很大，我们一边打雪仗一边拜年，疯得满头大汗。整个村溜下来，我们几个小孩手里都捧了花花绿绿一大把糖果，好看极了，谁也舍不得吃。阿丽更是高兴，虽说城里有的是漂亮好吃的糖果，但头一次拜年拜来的糖果，阿丽觉得特别好。大家伙正准备回去，我突然想到姐姐说的话。为什么别人家去得，太婆家就去不得呢？我好奇得要命，脚步不由得往太婆家挪去。没想到大家伙和我想的一样"干吗不去太婆家，没准她是个疯子。别告诉你姐，咱去看看！"

我们壮着胆来到太婆家门口。太

婆的房子是泥做的，破破烂烂的，比周围其他人家的房子矮，屋顶上还零乱地堆着些茅草。别人家门上都贴着喜气洋洋的春联，最少也有个倒贴的红"福"字，太婆家的门却是紧闭着的，门上什么也没有，显得特别冷清。

一个小哥们低声说："大概太婆也回老家过年了吧。"阿丽可不管那么多，上前就"砰砰砰"地敲门。半天，才听见里面一个苍老的声音说道："谁呀？"原来太婆在家！只听里面响起一阵沉重的脚步声，不一会儿，门"吱呀"一声开了。一个满头白发的老婆婆出现在我们面前，她脸色蜡黄，两眼无神，驼着个背，很憔悴样子，身上的衣服好像是几十年前的，一点喜气也没有，手里拄着根拐杖，颤颤巍巍的。

一见这情景，大家都不知该说什么好，一时间全愣在那里了。好半天，我才带头说了句："太婆，我们给您拜年来了。"其他人也醒过神来，附和着说："太婆新年好！"太婆好像没听懂似的，一副不知所措的样子。阿丽又大声说了一遍："我们来给您拜年，祝您新年好！"太婆终于回过神来了，眼中露出惊喜的神色，哆嗦着嘴唇说："啊，拜年，拜年，你们是给我拜年来的！等一等，等一等……"说完想进屋拿什么，可半天还在原地转悠。阿丽有些害怕了，对我说："这个

太婆神经兮兮的，没准真是个疯子，我们走吧。"我想想有理，转身准备走人。太婆急了，一把拉住我，几乎是央求地说："等等，我给你们一样好东西！"听说有好东西，我们这才站住。

太婆进屋了，出来时，手里拿着一个精致的盒子。大家伙一下子被这个漂亮的盒子吸引住了，这里面会是什么宝贝呢？太婆哆哆嗦嗦地打开盒子，里面还有一个更小的盒子，而且更加别致，这下我们更加来劲了。再打开这个盒子，里面竟然还有一个可爱的彩色塑料袋。"里面到底是什么呀？"阿丽有些忍不住了，急切地问道。塑料袋打开后，还有一个用年历纸包得整整齐齐的小纸包。大家的眼睛都快爆出来了，争先恐后地问："什么呀，什么呀？"太婆终于小心翼翼地打开了纸包，只见黄色的纸包里包着几粒红兮兮的东西。太婆轻轻地把它们拿出来，分别放在我们的手心里，嘴里喃喃地说道："吃糖，吃糖。"哦，原来是糖！

我看看手心里花花绿绿的糖果，都是用玻璃纸包好的，形状各异，精巧极了。太婆的糖放在中间显得格外寒酸，那糖只用薄薄的红油纸简单地包了一层，那红色也显得旧旧的、脏兮兮的。阿丽刚拿到手，就像触电一样尖叫了一声："好脏啊，这根本就不能吃！"说着，把糖往雪地里一扔。别的孩子一开始还舍不得扔，便用力撕

糖纸。大概由于时间太久了，这糖像胶水一样紧紧地粘着糖纸，怎么也剥不开。阿丽急了，大声嚷道："哼，你们吃好了，这糖这么脏，等会小虫子在你们肚子里爬来爬去，疼死你们！"小伙伴们一听，都害怕了，纷纷把糖扔到雪地里。

太婆显然没反应过来，呆住了，两眼直勾勾地看着我们，眼神很怪异。"阿牛哥，你怎么还不扔？大家快走，我们回阿姐家吃饭喽！"阿丽得意地招呼大家。"噢！"大伙儿一哄而散。不知为什么，我没有把糖扔掉。走到大门口，我扭头看了一下，只见茫茫雪地中，一个瘦小的、佝偻的背影，正蹲在地上艰难地捡糖果，手微微地发抖，还时不时用手背擦擦眼睛。虽然看不到正面，但我明白了，太婆在哭。我本想跑回去帮太婆捡糖，但想到姐姐一家正等我吃饭，也就作罢了。

回去后，姐姐阴沉着脸问我"你带着他们到哪里去疯啦？刚刚在太婆家拿的糖呢？给我！"我低着头，用眼角瞟了一下，只见阿丽躲在一边幸灾乐祸地笑。

我极不情愿地把糖拿了出来，姐姐一把抢了过去，狠狠地朝门外摔去。那一天，我们不欢而散。

几年后，我考上了省城的一所重点中学。那年春节，我去看姐姐。姐姐的儿子已经四岁了，见了我忙不迭地喊："舅舅新年好。"我很开心，马上把精心准备好的瑞士进口糖给了他。不知为什么，我突然想起那年给太婆拜年的情景，便拿了一部分糖，想给太婆送去。姐姐摇摇头，叹了口气说："太婆去年没了。"

我伤感地问起当年的那件往事，姐姐颇有感慨地说："唉，太婆真可怜，当年我真不应该，不应该啊……"

后来，从姐姐断断续续的话中，我终于知道了，原来太婆很早就死了丈夫，后来儿子也在进城的路上被车撞死了，留下一个小男孩阿毛。从此，太婆就和孙子阿毛相依为命。每到过年时，阿毛也和我们一样到处去拜

年，换回一些糖果。他很懂事，自己舍不得吃，把糖果都交给了奶奶。后来，天有不测风云，阿毛生了伤寒，治疗不及时，没能挺过去，夭折了。这事以后，村里人都觉得太婆晦气，克夫、克子、克孙。过年时，大人都会暗地里交代小孩子不要去她家。当时姐姐正好怀孕，当然怕太婆的不祥影响到肚里的宝宝，因此才坚决不让我们去太婆家拜年。

就这样，自从孙子死后，每逢家家户户团圆的春节，太婆家总是紧闭着大门。她独自一人把收藏得好好的孙子拜年得来的糖放在手心里反复地摸啊、看啊。那年我们去向她拜年，给她枯萎的心带去了新的希望，可是随着一颗颗糖被扔到雪地里，太婆的心又一次碎了……

我拿着几颗糖，来到太婆生前住的房子前。那房子更破了，姐姐说太婆无亲无故，她死后，房子就充公了，现在是村里放杂物的地方。这一年，雪还是下得很大，我把带来的糖轻轻放在雪地里，心里默默地说："太婆，请原谅我当初的无知，这几颗糖您带到天国给您的孙子吃吧，愿你们也能过一个团团圆圆的年。"

（本篇月月评短信代码：1007）

（题图、插图：安玉民）

细米（青春系列小说）

少年细米生来就是一个爱脸红的男孩儿，他与表妹红藕两小无猜，一同长大，日子如清水一般自然流淌。然而，有那么一天，大河上飘来一叶巨大的白帆，白帆下飘来了一群仿佛来自天国的女孩儿。这些从苏州城里来这里插队的女知青，给平静的乡村带来了一股新鲜而迷人的气息，而其中的梅纹姑娘以她纯净而温柔的情感与精神力量，使细米这个桀骜不驯的乡野之子步入新的成长历程。他们初次相见时，彼此就有了一种奇异的感觉。在后来苦难而温馨的岁月中，细米一边在梅纹的引领下走向前方，一边开始暗恋着她的声音、她的举止以及她身上所有的一切，而她在那段孤独无助的时光里，似乎更深刻地陷入了一种对于细米的不可名状的眷恋。一种非恋情的恋情，在一个到处是河流与芦苇的水乡世界中令人感动地展开着，处处风采飘逸，处处诗意流动。

小说深谙人的情感的微妙，写就了一段天地之间可以与日月同在的情感故事，以优雅的笔调完成了一个少年的心灵雕塑。安宁的村落、寂静的麦田、旋转的风车、河里的小船、各色的鸽子、雪白的芦花、袅袅的炊烟，与四季优美的乡村风景一道，参加了这个东方少年的现实世界的加冕礼。

曹文轩著

本文改编自英国《泰晤士报》专栏作家贝内特的中篇小说《雪比亚麻布更白》。

□ 李林 编译

雪比亚麻布更白

贝克是纽约街头上的一个小混混。最近他惹上了一个大麻烦，他向黑帮头子比尔借了一笔高利贷。昨天，比尔给他下了最后通牒，要他在十天内连本带息把钱还上，否则就把他扔进海里喂鲨鱼。贝克知道比尔是个杀人不眨眼的家伙，他说到就能做到。

贝克没有钱。他是个孤儿，只有一个住在阿拉斯加的若丝姊姊。姊姊膝下无子，但已立下遗嘱表明贝克是她惟一合法的财产继承人。老太太虽然已经67岁，可身子骨却硬朗得很，

估计再活个十年八年不会有问题。要想马上得到她的财产，除非立刻把她干掉。作为侦探小说的狂热爱好者，贝克知道，做这种事情往往是搬起石头砸自己的脚。

他心烦意乱，便随手抓起一本刚买的玛雅的侦探小说《雪比亚麻布更白》。不一会儿，他的心就被小说的故事情节牢牢地抓住了。小说描写了一个侄子为了得到遗产，在一次度假中如何谋杀了他那个富得流油的叔叔。

贝克一口气读完了整本小说，心里感叹道："这真是一个天衣无缝的

杀人计划！如果我也……"想到这儿，贝克立即给婶婶打了个电话，说自己决定到阿拉斯加度假，希望能和亲爱的婶婶见面。若丝婶婶很高兴地答应了。

两天后，在阿拉斯加的希尔顿饭店大厅里，若丝婶婶见到了贝克。贝克用他训练得甜得发腻的声调说"亲爱的婶婶，见到您真是太高兴了。"

接着，他用最后一点钱在希尔顿饭店订了一间最贵的房间，并且当天晚上就租好了一辆豪华轿车，里面装备着大功率立体音响设备。此外，他还特地带上了一盘由卡拉扬指挥演奏的《命运交响曲》的CD。

一切准备好之后，第二天一早，贝克敲开婶婶的房门，微笑着提议说"婶婶，今天下午我们乘车去山上兜风，您看怎样？"婶婶愉快地笑着说："好的，这是个不错的提议，不过我要在五点之前回到这里。"说完她向坐在她对面的一个两鬓斑白的老先生眨了眨眼睛。老先生没说话，只是用微笑回答她。

一个小时后，贝克驾车带着婶婶进入了陡峭的盘山公路。中午时分，他们路过一块雪地。贝克一看，这地方简直就是专门为他的计划准备的：虎狼似的雪浪不断地往坡顶延伸出来的冰雪块上堆积。

贝克心想：就是这里了！他狡黠地一笑，说："对不起，婶婶，我要去方便一下。"说着，在雪块的下方停下车子，随后取出那盘早已准备好了的《命运交响曲》的CD，插入播放器，将音量调到最大值。

做完这一切，贝克对婶婶说："我去去就回，您在车里听听音乐吧。"说完就下了车。一切都在意料之中，贝克想到即将得到的财产，兴奋地露出了笑容。

曲子的前几节非常柔和，好像是专门为他远离汽车而准备的。关键的时候到了！CD转到了交响乐的巨音区，那巨大的声浪涌出汽车，填满了整个山谷，被声波震裂的小冰块已经纷纷往下掉落。

计划就要成功了！贝克幸灾乐祸地转过身朝汽车看去，这一看，把他惊得直冒冷汗，只见若丝婶婶的一只脚已经跨出了车门。贝克以为婶婶看穿了他的阴谋，不由自主地大声惊呼道："婶婶！"可若丝婶婶却不慌不忙地朝另一个方向走去。

贝克恐惧极了，疯狂地向汽车奔去。此时，正是交响乐的最大音量区，那声音冲出车门，涌向四周，整个山谷都颤动起来。越来越多的雪块被震得往下掉落，紧接着整个雪块"轰"地塌了下来，把贝克埋在了底下。

下午五点钟，若丝婶婶准时回到了希尔顿饭店。那位两鬓斑白的老先生早已在那里等候她了。老先生握着她的手说"对您侄子的死，我深表同

·本刊信息传真·

"掌上灵通杯" '04《故事会》读者满意度调查

为了更好地了解读者需求，提高刊物质量，《故事会》与上海掌上灵通咨询有限公司合作，举办《故事会》读者调查活动。具体参加方式如下：

一、短信参与方式：将你选择的1-4题答案代码连续输入短信（如：baca）发送到200056（中国移动）或900056（中国联通）。接收：0.1元／条。

二、邮寄参与方式：填妥以下问卷表格（复制有效），剪下后寄往上海市绍兴路74号《故事会》编辑部，邮编200020，信封上请注明"调查问卷"字样。

以上参与方式可任选一种。对答完全部题目并提出中肯意见的读者，特设优秀读者奖20名，各奖现金500元；另设邮寄参与奖500名，各奖价值30元的礼品一份；短信参与奖1000名，各奖价值20元的礼品一份。所有参与短信方式者还将获赠免费一月的精彩信息服务。本活动截止日期：5月31日。

请您回答：

1. 你看《故事会》的频率是（　）。

　a.每期都看　　　b.经常看　　　c.偶尔看

2. 你觉得今年《故事会》改成半月刊以后，故事和以前相比（　）。

　a.更好看　　　b.差不多　　　c.不如以前好看

3.《故事会》中你最喜欢的栏目是（　）。

　a.百姓话题　　b.中国新传说　　c.中篇故事　　d.幽默世界　　e.笑话　　f.其他

4. 你觉得目前《故事会》最需要提高的是（　）。

　a.故事质量　　　b.封面插图　　　c.广告内容

沿此处剪开 - - - - - - - - - - - - - - - - -

姓　名		性　别		出生年月		文化程度		
邮　编		地　址						
职　业		答　案	1		2		3	4
你对改版后的《故事会》还有什么意见和建议？（请另附页回答）								

情。"

他停了停，又说："您侄子死的方式和地点与您的小说《雪比亚麻布更白》中所描述的几乎完全一样，您看这会是巧合吗？"

其实，若丝婶婶就是《雪比亚麻布更白》的作者，玛雅是她的笔名。而那位两鬓斑白的老先生则是为她出书的出版社老板。若丝婶婶耸了耸肩，回答说："作为侦探小说作家，我猜测他是想谋杀我的，可是我之所以从车里走出来，是因为我的心脏受不了那吵人的音响，而我又不知道该怎样关掉它。"

（本篇月月评短信代码：1008）

（题图：箭　中）

老红娘的
苦心

□ 赵再年

我高中毕业没能考上大学，整日蔫头蔫脑的。爹娘一合计，干脆早点给我定一门亲，娶个媳妇，兴许会好起来。

正在这个当口，方圆几十里最有名的媒婆李铁嘴，迈着鸭子似的步子来到我家。爹娘像迎贵宾似的把她迎进屋，让座沏茶一通忙活。再看李铁嘴，大模大样坐在炕上，嘴里叼着爹只有过节才肯拿出来的烟卷。她眼睛骨碌碌直转悠，把我家仔仔细细打量一番，然后唾沫星子四溅地白话开了。爹娘则毕恭毕敬地在一旁陪着。

过了一会儿，李铁嘴盯着我说："这娃子还算俊气，咋呆头呆脑的？"娘打了个唉声："他心气高，没考上大学，老觉得憋闷。我想啊，还是早点给他订门亲，成了家，心就踏实了。"

李铁嘴一拍大腿，叫道："哎，这就对了。人不可与命争，咋过不都是一辈子？"随后，又冲着我说："跟婶子讲讲，看上哪家姑娘了？"李铁嘴的话一下触动了我的心思。

娘忙接过话头："唉，哪有啊！这孩子平时见到姑娘就脸红，还是他婶给拿个主意吧。只要身体没毛病，模样说得过去就成。"爹也顺应着点点头。李铁嘴就东家姑娘这么样，西家姑娘那么样，介绍了一通，爹娘听得一个劲儿点头。我却听得心烦意乱，干脆躲到别的屋里去了。这天中午，李铁嘴在我家吃饱喝足，走的时候，娘还塞给她五十块钱。

过了几天，李铁嘴又来了，还带来几个姑娘的照片让我挑。说实话，我的心里一直装着小丽，哪有心思瞧这些啊！可不理睬吧，又怕伤了爹娘的心，就懒懒地接过照片，装装样子，想尽快把这个讨厌的李铁嘴打发走。当翻到第二张照片时，我不由得愣住了，这不是小丽吗？照片上的她正含情脉脉地冲着我笑呢。我感到浑身血脉贲张，心"扑通扑通"一阵狂跳。要知道小丽是我高中的同班同学，是我暗恋了多少日日夜夜的姑娘啊！

"看中这丫头了？"李铁嘴神秘兮兮地冲我一笑。我懵懵懂懂地点了点头。李铁嘴顿时眉开眼笑："你小子还有点眼力，这丫头是我们村最好的闺女。"爹娘也高兴坏了，手捧着小丽

的照片啧啧有声地称赞个不停，还没完没了地向李铁嘴打听她的情况。

李铁嘴走后，好长时间没有再来，很显然人家不同意，连一心巴望着的爹娘也不再提这茬了。可就在这时，李铁嘴一摆一扭地又冒出来了，见我就问："小丽跟你认识？"我点点头："我们是同学。""嗨，我说呢！那丫头听说是你，怪不好意思的，我瞧着好像有戏。"这完全出乎我的意料，要知道，镇长的儿子当年追她都碰了一鼻子灰，我何德何能？但听李铁嘴的口风，好像有点松。我心头陡然一震，人也精神起来了。"不过呀，她娘那儿出了点麻烦。"李铁嘴慢条斯理地说。我马上又紧张起来。早就听说小丽娘是个厉害角色，爹娘也紧张地问："咋啦？"李铁嘴卖起了关子，不紧不慢地喝了口水，瞧瞧我又看看爹和娘，这才说："彩礼呗！"娘惴惴不安地问："那得多少？"李铁嘴伸出两个手指头。娘稍稍松了口气，试探地问："两千？"李铁嘴一听撇撇嘴，"两万！"此言一出，吓得爹娘目瞪口呆。我们这儿嫁闺女是要彩礼的，可也只是两三千的事儿，"两万"那可是闻所未闻。我爹一听不乐意了，闷声闷气地说："这亲咱结不起。"娘也说："这是嫁闺女还是卖闺女？"我的心也彻底凉了下来。

李铁嘴说："这哪能算多？你们

想啊，小丽爸死得早，她娘就这么一个闺女，一把屎一把尿拉扯大，又供她念书，容易吗？今后嫁到你家，剩下她一个孤老婆子，往后不得留一手？"娘苦笑了一下，说："可我们实在拿不出这么多钱啊！"李铁嘴向前探探身子，说："不会想想办法？我告诉你们，打这丫头主意的人可多着哩！"说完点了支烟，不再理我们。过了好一会儿，见我们都不应声，她一拍巴掌："得，我看这么着吧，柱子这娃也别在家呆着了，城里我有个亲戚是做大买卖的，我介绍他到那儿打工去，干好了，一两年这钱就能挣回来，反正他俩年岁也小，晚两年再办事也行，你们看咋

样？"没等爹娘说话，我就抢先答道："行，行！"爹娘紧皱的眉头也舒展开了，随即又有点不放心地问："那人家能答应吗？"李铁嘴一拍胸脯说："有我在，不怕她娘不答应。"

就这么着，我告别父母来到县城。按照李铁嘴告诉的地址找过去，那是一家很有规模的建材公司。我刚要推门进去，就与一人撞了个满怀。仔细一看，竟然是小丽，我非常不好意思。她娇嗔地白了我一眼"冒冒失失的，要死啊!"我满脸通红，结结巴巴地说："小丽，咋是你，你咋在这儿？"她也红了脸，低头笑着说："这是我叔的公司，我咋不能在这儿？"这下我心里的高兴劲儿就甭提了。想到今后将要同自己朝思暮想的人在一块儿工作，我心里真比吃了蜜还甜。

小丽领我见了她叔。他问了我一些情况后说："你和小丽的事我已经听说了，我会给你机会的。不过咱们还得公事公办，先试用一个月，合格留下，不合格走人。"我紧张得手心都出汗了，除了点头，啥都不会说。小丽见我这副傻样，"扑哧"笑出了声。

从总经理室出来，小丽带我到宿舍安顿下来。直到这时，我还有点不相信这一切是真的。我问小丽："你真的喜欢我？"小丽羞涩地瞟了我一眼："我可什么都不知道，人家不过是看在同学的份上，才……"我忙问："才什么？""自己想去。"她笑着一扭

身跑了。一股暖流涌上心头，我暗暗发誓决不辜负小丽。

我被分在销售部当业务员，由于勤快肯干，头一个月工资加奖金就有八百多元。我想，照这样干下去，不久就会挣足这笔彩礼了。

一晃三个月过去了，我和小丽的感情与日俱增。一个休息日，我把小丽带回家。这是爹娘第一次见到他们未来的儿媳妇。娘拉着她的手不断地嘘寒问暖，亲热得不得了。爹高兴得嘴都合不拢。吃过午饭，我把小丽送回家，这也是我第一次去见未来的丈母娘，紧张得心直跳。临出门时，娘私下里嘱咐我顺便去探望一下李铁嘴，还包了五百元的红包。娘说："娃，咱可不能忘恩负义啊！"

和我想象的完全一样，小丽家的房子是全村最好的。一进家门，李铁嘴也在，正和一个老太太说话。毫无疑问，那老太太就是小丽娘了。我正准备上去问她老人家好，小丽却一下扑到李铁嘴怀里，亲热地喊了声"娘"。

我不知所措地看着她们，半晌才结结巴巴地问："小丽，她是你啥？"小丽瞪了我一眼"你木头啊！"我这才回过味来。天哪，李铁嘴竟是小丽的娘！这时那个老太太也被这个戏剧性的场面逗得咯咯直笑，知趣地打了个招呼走了。

李铁嘴送走老太太后，一本正经

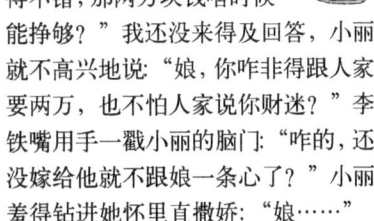

地问我："听说你在那儿干得不错，那两万块钱啥时候能挣够？"我还没来得及回答，小丽就不高兴地说："娘，你咋非得跟人家要两万，也不怕人家说你财迷？"李铁嘴用手一戳小丽的脑门："咋的，还没嫁给他就不跟娘一条心了？"小丽羞得钻进她怀里直撒娇："娘……"

回到公司，小丽表示要和我一起挣这笔彩礼钱。不久，由于我工作努力，被提升为销售部副经理。当我和小丽把两万块存折交到她娘面前时，李铁嘴乐成了一朵花。

她从兜里掏出一把钥匙，连同存折一起交还给了我。"这钱你拿回去，"她指了存折又指钥匙，"这是你叔在城里给我买的房子，就当小丽的嫁妆吧。"我完全没有料到事情会是这样，忙摆手说："不，不，我们不能要，这钱应该是我们孝敬您的。"

李铁嘴一听不高兴了："小子，你以为我真的贪财？我是想让你知道，这世上任何好东西来得都不容易，要不你们能珍惜吗？"这时我才彻底明白她老人家的良苦用心。

后来我和小丽选了个黄道吉日结婚了。新婚燕尔，小丽偎依在我的臂弯里，告诉我一个秘密：在学校里她就暗暗喜欢上了我，李铁嘴第一次上我家，是去相亲的。

（本篇月月评短信代码：1009）

（题图、插图：安玉民）

·中国新传说·

球迷家事

□ 郝 健

杨 阳是个铁杆球迷，结婚伊始，他就坦诚地告诉妻子："本人没有什么特别爱好，就是喜欢看球，希望你不要过多干涉。"妻子压根没有想到足球会给他们之间带来什么麻烦，便毫不犹豫地答应了。

可没多久，妻子就发现，杨阳不再像婚前那样经常陪着自己上街，也不再抢着洗衣做饭。白天一有工夫，他就睡觉，晚上却通宵达旦地守在客厅的电视机前看球，还经常忍不住鼓掌欢呼。有好几次，她都在睡梦中被杨阳的叫声惊醒。更可气的是，杨阳竟然忘记了她的生日和女儿的血型，却对远在千里之外的那些高鼻梁大眼睛的球星们了如指掌，对他们的出生年月、高矮胖瘦更是如数家珍。为此，她懊恼不已，常大骂杨阳是一只露出狐狸尾巴的矮冬瓜。每到这时，杨阳就赔着笑脸任她吵，任她骂，从不回嘴，可过后还是老样子。对于杨阳一副蒸不熟煮不烂的腔调，她也没办法。

更为糟糕的是，四年一度的世界杯又紧锣密鼓地开场了。作为球迷，丈夫怎能不去关注这仅次于爹死娘嫁人的重大事情呢？这么一来，她受到冷遇就更是理所当然的了。妻子强压住心中的怒火，硬生生忍了一个多月。原以为世界杯踢完，丈夫就能恢复正常了。可是，接踵而来的却是甲A联赛、欧洲冠军杯、欧锦赛……妻子终于忍无可忍，一气之下回了娘家。

杨阳的胃里塞了几天蒸糊的米饭、煮烂的面条后，终于顶不住了，只得厚着脸皮说尽好话，总算从岳母家接回了大获全胜的妻子。

为了今后可以安稳地看球，杨阳试图把妻子培养成一个足球爱好者。本着男爱看美女、女爱看帅哥的原则，

40 夫妻恩爱建立在互敬之上。 ——伊·芬顿

杨阳忍着一肚子酸醋，向妻子推荐了"忧郁王子"巴乔、"万人迷"贝克汉姆。岂料妻子不但不为所动，还大加调侃。他又对妻子大讲球迷皇帝罗西如何变卖家产也要追随足球的光辉事迹，想以此来表明自己的心态。哪知妻子听后，嘴一撇，眼一瞪，说道"那你去向他学呀，最多咱离婚，我绝不拖你的后腿。"一句话，把杨阳噎成了根暴晒在骄阳下的蔫黄瓜。

在两人争吵、缓和的循环中，又一届世界杯悄然而至。恰在此时，单位派杨阳出了一趟差。等他心急火燎地办完公事返回家中时，离揭幕战只剩几个小时了。杨阳一进门，就发现电视机不见了，他当时就傻眼了。妻子刚进门，他便忙不迭地追问电视机的下落。妻子平静地告诉他："坏了，我把它卖了。"杨阳急了："什么？你，你这人怎么这样？""我怎么了？又不是我故意搞坏的。""谁知道是不是呢！你明知道世界杯今天就要开战了，没电视，我怎么办？""我怎么知道它什么时候开始？"妻子说完，一扭身进厨房准备晚饭去了，把个杨阳一个人撂在客厅里。

正在杨阳急得如热锅上的蚂蚁之际，门铃响了。他打开门，只见门外站着一位商场的工作人员。那工作人员礼貌地说："请问，这里是杨先生家吗？""是呀，你是……""您爱人刚才在我们商场买的电视机，我们给您送来了。"

调试电视时，那位工作人员羡慕地说："杨先生，您可真幸福。您爱人下午来买电视机时说，您家的机子坏了，她怕耽误您看世界杯，叮嘱我们今天晚上七点前一定要送到……"这时，女儿拿着一张纸从房里跑了出来，欢快地说："爸爸，给你的。"杨阳接过来一看，是一张誊写得异常工整的世界杯32强对阵表。看着妻子那熟悉的字体，杨阳心头一热，眼泪在眼眶中直打转。

不一会儿，晚饭就做好了。饭桌上，妻子絮絮叨叨地说："我才不生你的气哩，不然被你气死了不合算。说实话，是妇联给我们女同胞上了课，我也能理解了。其实，我并不讨厌你看球，只是你老是三更半夜看，大清早又要上班，我怕你身体撑不住。可每次我刚一提，你就来气了，我只好不说了。今年日韩世界杯，不用熬夜了，你就放心地看吧。别忘了，中国队踢的时候可要叫上我哦。44年了，中国人总算在世界杯上亮相了。哦，对了，英格兰的比赛也要叫我，我还想给小贝加油呢！"

杨阳直点头，心里热乎乎的。从那以后，他勤快多了，对妻子也非常体贴。他们家中经常传出夫妻二人为各自喜欢的球队助威的声音。

（本篇月月评短信代码：1010）

（题图：魏忠善）

草原复仇

□ 小 树

我们家和一只狼的故事发生在20年前。那是一个很冷的冬天，风雪出奇的大，猎人无法出门，只好加固自己的羊圈。可狼还是来了，它们聚合成群，袭扰散居的牧民，有的狼白天都大摇大摆进村偷羊。

牧民们被激怒了！他们组成了"打猎队"，骑着马，带着干粮和猎枪进山打狼。我的父亲就是"打猎队"的队长。当天夜里，山谷里就发生了人与狼的殊死搏斗。最终，猎人们大获全胜。

第二天天亮时，猎人们一共找到了十二只狼的尸体。正在大家准备欢庆之际，父亲突然看见山顶上居然还有一只狼，可惜太远了，打不中。于是大家继续在山里寻找，终于又发现

了一个小狼窝，窝里面有三只小狼。父亲带走了小狼，任凭那只母狼在山顶上不停地呼嚎。

小狼没能全部带回来，路上死了两只，剩下的一只就放在了我家，父亲让我好好地养它，那时我才三岁。我爷爷说母狼会来找狼崽的，让父亲把小狼送回去，可是因为路太远，父亲没有去。几天后，果然那只母狼跟了过来，日日夜夜在村子附近嚎叫，吓得人们白天也不敢出门。于是父亲带了几个人，在村子外面设下埋伏，准备把它干掉。

傍晚，母狼的身影又出现了。父

亲一枪打过去，没有打中，不过它也不再在我们的村子边上嚎叫了。几天后，那只小狼突然死了。这可怎么办？谁都知道狼最爱寻仇，母狼肯定会报复的！经过讨论，大家决定还是要设计把它杀掉，以绝后患。

他们把小狼的尸体放在一片空旷的雪地上，然后在附近设了埋伏。这天晚上，母狼果然来了，它先去村里转了一圈，然后顺着气味找到了小狼的尸体。它对着天不停地嚎叫，声音悲怆而凄凉。父亲的枪已经瞄准了它，可它还一无所知。枪响了，母狼被打倒在地，但是它马上又站了起来，一瘸一拐地想跑。又是一枪，它再次被打倒在雪地里。就在父亲装弹药的时候，它又艰难地站了起来，最终还是逃掉了。

半年后，大家差不多把这狼给忘了。一天夜里，父亲被一阵羊的惨叫声惊醒了，他冲进羊圈，却看见一个身影从另一边飞快地跑了，父亲一眼就认出那是一只狼，而且这只狼腿还有点瘸。父亲没有去追，但当他走进羊圈时，却惊呆了：到处都是血淋淋的羊的尸体！奇怪的是，那只狼并没有跑远，它居然坐在一个山梁上，高声地嚎叫，叫声中有一些哀怨，也有一些兴奋。父亲从没有听到过这样的狼嚎，这声音更像是一个女人在哭。他数了一下，这一晚上，家里被咬死了二十只羊，可是狼却没有吃一只

羊，它纯粹是在报复！父亲恍然大悟：一定是半年前那只母狼干的！

父亲又开始四处寻找它的踪迹，可是那只母狼却像从地球上消失了一样。父亲整整找了一个夏天，都没有找到，便以为它不会再来了。就在他这样想的时候，那只母狼又出现了，这次又咬死了十几只羊。此后，母狼每年都要来一两次，每次都要咬死我家十几只羊。父亲想尽了一切办法：养牧羊犬、下狼夹、投毒饵、设陷阱，但是它从不上钩。父亲终于一筹莫展了。

转折出现在一个灰暗的夏天。那

一年母亲因为难产去世了。父亲非常伤心，深深地感受到了失去亲人的滋味，从此再也不去想那只狼的事情了。每天他和往常一样地去放牧，但脸上再没有了笑容；回到家总是往床上一躺，然后望着帐篷顶开始发呆。这样的状况持续了将近一个月，我以为他一直会这样下去。这时，那只复仇的狼又来了。这一次，父亲发现得比较早，他迅速起身，把它赶跑了。一会儿，山梁上又传来了那只母狼的哭嚎声。母狼叫了很久很久，父亲也听了很久很久。回到家，他哭了一个晚上。

第二天，父亲把全家人叫过来说："这只狼和我们家结仇好几年了，我想了很久，是我错了，我当时不应该把那几只小狼崽带回来，更不应该拿小狼崽当诱饵去杀它，我欠它的债，以后我们家的人都不准再伤害它。"

对我们来说，这是一个奇怪的决定。但这个决定之后，家里的情况却渐渐地好转起来。我们的羊越来越多了。而那只母狼还是每年来，但我们不再去伤害它，只是把它赶走。渐渐地，家里被咬死的羊越来越少了。而这只狼咬死了羊之后，不再飞快地逃走，而是常常在我家周围转上几圈才走……

后来我上了中学，开始住校。每次回家问起这事，父亲总是说家里的羊被咬死的越来越少了，那只狼也越来越老了。二十岁的狼的确是太老了，就相当于八十岁的人。父亲每次提起它，语气总是很沉重、很伤感，就像一个老朋友要离他而去了似的。

后来，我考上了大学。第一学期寒假，我回了家。那年依然下着雪，我忽然想起当年那只母狼，便骑马去了父亲当年用小狼做饵打狼的地方。

快要到那

里时，远远地，我看见有个东西趴在雪地上，一动不动。走近一看，竟是那只母狼。它无力地抬起头，又低了下去，一动不动。

我并不是第一次见到它。记得我七岁的时候，有一次在山里玩，和小伙伴们走散了。我独自一人往回走的时候，竟和这只母狼相遇了。当时我非常害怕，吓得站在那里不敢动。它看了我一会儿，走过来，在我身上闻了几下，还舔了舔我的手，然后飞一般地跑掉了。

这次是第二次见它了，我已没有了恐惧。看它的样子，已经在这里呆了很久，因为它身上的毛已经结上了冰屑。它已经老得只剩下一把骨头了。我跳下马，走到它跟前，认真地看了一下我家的这个宿敌。它居然又费力地抬起头，舔了一下我的手掌，然后把头低了下去。这次，它的头再没有抬起来，它死了。

我骑马飞奔回家，把这个消息告诉了父亲。我们一起又来到这片雪地，父亲认真地看了它的尸体。它身上有两个弹孔，一个在腿上，一个在臀部。然后，我们把它葬在这白雪之中。

我问父亲为什么要埋它，当年又为什么放弃杀它。父亲说，它是一个很好的老师。我非常奇怪，问这只狼教给了他什么。他说："这只狼和你母亲的死告诉了我：在这个世界上，亲情是最珍贵的，千万不要辜负了那些平时看起来很平常的亲人。"我不太懂，父亲继续说："我一直在想，这只狼为什么会这样报复我们，现在我明白了，"他指了一下狼臀部的弹孔，"就因为它，因为这一枪，这只狼失去了再做母亲的能力，也失去了再次拥有亲人朋友的可能，所以这么多年，它都是独来独往。因为这一枪，它怨恨我们，所以不停地报复我们。"最后父亲说："想一想，如果一个人失去了所有的亲人和朋友，他也会疯的。而当你母亲死去之后，我至少还有你们，还有一个家。比起它，我要幸运多了……"

十几年的心结终于解开了。看着父亲宽大的背影，我投去了敬重的目光。

（本篇月月评短信代码：1011）

（题图、插图：安玉民）

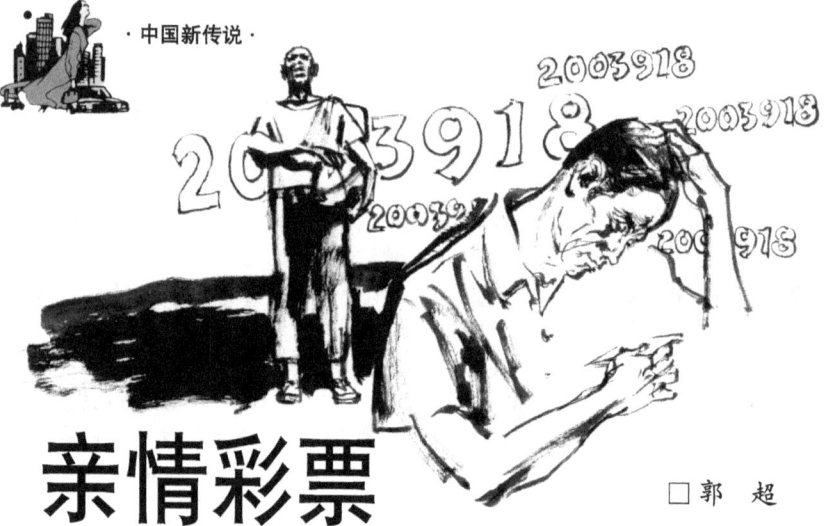

亲情彩票

□ 郭　超

邻居刘老汉是个彩迷。他只有一个儿子，五年前因故意伤害罪被判入狱七年。老伴想念儿子，抑郁成疾，一年前已经离他而去。

有天晚上，刘老汉炒了几个菜，请我喝酒。酒过三巡，他拿出一沓保存完好的彩票给我看，只见所有的彩票都是一个号码：2003918。我很奇怪，说："你这是守株待兔，这个方法很难中大奖的。"刘老汉乐了："中不中奖有什么关系？"我好生纳闷，忍不住问："不为中奖，你买它干吗？"刘老汉放下酒杯，自言自语道："买个盼头，买个希望啊……"沉思了半晌，刘老汉才回过神来，笑眯眯地指着彩票上的号码说："你看，2003918，就是2003年9月18号。你知道这天是什么日子吗？""什么日子？""是我

儿子刑满释放的日子！"说到这，刘老汉的双眼充满了希望。

因为有希望，刘老汉活得很快乐。每天早晨六点起床锻炼，然后买早点、买菜；吃罢午饭，一路哼着豫剧，优哉游哉地去买彩票，日子过得很有规律。

有天一大早，刘老汉敲开了我家的门，孩子似的告诉我，他儿子因表现突出，减了半年刑。我由衷地为他感到高兴。"还有半年我儿子就自由了，我真开心呀！"刘老汉激动得热泪盈眶。

这一天，路过彩票店，我看到中奖公告牌上的数字是"2003918"，一时间，我热血沸腾——刘老汉竟然中奖了！天哪！二等奖，18万元！我一口气跑到刘老汉家："老刘，你发财

"父亲"，对上帝，我们无法找到一个比这更神圣的称呼了。　——华兹华斯

买 酒 （结尾部分）

（五月号上半月刊中说到，阿林让加伟继续找酒……）

无可奈何的加伟只好又在县城里到处找，他把东西南北几条大街的商店、商场、超市都找遍了，仍然没有沁园春。到中午了，无计可施的加伟垂头丧气地来到批发市场给阿林回话。

来到阿林的批发部一看，加伟的鼻子都快气歪了。只见阿林的批发部外竖着一块牌子，上面写着"沁园春系列酒本县惟一批发部"。

阿林见到加伟，双手一抱拳："辛苦你了，哥们。我请你品尝沁园春！"加伟恍然大悟，他苦笑着说："原来一上午我都在免费为你打广告啊！"

所以，正确的答案是：C.有这种酒，但是加伟没买到

猜情节，赢奖品

开动脑筋，猜想正确的情节！我们将在每月上半月的刊物上刊登供竞猜的故事和选择项，下半月的刊物上刊登这个故事的结尾，并从竞猜正确的读者中抽取优胜奖20名，赠送价值100元的纪念品；从参加竞猜的全部读者中抽取参与奖500名，赠送价值10元的纪念品。所有参与读者将另获赠精彩梦网信息服务。

参加全年情节ABC活动，并猜对全部情节的3名读者更将获得特等奖彩信手机一部！

得奖读者在评选结果揭晓后将得到短信通知。本活动每条短信收取0.10元。

了！"刘老汉懵了："发财？发什么财呀？"我手舞足蹈地叫道："彩票！你的彩票哇！中了18万！"刘老汉一拍大腿："是吗？我看看。"他进屋找彩票时，还一连声地说："不会吧？有这样好的运气？""千真万确，我刚刚才看到的。"我兴奋极了。

刘老汉拿出彩票，憨憨地说："就是这张……是这张吗？"接过他的彩票，我一下子愣住了，半天才大叫一声："你怎么把号码改了？"刘老汉吓了一跳："没改呀！这个月我一直买的这个号哇。""你，你怎么把号码改成2003318啦？""没错呀！我早就改

了，我儿子减刑了，2003年3月18号出狱，"老刘一脸的莫名其妙，"我不是跟你说过吗？他表现好，减刑了！"

我瞪着刘老汉，一字一句地说："可中奖号码是你以前那个号，2003918！"刘老汉眨了眨眼，终于明白了："你是说没中？""没中！你如果不改号就中了！"我真替他感到可惜。刘老汉却出乎意料地平静。他轻描淡写地说："算了，钱再多也没我儿子早点出狱好，你说对吗？"我一句话也说不出来……

（本篇月月评短信代码：1012）

（题图：王申生）

两个 脚印

□ 樊新霞

刘军刚考上大学，是全村二十年来第一个大学生。他家穷，从小到大，学费都是村里张家一点、李家一点凑的。

来到省城报到的第一天，刘军发现这里东西贵得吓死人。自己口袋里那一点钱，根本就不够用。但再问乡亲们要钱，却无论如何也说不出口了。怎么办？男子汉还是得自己挣钱！刘军出去逛了一圈，发现马路上常有做家教的广告。嘿，有门儿！干脆做家教得了，于是他便回去照着样儿写了些广告贴出去。所幸自己这所大学在省城有些名气，一个星期后，有回音了。这家有一个叫小强的高中生，快要高考了，急着请家教作考前辅导，每周三、周六上午上课，正好这两个时间刘军都有空，他开心极了。

星期三很快到了。第一次去城里人家，刘军有些腼腆，也有些紧张。开门的是小强妈，五十多岁的样子，是个刚刚退休的工人。她很热情地把准备好的拖鞋拿到门口，招呼刘军换鞋，然后又拿了瓶可乐给他，说："从乡下考到城里上大学，真是不容易啊！我们家小强舒坦日子过惯了，眼看就要高考了，这孩子还是稀里糊涂的，得请你多费心了，除了教他功课，还希望你能把自己的经验告诉他，你们年龄差不多，估计能谈得拢。"刘军挺高兴，人家都说城里人势利，看来这种说法也未必对。

一个上午很快过去了，眼看就要吃中饭了，刘军觉得内急，想大便，可又一想：城里人家规矩大，进门还要换鞋子，这上一趟厕所，不知又有什么规矩，万一自己犯了忌，这份好不容易找到的活儿，不就没戏了吗？于是，刘军就一直憋着，想等辅导完了，再到附近的公用厕所解决问题。可有时，人越急这事儿越跟你作对。今天，小强的题目特别多，到了十一点半还没讲解完，刘军心中暗暗叫苦。终于，他憋不住了，结结巴巴地问小强："小强，你们家茅坑在哪儿？"小强吃了一惊，回答道："哦，你是说厕所啊，喏，就在厨房隔壁。"刘军后悔自己失言，人家城里人不兴叫茅坑，唉，让人见笑了不是？

刘军小心翼翼地进了厕所，把插销插上，一看，这厕所不大，地上墙上都贴满了瓷砖，白乎乎的一片。刘军想找个蹲的地方，可哪有啊？这里边只有一个抽水马桶，旁边放了些杂志和报纸，此外就是一个浴缸和一个洗手池了。刘军以前听别人说过，城里人都是坐着上厕所的，有时还翻翻报纸，看来这家人家也是这样！刘军盯着白色的抽水马桶看了半天，终于小心翼翼地坐了上去，由于第一次用这玩意儿，心情又太紧张，怎么也拉不出来，可肚子又很疼，怎么办呢？刘军像热锅上的蚂蚁，浑身不自在。

这时，他无比想念农村家乡的茅坑。那茅坑是建在田里的，虽说蚊子苍蝇一大堆，但就是觉得爽，一边蹲着，一边还能从茅房的窗户往外看，碧绿的田地一眼望不到头，各种不知名的野花开在路旁，牛儿悠闲地吃着草，真是自然、惬意！哪里用得着看报纸！可这城里人家的厕所，整个白乎乎的一片，窗户紧闭，尤其是这个抽水马桶，坐上去，总也使不上劲儿。

刘军想到人家还等着自己教题，急得汗都下来了，毕竟，这份工作也不容易找啊，自己的生活费可都指望这活计呢！人一急，想得一多，就更拉不出来了。正在焦头烂额的时候，刘军突然灵机一动，对了，干吗不能"人造"一个茅坑呢？他也顾不得想许多了，把马桶盖翻了上去，两脚小心地慢慢蹭到马桶两侧的边沿上。可太滑了，几次试下来，都不行。过了不少时间，他终于蹲稳了，感觉也好多了，虽比不上家乡的茅坑，但总算不用坐着了。很快，刘军就"完成任务"了。刚冲完马桶，就听外面小强妈问小强："强强，功课辅导完了吗？"小强答道："老师在上厕所。"听到这里，刘军急得不行，匆匆把裤子提上。

刘军满面通红地走出来，恰好碰到小强妈。她看刘军脸色不对，关切地问道："小刘，你脸色不好，是不是

哪里不舒服？跟阿姨说，不要紧的。""没……没……我很好，没什么不舒服。""哦，那就好。"刘军又给小强辅导了一会，便起身告辞："阿姨，我学校里有事，得赶紧回去。"小强妈说："不管什么事，先跟我们一起吃饭吧，饿着肚子怎么行？""哦，不了，不了，我还是回去吃的好。"说完，他就往门边走。小强妈见拦不住，只好把他送到门口。

出了门，一阵清新的空气扑鼻而来，刘军顿感浑身轻松。可才轻松了没几分钟，他突然想到，自己上完厕所后，一时慌张，竟然没有把马桶上

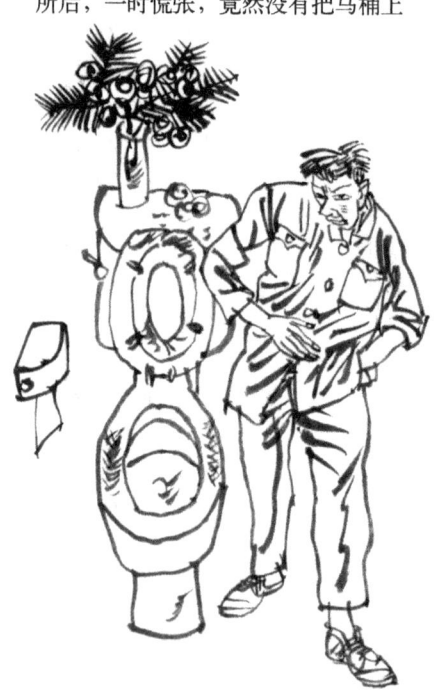

面的脚印擦掉。"坏了！我怎么那么粗心！"刘军心里暗骂自己。万一那家人家猜出了事情的原委，肯定不会再要自己去辅导了！记得前几天，同学们在谈论家教时，都发现现在人越来越精了，情愿花大价钱请一线的教师或者水平高、常带毕业班的退休教师给自己孩子开小灶，像他们这样没有经验的大一学生，如今要找份家教，是越来越难了。可这么好的机会，居然被自己……想到这里，他懊恼不已。

接下来的几天里，刘军心里一直忐忑不安，为自己的粗心后悔不迭。星期六就要到了，不知自己的命运如何。好不容易熬到星期五晚上，电话铃响了，是找自己的。刘军不安地拿起了话筒，只听那头传来了小强妈的声音："是小刘吗？哦，我想跟你打个招呼，明天我们一家要外出，你就不用过来了，不好意思啊。"刘军机械地应承着，可大脑里一片空白，根本不知道自己在说些什么。唉！果然不出所料，好好的一份活计就这样丢了！刘军灰心极了。

转眼又快到星期三了，那家人再没有打过电话来。刘军想：要不还是去一下吧，万一侥幸能够挽回呢？为了生活，他下决心厚着脸皮去碰一下运气。

刘军鼓起很大的勇气再次敲响了小强家的门，还是小强妈开的门。"哎呀，是小刘来了啊，请进请进。""阿姨，

善良的心地等于黄金。——莎士比亚

读者推荐: 值得关注的流行语

◇ 男人像桃子, 女人像鸡蛋。男人外表很软, 里面很硬, 要慢吃慢咬; 女人外壳挺硬, 里面很软, 要轻拿轻放。

◇ 男人上网最初的目的是找一个美眉聊天; 女人上网最终的目的是看男人究竟和谁聊天。

◇ 冷饮店出售新品"心痛的感觉", 一元一杯, 好奇买了一份, 果真有心痛的感觉, 就是一杯白开水!

◇ 升值定律: 出口转内销, 连舆论都是如此。

◇ 价值定律: 未曾拥有的时候价值最高, 一旦拥有开始贬值, 拥有越多越不值钱。

◇ 人生定律: 拼命想得到的, 都不是最需要的。

◇ 旅游定律: 没有比记忆中的风景更美好的, 所以不要旧地重游。

◇ 金钱定律: 在一切人手中, 但不是一切。

◇ 财务定律: 支票总是姗姗来迟, 而账单总是提前到达。

◇ 备份定律: 学习用左手剪指甲, 因为你的右手未必永远管用。

◇ 会议定律: 所有重要决策, 都将在会议结束或午餐前最后五分钟完成。

◇ 控制定律: 最容易控制的, 往往比最难控制的还难控制。

◇ 合作定律: 一个人花一个小时可以做的事情, 两个人做至少得花两个小时。

(欢迎读者为本栏目推荐新鲜有趣的幽默格言、俏皮话和顺口溜。来稿请寄: 上海市绍兴路74号《故事会》杂志社, 邮编: 200020。请写明姓名和联系方法, 并请在信封上注明"快乐辞典"字样。电子邮件请发maxia@126.com)

我, 我还没换鞋呢! ""没事, 你把脚在拖把上擦一下就行了。我们小强正等着你呢, 他说你上次讲得很清楚, 而且你在农村的一些经历对他也很有帮助。"小强妈的热情使刘军大感意外: 难道他们就没有发现我的秘密?

辅导功课时, 刘军还是有些紧张, 不知道自己这份差事能做到什么时候。这天中午, 小强妈一定要留他在家吃饭, 刘军推脱不过, 只得答应了。他进卫生间洗手时, 忽然发现抽水马桶的两边多出了两个矮架子。顺着架子爬上去, 刚好可以蹲下来解手, 又稳当又干净。刘军眼睛一红, 什么都明白了……

其实, 那天刘军走出厕所时, 小强妈就发现他脸红得像炭火, 神情反常。刘军走后, 小强妈来到厕所间, 一眼就看到了马桶边沿上的两个脚印, 她一下子明白是怎么回事了。善良的小强妈什么都没说, 默默地到外面请木工做了两个木架子, 放在马桶两边, 显得那么不经意。这样, 既能解决刘军的实际困难, 又顾及到了他的自尊心。

看着眼前的一切, 刘军一字一句地在心里对自己说: "刘军啊, 你一定要珍惜这个机会, 对得起这份情义啊! "

(本篇月月评短信代码: 1013)

(题图、插图: 魏忠善)

王小二卖刷子

□ 葛琛辉

王小二是个个体户，眼瞅着小县城的装修生意越来越红火，他坐不住了，也想趁机杀出去捞一把。有卖涂料的朋友力邀他入股，还把"钱途"吹得天花乱坠。王小二却有自己的想法。他知道一个"淘金和卖水"的经典商业逻辑：大家都去淘金，往往都淘不着金，而卖水的少，往往让你赚个饱。王小二一合计，现在卖涂料的人太多，还不如开家刷子店来得实惠。

这一步可算是被他给走对了，小城里大家的眼睛都盯在涂料上，只他一家卖与涂料有关的刷子，所以生意好得不得了。可他这里刚红火了半个月，就有不少人模仿，一夜间，整个县城就多了不少刷子店。一下子，刷子生意陷入了恶性竞争，生意自然好不起来，苦得王小二呀，好几个晚上都梦见自己不是睡在床上，而是睡在刷子上。

这天，王小二随手拿起张都市报，突然看到一条新闻：本市已经开始对街头广告"牛皮癣"进行根治，并引进了一整套"呼死你"电子设备。他眼睛一亮，用手猛拍了一下自己的大腿说："商机来了！"

这"呼死你"呀，其实是一套电话自动追呼系统。只要在电脑里输入违章电话号码，"呼死你"系统就开始对那些号码轮番拨打，对方打开手机就会听到系统发出的语音通知"你在城区乱涂写、乱张贴、乱散发广告，违反市容管理规定，请到城市管理行政执法局接受处理。"电话语音24小时不间断地拨打城市"牛皮癣"制造者的电话，直到对方无法忍受关机为止。

这天一大早，王小二就从大街小巷的电线杆上、公厕内、居民住宅小院墙壁上撕下了一大叠广告。回到店里，他随手翻了翻。天哪！县城不大，可垃圾广告却不少，有治性病的，有疏通下水道的，甚至连帮忙人工流产的也有。

王小二试着拨通了一个包治性病的联系电话，那头传来一个嗲声嗲气的女人的声音："喂，先生是不是有什么难言之隐？没关系，只要您选择了我们，就保证一切搞定，重振您男子汉的雄风。"王小二一愣，问道："你们到底是治性病的还是治阳痿的？"这回换了个男声："我们什么都治，只要你能得的病，都在我们的治疗范围内。不信，来这儿试试？"王小二发火了："这药先给你自己上吧，我打电话，是要告诉你，你东窗事发了。"那个男人有些尴尬："兄弟，别吓唬我，我又没做什么见不得人的事，哪有什么事可发？""你还说没做亏心事？我告诉你，你到处乱贴垃圾广告，现在城管大队要拿你是问。你赶紧到我这儿来一趟，要不后果自负！"王小二说完地址，就"啪"的一声挂断了电话。

没两分钟，一个陌生男子就出现在王小二店内。

"你这好像不是城管大队吧？"

"当然不是，但我是负责向他们举报的，现在上面管得严，正要抓几个狠狠地治一治。你就是那治性病的？"王小二摆起了副威严的姿态。

"是，是，我就是。"来人心虚，不敢多争辩，还掏出一盒"中华"烟，递了一支给王小二。

王小二摆摆手，咳嗽了一声，说"不用来这一套。现在城管局响应县委号召，决定对你们这些乱贴广告的人实行'呼死你'计划，先看看这报道吧。"说完，王小二把报纸递了过去。

来人仔细地看完报道，满脸堆笑地说："还请你多多帮忙！"

王小二看着手里撕下来的广告，慢条斯理地说："你叫邢大头吧？好，那我问你，你是想认罚呢还是想认打？"

邢大头一激灵："还有罚有打？我的妈呀，钱没赚着几个，这后果还这么严重！"

"那当然，你以为这是小事呀？破坏县城形象，影响县城公共卫生，这罪可不轻呀！认罚嘛很简单，就是我带你去城管大队交五千块罚金，然后他们请人清理，否则你就等着'呼死你'来治你吧！认打呢也简单，就是念你初犯，也不罚你，你雇人也好，自己上场也好，总之得在一个小时内把你贴的所有广告都清理掉。"

邢大头一听乐了："我认打，我认打！兄弟你够意思。"

王小二又问："那你都贴了多少广告？"邢大头摸了摸脑袋，笑了笑说："嘿嘿，没多少，就只在县城所有的电线杆上贴了。"

"不止吧？你闻闻我刚撕下来的这张，是不是还有股尿骚味？""大哥，你还真聪明，"邢大头不好意思地咧了咧嘴，"我还在每个公厕里也贴了，此外，真没贴其他地方了。"

"我不管你贴没贴，反正贴哪些地方你自己心里有数。只要限期清理完了，就没你的事了。"

"谢谢大哥，谢谢大哥，我这就去

清，这就去清。"说完，他还不忘把那包"中华"烟放在桌上。

看邢大头想走，王小二赶紧叫住了他："你就这么一走了之？我问你，一个小时要清完那么多广告，你有孙猴子的本事呀？"

"那，那大哥的意思……"王小二顿了顿，说："你得多请几个人，还得多准备几把好刷子才行。这高级烟我也抽不来，你拿走吧。要是你真记着我的情，刷子就从我这店里挑吧，你清理广告用上我这刷子，肯定两臂生风。"

"行，"邢大头爽快地答应了，"你说个数吧。""这刷子我可不能折本卖你，还是按市场价，五元一把，我估摸着你没五十把不够。"

"中，我就买大哥这五十把刷子。"邢大头很大气地掏出两百五十元，拿走了五十把刷子。

王小二暗自得意，依葫芦画瓢，一个上午，他店里走马灯似的换人：走了疏通下水道的，又来了帮忙流产的，帮忙流产的前脚刚走，养蝎致富的后脚就进。不一会，王小二店里库存的刷子就卖了个精光。

于是，这天上午，全城的老百姓都看到了一个奇怪的景象：很多人拿着同样的刷子在清理街头的垃圾广告。报社的记者也闻讯赶来采访，可奇怪的是，不管问到谁，人家都不肯开口，最后还是一个民工忍不住了，

说："我们也不知道是咋回事，反正有老板雇我们，我们就来了。"

新闻工作者立刻穷追猛打地问："你们老板是谁？"

"我们不知道，老板只说，刷子用坏了，只准到王小二的店里去买。"

新闻记者一听，又立即去找王小二。面对记者，王小二"谦虚"地说："我没什么高招，这是他们思想觉悟高。当然，如果要论功行赏，这个'呼死你'还真是功不可没啊！"

记者一听，如获至宝，不一会儿，王小二和"呼死你"就上了本县的头版头条。

可还没等王小二缓过高兴劲，城管大队就嗅出了其中的味道，他们主动找上门来，说："经过我们调查，你滥用'呼死你'的无形资产，冒充我们城管人员进行非法交易，但鉴于你的行为间接地起到了一定的积极作用，我们决定只没收你的非法所得，作为处罚。"

天哪！想到好不容易赚到的一点小钱，这么快就成了别人的，王小二的心一下子掉进了万丈深渊。

可说来也怪，这事儿传出去不久，王小二的生意竟然异常火爆，很多人有事没事就来他店里转悠，在买刷子的同时，也顺便瞧瞧这个间接为县城卫生事业做出过贡献的倒霉蛋。

而邢大头那些人呢，也成了王小二店里的常客。为什么呢？这其中的原因呀，还是让邢大头自己来说吧："王小二这小子，虽然用法不正，但我还是挺感激他的。你想呀，如果没有他，我们哪知道有'呼死你'这东西，等哪天城管大队找上门来，损失的可就不止这两百五了。再说了，有敲诈我们的机会，他竟然不用，就连我送的烟，他也不收，这样的好人现在可不多呀。"

（本篇月月评短信代码：1014）

（题图、插图：安玉民）

蛇显爪

□ 李如有

蛇沟村以当地山沟里栖息的蛇多而得名。村子里有一个身怀绝技的捕蛇能手，人送外号"蛇见愁"。"蛇见愁"年方四十，其貌不扬，但捕蛇手段一流，有人形容说，他捕蛇简直就像是在沙滩上捡鱼一样方便。

近两年，城里人吃腻了鸡鸭鱼肉，开始喜欢上吃蛇肉，喝蛇汤了。因此，城里的蛇价一路飙升，一条米把长的乌梢蛇或王锦蛇就能卖到四五十元，毒蛇价格更高，至少能卖到百元以上。

这下可乐坏了"蛇见愁"，他全心全意做起了捕蛇专业户。不到两年时间，他是又盖楼房又配手机，那日子过得可叫滋润了！"蛇见愁"天天进城给大酒楼送货，时间一长，就看上"明珠"大酒楼的雪小姐了。那个雪小姐，俊得简直就跟《白蛇传》里边的白蛇娘娘似的，每次只要"蛇见愁"送

货来，她那甜甜的嘴巴就一个劲儿"蛇大哥，蛇大哥"地叫着，把"蛇见愁"的骨头都给叫酥了。

这天中午刚吃过午饭，"蛇见愁"正躺在床上休息，突然手机响了，里面传来雪小姐那娇滴滴、麻酥酥的声音："蛇大哥，我们老板明天有贵客来嘛，人家可点名要吃你抓的毒蛇呀！我可是在老板面前立下'军令状'了的，你要是弄不来，那我可就惨啦！"

接完电话，"蛇见愁"左右为难，为啥？因为这几天上面查得紧，昨天村支书还专门找他谈过话，向他宣传《野生动物保护法》，总而言之，意思

荣誉妒忌成功，而成功却以为自己就是荣誉。 ——让·罗斯唐

就是要保护生态平衡，禁止任何人在蛇沟村抓蛇、捕蛇、贩运蛇类和其他野生动物。

说实话，"蛇见愁"也的确想过"金盆洗手"，一是这一带的蛇差不多已被他"赶尽杀绝"了，二是干这行毕竟危险，记得师傅当年临走时告诫过他，说蛇是世上最有灵性的动物，不可滥捕滥杀，否则会遭遇群蛇的报复。可一想起雪小姐那甜甜的声音，"蛇见愁"就坐不住了，他抓起平时装蛇用的牛皮袋子，奔出了房门。

时值五月，太阳火辣辣的，晒得人脊背生疼。"蛇见愁"从西沟转到东沟，别说找到一条大毒蛇，就连一条半寸长的小蛇都看不见。正在沮丧之时，突然，"蛇见愁"眼睛一亮，他瞧见水潭中间处有一条一米多长的银环蛇。这种毒蛇平时在蛇沟村是很少见到的！真是老天有眼，这下可以给雪小姐一个交代了！

"蛇见愁"悄悄靠近水边，这条银环蛇好像已经发现了敌情。只见它在水潭中蜿蜒游动，急速向一边的田埂石缝中逃去。"蛇见愁"知道，这蛇一旦钻进石缝当中，就算你有天大的本领，也拿它没辙了，因此，他当即三步并成两步，急速赶往水潭边，想抢先一步迎头拦住它。哪知这条银环蛇行动奇快，忽闪一下，钻进了田埂，后面的身子顺势一转，瞬间大半截就没有了。

"蛇见愁"一见慌了神，他大喝一声："我看你还往哪儿逃！"说着一步跃到田埂处，伸出长臂猿般的胳膊，展开右手，一把就抓住了蛇尾，左手也迅速跟进，抓住石缝外面的蛇后身处，双臂开始较劲，使出吃奶的力气往外拔。

就在双手抓住蛇尾的一刹那，"蛇见愁"忽然意识到，今天自己犯下了捕蛇的大忌了！他听师傅说过，蛇身腹部的鳞片都可以翘起，拉动时会像坦克的履带一样，紧紧地扣在物体上，一般人是很难让它后退半步的。他以前见师傅捕蛇时，总要抢占有利地势，否则，宁愿放生也不会再去惹

它。

不过今天情况特殊，是雪小姐交办的事，再难也得上了。"蛇见愁"咬紧牙关，猛提一口气，十指如钳，双臂青筋蹦露，使劲往外猛拉狠扯，直扯得这条银环蛇尾处"啪啪"作响，犹如伤筋断骨一般。但响归响，蛇的前半身仍像有一个巨大的磁场一样，将后半身拼命往里吸。"蛇见愁"一边提气，一边将握在蛇尾处的右手顺势往前一转，把蛇尾部紧紧地缠绕在自己的手腕上，双手再一次拼尽全力往外拉。

这一次，只听石缝内的"啪啪"声

又起，"蛇见愁"感觉这洞内不是一条蛇在同他较劲，而像是有一支队伍正同他进行着一场势均力敌的拔河比赛，双方都寸步不让地僵持着、对峙着。这下他可真急了：都说蛇最易寻仇，今天要是让它钻进洞逃跑了，那以后自己必遭群蛇攻击！一想到这里，"蛇见愁"抬起一只脚蹬在田埂的石头上，直起腰板，身体向后猛仰，手借腿力，腿借身力，三位一体地往后面猛拉，只听得洞内犹如电光石火般"哧啦啦"一阵爆响，之后，慢慢地，蛇身开始外移了。"蛇见愁"一见大喜，他知道这银环蛇快支持不住了。就在他边用力、边往手腕上翻转缠绕的时候，忽然看见了一个非常奇特的景象：这条银环蛇尾处伸出了一个硕大的爪子，那爪子像鸡爪子一样分着叉，每个爪子的顶端还长有一个小指甲。

"蛇见愁"大惊失色，每一根汗毛都倒立起来了。早就听人说过，蛇是龙的化身，蛇一旦长脚就是成精了。难道今天碰上的是一条蛇精不成？如果真是如此，自己的小命休矣！他想退缩，可又不甘心，现在是箭在弦上，不得不发了！就算是蛇精也不能放过！于是，他双臂刹那间迸发出排山倒海般的神力，扯得石缝中那条蛇如电击，似火爆，随着"哧啦啦"的一阵爆响，整条蛇身就像被绞车拉直了的一根钢丝绳缆一样，直溜溜地被拉了出来。就在蛇身全部离开石缝的一瞬间，"蛇见愁"使出了"云响手"的捕杀绝招，双臂以最快的速度由下到上，由后到前沿着顺时针方向呼呼抡了两大圈，而后双手平推着使劲往地面一掼一掷，只听得"劈啪"一声清脆的响声，这条长有五尺多的剧毒银环蛇，全身的筋骨顿时全部断裂，像一根枯柴干棍一样，躺在地上一动也不动了。

再看"蛇见愁"，浑身上下的热汗、冷汗、虚汗、臭汗全下来了，齐刷刷地顺着毛孔往外涌。他感觉自己的胳膊好像脱了臼，双腿好像少了筋骨，"扑通"一声瘫倒在离死蛇不远处的沙滩上。

好长时间，"蛇见愁"才缓过气来，他站起身用脚踢了踢眼前的死蛇，翻找着刚刚见到过的那个蛇爪子。可奇怪的是，无论他怎样翻找，却始终没有找到。难道说是自己看花了眼？还是出现了幻觉？这都不可能啊，因为当时看得非常清楚，一只像鸡爪子一样的东西从蛇身上伸了出

来。"蛇见愁"越是找不着，就越来气，他从身边那个牛皮袋子里找出一截细麻绳，往蛇头上一拴，把它吊在水沟旁边的一棵大柳树上，并从身上掏出一把小刀子，将蛇皮脱下，剖开蛇身，一点一点地去找。但结果还是令他大失所望，因为他始终没有看见那个像鸡爪子一样的东西。

奇了，怪了！这蛇明明长有一个爪子，可为什么再也找不着了呢？难道说这真是个蛇精，是龙王？它会变，这会儿又把爪子给变没了？"蛇见愁"越想越玄乎，越想越害怕了！"妈呀！蛇精找我报仇了，蛇精找我报仇了，我活不成了……"他丢下手中的牛皮袋子，跌跌撞撞地往家中逃去。

"蛇见愁"大病一场，还住了一阵子医院，从此以后，没有人再看见他捕过蛇了。不过值得庆幸的是，蛇沟村的生态环境倒是越来越好了。

（本篇月月评短信代码：1015）

（题图、插图：安玉民）

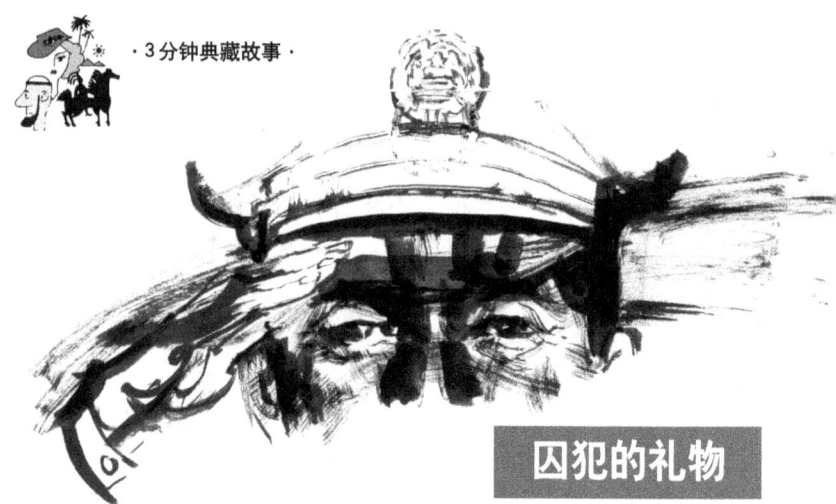

囚犯的礼物

一个囚犯在一次意外中受了重伤，躺在医院的急救室里等待输血，去取血的救护车却迟迟未归。正在这万分紧急的时刻，一个年轻的监狱警察，伸出瘦弱的手臂，对医生说："快抽我的血给他吧，救人要紧。"囚犯的血管里流进了警察的鲜血。奇迹般的，囚犯复活了。

就是这名囚犯，在他复活后的五年里，在狱中搞了一个科研项目，获得了巨大的成功，被减了刑。

一天，囚犯家属问这个警察："听说你要结婚了？""是的，定在7月1日。"警察点头回答。"那年多亏你给他输血，否则，他早就没命了……还有，他这几年在里边改造取得了这么好的成绩，还减了刑，这些，都是你帮助的结果……"说着，囚犯家属拿出两枚金灿灿的戒指，往警察手里塞："这件礼物，是祝贺你结婚的，是

我们的一点心意！请你无论如何得收下……"

警察没有收下那两枚戒指。在以后的许多年里，他又拒绝了不计其数的比金戒指还贵重的礼物。

几十年后，他退休那天，那名他曾经救过的囚犯把一只洁白的信封送给他，哽咽着说："队长，我知道您的脾气，您从来不收他人的礼物，但这个礼物，您一定要收下……"

于是，警察收下了他平生惟一的也是最贵重的礼物。囚犯给他的信封里，只有一张纸条，上面写着——

队长，您别退休了，我们需要您这样的人来帮助改造啊！

一个普通警察，临到退休那天，还在被人强烈地需要着，这是一种多么巨大的幸福！

（推荐者：付秀玲）

法 与 情

一九三五年冬的一天，纽约市一个穷人居住区的法庭上，正开庭审理着一个案子。站在被告席上的是一个年近六旬的老太太，衣衫破旧，愁容满面。她因偷窃面包而被告上了法庭。

法官问她："你为什么偷面包，是因为饥饿吗？""是的，"老太太抬起头，看着法官，继续说道，"我是饥饿，但我更需要面包来喂养我那三个失去父母的孙子，他们已经几天没吃东西了。我不能眼睁睁看着他们饿死，他们还是小孩子呀！"老太太说着，脸颊上流过两行泪水。

旁听席上响起了叽叽喳喳的议论声。法官敲了一下木槌，严肃地说道："肃静！下面宣布判决。被告，我必须秉公办事，执行法律。你有两种选择，一种是处以10美元的罚金，另一种是处以10天的拘役。"

老太太一脸痛苦地说："法官大人，如果我有10美元，就不会去偷面包了。我愿拘役10天，可我那三个小孙子谁来照顾呢？"

这时候，从旁听席上站起一个四十多岁的男人，他向老太太鞠了一躬，说道："请你接受10美元罚金的判决。"说着，他转身面向旁听席上的其他人，掏出10美元，摘下帽子放进去，说："各位，我是现任纽约市的市长拉瓜地亚，现在，请诸位每人交50美分的罚金，这是为我们的冷漠付费，以处罚我们生活在一个要老祖母去偷面包来喂养孙子的城市。"

法庭上顿时静得地上掉根针都能听到。片刻，所有的旁听者都默默地起立，每个人都认真地拿出了50美分，放到市长的帽子里，连法官也不例外。老太太看到这个场面，痛哭流涕。

法律是严肃的，也是无情的。执法者不被感情左右，是职责；而人与人之间真挚的情感和相互间的关爱更是人性的本质。

（推荐者：邓伟明）

最美丽的一句话

在电台的一项比赛中，有这样一个题目：丈夫能对妻子说的最美丽的一句话是什么？

评审员经过长时间的讨论后，把首奖颁给了一位太太，她的答复是：一个丈夫能对妻子说的最美丽的一句话，是在深夜三点，婴儿开始啼哭时说："尽管躺在床上，我去！"

有的时候，最美丽的话不是甜言蜜语，而是真正从内心里流淌出来的。

（推荐者：董德丽）

给对手掌声

在一档世界职业拳王争霸赛的电视节目中，我看到了几个感人的细节。

参加比赛的是两个美国职业拳手，年长的叫卡非拉，年轻的叫巴雷拉。上半场两人打了六个回合，实力相当，难分胜负。

在下半场第七个回合中，巴雷拉接连击中老将卡非拉的头部，顿时，卡非拉鼻青脸肿。

短暂的休息时，巴雷拉真诚地向卡非拉致歉，他用自己手中干净的毛巾一点一点擦去卡非拉脸上的血迹，然后把矿泉水洒在卡非拉头上，那神情仿佛受伤的是自己。

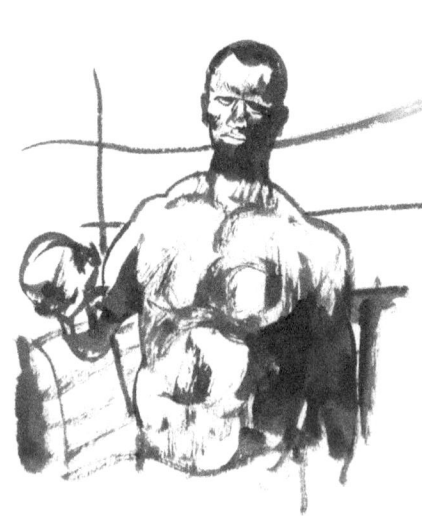

接下来两人继续交手。也许是年纪大了，也许是体力不支，卡非拉一次又一次被巴雷拉击倒在地。

按规则，裁判连喊三声，如果倒地的拳手起不来则对手胜利。卡非拉挣扎着起身，裁判开始报数："1、2……"可"3"还没出口，巴雷拉就一把将卡非拉拉了起来。

裁判很吃惊，这样的举动在拳击场上很少见。

巴雷拉向裁判解释说："我犯规了，只是你没有看见，这局不算我赢。"卡非拉站起来后，他们微笑着击掌，继续交战。

最终，卡非拉以108:110的成绩负于巴雷拉。观众潮水般涌向巴雷拉，向他献花、致敬、送礼物。

巴雷拉拨开人群，径直走向被冷落的老将卡非拉，把鲜花送给了他。两人紧紧地拥抱在一起，相互亲吻被击中的部位，俨然是一对亲兄弟。卡非拉真诚地向巴雷拉祝贺，他握住巴雷拉的手高高举过头顶，向全场观众致敬。

卡非拉虽然败了，但败得很有风度；巴雷拉赢了，赢得很大度。从某种程度上说，两个人都赢了，赢在人格。

（推荐者：李茹玉）

（本栏题图：箭　中）

（本栏目欢迎读者踊跃来稿，电子邮件请发 maxia@126.com）

敲诈"老巫婆"

□原上草

我是个高一女生，其他科的老师我都不怕，就怕化学老师。她快五十岁了，外号"老巫婆"，训起人来特别凶，全班没有一个人不怕她，可因为她化学课上得特别好，在全省都出了名，所以大家内心还是很敬佩她的。

一开始我并不怕"老巫婆"。对于她的凶，我一点儿也不在意，心说："瞧着吧，我定会让你在我面前凶不起来!"不久后的一次化学测验，我考砸了，"老巫婆"在课堂上让我站起来当众说明原因。我不以为然，轻描淡写地说："没啥原因，只不过刚上高中，还不适应。"没想到这一句话捅了马蜂窝，她立马打开了"机关枪"："那

你什么时候才能适应啊? 是高中毕业还是退休以后? 你这脾气挺臭的嘛，怎么像硫化氢的味道啊? 跟你那一身漂亮衣服不太般配吧。下次考试，你准备考零分还是一分啊? 嗯? "你听听，这像是一个女老师说的话吗? 我以前可一直都是"骄女"，哪里遇到过这么凶的老师? 我想回敬她，却根本插不上话。我气得哭着冲出了教室，按我读初中时的经验，遇到这种情况，老师往往会让同学叫我回去的。但这一次，我想错了。我在寝室里哭了好半天，也没有人来理睬我。后来"老巫婆"竟然托同学告诉我，要是再旷课，就告诉学校，让教务处来处理。我们学校是省重点中学，管理可严

了。我不敢再旷课了，心说：算你狠，"老巫婆"！咱们走着瞧！

不过"老巫婆"化学真的教得很好，她总是能把很枯燥的化学原理讲得很精彩，再难的题目在她那里都会变得明白易懂。很快，我的化学成绩就赶了上去，每次作业都是全对，但"老巫婆"并没有一句表扬的话，她认为这是应该的。我心里怨恨道："老巫婆"，你等着，有我算计你的时候！

期末考试到了，化学试卷上的题目我基本上都能做，但我偏偏要乱做，结果把一张试卷弄得惨不忍睹。

要知道，"老巫婆"教的学生从来没有化学成绩不及格的。我就是要给她开一个"历史新纪元"，让她知道马王爷是几只眼！更何况这还关系到她的奖金。想着她见到考试成绩时气歪鼻子的样子，我在考场上就忍不住笑出了声。监考老师莫名其妙地看着我，可能他以为我神经出了问题吧？

果然，化学成绩出来后，听说化学教研组一片哗然，大名鼎鼎的吴老师也会教出不及格的学生？我终于出了一口恶气。我想，大不了"老巫婆"又在课堂上羞辱我一顿，怕什么？我就是要让她知道本姑娘的厉害。但出乎意料的是，她在课堂上并没有说什么，甚至提也没提这件事。我反倒有了一种失落感。

很快，我就领略到"老巫婆"的厉害和阴险了。第二学期，全市举行化学知识竞赛。不是我吹，我要是参赛，肯定能获一等奖。谁知初赛时，"老巫婆"连我的名也没有点。其他同学参加初赛、复赛、决赛，一路下来，过五关斩六将，得大奖，风光极了。结果统计下来，一等奖得主80%都是"老巫婆"的学生。当时，我的肠子都悔青了，也就更恨"老巫婆"了：你拿比赛资格报复我算什么英雄？"老巫婆"，今生今世我与你势不两立！

接下来，我听到一个让我更加惶恐不安的消息，说是很快就要举行全国化学知识竞赛了，而且参赛资格要以上次全市比赛成绩作参考。这可是一个绝好的机会，可惜我已经与它擦肩而过了！我知道，"老巫婆"是绝不会让我参赛的！我后悔当初跟她"结下梁子"，但一切为时已晚。那个星期天，我一个人躲在寝室里大哭了一场。我想去给她认个错，但我明白，就凭我给她创下不及格的"记录"这一点，她就绝对不会原谅我。

正在我无比懊恼之时，"老巫婆"忽然把我叫到她的寝室，问我愿不愿意参加全国化学知识竞赛，如果想参赛的话，必须做一套她出的题，而且必须达到80分。她肯让我参赛？我不禁又惊又喜，连忙向她认错。可她还是一副冷冰冰样子："道歉没有用，做完题再说。"做就做，谁怕谁？我立刻拿起她给我的题做了起来，天哪，我又掉进了她设计好的陷阱！我原以为自己的化学成绩挺不错，哪知这些题比我想象中的难得多。可恶的"老巫婆"，你不让我参赛我就不参赛呗，干吗拿这么难的题来损我？做完题后，我赌气要离开，她叫住了我，用一种前所未有的温柔语调，语重心长地对我说："我知道你一向很骄傲，有些自以为是，我就是要挫挫你的傲气。要知道，知识是没有止境的，不虚心不行啊。治学也必须要有严谨的态度，大大咧咧怎么行？得了，这次我一定给你争取一个参赛的名额，赛得怎么样就要看你自己努力的程度

了。吃饭吧！"说完，她端出一碗热气腾腾的鸡蛋面条。我一边掉着眼泪，一边大口大口地吃着面条。行了，"老巫婆"，不，吴老师，我服了您了！

这以后，我把一切可以利用的时间都用在了化学知识竞赛的准备上。功夫不负有心人，闯过市里、省里的一轮轮选拔赛，在最后全国性的总决赛中，我终于拿到了一等奖。听说全省共有17个全国一等奖，单我们学校就有12个，而且全部都是吴老师的学生。得到消息的那个周末，吴老师找到我，笑眯眯（她还会笑？以前我可从来没见她笑过）地问："怎么样，骄傲的公主？今晚我请客。喜欢吃什么呢？""哇噻！"我夸张地叫了起来，这个可怕可敬又可爱的"老巫婆"，我可得好好敲诈她一顿！吴老师，这可是你自己要请我的哦？我们吃烧烤怎么样？"吴老师表现出少有的幽默，说："行！烧烤就烧烤！我还以为你要我请你吃满汉全席呢。"

晚上，我一边吃着烤肉，一边再次向吴老师道歉。她说："我有时候对你们的要求可能过分严格了，因为我就是不愿看到能成才的学生，最后却没成才。哦，对了，你以后当上了化学家，请我吃什么啊？"我连忙回答："到时候我一定请您吃方便面，吴老师。"

（本篇月月评短信代码：1016）

（题图、插图：箭　中）

伤害别人的人其实是搬石头砸自己的脚，可惜往往等他觉悟时，已为时太晚……

死亡电波

□ 吴　明

大明广告公司董事长潘汉文这两年可算是春风得意，他凭着南方人特有的精明和业务上的种种手段，年纪轻轻就使得原本不起眼的小公司一跃成为南江市著名的巨头公司。

这天，潘汉文开着刚买不久的进口跑车行驶在环城高速公路上，他打开收音机，漫不经心地听着音乐。

——现在是××公司赞助的点歌时间……

以往他听过这个节目，觉得办得还不错。今天播放的头两首歌是最近刚流行的，他不熟悉，也没有注意听。正想转台，突然从收音机里传出主持人富有磁性的声音："下面这首歌是送给在南江的潘汉文先生……"

"该不会是我吧！"潘汉文心里猜测着。"潘汉文"这个名字虽然一般，但在南江这样的都市里，能遇到同名同姓的人，倒挺有趣的。想到这里，潘汉文不禁发出会心的一笑。

这时，主持人又说道"这首歌的名字叫《湘山之恋》。点播者是位署名为Z的先生……Z先生在点播信上说，这是为了纪念三年前的今天。如果潘先生正在收听我们的节目，希望这首歌能勾起你的往日情怀……"

听到这儿，潘汉文"啊"地叫出

建筑在别人痛苦上的幸福不是真正的幸福。——阿·巴巴耶娃声来，脸色顿时变得苍白，心在"扑通扑通"狂跳，紧握方向盘的手也不由得颤抖起来……

1. 往事惊魂

三年前的今天，是潘汉文心中最幽暗的角落，是他永远抹不去的阴影。

那时，他和妻子李希翎正在温泉旅馆度假。李希翎虽然长得漂亮，但嫉妒心极重，脾气古怪到了变态的地步。只要潘汉文和别的女人说话，她就歇斯底里地大吵大闹。不仅如此，她还挥金如土，再多的钱到了她的手里，都会流水似的没几天就花得精光。那时潘汉文的事业刚刚起步，常常被她弄得焦头烂额。可只要他稍稍说她一句，她便又哭又闹，寻死上吊。

结婚六年来，潘汉文一再容忍着，毕竟李希翎曾是他爱过的女人。可他的忍让却换来李希翎变本加厉的吵闹。后来潘汉文实在忍无可忍了，便在第七年提出离婚。

正如潘汉文所料，李希翎坚决不答应签字，她说要活一起活，要死一起死，要离婚，休想！潘汉文知道这个女人一向偏激，真不知道哪一天她野蛮起来会不会杀了自己。

潘汉文这么想，倒不是杞人忧天。就在潘汉文提出离婚两天后的那个晚上，李希翎替他冲了一杯咖啡，潘汉文喝了一口，不但其苦无比，还

有一股说不出的怪味道，便吐了出来。一旁观看的李希翎冷冷地说："大概是咖啡变质了吧？"

可这咖啡是潘汉文一个星期前刚买的，保质期有12个月呢，怎么可能变质呢？他猛地想到李希翎以前是医院的药剂师，莫非她放了什么东西在里面？哎呀呀！难道她要毒死我，用这种方式让我慢性自杀？潘汉文想着想着，额上竟冒出了冷汗。"我偏不死，我现在事业正如日中天呢！"潘汉文觉得与其被她害死，还不如先下手为强。于是，他开始精心策划着一个阴谋。他告诉自己，他是迫不得已才这么做的，这只是一种"正当自卫"。

12月20日这天，正好是星期五，潘汉文热情地向妻子提议道："最近工作太累了，我们周末去温泉旅馆度假，放松放松吧。"李希翎没多想，愉快地答应了。

到达温泉旅馆后，当服务员来领他们去洗温泉时，潘汉文对李希翎说："希翎啊，我胃病又犯了，可能是旅途太劳累了，要不你先去，我吃完药马上就过来。"李希翎疑惑地看看他，不声不响地拿着衣服一个人去了。李希翎刚出房间，门还没关好，潘汉文就马上拿起电话，拨通号码，压低声音说道："喂，是丽丽吗？我是汉文啊！对，我已经到了。母老虎被我

骗出去了,我们什么时候见面?好,今晚8点!我想个法子脱身。什么地点?后山?你是说那个有瀑布的地方?OK!我一定准时到达!宝贝儿,晚上见!"这一切都被走廊上的李希翎听得一清二楚。

潘汉文刚挂下电话不久,李希翎就脸色铁青地回来了,一进门就狠狠地把衣服一扔,开口骂道:"都是你!非要来什么破温泉,人多得要死,脏得要命。我不去了!"潘汉文也不答话。

晚饭时,李希翎气呼呼的,几乎没吃啥东西。七点半左右,潘汉文一副若无其事的样子,说胃有点胀,要出去散散步。如果是平时,李希翎肯定要追根究底,非要知道丈夫的行踪,可今晚却一反常态,她一句话也没问。

出了房间后,潘汉文小心翼翼地离开大厅,悄悄往后山走去。那里的地形,他早已在地图上做了详细的勘察。这是一个幽暗的、没有月亮的夜晚。潘汉文走后不出5分钟,李希翎也走出了旅馆,并很快消失在夜色中……

约莫过了20分钟,潘汉文爬上了山顶,他发现悬崖边的草丛中蹲着一个身影,果然不出所料,那正是李希翎!"笨蛋!"潘汉文暗暗狞笑了一声,悄悄来到李希翎背后,猛地一推,把她推下了悬崖。李希翎连哼都没来得及哼一下,便死在了潘汉文精心编织的圈套里!随后,潘汉文装成一副毫不知情的样子,悄悄溜回了旅馆。

第二天早上,李希翎的尸体被山下农民发现了,警方一时还无法断定是否有他杀的嫌疑,当然潘汉文也被列为调查对象。由于旅馆服务员证实,李希翎的确是独自外出,这个证言自然就成为潘汉文摆脱嫌疑的最好理由。最终李希翎被视为意外身亡。

2. Z是何人

三年前的情景，不断地在潘汉文脑海中浮现，扰得他头都要爆炸了，于是他关掉收音机，把车子停靠在路边，点上一支烟，想使自己镇静下来。

他一边大口大口地抽烟，一边在思索着：这个Z先生到底是什么人？他为什么寄点歌信到电台？如果节目主持人所说的潘汉文果真是自己的话，那么Z先生一定和三年前的事件有关！

扔掉烟蒂，潘汉文再度发动小车，继续向南江方向行驶，但内心的不安却有增无减。他心说："我一定得调查清楚！"

可从哪儿着手调查呢？潘汉文突然想到那首名为《湘山之恋》的歌曲。他隐约记得《湘山之恋》好像是一部电影的主题歌，但他没看过这部影片，因此不明白这首歌的含义是什么。他觉得如果只是一首罗曼蒂克的情歌，那么就大可以放心了，因为那无疑是送给另一个同名同姓的人的。

潘汉文回到南江的公司，第一件事就是向公司的女职员询问《湘山之恋》这首歌。

有个平时喜欢看电影的女职员说："我知道的，那是电影主题歌嘛！董事长也喜欢这首歌？"

潘汉文忙说："哦不！我只是突然想到而已，这是哪一部电影的主题歌呀？"

"如果我没有记错的话，片名也叫《湘山之恋》……"

潘汉文走进自己的办公室，拿起报纸，在电影栏里仔细搜寻，终于得知这部片子目前正在深川电影院放映。于是潘汉文丢下报纸，立即驱车前往。

这是一家小型电影院，座位上还留有花生、瓜子的味道，潘汉文皱皱眉头，还是勉强坐了下来。

电影开场就是刚刚在车上听到的那首主题歌。潘汉文想：应该不会错了！他见故事开头是一场隆重的结婚仪式，不由松了口气，看来这真是一个罗曼蒂克的爱情故事。

但是随着电影情节的发展，潘汉文的脸色愈来愈难看，因为这根本不是什么爱情故事，而是说一个爱慕虚荣的妻子，逐渐受到丈夫的冷落，最终被丈夫逼入绝境……

在女主角被丈夫推落断崖的一刹那，潘汉文紧张得闭上了眼睛，他真的不敢看，这居然同三年前那个不堪回首的情景如出一辙。

故事中的男主角以为一切都设计得天衣无缝，没料到远处有一个小女孩正拿着望远镜朝他那个方向观望，最后成为指证他罪行的目击者。

电影结束了。潘汉文脸色惨白地

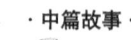

走出了电影院。

他终于得到了确认，"点歌时间"栏目所指的潘汉文正是他。而署名为Z的人，一定知道三年前那件事。那么，他为什么要点歌呢？也许正如同那部电影所描述的，自己自认为"坠崖事件"万无一失，可是没想到竟然有目击者，而这个目击者极有可能就是Z先生。

潘汉文怀着忐忑不安的心情，勉强熬过了两天。到了第三天，他再也呆不住了，一早就驱车前往三山广播电台。

这家电台位于邻市。潘汉文到了那儿，对接待人员说，他想和"点歌时间"的主持人见见面。潘汉文在会客室里等了个把钟头后，一个三十来岁的高个儿男子走了进来。

那人自我介绍说："我叫周显声，请问是您找我吗？"

潘汉文起身上前，礼貌地和他打了招呼，并称赞他的节目办得不错，然后说道："我有一位朋友，点了首歌送我，可是只有简写的署名，我想知道他是谁。您能帮我查一查吗？"

周显声问："什么时候听到的？"潘汉文说："三天前。""好，我替你查一下。"说着，周显声便走了出去，过了一会儿，他拿着一张明信片进来了。

"上面的确只署名Z。"周显声说着，便将明信片递给潘汉文。潘汉文见明信片上的邮戳盖的是"涉谷支局"，字是电脑打印出来的，署名Z。此外，再也看不出什么名堂。潘汉文只得失望地告辞走了。

一个星期后，潘汉文突然接到一个男人的电话："我是三山广播电台的周显声。今天我们整理点歌明信片时，发现又有一封为你点歌的信，署名还是Z先生。如果你要这张明信片，可以到我这里来拿。"

潘汉文忙说："哦，谢谢，谢谢！"接着，他就约周显声在电台附近的一家咖啡馆见面。周显声果然准时带着明信

一个人最伤心的事情莫过于良心的死灭。——郭沫若

片来了。潘汉文见那上面的署名和指定歌曲都和上次一样，所不同的是："这是要你想起三年前的今天"这句话改成了"这是要你想起三年前12月20日这天"。潘汉文知道，对方显然是指三年前的那件事。他拿信的手不由得微微颤抖起来。

周显声见状说："我这个节目开设半年多来，像这样的事情还是头一次碰见呢！短短一个星期，连续来两封内容一样的信，也许是你三年前有过什么幸运的事发生，而Z先生对你羡慕不已呢！"潘汉文愣在那儿，没答腔。周显声问道："你怎么了？脸色好难看！"潘汉文故作镇静地说："没，没什么。我的胃有点儿不舒服。"说罢，他将明信片还给周显声，然后跟跟跄跄地走出了咖啡馆。

3. 勒索信件

过了三天，潘汉文收到一封信，没有寄信人的地址和姓名，上面只用红笔画了一颗破碎的心，旁边有个字母"Z"，邮戳盖的是"涉谷支局"。

潘汉文神情紧张地拆开信封，可信封里根本就没有信，只有两张名片大小的照片。一张是玉田温泉的照片，三年前他和妻子住过的那家旅馆也被拍在里面；另一张是悬崖的写真，也就是他把李希翎推下去的那个悬崖。

面对这两张照片，潘汉文仿佛看

见李希翎就在身边，他吓得冷汗直冒。

等情绪平缓之后，他又仔细查看那个信封，希望能从中找到片言只语，因为哪怕能够发现带一些威胁的话语，也比现在根本猜不出对方的意图要好受些。可结果仍然一无所获。

自从上次听了"点歌时间"以来，潘汉文的日常生活被搅乱了。他甚至在与客户商谈业务，与下属谈工作时，都显得心神不宁。他在心里说："这样不行，得快点采取行动，否则我会被逼疯的。"

正当他想采取行动时，又发现信箱里躺着那个陌生人的第二封来信。潘汉文小心翼翼地拆开信，只见信上写着：

三年前的12月20日晚上的事，想必你一定自认为天衣无缝吧？三年来你也一定活得很滋润吧？但只要我一报警，你的好日子也就到头了，毕竟你杀了人，而且还是你的妻子！但只要你每月把1万块钱打到商业银行"12375"郑大的账上，那么你就可以继续潇洒地活下去。记住，每月10号前！

同样署名Z，同样有颗用红笔画的破碎的心。

潘汉文两眼直直地盯着"郑大"

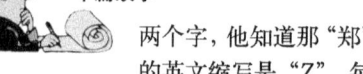

两个字，他知道那"郑"的英文缩写是"Z"。每个月1万元对于潘汉文而言，算不上大问题。潘汉文原以为会被敲个一两百万，而"1万"反倒有点出乎意料。但他再仔细一想，觉得每个月敲1万元这种做法是相当高明厉害的，这等于在一刀一刀地割肉，一月、一年、十年……没有期限，没个到头的日子呀!

潘汉文本想置之不理，但又一想，万一对方确有充分的证据或的确亲眼看见谋杀现场，那么置之不理的后果将不堪设想。

潘汉文看看墙上的月历，距Z所指定的10号，只剩6天时间了。

这6天来，潘汉文整日被这件事缠绕着，弄得神魂颠倒、寝食不安。

10日早上，潘汉文终于铁青着一张脸，拨通了他存款的那家银行的电话，让他们将他的存款拨1万元到商业银行涩谷分行郑大名下，账号是"12375"。

放下电话，潘汉文双眼紧闭，瘫倒在皮椅子上……

4. 暗查郑大

这次交易以后，Z那边再没有过进一步的要求了。对潘汉文来说，至少在下个月的10号以前，他是解放的。然而，潘汉文岂是任人宰割的角色? 他无法忍受命运掌握在别人手中的屈辱，他不甘心就这样下去。他决定立刻展开调查: 第一，查明Z到底是什么人; 第二，查明他是否是真正的目击者。

为此，潘汉文决定先去拜访一位私家侦探，同时自己也开始暗访。于是，他就使用假名，约见了一位资深的侦探，要他帮助调查一个叫"郑大"的男子。

同时，潘汉文觉得，既然Z在勒索信中提到三年前12月20日那天他目击了自己的谋杀行为，那么三年前的那天，他应该也投宿在玉田温泉旅馆! 如果这样的话，12月20日的住宿名单上，可能会有"郑大"这个名字。这么一想，潘汉文决定再到温泉旅馆走一趟。

来到温泉旅馆，潘汉文有些担忧，三年了，不知像这种旅游地的小旅馆还会保留旅客住宿单吗？他装着来此度假，经过几次接触，就和年轻的旅馆老板打得火热。而这个小老板又是个喜欢吹嘘卖弄的主儿，在潘汉文的巧妙引诱下，他告诉潘汉文他原来是搞电脑的，所以他的旅馆早就"现代化"了，来这里登记的游客资料都输入了电脑，可以长久保存。

潘汉文心中大喜，但他没急于要看住宿单，他知道这种资料属于个人隐私，旅馆一般不会轻易泄露给外人的。怎么办呢？潘汉文眼珠一转，决定从这个小老板身上做文章。于是，他给小老板的宝贝女儿买衣服，买玩具，和小老板喝酒聊天，称兄道弟。当小老板知道潘汉文是个大公司的老板时，更是刻意巴结，亲热有加。

这天，两个人又在一间小包房里喝酒聊天，几杯酒下肚后，潘汉文突然放下酒杯，双手捧着脑袋，长吁短叹起来。小老板见状，忙问："大哥，啥事不开心呀？"潘汉文又装腔作势地叹了一阵气，才说："唉，家门不幸呀，你嫂子她……唉，不说了，做哥的我实在羞于启齿呀。"

小老板心领神会，说道："大哥，是有人给你戴……妈的，吃了豹子胆了，竟敢在大哥头上动土。大哥，你说出他的狗名狗姓，兄弟我一定给你出这口鸟气，做了他也行。"

"不不不，咱可不敢做犯法的事，"潘汉文顿了顿说道，"有个叫郑大的家伙，背着我和你嫂子……三年前的12月20日，这家伙就住在你旅馆里，和你嫂子洗过温泉澡……我想查查这家伙的地址。"

"哈哈，查姓郑的地址，小事一桩。大哥你请稍等。"老板说罢，屁颠屁颠地走了。

看着小老板远去的身影，潘汉文嘴角露出了一丝不易察觉的笑。他甚至赞叹自己简直可以当个演员了。

过了约莫20分钟，小老板笑嘻嘻地推门进来，递给潘汉文一张纸条，潘汉文一看，上面写着："郑大，住在三江市涉谷区东山路163号。"潘汉文心花怒放，忙举杯向小老板道谢。

郑大真有其人，这对潘汉文而言，实在太意外了。他没想到勒索者竟敢用本名。他暗暗发狠：你敢用本名，我潘汉文也不是省油的灯！俗话说，量小非君子，无毒不丈夫。找到你，把你灭口，不就一切OK了吗？潘汉文脑子里飞快地盘算着一个周详的计划。

他翻开三江市地图，埋头寻找，结果真在涉谷区北侧找到了东山路163号。潘汉文立即开车前往三江，到了东山路，他把车子停下，戴上太阳镜，开始寻找郑大的住所。这儿是城乡结合地带，马路窄小，街市破旧，住户房舍多为老式平房小院。见此情

景，潘汉文心中掠过一丝疑惑 这个勒索者，怎么会住在"贫民窟"里？

他正想着，只听"吱呀"一声，院门打开了，走出一个三十来岁的女人，她背着一个娃娃，手里拿着一只菜篮，像是去菜市场买菜。

潘汉文心想: 她大概就是郑大的妻子吧。那女人和潘汉文擦身而过，从她的衣着能看出，她的家境并不宽裕。然而潘汉文却在想 穷则思盗，那些偷、骗乃至抢劫杀人者不多是因为穷吗？看来郑大也是这号人，因为穷，他就来敲诈勒索，我千万不能心慈手软，如果不除掉他，自己就会毁灭在他手里。

等郑大的妻子走远后，潘汉文立即走近那个住宅。只见窄小的庭院内，像万国旗一样晾满了婴儿的尿布。他看了一下表，离下班还有一段时间，便到路边饭店草草吃了顿晚饭。

下午五点左右，潘汉文把车子停在一个可以监视郑大家的位置，准备在车内观察。这时，他见院子里的尿布已经收了起来，估计郑大女人已经买菜回家了。直到七点半钟，他才看到一个既矮又瘦的男人，嘴里含着香烟，步伐疲惫地径直走进这座小院。

难道他就是郑大? 潘汉文有点不敢相信，这么个蔫头耷脑的人会向别人勒索? 但他又觉得人不可貌相，也许他是一只藏而不露的狐狸，用他那不起眼的外表掩人耳目。

这时，天已全黑了，附近的住宅都被夜色笼罩着，显得模模糊糊的，路上几乎断了行人。潘汉文打开车门下车，蹑手蹑脚地靠近郑大家。房间里已亮起了灯，因为天热，门窗都敞开着。潘汉文弓起背，窥视着里面的一举一动。

郑大夫妻俩正面对面坐着吃晚饭，潘汉文可以很清楚地看到郑大的大半个侧

如果道德败坏了，趣味也必然会堕落。——狄德罗

面，只见他长脸，尖嘴，眉毛倒挂，面色黑黄。潘汉文暗说一句：这副面相，绝非好人！

第二天，潘汉文找到那个私家侦探，提出请他中止调查，并表示费用照付。侦探告诉他，经过调查，那个以郑大名义在商业银行开户头的人，不是男的，而是一个二十来岁，颇有几分姿色的女子。

"女的？二十来岁？"潘汉文皱起眉头，心想，这绝不是郑大的老婆。那会不会是郑大的情妇？也许郑大是为了这个情妇，才向他勒索的！

于是，他又问道："关于这个女人，你有进一步的资料吗？"

侦探摇摇头说："不知道她的真实姓名，也没有她的地址，但据银行职员说，这个女的可能是银行餐厅的服务员。"

潘汉文走出侦探家，接下来他便开始行动了。连续三天，潘汉文都在跟踪郑大，他想如果郑大有情妇，他们就会见面。然而出乎他的意料，三天来郑大只是往返于家和工厂之间，仍旧蔫头耷脑，一副被工作压得喘不过气来的样子。潘汉文心里说："这家伙真谨慎。绝不能被他这种表情所欺骗，一定得寻找机会干掉他！"

到了第五天，机会终于来了。这天郑大加班，到深夜11点才下班。潘汉文早已踩过点，从工厂到郑大家，必须经过一条非常幽暗的小巷。他把车子停在一个隐蔽的地方等候郑大。

待郑大走到他附近时，他手拿一把铁锤，悄悄走到郑大的背后，猛地一锤，郑大连哼也没哼一声，便昏了过去。潘汉文立马把他拖到车边，塞进了行李箱中，然后开车沿着204国道，朝天岩山驶去。这次干得神不知鬼不觉，潘汉文确信绝对没有人看到这一幕。

抵达天岩山时，已经近凌晨1点了。此刻，月亮时隐时现，山风飕飕，迷雾蒙蒙，阴沉死寂。潘汉文打开行李箱，把郑大拖了出来。他知道单凭小铁锤敲一下，还不至于置对方于死地。在郑大断气之前，他还有话要问。

这时，郑大果然清醒过来，他发出痛苦的呻吟声，脸上充满了恐惧，颤抖着声音问："你想干什么？"潘汉文一脸阴森，紧握小铁锤，恶狠狠地低声说："少啰嗦，回答我的问题！那个女人是谁？""女人？""别装蒜了！你叫她到银行开户的那个女人。""我真不知道你在说什么。我只是一个穷工人，哪有钱存银行啊！你是什么人啊，为什么要害我？""你还装糊涂？"郑大用哀怨的眼神看着潘汉文，惊恐凄然地说："我真的什么都不知道啊！"潘汉文咬牙切齿地问道"你为什么不承认向我勒索的事？"郑大哀求道："勒索？我连你是谁都不知道，怎么勒索你啊？放我回去吧，我

家里还有老婆孩子呢!

我真的什么都不知道啊。"说着，他趁潘汉文思考问题的时候，突然拔脚，连跑带爬地转过身想逃跑。但是太迟了，潘汉文一把揪住他，顺手一铁锤敲在他的脑袋上，郑大哀号一声，栽倒在地，再也没有起来。

5. 原来是他

潘汉文把郑大的尸体就地掩埋后，驱车回到南江家中，这时天已经快亮了。为了给自己压惊，他灌下了几杯威士忌，然后倒在床上，闭上双眼。

从第二天开始，他每天都要翻遍当天的报纸，看有没有刊登郑大的事。一连三天，没见到郑大的相关报道，他心想，大概郑大妻子做贼心虚，丈夫失踪了也不敢报警。

到了8月10日，这天该是潘汉文向郑大支付第二次1万元的日子。潘汉文想，勒索者既然已经死掉，他又何必遵守约定呢？

8月11日，太平无事，12日也没有动静。潘汉文心定了，这表示郑大的的确确就是威胁者。他想：我终于解放了。

13日晚，他美美地睡了个好觉，一直到第二天上午10点多才醒来。起床后，他踏着轻快的脚步，来到公司。他先摊开报纸，仍没有关于郑大的新闻，接着又扫了一眼桌上的那堆信件，除了一般公文外，还有纳税通知单、广告等。当他看到最下面一封信时，突然脸色大变。

那个Z的署名和一颗破碎的红心又出现了！潘汉文只感到头晕目眩，好一阵子，才稍稍清醒点儿，只见信里写道：

很遗憾，你竟然打破了我们的约定。我限你立刻履行这个约定，否则后果自负。相信你是一个聪明的人。

潘汉文呆呆地凝视着那张信笺，他不敢，也不愿相信这是真的。然而这的确是真的，这说明，那家伙还活着！天哪！潘汉文感到自己被恐怖包围得透不过气来。他承认自己彻底失败了。郑大根本不是勒索之人，他什么都不知道，只是一个冤大头、替死鬼而已！

这个Z先生真是技高一筹，看来他在着手算计自己时，早已想好了反击的手段。他预料自己会去玉田温泉，所以便利用旅客住宿登记名册上"郑大"的名字，作为勒索的假名。而自己却中了他的圈套，还把一个可怜的工人给杀了。

潘汉文明白这个Z比自己想象的要厉害恐怖千百倍。他恨得吐血，但又不得不再次将1万元存入对方的账户。潘汉文感觉自己已被折腾得筋疲力尽，却还是对Z的庐山真面目一无所知，这种失败感令他烦躁不安。看来这一辈子恐怕要毁在Z的手中了！

第四天，潘汉文又收到了Z的信

1万元已经收到。不过我想你大概忘了付我超时利息了吧！你总共迟了四天，每天应付我5千元利息，以弥补我的损失，希望你不要低估了我。

看完信，潘汉文简直气疯了。他咬牙骂道："妈的，把我当成提款机了！"他强压住心头怒火，强迫自己冷静下来。经过反复思索，他决定先麻痹对方再作打算，于是立刻又把2万元存了商业银行郑大的名下。

那天晚上，潘汉文很早就躺下了，他仔仔细细地把整个事件的经过梳理了一遍：最初是由于收听"点歌时间"节目，使他想起三年前那桩命案，接着来了三封勒索函以及玉田温泉的照片，在此期间，勒索者从来没有现过身，他巧妙地把自己玩于掌中，使自己不得不受他摆布。

潘汉文翻来覆去看那些信，但由于信是用电脑打印的，没有字迹可以辨认，因此单从对方的勒索信上，绝无可能探出他是何许人。他想来想去，还是没找到突破口。

忽然，潘汉文盯着信的两眼放射出一道光芒，他似乎从对方只寄勒索信这点嗅出了一点味道：勒索者为什么不用电话？这真是不可思议。如今社会上或电影里，总是利用电话进行敲诈勒索，因为这可以说是最方便、最经济又最安全的联络方式。可这个人却始终没有打过一个电话。

这到底为什么呢？潘汉文推断出两个可能的理由：一、对方是聋哑人，无法使用电话。二、这个署名为Z的人怕被听出真实的声音，所以始终不敢打电话。

经过仔细推敲，第一种理由根本不能成立，因为聋哑人是不可能收听"点歌时间"，并利用这个节目作为威胁手段的。那么就只剩下第二种可能了。

潘汉文双手交叉在胸前，来回踱着步子，自言自语道："看来我可能熟悉Z的声音，他怕露出马脚，所以不敢打电话。"

接着，潘汉文又想到另一个问题。为什么Z会想到利用"点歌时间"来威胁我呢？这家伙曾在信中说："我知道你是凶手……"可是如果他真的知道的话，为什么不直接向我提出勒索条件，而是利用"点歌时间"作为勒索手段，还玩了两次游戏，这不是很费时间吗？而且他也难以保证被敲诈人一定会听到他所点的歌曲呀。

分析到这儿，潘汉文想：Z之所以如此旁敲侧击地兜圈子，只有一个理由，那就是Z根本不是三年前凶案的目击者。也许他是看了报纸才知道的，因此当他想勒索时，不能确保我的反应，甚至我是否杀了李希翎，他也只是猜测而已。他之所以这么做，完全是一个试探性的圈套。没想到我居然被他套住了。妈的，这个当可上大了！潘汉文越想越觉得自己的分析判断准确无误，顺理成章。

气恼了一阵后，潘汉文尽力让自己冷静下来，把思绪集中在他熟悉的Z的声音上。他坐在沙发上，闭起双眼，苦苦搜索着大脑里的记忆：那家伙的声音是我熟悉的，那家伙——"啊，是他！"潘汉文猛地拍了拍大腿，直懊恼这么简单的来龙去脉，自己为什么没早想到呢？

潘汉文推断出来的"他"，其实在电台播出《湘山之恋》的主题曲时就已经出现了。"他"就是"点歌时间"的主持人周显声。其一，这个电台采取栏目负责制，也就是说，"点歌时间"是由周显声一个人负责的。听众寄给这个栏目的点歌明信片采用与否，权力完全掌握在周显声手里。当然，他也具备借听众名义寄明信片的条件。其二，他知道潘汉文熟悉他的声音，这就是他不用电话敲诈而通过写信途径来达到目的的原因，而且周显声名字的缩写也是以"Z"开头的。这么说来，当周显声发现自己上钩后，便进一步去玉田温泉区拍摄照片，并利用"郑大"的名字进行敲诈。所以周显声所寄的照片，不是三年前拍摄的，而是后来补拍的。

现在潘汉文已确认，周显声就是Z——那个穷凶极恶、一门心思把他拉进陷阱，弄得他寝食不安的死敌！

6. 恶有恶报

潘汉文经过一番周密思考，拟定了一个报仇计划。这天深夜，他怀揣一把登山刀，准备走访周显声的家。

周显声家住文苑小区，那儿全是一栋栋小型别墅，单家独户，环境幽静。这天夜晚，天出奇的黑，眼看就要下雨了。潘汉文觉得这正是个适合报仇的时机。四周相当寂静，潘汉文避开保安的视线，潜入小区，隐身在周家附近的树丛中，凝神观察周围的动静。当他确认无人时，才蹿到周家门前，一推门，门竟然是虚掩着的。他未及细想，迅速闪身进入楼下客厅，然后悄无声息地上了楼。

楼上也是黑洞洞的，潘汉文站着没动，他从怀中拿出刀握在手中，然后，慢慢地摸索着来到卧室。忽然，他闻到一股极浓的血腥味道。他警惕地打开手电筒，顿时惊得差点晕过去。

只见周显声四仰八叉躺在床上，他的身体下面还有一个女人，鲜血正从两个人的身上汩汩往外流着……

潘汉文正在发呆，突然背后传来一个女人的声音："不准动！"潘汉文吃惊地转过头，只见一个黑衣女人正虎视眈眈地盯着自己。她看到潘汉文手中握着刀，便开口问道："你也是来杀周显声的吧？"

潘汉文见对方是个女的，恐惧感顿时减去了几分，他用低沉的声音问："他们是你杀的？"女人说："是的。""为什么？""同你拿刀来是一样的原因！""你也被他勒索过？""是的。"女人说着，指了指桌上的两本存折，拿起一本说："周显声开了个账户，让我每个月寄1万元给他。那本大概是你的吧！"潘汉文说："他也利用'点歌时间'勒索你？""是的，这个混蛋。""哦，那个女的是——"

女人低声说："是他的女人，在银行上班，她帮周显声在银行开设假账户，是帮凶！他们威胁我，勒索我，逼得我走投无路。"

潘汉文再次把视线移到那两具死尸上，这时鲜血已停止流了。他们的尸体旁，放着一堆旧报纸。潘汉文心想：大概他们正在物色第三个牺牲者吧！

潘汉文觉得他和眼前的黑衣女人算得上是同病相怜的受害者了，因此，他对这个女人已戒备全无，还关心地问："你现在打算怎么办？杀了两个人，你还逃得掉吗？"

"当然可以，"女人嘴角泛起一丝笑意，"本来我想只要干掉周显声，坐牢也无所谓，可现在……"

潘汉文打断了她的话，问道："你这话什么意思？"

女人冷冷地说："你不明白？"

潘汉文不由紧张起来，说："不，你不可能这样做——"

女人冷笑道："你怎么知道不可能？我想，当你看见我时，也有这种想法吧！"

潘汉文连连否认："不，我没有……"他说着，只感觉一道彻骨的寒意穿透了他的脊背。

女人说："如果你认为你只要把这本存折拿走就没事了，那就大错特错了。只要我把罪名推到你的身上，不就没我的事了吗？"

潘汉文气急败坏地说："不，那两人是你杀的，不是我！"

"谁知道？从现在开始，他们就是你杀的！"女人说这话时，脸上露出了变态的笑容，令人毛骨悚然。她不等潘汉文再开口，就咬牙切齿地接着说："我就说你受到周显声的胁迫，一怒之下杀掉了他和他的女人，然后畏罪自杀。我只要把存折放在你的尸体旁，警察就不可能怀疑另有真凶了……"说着，她掏出了手枪。

"等等，"潘汉文叫道，"不杀我，你另有摆脱嫌疑的办法！""不可能。""怎么不可能？你可以把手枪放在他们其中一个人的身上，让警察以为是殉情自杀，然后我们拿着存折各自离开，不是两全其美吗？"潘汉文极力为自己寻找生路，他实在不甘心就此死去，所以又继续说："我发誓，真的！今天的事，我绝不说出去。""不行！""为什么？""因为他们没有殉情的理由，警方一旦怀疑，就会去缉拿真凶。再说了，如果有一天你也要用钱时，你也可能变成一个勒索者。那时，我的安全又有谁能保证呢？"说完，她把一本存折放入自己的包里，接着便摆出射击的姿势。

潘汉文知道，即使说破嘴，这个女人也不会改变心意的，因为如果换成他，也会这么做的。他很后悔，自己为什么早不来，晚不来，偏偏这个时候来。如果晚一天来，岂不万事大吉了？

"算了，我不和你争了！"潘汉文装出一副无可奈何的样子。其实，他正在用自己的眼睛，测量他和这个女人之间的距离。他想，把刀掷出去，即使杀不了她，也好趁她避让时逃跑，这样或许还能保住性命！

然而，那女人似乎已看穿了潘汉文的心思，她已做好了扣扳机的准备。就在潘汉文举刀的一瞬间，突然，"扑"的一声，无声手枪的枪口火光四射……潘汉文觉得胸口一热，"当啷"一声，刀从手中滑落，血从胸口涌出来，他的身体也随之倒了下去……

（本篇月月评短信代码：1017）

（题图、插图：杨宏富）

外国悬念故事

　　该书汇集的是《故事会》"外国文学故事鉴赏"专栏中的35则精品，其中包括美、英、法、意、俄、日等国的当代有影响的作家的作品，尤以美、日居多，按内容分为"机智过人、如此情爱、自食其果、历尽惊险、光怪陆离、荒唐滑稽"等六类。

历险故事

　　36则历险故事场面刺激，气氛紧张，情节惊心动魄，人物性格鲜明，叙述过程常常给人以身临其境的感觉。作品通过对主人公聪明才智的展示和坚韧不拔精神的刻划，形象地展现了历险故事特有的魅力。

荒诞故事

　　50余则故事用啼笑皆非的荒诞手法来鞭挞生活中的假恶丑，用荒诞不经的人物形象来呼唤人世间的真善美，在荒诞的外衣下，包藏着极为深刻的社会内容，长久以来一直活跃在人们中间，口耳相传，历久不衰。

诙谐故事

　　本书汇集外国诙谐故事精品100则，按内容分为"莫名其妙、洋相百出、针锋相对、随机应变、难言之隐、弄巧成拙、井底之蛙、强词夺理"等八大类，每大类前均有短小幽默引言，从不同角度折射社会面貌。

君子鞋店

□ 流 年

这天，彭亮上街打算买双鞋，一家鞋店引起了他的兴趣，只见牌子上写着"君子鞋店"四个大字。他心想：这店名倒新鲜，进去见识一下。

彭亮走了进去，他惊奇地发现，老板竟趴在桌上睡大觉，好像根本没有察觉有人进来，墙上还挂了条横幅——"君子爱财，取之有道"。彭亮暗自好笑，心想：这位老兄真傻得可爱，恐怕店里的货都被偷光，他也不会知道。

还别说，店里鞋的品种真不少，彭亮拿起这双，放下那双，眼睛却悄悄地在观察另外一位顾客。只见那人和他一样，手里拿着鞋，眼睛四下乱瞅。彭亮心说："哈，这人准是要偷鞋。"果然，那人鬼鬼祟祟地夹起一双鞋，慢慢向门口蹭去。

彭亮暗骂那人愚蠢：商店里的人不过装装样子，还真能让你把鞋偷走？结果却出乎他的预料，那人拿着鞋，小心地退出门口，然后撒开腿，一溜烟地跑了，再看老板，竟然无动于衷，还是呼呼大睡。

彭亮不由也动了心，他从货架上抽出一双鞋，装作若无其事的样子向门口蹭去。可毕竟是头一回做贼，心紧张得通通直跳。他的一只脚刚迈出店门，就听见老板喃喃地说了句什么，彭亮的头"轰"地一响，心说："不好，老板醒了。"可过了一会儿，就再没声音了，他偷偷回头一瞧，那老板换了个姿势，继续睡觉。彭亮长长地出了口气，一咬牙，冲出店门，小跑了一段路，发现老板没追来，悬着的心这才真正放下。他找了个僻静的地方，正打算把新鞋换上，这才发现鞋是一顺子的，都是左脚的，根本不能

传错话

□ 天宗健

黄老板是一家公司的总经理，外人如果想见他，必须先通过门卫，由门卫打电话给办公室秘书小刘，再由小刘决定是否通知黄老板。

这天，小刘接到门卫的电话，说黄老板的二奶已经到大门口了。小刘对黄老板的私生活比较了解，知道黄老板在外面包了个年轻貌美的二奶，名叫小欣，便不假思索地对黄老板说："老板，小欣来找你了。"说完知趣地找借口走开了。

黄老板想入非非，兴奋极了，想

穿。他直恨自己太粗心，没瞧仔细。"干脆回去再换一双，反正老板在睡觉，也不知道。"想到这儿，他又返了回去，却在店门口见到先前那个人又夹了双鞋出来。彭亮这个羡慕呀！看，人家已经是第二回了！

谁知刚进店门，老板竟热情地迎了上来，连声说："您肯定是回来交鞋钱的吧?"彭亮一下子窘得满脸通红，嘴张得老大，一句话也说不出来。老板接着说："那就交一百八吧。"彭亮自知理亏，也不敢和人家讨价还价，赶忙交了钱，嗫嚅着说："老板，这鞋

不对。"老板立刻笑呵呵地从另一个鞋盒里拿出一只鞋递给他。彭亮接过来一看，和自己手里的那只鞋正好是一对。临走，老板说："您真是位君子，今后请多多关照。"

出了店，彭亮心里这个不痛快呀！刚走出不远，只见另一家鞋店门口摆了好多鞋，老板正在大声吆喝："清仓处理，一律六十元！"彭亮突然瞪大了两眼，目光定格在一双鞋上。天哪！原来这双鞋和他手里的一模一样！

（本篇月月评短信代码：1018）

给小欣一个浪漫的刺激。他跑到套间脱光了衣服，故意将门虚掩着。过了一会儿，有人敲门，黄老板按捺住满腔激情，说道："请进！"紧接着，他听到有人走了进来，便又吩咐道："再往里走。"当听到脚步声到了跟前时，他突然以迅雷不及掩耳之势扑了上去，一把抱住来人。

"啊！"只听耳边传来一声苍老的惊叫。黄老板一看，哪是什么小欣，分明是从老家来的二奶奶，今年已经七十多岁了。想到自己赤身裸体抱着二奶奶，黄老板顿时脸色变得跟猪肝一样，尴尬得要死。

二奶奶颤巍巍地问道："狗娃啊，你这是咋了？"黄老板忙编了个理由搪塞过去，然后问二奶奶有什么事。当弄明白二奶奶是来借钱时，他立马掏了二万，送走了二奶奶。紧接着，他把秘书小刘狠骂了一顿，然后说："以后来人，给我问清些再传话。"

又过了几天，黄老板的"二奶"小欣真的来了，门卫打电话对小刘说："是二奶来了，老板的二奶——来了。"他说"二奶"的时候，腔调拉得特别长，为的是让小刘知道这次真的是小欣。哪知小刘鉴于上次的教训，一听二奶来了，还以为又是老家的二奶奶来了，便立刻通知了黄老板。黄老板一听，正襟危坐，静等着二奶奶的到来。

过了一会儿，小欣风情万种地扭了进来，希望像以往那样，一进屋就得到一个热吻。哪知道刚一敲门，门就被拉开了。黄老板从里面探出头来说："二奶奶，那二万元……啊？"黄老板一声惊叫，才发现这次来的竟是小欣！

小欣怒不可遏，扭头就走，到了楼下，觉得还不解气，便对着黄老板的办公室嚷道："好啊，你竟敢瞒着我又包了一个，还给她二万？你等着瞧！"

（本篇月月评短信代码：1019）

吹牛

□ 寒心血 供稿

——天，三个人没事坐在一起吹牛，话题是谁的老婆最瘦。

张三说："我老婆瘦得可以用围巾做衣服。"

李四说："那算什么呀！我老婆有一次在浴池洗澡，我只听到呼救声却看不见人，后来才发现她掉到下水道里了。"

张三和李四说完，半天不见王五说话，便问他："你老婆怎么样？"王五看看二人，摆出副不屑一顾的样子，半天才说："我老婆呀，前几天不小心吞下了一个杏核，正巧一个女友来看她。一见面，女友就惊讶地叫起来：'你怀孕了，在信里怎么也不提一句呢？'"

（本篇月月评短信代码：1020）

管理一个家庭的麻烦，并不少于治理一个国家。——蒙泰格尼

两块钱一斤

□ 杨东杰

刘乡长爱抽烟，且烟瘾很大，每天至少要抽一包，但他自己从来不买烟。在家里，他抽求他办事的人送的烟，到单位，抽别人敬的烟。久而久之，刘乡长养成了"蹭烟"的习惯。每当他烟瘾犯了的时候，只需伸出两根手指一比划，身边的人就立即明白了，忙掏烟敬上。

一次，刘乡长到县里开会。会议结束后，县长特意留下几个乡的主要领导，把有些事再讨论一下。由于是非正式讨论，所以大家都很随意。桌上摆着切成片的西瓜，大家边吃边谈，气氛十分活跃。

一位姓李的乡长想抽烟，又不好意思自己抽，便掏出烟先给县长敬上一根，然后依次散发。刘乡长烟瘾早就犯了，一见有人敬烟，便迫不及待地伸出两根手指等着。谁知，眼巴巴盼着的香烟，发到他时已经没有了。

那位李乡长不好意思地对刘乡长说："老刘，实在对不住！你自摸吧。"顿时，大家的目光"刷"的一下子都落到刘乡长伸出的手指上。只见刘乡长的手指尴尬地定在半空，脸臊得通红。好半天，他才晃动着两根手指，故作沉着地大声说道："我是说现在西瓜贵得要命，都两块钱一斤了！"

（本篇月月评短信代码：1021）

·幽默世界·

不是人

□伍 一

小镇上有个小青年叫李世木，别看他戴着一副八百度的近视眼镜，可玩起桌球来，小镇的年轻人都不是他的对手。

这一天晚上，李世木又来到桌球室，他还没拿起球杆，大家就发现了问题：李世木今天没戴眼镜！这时，李世木朝一个叫刘布的小青年招招手，说："来玩两局。"

刘布打量了一下李世木，没吱声。

"怎么，今天不想玩？"李世木紧追不舍。

刘布没好气地伸出一个手指问："这是几？你没戴眼镜，看得清吗？"

"哈哈！"李世木笑了起来，"你也管得太宽了，敢不敢跟我赌一把？"

边上的人正在看电视，一听这话，都围过来等着瞧热闹，还大声起哄说："赌一把，赌一把！"

刘布一边脱上衣，一边说："好，不过今天我得让你个10号球，免得别人说我欺负你。"

李世木一撇嘴说："小儿科了吧，既然你同意赌，那我们索性赌大点，

10元一局怎样？"

"刘布，上，别怕他！"众人又是一阵起哄。

要在平时，就是再借刘布一个胆，他也是不敢应战的。但今天情况不同了，李世木没戴眼镜，一定连球都看不清楚，这不是睁着眼睛白送钱吗？刘布豪情万丈地说："好！赌三局，谁反悔谁是孙子！"

一场被大家认为会一边倒的比赛正式开始了。出人意料的是，李世木虽然没戴眼镜，却总能打出好球，而且很快就赢下了第一局。

紧接着的第二局，李世木又赢了。刘布开始着急了，他觉得很奇怪，李世木的运气真是太好了，瞎猫怎么老能遇上死耗子？

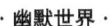

· 幽默世界 ·

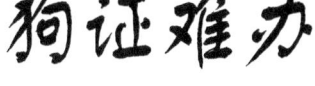

狗证难办

□ 张文刚

区综合管理办公室最近下了个通知，小区的养狗户都必须办理养狗证，否则一律捕杀！

老张家也有条爱犬，为办证，他专门请了半天假。这天，老张吃过中饭就出门了，他东找西问，总算找到了那个小小的办事处。一看，呵，来办证的人还真不少哪！

老张排了一个多小时的队才轮到他。他交上十元钱，领了两张基本情况登记表。表很简单，无非是些姓名、性别、年龄、家庭住址什么的。老张轻车熟路，三下五除二，就填好了表，接着再排队，等候审验。

又等了一个多小时，老张终于站到了办证小姐的面前。办证小姐拿起登记表，瞄了一眼，二话没说就摔了出来。老张丈二和尚摸不着头脑，难道填错了不成？他上看下看，左看右看，却怎么也没瞧出问题出在哪里。

第三局李世木赢得更加轻松。这下别说是刘布，所有在场的人都傻眼了，难道李世木吃了"亮眼"药，八百度的近视没了？

这个时候，电视上正在播广告，画面上讲的是一个爱美的小青年怎么摘掉眼镜，重新得到姑娘青睐的故事。其实，那一年"博士伦"隐形眼镜刚进入中国市场，许多人只是在电视上看到它的广告，而李世木今天是领先一步，已经戴上了新买的"博士伦"隐形眼镜。

此时，刘布也看到了那个画面。"你……你……"情急之下，他一时间想不起"博士伦"这个字眼，半天才结结巴巴地挤出一句："你……不是人！"

（本篇月月评短信代码：1022）

好不容易找到了个空当，老张小心翼翼地凑近办证小姐："同志，这表格……"那办证小姐极不耐烦地一指表格："这么大的人，怎么变成狗了？"老张仔细一看，差点没抽自己一嘴巴。原来他拿的两张表格，一张是人表，一张是狗表，他全给安到自己身上了。

老张赶紧掏出笔，"刷刷刷"几下，就把表格上的人改成了狗。改完再排队，又等了差不多一个小时，老张又恭恭敬敬地将表格递了上去，办证小姐这次主动开口说话了："涂改无效，到总部写申请，领新表！"老张好不容易领到新表，这时已经到下班时间了。想想请假要扣工钱，老张就去求办证小姐给帮个忙。但好说歹说不管用，他只得快快地回家了。

第二天，老张又请了半天假，这次多少有了点经验，很快通过了审验。办证小姐拿出一叠发票，面无表情地背诵道："五十元审验费，一百元管理费，二十元工本费，另外还要两张近期彩色照片。"

老张有些为难地说："钱倒有，可我没带照片，能不能帮……"办证小姐转过身，喊道："后面一位！"

老张早就被折腾得没脾气了，乖乖地回家取来照片，双手捧上，原以为可以松口气了，可没想到办证小姐翻了个白眼，没好气地说："给狗办证，拿你的照片来干吗？"

这回动作可大了，得劳驾狗大人了。幸亏老张家附近有家春光照相馆。照相师傅很友好，没有因为狗照相而人眼看狗低。可是狗不领情，怎么也不能安稳地坐在椅子上。最后老张只好抱着狗来了张合影。五十元快照费一交，照片马上就到手了。

老张把狗送回家后，一看表，糟了，时间紧迫！他一路飞奔，终于没晚点。办证小姐边看照片边讲："我们实行一狗一证制，不得冒名顶替，不得二狗合用，不得……哇，狗怎么长着手啊？""不是狗长手，是我的手。"老张慌忙自我检讨，争取坦白从宽。

"我说怎么不对劲呢，哪里照的？""叫什么春光来着。""不行，必须到秋色去照，那才是定点的证件照相馆，别处全不合格。"

想想今天又要泡汤，老张几乎要跪下来了："凑合凑合吧，不都是照片吗？""说不行，就不行！上面明文规定的。我们该下班啦！""那，那……我明天还得来？""明天是星期六，双休日我们不办公！"

唉！办证真难，办狗证更难！老张自认倒霉，疲惫外加狼狈地回到家，倚在门边刚想喘口气，不料儿子冲出来大叫："爸，好消息！咱家狗狗生了，整整十只！唉！""爷爷呀！"老张"扑通"一声瘫倒在地。

（本篇月月评短信代码：1023）

（**本栏题图**：李　加）

阿P探病

□ 未 央

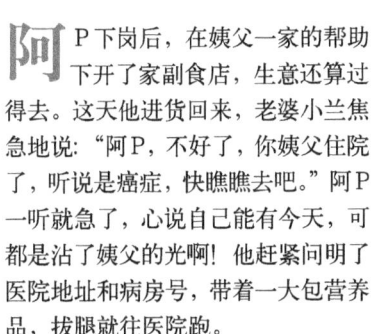

阿P下岗后，在姨父一家的帮助下开了家副食店，生意还算过得去。这天他进货回来，老婆小兰焦急地说："阿P，不好了，你姨父住院了，听说是癌症，快瞧瞧去吧。"阿P一听就急了，心说自己能有今天，可都是沾了姨父的光啊！他赶紧问明了医院地址和病房号，带着一大包营养品，拔腿就往医院跑。

到了医院，推开病房门一看，阿P愣那儿了。只见老爷子和五六个病友正热火朝天地玩牌呢！他满面红光，嗓门儿很大，脸上贴满了纸条，看起来是输急眼了。阿P心想：这老爷子，都啥时候了，那急脾气咋一点不见改？其他病友一见来了客，知趣地散了。

阿P忙帮姨父把脸上的纸条取下来，说道："您老现在是病人，得注意多休息。"

老爷子笑呵呵地说："我这脾气你还不知道，闲不住，找几个人乐乐对这病有好处。"

阿P说："可您这病……"

老爷子摆摆手："我啥病，我知道。这人哪，甭管得的是啥病，关键是要心情愉快，就拿癌症来说吧……"

听到这儿，阿P心想：闹了半天，姨父已经知道自己得了癌症呀！那也没必要兜圈子了，应该好好劝劝他，于是就接过话说："您说得不错，可您

这癌症毕竟不是小病，休息静养才……"说到这儿，他突然发觉老爷子的脸色不对劲了，还没有等明白咋回事，胳膊就被老爷子一把抓住了："你刚才说啥？我，我得的是癌……"

阿P一看，知道坏了，原来老爷子还不晓得自己得的是癌症啊！瞧自己这张乌鸦嘴，不是添乱吗？想改口解释已经来不及了，老爷子瘫在床上，眼睛直勾勾望着屋顶，啥话都听不进去了，嘴里一个劲地嘟囔着："他们都在骗我，都在骗我……"说着说着就晕过去了。

恰巧这时表妹来凤推门进来，见她爹这样了，忙跑上前大声呼唤："爹，您这是咋了……"喊声惊动了医生、护士，他们忙跑进病房实施抢救。阿P和来凤被请出病房。

在走廊上，来凤问他："阿P，究竟是怎么回事？我咋出去一会儿，我爹就成这样了？"

阿P慌得直搓手，就把刚才自己误解了姨父话的事和来凤说了，来凤一听就急眼了："你咋能这样？我家哪点亏待你了，我爹要是有个三长两短，我，我绝不饶你！"阿P一听，那个后悔呀，恨不得找个地缝钻进去。

好不容易医生出来了，两人忙上前打招呼。医生不满地说："你们是怎么回事？我不是一再告诫你们，现在

不能对病人说刺激的话吗，行了，现在可以进去了。"

来凤跑进去瞧她爹去了，扔下阿P走也不是，留也不是，只好耷拉个脑袋回到店里。

老婆小兰看见阿P失魂落魄的样子，吓了一跳，问他话也不答。突然，阿P抡起手给了自己两嘴巴："这张破嘴，我让你再胡说八道。"小兰被他的反常举动吓懵了，上前抱住他说："阿P，你咋了，着魔了？"

阿P就把在医院的经过说了一遍，小兰一听也数落开了："有你这么说话的吗？来凤骂你还是轻的，要是我非揍你一顿不可。"阿P垂着头，大气也不敢出，由着老婆训。

第二天下午，阿P正准备再上医院瞧瞧去，来凤怒气冲冲地闯来了，一见他就骂："阿P，你可把我害苦了！本来我爹的癌症并没有确诊，今天上午经过专家会诊，已经排除了。可现在倒好，任我们说死说活，老爷子就是不相信，坚持认为自己得了癌症，直到现在还是不吃不喝，都是你害的！"阿P这下更傻眼了，不知道该如何是好。

晚上，阿P正愁得睡不着觉，突然想起了一件事。原来，阿P的姨父没结婚之前，曾处过一个叫苏小娟的对象，后来不知啥原因，两人没成。前几年，他姨死了，听说苏小娟那口子也病逝了，姨父就想和这位苏女士重

续前缘，可总也没机会表白。

"现在不正是个机会吗？要是这位苏老太能出马，姨父肯定听她的话！"阿P越想越兴奋，一骨碌从床上蹦起来，把小兰叫醒。

小兰一听，连连夸赞这个主意好。阿P被老婆一捧，不觉又飘飘然起来，爱吹牛的老毛病又犯了："我阿P是谁啊，这点事儿，办起来还不是小菜一碟？"小兰一指阿P脑门，说："瞧你那熊样，别又弄砸锅了。"阿P连忙打断她"闭上你那乌鸦嘴，等我的好消息就行啦。"

第二天，阿P早早出了门，费了好大劲，终于找到了苏老太，她正好在院子里晨练呢。阿P赶紧作了自我介绍，然后把事情的前前后后一股脑地讲了一遍。

苏老太皱皱眉，叹了口气说："唉，想不到这么多年了，这老家伙还是一根偏筋！"

阿P赶紧答腔"是啊，只有你说老爷子没得癌症，他才会信。救人一命，胜造七级浮屠嘛。要是请不到你呀，我非得被表妹他们的唾沫淹死！"

苏老太一听，这是哪跟哪啊？不过一想，大概这人真急了，她反过来安慰阿P."你别急，这事儿我管定了。你先回去，把病房地址留给我，我回家给你姨父做点他爱吃的，准能把这死老头子的那根偏筋给扳过来。"

阿P欣喜若狂，赶紧说了地址。苏老太转身回家了。阿P抑制不住兴奋，一路吹着口哨去医院报喜。

一进病房，就见老爷子瘦得不得了，满脸憔悴，两眼瞪着天花板发愣。阿P上前一把拉住他的手，张口就说："嘿！姨父，我们说你没那病，你不相信，等会苏阿姨来了，她的话你总得信了吧？"

老爷子眨了眨眼，问道："你说谁要来？"

"苏阿姨，苏小娟啊。"

"真的？她怎么会来？"老爷子

半信半疑，难道说苏小娟也没有忘记那段旧情？想到这里，他眼里闪出惊喜的光芒，搂着阿P的肩膀说："阿P，还是你了解姨父啊！苏小娟她真的会来吗？"

阿P把胸脯拍得山响："那能有假吗？苏阿姨听说你这个样子，那个急呀！二话没说，就主动提出要来看你。好像看那意思，还想和你重修旧好呢！"

"那她怎么没有和你一起来？"姨父问。

阿P更得意了："那么久没见，人家总不能空着手来呀？她说了要给你做点好吃的带来，再说了，人家也得打扮打扮嘛。"

阿P自顾自添油加醋地说了一堆，唾沫星子直飞。老爷子越听越兴奋，但还是有点顾虑："那我这病……"话没说完，阿P就打断了他"你哪有病啊！要是真有，人家怎么肯跟你续旧情呢？"老爷子想想，说的也是。

这时，就听见有人"咚咚咚"地敲门。阿P朝姨父挤挤眼："你看，来了不是？"说着，阿P赶忙上前开门，还特意大喊了一声："有请苏小娟女士！"门开了，进来的却是查房的护士。护士小姐给了阿P个白眼，低低地咕哝了一句："神经病啊。"

阿P吐吐舌头，回到姨父床边。"阿P，你小子不是在骗我吧？我说

呢，人家哪里就肯来呢？反正得了这种病也活不了多久了，看来这辈子我跟小娟是没有缘分喽！"老爷子唉声叹气，神情又变得木讷讷的。

阿P委屈死了，正不知如何劝慰，苏老太一脚踏进了病房。上帝保佑！阿P心中的石头终于落了地。老爷子见苏小娟真的来了，激动得连句完整的话都说不出来："小娟，你……你来啦？我……我这病……"

苏老太把烧好的菜往床头柜上一放，瞪了他一眼，说道"你这根倔筋，怎么那么多年都改不掉啊？人家护士刚刚跟我说了，你得的根本不是什么癌症。你信就信，不信我走了。"

老爷子忙说："别……别走，我信……"阿P听到这里，心花怒放，大大咧咧地说了一句"你们慢慢聊"，就走出了病房。嘿！阿P心里这个爽啊！谁说我阿P净闯祸，今天不就做了件两全其美的事儿吗？既治了姨父的病，又成全了他多年的心愿！

等了很长时间，还不见苏老太出来，阿P心想：哟，有这么多知心话要说，看来这好事儿多半就成了！他忍不住跑进病房想看个究竟，进去后，只见老爷子像换了个人似的，容光焕发，眉开眼笑，哪有一点生病的模样？再看苏老太，正瞅着老爷子"咯咯"笑个不停。哈，有门儿，阿P怎么看怎么觉得像两口子。

苏老太见老爷子没事了，起身要

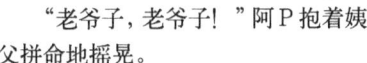

走。阿P赶紧上前拦住："苏阿姨，姨父这么喜欢你，那你就留下来和我们一起吃中饭吧。"老爷子也连忙跟着说："小娟，一起吃，一起吃！"

苏老太笑笑说："我也想啊，可我得回去给我那老头子烧饭啊。"

老爷子一愣："什么？你……你那口子不是五年前去世了吗？"

"是啊，前年有人给我介绍对象，处下来挺不错的，儿女也支持，去年我就结了婚。你这不开化的脑子，怎么洗了半天还是老样子？也该改变改变观念啦！"说完，嘱咐了阿P几句，就走了，留下老爷子像个木头人一样，呆立在床边。老爷子又急又气，一时想不通，又晕了过去。

"老爷子，老爷子！"阿P抱着姨父拼命地摇晃。

刚才那个查房的护士进来了，皱着眉头问："病人怎么又晕倒了？"

阿P结结巴巴地说："这……这次是相……相思病。"

护士气得两眼圆睁，自言自语道："前言不搭后语，神经病！"

这时，表妹来凤大声喊着"爹"从远处奔了过来。妈呀！阿P知道这次红娘没当成，祸又惹大了！

（本篇月月评短信代码：1024）

（题图、插图：李　加）

漂来的狗儿（青春系列小说）

七十年代是一个奇特的年代，灰暗沉闷的生活禁锢了成年人的灵魂，却无法遏制孩子们自由奔放的性情。在"梧桐院"的小小天地里，一群中学教师的孩子和一个邻家女孩狗儿结成玩伴，玩得上天入地，花样百出，趣味无穷。聪明的小爱、博学的方明亮、高贵的小兔子、调皮的小山和小水、精灵般的小妹、心比天高命比纸薄的狗儿……这些可爱又可敬的孩子，是凡俗土地上开出来的摇曳的花朵，每一片花瓣都涂抹着温情和理想，闪耀出那个奇特年代的人性之光。因为他们"教师子女"的独特身份，每个人都在书香的氤氲中出生长大，相比于同时代的同龄孩子，他们的知识面更广，见识更多，胆子更大，脑子更灵，更能够创造乐趣，让童年的每一天都过得精彩纷呈。

这是一部讲述成长的小说，趣味盎然的小说，快乐而忧伤的小说。书中的背景和人物仿佛一段封存已久的电影，作者架起放映机，银幕亮起，胶带走片发出"沙沙"的响声，人物就动起来了，笑起来了，招手把你带进银幕中去了。你跟着他们一起捞小鱼，粘知了，去中学图书馆偷书，看连环画《红楼梦》，给伟大领袖写信，在漂亮的芭蕾舞演员面前自惭形秽，惶惑于身体的发育长大，被侮辱被伤害而后抗争，品尝少男少女的朦胧恋情……最后影像定格，灯光熄灭，银幕隐入黑暗，你会有一声轻轻的叹息，心里想：物质最贫困的童年其实是精神最自由的童年。

黄蓓佳著

我的故事

《故事会》自1995年开辟"我的故事"栏目以来，日益受到广大读者的认可和欢迎，如今成为保留栏目。它的特点是"真情流露"，作品多是作者的亲历或见闻，并以第一人称叙述故事。本书汇集了该栏目的41则作品，读来备感自然亲切。

外国幽默故事

此书选取了《故事会》"幽默世界"中的近百则外国幽默故事，并按内容分为"奇闻趣事、巧言妙计、戏谑嘲笑、鞭挞讽刺、荒诞不经、意味深长"等六类。

武侠故事

39则武侠故事，形象地描述了侠义之士扶弱抑强、除暴安良、布善施德、匡扶正义的豪情生活，作品情节设计跌宕起伏，人物形象栩栩如生，每一则故事都是一首武林豪杰的正气歌!

男子汉故事

本书共收10则中篇故事，刻画了一群性格各异的青年男子，作品情节性强，极富文学色彩，不仅显示了男性的健壮刚强美，更突出他们面对权势、金钱、爱情以及生与死所表现出来的气质、智慧和英勇。

320 2004 SEMIMONTHLY 上半月刊 6月 STORIES

百姓话题

故事会

2004 年 6 月
上半月刊·红版

主 编:何承伟

副主编:吴 伦

社务委员会

何承伟 吴 伦 姚自豪
夏一鸣 冯 杰 张 凯

本期责任编辑:潇 白

美术编辑:李宝强

发稿编辑:

夏一鸣 蔓 石
鲍 放 梁宁宁
姚自豪 马 峡

主管:上海市新闻出版局
主办:上海文艺出版总社
(上海市绍兴路 74 号)
邮政编码:200020
电话:021-64375030
出版发行:《故事会》出版发行部
(上海市建国西路 384 弄 11 号甲)
邮政编码:200031
电话:021-64313938

广告总代理:上海文艺广告传播中心
上海市绍兴路 74 号(邮编:200020)
广告总监:张 淮
广告业务:021-34010383
广告投诉:021-64333738
广告经营许可证
沪工商广字 3101034000029 号
发行:中国图书进出口上海公司

本刊各栏目欢迎来稿。来稿寄上海市绍兴路 74 号《故事会》杂志社,邮编:200020;本期责任编辑E-mail 地址:xiaobaigsh@126.com

人命关天

医学院某班进行口试。教授问一学生，某种药每次口服量应是多少？学生回答："5克。"

1分钟后，该学生发现自己答错了，应该是5毫克。他急忙站起来，说"教授，允许我纠正吗？"教授看了一下手表，然后说："不必了。由于服用过量的药物，病人不幸在30秒钟以前去世了！"

（史正夫）

（本栏插图：李 加）

手 表

老亨利要搬家了。他很担心搬运公司将他心爱的古董大钟碰坏，于是决定亲自来搬运它。当他吃力地搬着钟走过一个又一个街区时，有一个小孩一直跟在他后面。最后，那孩子实在忍不住了，问他："叔叔，你为什么不买一个手表呢？"

（安同欣 推荐）

木 马

晚会上，主持人问道："给你们猜个谜语，猜一种动物：它有眼不能看，有腿不能走，却能和帝国大厦跳一样高。"

大家绞尽脑汁，但还是猜不出来，最后只好等候揭晓了。

主持人说："答案是，一匹木马。"

大家都不服气，又问："木马有眼不能看，有腿不能走，但它又怎能与帝国大厦跳得一样高呢？"

"帝国大厦不能跳。"主持人解释道。

（童泽亮）

三味书屋

小张爱好看"闲书"。在他房间的书架上，摆满了许许多多乱七八糟的书。

有一天，小张心血来潮，在一张红纸上写了"三味书屋"四个大字，贴在了书架旁边的墙上。

第二天，小张的女朋友来看他，她走进房间，一眼便看到了墙上的字，于是笑着对小张说"不错！"被女朋友这样称赞，小张心里自然美滋滋的，但他还是十分谦虚地说："这字是我写的，实在不怎么样，不要挖苦我了。"

女友回答说："我不是说字体，我是说字的内容。"

"内容？这有什么内容，不过是闹着玩的。"

"我是说你这屋里的内容和这四个字的内容完全吻合，"女友接着说，"你看，三味书屋，这屋里刚好有三味：汗腥味，发油味，脚臭味！"

（江 卫）

顾名思义

儿子好奇地问："爸爸，什么叫白领阶层？"

爸爸回答说："就是指那些不干什么活儿，却'白领'许多工钱的人。"

（刘江卫）

新年点歌

有一年过年，小王乘在出租车上。司机开着收音机，正在收听点歌台节目。

小王听到有个男人打电话到电台点歌，说："我是外地人，现在回家的车票买不到，只好在南京过年，我想点首歌。"

主持人问他："你想点歌送给谁？"

那男人说："我点一首陈小春的《算你狠》，送给南京所有车站的票贩子。"

（艾 柏）

鼠药的作用

一个女顾客对售货员说:"上次你们卖给我的鼠药怎么不管事呢?我发现屋里的老鼠吃了药,不仅没死,反而一个个长得越来越肥了。"

售货员很满意地笑了,说:"这就是要达到的药效啊,夫人。您继续买药给老鼠吃吧,直到它肥得进不了洞,就可以被猫吃掉。"

（米 芙）

杀 毒

老文是个电脑通,同事们的电脑一有问题都向他讨教。

一次,小谢来找他:"老文,我的机子染上病毒了,能不能帮我杀一下?"

他的话音刚落,小侯急匆匆推门进来,说:"先帮我杀一下吧!"

小谢说:"我的电脑就在旁边,先杀我的吧。"

小侯不同意,还真的生气了,老文想了一想,说:"小侯,你别急,我先杀小谢,杀完了他马上杀你,一样都要杀的。"

（陈泓宇 推荐）

鼓 励

期末考试完,忙于做生意的爸爸问儿子:"考得怎么样?"

儿子怯生生地回答:"数学40,语文60,共计100分。"

爸爸听后,说"共计这门课考得不错嘛!"

儿子忍不住哈哈大笑。爸爸严肃地说:"看看,一表扬就骄傲,光一门考好不行,数学是算账的学问,也要努力学好。"

（罗春丽）

（本栏欢迎来稿,来稿一经采用,最高稿费为100元。本期责任编辑电子邮箱:xiaobaigsh@126.com）

那种从来不会开怀大笑的人只能算作半生物。自己笑,也要让别人笑。 ——普列姆昌德

半夜奇遇

杰克半夜才回到家，满嘴酒气。妻子问他为什么这么晚才回来。杰克说，因为在路上遇到一个推销员。

"推销员？这时候谁会在街上卖东西呢？"妻子惊奇地问。

"是真的。他手上拿着一把匕首，问我要钱还是要命？"（吴志良）

想过什么

一个寒冷的冬天，有个小偷偷了件棉衣。在法庭上，法官问他："你偷这件大衣时，心里想过什么没有？""想过，"小偷回答，"我想，如果这次没被抓住，我就有棉大衣暖和身子了；万一被抓住了，我也会有暖和的房子住呀。" （灵熙云）

天蓬元帅

有一个秀才自以为全乡对对联属他第一，于是，目中无人。

一天，有一个农夫对秀才说，如果能对上他的对子，就承认秀才是全乡第一。秀才当即满口答应。

农夫说："我出横批和上联，你说下联。这横批是：天蓬元帅。共四个字。上联嘛，也是四个字：居上为师。"

秀才张口就对："在下是猪。"

（关外汉）

E 时代乞丐

一日，在下班回家的路上，约翰发现一个衣着破烂的乞丐坐在路边，抱着个酒瓶喝闷酒，约翰心想：如今这社会，居然还有过着如此贫困生活的人，真是可怜！

于是他掏出钱包，抽出几张钞票，朝乞丐走去……

可走近之后，约翰猛然站定，愣住了……

只见乞丐身旁有块牌子，上面写着：现代人过现代生活，我也不例外，请各位好心人将钱汇到我的网上银行，网址是www.help.com，谢谢！

（小 雪）

□ 左 手

知道回家的伞

我是个的哥司机。几年前，我们这座百十万人口的中等城市，出租车像蚁洞里的蚂蚁，黑压压挤不动，我的生意非常糟糕。终于有一天，无奈的我只好在车屁股上贴了块"此车转让"的大膏药。可是，这大膏药在车屁股上背了几个月也无人问津，我的心凉透了。

没想到，就在我陷入困境的时候，一把雨伞竟给我带来了转机。

那是一个夏夜，我开着车慢吞吞地在大街上游荡。一个女人招手要车。她上了车，问我："去丁香巷知道吗？"我点了点头，心想这女人很有意思，这屁大的小城还有哪个拐角旮

旯没让的哥走过？我没有直接看她，凭着车厢里的气息能感觉到她应是那种白领女人。她要去的丁香巷是有钱人住的地方。

车开到半道，天忽然变了。几乎在瞬间，倾盆大雨直往下浇，到了丁香巷口，她付了钱后却因暴雨没法子下车。尴尬的局面出现了，她望着窗外发愁，我望着她心焦。

不知为什么，我突然想到后备箱里的一把雨伞。于是，我打开车门跑到车后从后备箱里把雨伞拿了过来。虽然时间不到一分钟，回到车里我已

经成了只落汤鸡。我把伞递给她的一瞬间，她竟感动得有点结巴了。她说："这，这，我，我怎么和你联系？"我随手给了她一张名片。她接了名片一连说了几声谢谢，便开门急匆匆地走进了雨巷。

透过车窗，我看着伞下她那苗条的身影，竟然产生了想和她在车里多呆一会的欲望。

午夜，我拖着疲惫的身子回到家里，草草地吃了点东西就上床躺下了。虽然很累，躺下后我却怎么也睡不着。盘算一天的收入，扣除汽油费，其实没赚啥钱，如果再加上那把伞的损失，就更不值了。那伞是我新买的，现在就这么白白地送了别人，我真是个绝顶的"傻冒"。但转念一想，这把伞如今落到了一个文静娴淑的女人手里，也怪有意思的，心里就稍稍平衡了些。

一天早上，我还没起床，妈妈拿着一把伞来到我床前，笑着对我说："儿子真行哦，你的伞知道认家门了。"我莫名其妙，说："伞？"妈妈说："有眼力哎，俊，有礼貌，一看就是好闺女。"妈妈把伞放到床头柜上，笑呵呵地走了。我拿过伞一看，天啊，正是我的伞。

那个雨夜就像电影一样在我的脑海里一遍遍播放。丁香巷、女人、伞、大雨，一股脑儿地涌了出来。我想起了戴望舒的诗《雨巷》，想像着自己遇上了打着油纸伞走在雨巷里的丁香般的姑娘。那天上午我竟忘了出车，从书橱里翻出戴望舒的诗集，模仿《雨巷》写了一首诗《雨伞下的眼睛》：

朦胧的雨夜/她的脚步/轻轻，轻轻/银白色的灯下是那悠长/悠长的雨径/伞上颤抖的雨点，和着/心跳，雨水/打湿了她的眼睛……

暴雨咋就变成细雨了呢？雨伞回家了，是它把那个充满暴雨的夏夜变得这么美好。我每天驾着车在大街小巷中穿行，只要一停下来，她在雨巷中的身影就在我脑海里出现。有好几次我还不由自主地把车开到丁香巷口停下来往巷子里张望。就在我渴望见到她的时候，她打来电话说要用我的车，我那个激动劲儿就别提了。她见到我后就笑着埋怨说："为了还伞，可把我给难住了。要不是电信局的朋友通过电话号码帮我查到你家的地址，说不定那伞就回不了家了。"我笑笑不知说什么好。

她开始经常用我的车，平均每周都有个一次两次，只要电话叫我，不管有多大的事，我都会很快出现在她的面前。但每次见到她，我都不知该说什么，总是她问我答。事实上，我的生活已经不能没有她了。她的出现，让我的思想从困境里摆脱了出来。我甚至想，不能没有车，好像失去车就意味着失去她。

转眼到了第二年春天。在一个晴朗的早晨，我接到她的电话。她说要包我的车去郊外踏青。我连想都没想，一口应下了。那一刻，我真是热血沸腾。我精心地打扮了一番，冲下楼去，驾车直奔丁香巷。

车到巷口停下，眼前的情景使我惊呆了。她和一个男人带着一个漂亮的女孩正等候在那里。男人英俊高大，一副斯文模样，女孩有四五岁，像一个精致的芭比娃娃。我愣了好大会儿才缓过神来，慌忙下车打了个招

呼，就帮着他们把一大堆东西往后备箱里放。

装完东西，听到她在介绍"这就是送我雨伞的那位师傅。这是我老公，这是我女儿。"她老公很友好地伸出手来，说："谢谢你对我们的帮助！"此刻，我的脑袋发胀，那些自己编织的梦一下子都飞走了。我不知道怎样把车开到了郊外。到了郊外后，我才一点点回到了现实中。

那天是她女儿生日。我扮成摄影师的角色，把他们一家的欢乐都留在了相片上。

中午，我们在草地上铺上雨布野餐，他们为女儿切开生日蛋糕又赠送完礼物后，亲自到出租车的后备箱里把一个长条纸箱取出送到我面前。她说："这是我们全家送给你的礼物。"我愣住了。看着他们一点点把箱子打开，里面是十把精美的雨伞，每一把伞上都印着我的车牌号和手机号，广告词是：知道回家的伞。他们看着我呆愣的傻样儿都会心地笑了。她说："这是我的策划，伞会回家的。我们全家祝你好运！"

几年过去了，现在我的车上备了二十多把伞。这些伞从来没丢损过一把。"知道回家的伞"都是我的回头客送回家的，你可以想像，我的生意有多红火。

（本篇月月评短信代码：1101，详见P29）（题图、插图：安玉民）

慷慨好施，日益富裕，一毛不拔，反更贫穷。 ——《旧约全书·箴言》

野蛮女友

□ 徐志义

小虎交了个女朋友，名字叫"安静"。交往了一段时间，小虎感到她的名字起错了，她应该叫"野蛮"。她的野蛮闹得小虎很没面子。

有一次，小虎和她逛马路，走得好好的，她突然把小虎一推，跑到马路中间，张开双臂冲小虎撒泼"让车撞死我吧，我不活啦！"吓得小虎赶紧去拉她，她竟坐在地上，前仰后合地拍着巴掌大嚷："反正我早晚要被车撞死，晚死不如早死！"喊声引来了许多人，弄得小虎又气又急又难堪，对她说："你别发神经了，咱们分

手吧！"她从地上爬起来，和小虎脸对脸说："你才神经病！""我怎么神经病？""你怎么老走在我右边，爱情在左边，你不懂吗？"小虎当然懂得应该走在女友的左边，这是保护。谁让他自己一时粗心，惹安静生气，发起这野蛮劲来，小虎只得低头认罪，连连向她道歉。

第二次，是和朋友聚会，大伙玩得开开心心，热热闹闹。小虎去卫生间，小便完洗手时，水溅到了裤子上。等小虎回到场上，被安静看到了。她跳到小虎跟前，拈起他的裤子像责怪小孩子似地大嚷道："对你说过多次了，上厕所小心点儿，怎么又洒到裤

子上了！"在众目睽睽之下被女友这样训斥，弄得小虎难堪至极。大伙见了哈哈一阵哄笑。

回家后，小虎气得坚决要与安静分手。安静哭了，哭得泪如雨花，连连说自己完全是为了小虎好。小虎气咻咻地说："你叫我把脸皮都丢光了，还为我好！"她又扑在小虎怀里哭着说："我不了，再也不了！"小虎说："你再也不了我也不管，我受不了你这样的好！"安静听小虎这么说，猛地起身，向他瞪眼，说："上次我原谅

了你，这次你就不能原谅我吗？！"结果，小虎又被她说服了。

这第三次的事啊，可把小虎给气坏了。走在路上，小虎瞅了一个漂亮女孩两眼，安静就又当街闹了起来。

小虎铁了心要和安静分手，而且，这次他下决心不和她磨嘴皮，省得她又把自己说服。小虎学乖了，对她采取冷战政策，让她知趣，和自己分手。

一连两个月，安静见小虎对她爱理不理，真不爱她了，觉得再勉强下去也没滋没味，就说，那咱俩分手吧。但她提出一个条件，要求小虎第二天下午下班时再去她厂门口接她一次，两个人再去金沙湾西餐厅吃顿饭，算是好合好散。

小虎心里想，难得这个野蛮的安静有这份文明啊，爱情不在友情在，分手成仇，那才低级和庸俗！于是，小虎高兴地答应了。

答应之后，小虎就想，安静这份"文明分手"会不会是一个感化计谋？安静可是个又辣又有心计的姑娘，当初，他们第一次约会，就是下班时小虎在她厂门口等她，而后去金沙湾西餐厅吃饭。小虎顺理成章地想着，安静莫非是要我重温当初，回想我对她的追求，唤回我对她的爱，两人重归于好？小虎深深知道，安静爱他，爱他是个白领，爱他的才华，爱他是她心目中的白马王子。小虎当然

也爱她啊，爱她的美貌，爱她对自己无微不至的关心。小虎总是想，安静要是温柔点儿多好，哪个男人喜欢这样难缠的女人啊……

第二天下班时，小虎西装革履，还买了一束鲜花，适时地在她单位门口等她。他也要把文明分手的气氛做够。

不一会儿，安静和她的一群姐妹从厂里出来了，像当初一样，小虎微笑着迎上去，双手献花。没想到，安静居然对小虎怒目圆睁，说："你怎么还来？我不是对你说我们已经结束了吗？你干吗还来缠我？讨厌！"她边说边夺过小虎手上的鲜花，扔在地上，还狠狠地踩了几脚。小虎愣住了，简直就像遇见了外星人！安静的姐妹们看着这一幕，都冲着小虎发出嘻嘻哈哈的嘲笑声，有人还说他"脸皮真厚"！小虎呆立在那里，惊诧不已。大家都走了，只剩下他一个人，恼羞成怒，恨不得把安静揍上一顿！

安静就这样给小虎做了这表面安静实则野蛮透顶的最后表演！

回去以后，小虎渐渐想明白了，安静最后给他这场恶作剧，是要捞回面子，让她的姐妹们知道，是她甩了小虎，而不是小虎甩了她。

小虎生了一阵闷气后，心想，这样也好，彻底打破了对她的幻想。小虎心里在喊："安静啊安静，我谢谢你！这一辈子都别让我再见到你！"

然而，第二天晚上下班时，小虎和同事们从电梯里走出来，突然看到，安静手里擎着一束鲜花，站在自己面前，向着他微笑。同事们见了，都朝小虎祝福，然后，纷纷离去。

小虎不知道安静又耍什么恶作剧来折磨他，就握紧了拳头，怔怔地站着，望着她——

安静见人们要走光了，着急地催小虎："你说话呀？你怎么不说？"

小虎纳闷地说："我说什么呀？"

"你骂我，让你的同事们知道是你甩了我，你好再找好的呀！"

天！原来安静是来还小虎的面子啊！小虎苦笑笑，自顾自走了。

这一夜小虎都没睡好。他原以为安静闹得他没面子，真没想到她是多么在乎他的面子呀！小虎认真回想他和安静的交往，越发觉得，安静的辣，一切都是为着她好，也是为着他好啊！

第二天晚上下班时，小虎和同事们从电梯里走出来，又看到安静手擎一束鲜花站在那儿迎着他。小虎知道，她是一定要他当着同事们的面甩她，给他面子。

小虎激动地走过去，接过鲜花，顺手把她轻轻揽在怀里，说："其实我一直是爱你的。"

（本篇月月评短信代码：1102）

（题图、插图：安玉民）

公平

□ 颜 明

夜深了，古里克独自一人坐在自己书房的地板上。他是声名显赫的拉维尔家族的第五代传人，与哥哥贝尔共同继承着家族的巨额财富。

昨天，古里克收到了一封信，是当地最著名的杀手集团——天使公司用小飞镖"送"来的一张黑色的纸，上面写着触目惊心的两行白色的字：平安夜十二点，你会平安到达天堂。

今天就是平安夜。而现在，古里克听到时钟已经敲了十一下。

古里克一动不动地坐在那里。他的面前有一架天平。几分钟后，古里克缓缓摊开右手，只见他掌心上有一颗红宝石在黑暗中熠熠生辉。他把宝石放在天平一端，那天平猛地一沉到底。古里克满足地笑了，他一边往天平另一端加砝码，一边喃喃自语道："鸽血红啊，鸽血红，你这世上独一无二的宝石，你这拉维尔家族的象征！你只有展现在我面前时才最动人！"

古里克全神贯注地盯着天平上的鸽血红，两只眼睛里似乎燃起了熊熊火焰。他心里明白，天使公司一定是受自己的亲哥哥委托，要来夺回这颗价值连城的红宝石。收到那封信后，古里克第一个念头就是要带着宝石逃走，但他随即发现，自己已没有可能再走出这栋别墅了。天使公司的人已经在这里，他们是非常守时的一群职业杀手，绝不会误点工作。他们一向事先通报，并总能准时完成任务，而且还能逃过警方的追查，这是他们高超的艺术……

时钟分分秒秒地走着。古里克的脑子里飘过好多念头，最后，他集中注意力设想天使公司的人会用什么方式结果自己。

钟声打断了古里克的思索，啊，已经十二点了！古里克死盯着房门，手心里已汗水淋淋。屋子里静极了，唯有钟声回荡着。

古里克听到自己的心跳，他不敢眨眼，等待着门被打开的那一瞬间。

然而，十分钟过去了，门还没打开。

古里克逐渐松弛下来，禁不住欣喜地笑出了声。他心想：也许是计划取消，也许是贝尔良心发现，念在兄弟情分上不杀我了？……整整一天的极度紧张使现在的他忽然感到异常困倦。古里克禁不住困意，迷糊着眼盯着眼前的红宝石，竟渐渐睡着了。

不知过了多久，一个冷冰冰的东西顶上了古里克的额头。古里克一个寒颤，从睡梦中醒来。他看到面前站着三个身着白衣的人，在他们背后，走出一个穿黑西服的人，那就是他的哥哥——贝尔。

贝尔走到古里克面前，顺手拿起天平上的鸽血红。天平马上向一侧倾斜，重重地发出响声。"兄弟，我们又见面了，"贝尔并没看着古里克，而是仔细端详着手中的鸽血红，说，"你知道，虽然我是你的亲哥哥，可我也没办法，谁叫父亲把财产都给你呢？而你又不知安分，竟偷走这颗红宝石！"贝尔把视线转移到古里克身上，继续说，"不过，没关系，大不了用我雇杀手的钱做你的安葬费吧。安息吧，我的好弟弟。"

古里克看了看贝尔手中的红宝石，忽然冷笑一声，说："你们不是最准时的吗？今天怎么迟到那么久？"一个白衣杀手开口了："没错，我们是最准时的。昨天，你的钟已经被调快了一小时，现在才是十二点。"另一个杀手接着说："我们猜想你房间里可能会有定时炸弹，所以才这么做的。"古里克一边把天平上的砝码一个个拿起来，一边问："那么，你们认为这么做公平吗？"杀手们一起冷笑。贝尔说："公平？哼，世界上没有公平，有人一出生就拥有财富及智慧，有人则要忍受苦难，人从出生起就不公平。"古里克继续问："那死亡呢？死亡总是公平的吧？"贝尔笑了："是啊，人们说死神是最公平的，"他朝白衣杀手点了点头，说，"我这就送你去死吧！"

"砰！"枪响了。古里克手里的最后一个砝码滑落下去，"咚"的一声掉在地上。伴着这声响，天平又平衡了。

贝尔阴冷地笑了。他和几个白衣杀手转身要走。他们正要打开房门，忽然，房间爆炸了。他们没有料到，炸弹被固定在古里克的脉搏上，一旦脉搏停止跳动，炸弹就会自动爆炸。

没人能活着走出这房间。古里克说得对，世上只有死，才是最公平的。

（本篇月月评短信代码：1103）

（题图：箭 中）

政府大院养老虎

本书系《故事会》金栏目"中篇故事"精选，共收9则传奇色彩浓郁的精品。大老虎走进政府大院，还被委以"保卫"重任，它果然尽职尽责，抓到了坏人，真叫新奇荒唐。两头公牛一碰面就眼红气粗，斗得天昏地暗，当它俩遭遇群狼围攻时，竟捐弃前嫌，配合默契，脚蹬角挑，杀得饿狼嗥嗥惨叫，可谓奇妙。还有鹰猴各为其主，舍命拼斗；小黄牛为救女主人，居然初生牛犊不怕狼；民兵营长独闯野猪沟，杀死红野猪；汽车班长迷路斗公狼，血战沙尘……

黑色人物在行动

本书系《故事会》金栏目"中篇故事"精选，共收9则该栏目之精品，主要围绕金钱这一主题多侧面地拓展故事情节。其中有因钱而污染灵魂，导致亲情泯灭，好友成仇；有见财起意，不择手段冒领他人钱财；有为钱所逼，做了违心之事；更有为发横财，行骗作恶等。这些作品的特点是故事情节曲折生动，令人回味无穷。

密访曲家屯

本书系《故事会》金栏目"中篇故事"精选，共收9则有关形形色色的"官"故事精品。或是颂扬清官好官心系民众，为民请命，惩治土顽，巧妙拒贿，秉公施政；或是批评某些干部为创政绩大搞形式主义，弄虚作假，蒙骗上级，苦了百姓；更有一部分作品对那些贪官污吏们以权谋私，仗势欺人，坑害民众，甚至为逃避罪责杀人灭口、销毁罪证等不法行为进行了无情的揭露与抨击。

高原守护神

本书系《故事会》金栏目"中篇故事"精选，共收其9则故事精品，说的是怎么做人的故事。作品通过对人物举手投足的精心设计，形象地描绘做人的道德、原则与气质，展示了人与人之间相互关爱、恪守诚信以及见义勇为的精神。面丑心善的火化工关爱弱女，可歌可泣；好邻里关心失足青年，以情动人；男女青年历尽坎坷，体现了大海可以作证的为人美德，等等。

我的
女朋友

　　找女朋友难,找一个称心如意的女朋友更难,找一个能恩恩爱爱过一辈子的女朋友难上加难,为什么? 因为你找的是一个人,面对的是一个人,她有头脑,有思想,有脾气,夸父可以追日,哪吒可以闹海,愚公可以移山,武松可以打虎,但面对一个女孩子,你就不轻松了! 你看贾宝玉,大观园里的女孩这么多,可他要找一个女朋友也是够难的啰,自己喜欢的家人不满意,家人满意的自己不喜欢,最后没办法,只好出家当和尚去。可那还是封建社会,现在更不同了,现在的女孩学历高,有地位,能挣钱,林黛玉寄人篱下,她最多就是哭哭鼻子,使点小性子,而现在的女孩她要讲平等,闹独立,搞维权,这一来,你的麻烦就大了,可麻烦再大也得找呀,总不能一辈子打光棍吧?

　　今天我们就来聊聊找女朋友的话题,先说这么件事: 有一天,一对青年男女在路上走,忽然过来一个小女孩,大约八九岁的光景,是个卖花的,小女孩说:"叔叔,给阿姨买朵花吧,你看阿姨多漂亮呀!"女孩说着,一手举起了红玫瑰,一手拉扯着男青年的裤子,男的说不要,可女孩就是不松手,男的一时火起,骂道:"滚!"一旁的女朋友看了不高兴了,说:"你怎么这样对小孩啊!"说着,她就甩开了男青年的手,一脸气愤,不容男的解释,掉头就走。就这样,两人分手了,分手的理由是男的"缺乏爱心"。

　　过了一段日子,那男的又有了一个新的女友,她在一家合资企业上班,长得漂亮,是个白领丽人。那天晚上,两人又在街上散步,又碰到了那个卖花的小女孩,"叔叔,给阿姨买朵花吧,你看阿姨多漂亮呀!"女孩一边说着,一边又扯住了男青年的裤子。那男的这回一点不生气，拍了拍女孩的头，笑嘻嘻地说："小朋友，你先放手，叔叔的裤子是很贵的哦！要是拉坏了怎么办？你要叔叔买就放开啊，你放开我就买，你不放开我就不买，大家讲道理，我数到'3'你就放手，来，我开始数了，1、2、3……"

一旁的女朋友立刻叫了起来"你这男人怎么这么啰嗦！对小孩客气什么！"说着，她对着女孩大喊一声："滚！"女孩吓坏了，飞一样地跑掉了。男的赔着笑想去拉女青年的手，女青年脸色铁青："你也滚！没用的男人！"她冷笑着，转过身扬长而去。就这样，两人又分手了，分手的理由是他"不够男人"。

又过了一段日子，那男的又有了一个新的女友，两人又在一天晚上到街上散步。这新女友还在上大学，水一般纯，标准的学生妹妹，她一边散步一边还在问："我是不是你的第一个女朋友呀？"男的微笑着，很肯定地说："当然是，你是我唯一的爱嘛！"

就在这时，又碰上了那个卖花的女孩，小女孩扬着手中的红玫瑰说："叔叔，给阿姨买朵花吧，你看阿姨多漂亮呀！"那男的这一下可害怕了："怎么又是你！小姑奶奶，我算怕了你了，我买，喏，这是十块钱，给你！"小女孩接过钱，抽出两朵花递给了男的。这时，一旁的女友却甩开了男青年的手，一脸疑惑："你刚才说'又是你'，这是什么意思？"她马上把小女孩拉到一边，问道："小姑娘，你告诉阿姨，这个叔叔是不是经常带阿姨在街上走啊？"小女孩眨巴着眼睛，说道："他上次带的那个阿姨好凶哦，还叫我滚呢！"那女的一听气极了，冲上前去，"啪"，给了那男的一个耳光……自然，两人又分手了。

你看，找女朋友有多难，不过，世界这么大，女人这么多，也有不难的……

第一个故事：

送一个槟榔给女友

华子和小梅已经谈了两年的恋爱了，可小梅挺传统的，华子的举动稍稍出轨，小梅就要打他的手。这天是周末，华子欢天喜地地去了小梅的宿舍，到了她的宿舍，华子神秘地从口袋里掏出准备好的礼物："小梅，送给你。"小梅问是什么，华子说是槟榔，他们公司有人去海南出差，带回来的，他今天特意送来，让她尝

个鲜。

小梅一听，眼睛里露出了感动的神色，含情脉脉地看着华子："谢谢你。"

华子看时机差不多了，连忙劝小梅快吃，小梅听话地把槟榔放到嘴里，吃了起来，华子看着，心里既高兴又紧张。

其实，华子给小梅送槟榔有一个不可告人的秘密：他们谈朋友已有两年多了，每次谈到结婚的话题，小梅总是推三托四，说是要等工作安定、

那是女性的灵魂，永远需要爱别人，需要被别人爱。 ——罗曼·罗兰

房子买好再说，可华子只有初中文化，工作一般，买房子的钱还差得远，这要等到猴年马月呀！眼看着同龄人结了婚、有了孩子，他心里着急呀，唯恐夜长梦多。几个铁哥们暗地里给他出了个主意，让他来个"生米煮成熟饭"，还说槟榔可以使人麻醉，让人暂时昏迷……华子被他们一再劝说，心也动了，于是便从朋友那里弄到了槟榔，准备今天下手。

这时，小梅嚼着血红的槟榔，微微皱起了眉头，一个、两个、五个、十个，小梅一口气把槟榔全吃了。华子在一旁看了，心想：小梅，不要怪我心术不正，我也是没有办法，谁叫我这么没用，挣不到钱，买不成房子，今天只好委屈你！等结了婚，我一定多干活多挣钱，好好地待你……华子这么想着，眼巴巴地等待小梅昏睡过去，可奇怪的是小梅不但没有被麻醉，精神反倒好了起来，又是泡茶又是削苹果给他吃，弄得华子直瞪白眼。

华子假装糊涂，问："槟榔好吃吗？"

"好吃，就是有些……"

华子一下子来了精神："是不是吃了想睡觉？"

小梅一听，误以为华子说的"想睡觉"是别有所指，她假装恼怒地瞪了华子一眼，说："你坏！告诉你，吃了槟榔，精神好多了，今晚不想睡觉啦！"小梅嘴上这么说着，身子却温柔地靠了过来，冷不丁地给了华子一个甜甜的吻。华子见小梅对自己这样，胆子也大了起来，他不顾一切地搂住了小梅……

这样一来，事情就有了喜剧性的发展，华子和小梅选择了旅游结婚。那天晚上，在海南宾馆的房间里，他们又看到了槟榔，小梅若有所思地说："小时候，我常常牙疼，我爸爸就给我吃槟榔，槟榔有麻醉作用，吃了，牙疼就好多了……"

华子想着那晚的情景，禁不住为自己的"别有用心"而心虚。

小梅又接着说道"那晚，我正好牙疼，你送槟榔来，真让我感动，找

老公不就是找一个能体贴自己的人吗？所以，我……我就把自己交给了你……"小梅说着，不好意思地把头埋在华子胸前。

等小梅睡了，华子狠狠地骂着自己："你这混蛋！"

第二个故事：
一次意外的约会

那天，大学生小林突然收到一份电子邮件，附件上还有一张相片，相片上的那个女孩真漂亮，一头棕色的鬈发，俊俏的脸，弯弯的眉，不大不小的嘴…… 邮件正文是一段简短的留言，她说相片上的女生便是她，她希望能见小林一面，约他星期天早上八点在溜冰场等她，并再三要他"不见不散"，电子邮件的署名是"呆头鹅"。

女孩说的那个溜冰场，其实就在小林他们高校园区的附近，很近的。小林想到这么一个温婉可人的女孩，居然送上门来，顿时有点晕乎乎的了，再一想，那女孩在邮件中对他的称呼也不对，她是谁呢？小林平时在网上聊天时和好多女孩子有交往，不知道眼下这只"呆头鹅"是什么来历。反正不去白不去，也许能交上桃花运呢！

小林给那个女孩回了邮件，信誓旦旦地保证明天"准时赴约"。这天晚上，他怎么也睡不着。

第二天，小林按时来到了溜冰场门口，一看，那个"呆头鹅"已经在等他了，就在小林看到那女孩的刹那间，他呆住了：她还是那样漂亮，棕色的鬈发，俊俏的脸，弯弯的眉，不大不小的嘴，但是，她长着一双有点残疾的腿，大腿和小腿之间是一百二十度的钝角，这么漂亮的脸，却长了畸形的腿，小林顿时像是三九天当头泼下了一盆冰水，怎样的滋味儿，真是难以诉说！

小林心里在嘀咕着：她一定是发错邮件了，她不认识我，我也不认识她，我可以溜的！可转念一想，要是溜了，她却一直在门口苦苦等候，我心里过意得去吗？任何冠冕堂皇的借口，都不能允许我去欺负一个残疾的女孩！想到这里，小林就不由自主地迎上前去，他装出一副很轻松的样子，像跟老朋友一样打起了招呼："嗨，呆头鹅！"

"你，你是……"女孩的样子显得十分吃惊，眼睛瞪得大大的，显然，小林那帅哥的模样完全出乎了女孩的意料。

小林轻松地说："如假包换啊！"

女孩也笑了，露出了挺好看的酒窝，她说："那……那好，我们进去吧。"

女孩走在小林的身边，个头不及他的肩膀，小林怕伤了她的自尊，便

两个人相遇就像两种化学物质接触一样，假如有反应，双方都会起变化。 ——荣格

有意靠后一点，但女孩好像一点没有察觉，见小林放慢脚步，她也放慢脚步，跟他并肩走。一路上，她始终"唧唧喳喳"的，没让嘴巴闲上一会，嗨，她真是个豁达开朗的女孩！

小林知道那女孩既然约他来溜冰场，那自然是会溜冰的了，但看到她走起路来像企鹅那样摇头摆尾的样子，很难想像她溜冰时会是什么样。到了场上，女孩开始滑了，小林在旁边看了，禁不住要叫出声来，虽然她滑得不是很棒，速度有点慢，但步子沉稳冷静，也不显得吃力，要知道她毕竟是有点残疾的呀！这一天，小林

和那女孩玩得很高兴。

这天晚上，小林又收到了这个女孩的电子邮件，她说："我查了一下，是我错把给别人的邮件发给了你，我原本是要发给另一个朋友的，我和他没见过面，他小时候患过小儿麻痹症，腿瘸了，一直很消沉。我约他出来只是想滑冰给他看，让他明白我们残疾人也能很好地在这个世界上生活着……其实，我一见你就清楚不是他，不过，今天我很开心，这是一次意外，一次让人欣慰的意外……"

是的，这是一次意外的约会，而事情的发展更是意外，一年后，这个"呆头鹅"女孩已经成了小林难舍难分的女朋友了，当然，她和那个残疾的男青年也是朋友，还是一如既往地鼓励他，但他们两个，可不是那种意义上的朋友，你别搞错了。

第三个故事：

穿绿衣服的稻草人

有个农村青年叫伍军，父母早亡，家境贫寒，28岁那年谈上了个女朋友。女朋友叫凤霞，年轻俊俏，心地善良，面对着这仙女般的姑娘，伍军愧疚了：他这么穷，怎么成家？成家后又怎么过日子？为了弄钱，他被一个盗窃集团拉下了水，判了三年刑。

在这三年里，伍军无脸给凤霞写信，凤霞也没有信来，两人的联系就这样断了。这年秋天，伍军刑期满了，他不知道回去后凤霞还认不认他这个男朋友，就琢磨着想预先知道凤霞的心思，他想到家乡附近的山林里有一种麻鸟，这种鸟春天刨种子，夏天啄青苗，秋天吃果实，这里的农民为了赶鸟，就在田里立一个稻草人，于是伍军在释放前一个月给凤霞写了一封信，信上告诉她：如果她接纳他，就给她家责任田里的稻草人穿红颜色的衣服；如不认他这个男朋友，就让稻草人穿绿颜色的衣服。

那天，伍军从监狱出来，在公共汽车上心事重重、愁肠百转：凤霞会认他吗？汽车翻过了一个个山头，慢慢的，他看到了家乡的村子，远远的，

他又看到了凤霞家的那块责任田，就在这一瞬间，伍军的心一阵抽搐，浑身一片冰冷：田里的稻草人穿的是绿颜色的衣服！

伍军没有在这里下车，他还是坐在这车上，他也不知道要到哪儿去，他也没有什么地方可去，就这样，他昏昏沉沉的，随着这汽车来到了一个陌生的城市。

伍军四处找工作，却处处碰壁，正在他陷入绝境的时候，偶然间遇见了一个狱友，这狱友开了个汽配厂，于是伍军就到他厂子里帮工，总算有了个安身之处。从此，伍军一心一意帮着朋友做事，这朋友也没亏待他，一年后，伍军挣得了一笔钱，他要把这钱亲手交给凤霞，于是就写了封信，说了这一年里自己的情况，信中说："凤霞，我真的非常想你，我想回家，你愿意认我的话，就让你家责任田里的稻草人穿上红衣服……"

那天，伍军又乘着汽车去了，他来到家乡的村子前，远远望去，田里的稻草人穿的还是绿颜色的衣服！

除非到了别离的时候，爱永远不会知道自己的深浅。——纪伯伦

那朋友见伍军垂头丧气地回来，就知道是怎么回事，安慰道："你千万不要灰心，弟妹不认你，也有她的难处，你想，你在我这里打工，终究不是长久之计，也没有什么前途，她怕靠不住……"

这朋友真好，他曾听伍军说会做"珍珠饼"，就帮伍军租了个门面，开了个卖珍珠饼的小店。这珍珠饼，其实就是在那个缺粮的年代里用青苞米掺野菜烙的一种饼子。现在城里人大鱼大肉吃腻了，换个口味，还真爱吃呢。伍军又动了一番脑筋，改进了烘烤的方法，又加了一些佐料，这珍珠饼口味独特，竟一下子卖疯了。只两年的工夫，伍军就赚了钱，成了老板，登了报纸，上了电视。这年秋天，他又给凤霞写了封信，然后又乘车回了家乡……

可是，临到村子前，远远望去，在凤霞家的责任田里，那稻草人穿的还是绿颜色的衣服！伍军的心又一次被刀子狠狠地刺了一下，这一次他下了车，这里毕竟是他的家乡呀，他要在这里看一看，走一走，最后望上一眼，然后他就不准备再来了！

伍军来到了凤霞家的责任田里，那个稻草人活灵活现地站立着，一副翘首期盼的模样，它穿着一条绿裙子，长裙在风中飘动着。伍军走到稻草人身旁，呆呆地看着它，默默地念叨着："凤霞啊凤霞，你为什么就不能原谅我呢？"

伍军正这么想着，忽听身后有声响："是伍军回来了吗？"伍军回头一看，是凤霞的爹，他连忙走上前招呼道："大叔，是我，您老可好？"

凤霞的爹点了点头，拍着伍军的肩膀说："你是出名了，村里的乡亲们都为你高兴呀！"

伍军犹豫了片刻，还是开了口："凤……凤霞她好吗？"

凤霞的爹叹了口气，说："凤霞……她在你走后第二年得了一场大病，走……走了，临终前她千叮万嘱，要我每年都让田里的稻草人穿上绿衣裳……"

"为什么？"

"凤霞说，如果你回来，老远就能看到穿着绿衣服的稻草人，就等于看到了她，她在这里等着你回来……"

伍军猛然醒悟：对呀，女朋友平时最喜欢穿的就是绿颜色的衣服，以前两人约会，凤霞就常穿这种裙子，我怎么鬼使神差地要她给稻草人穿红衣服呢？

开篇故事作者：乔洋；"送一个槟榔给女友"作者：朱祥生（本篇月月评短信代码：1104）；"一次意外的约会"作者：林贤安（本篇月月评短信代码：1105）；"穿绿衣服的稻草人"作者：张国心（本篇月月评短信代码：1106）

下期话题：旅途上的奇事、趣事、险事　（题图、插图：杨宏富、安玉民）

上海男人

□ 宋利民

孙胜利下岗后在上海火车站附近开了间电话亭。

这天，一个中年男子急匆匆进来说："老板，我要打个电话！"孙胜利打开计价器，冲来人一点头，意思是你打吧。可那中年男子却站着没动。孙胜利以为他没领会自己的意思，就一指电话，说："你可以打了！"谁知，中年男子仍站着没动。孙胜利感到奇怪了，进来时火烧火燎的，现在倒玩起深沉了。这时，中年男子从衣兜里掏出一张纸条："老板，我想请你帮我打个电话，这是电话号码。"

"让我帮你打电话，你又不是不会说话。"孙胜利心里这样想着，嘴上却没吱声。中年男子见孙胜利没接纸条没吭声，赶忙说："我不会让你白劳神的，我给你双倍话费，不，三倍四倍都可以！"

孙胜利说："帮你打个电话，举手之劳，不用你付钱！可你也得说明白呀，电话要打给谁，接通了我说什么？再说了，你为什么不自己打呀？"

中年男子说："怪我没说清楚，是这样的：我十几年前交了个女朋友，我们已打算结婚了，可是她的父母就是不同意，活生生地把我们给拆散了。后来，她嫁到了你们这里。今天我顺路到这儿，想约她从家里出来聚聚……可是，我这个东北人一开口满嘴苞米碴子味，万一是她的丈夫或公

公婆婆接电话，岂不麻烦了！如果是你们上海口音他们就不会想那么多。"

孙胜利问："先生你贵姓，怎么称呼？"中年男子说："免贵，鄙姓齐，我叫齐新！"

孙胜利劝道："齐先生，要我说呀，这个电话你还是不打的好，你想想，都过去十几年了，已有了各自的家庭，万一真让她丈夫知道了，会影响他们感情的。再说了，你背着妻子和以前的女友约会，对你妻子也是个伤害！"

齐新好像一肚子不满，恨恨地说："我管他呢！他知道就知道，当初我们好好的，就是他把我心爱的人抢走了。怎么，你不想打？你不打我去别处打，电话亭多的是。"

孙胜利想，劝皮劝不了瓤，自己不给他打他还会去别的电话亭，就伸手接过纸条。他看了看那上头的电话号码，半晌没动。

齐新见孙胜利看了号码仍没拨号，就没好气地催促："老板，你磨磨蹭蹭的到底还想不想打？"见孙胜利还是没动，齐新掏出张百元票，"啪"，往电话旁一放，"这是你的劳务费，你只要接通找到吴敏，你的任务就完成了！这100元也就归你了！"

孙胜利来气了，他严厉地说："把你的臭钱收起来！别以为有几个钱就为所欲为！"

齐新见孙胜利火了，把钱装进钱包，转身要走，却被孙胜利喊住了。孙胜利说这个电话他打也不合适，他毕竟是男的，也容易被怀疑，不如找个女人。齐新就从马路上拦住一个学生模样的女孩。女孩拨通了电话，接电话的正巧是吴敏，孙胜利听得出，齐新的到来让吴敏既高兴又意外，她请齐新去她家里，齐新不肯，坚持要吴敏出来和他见面，吴敏答应了。

齐新高兴得连电话费也忘了付，拦了辆"的士"走了。谁知不到10分钟，这辆"的士"又回来了。原来齐

新要付车钱时发现自己的钱包丢了，忙回来找。可是，找遍了小小的电话亭，就是不见那钱包的影子。齐新急得直打磨磨，出租车司机还在一旁催。孙胜利见了，就掏出200元钱说："我兜里只有这些钱，你先拿着!"齐新接过钱，万分感激地给孙胜利鞠了一躬，说："放心吧大哥，我会报答你的!"

齐新再次钻进车走了。一个小时不到的工夫，他竟然又回来了。

他走进电话亭，从兜里掏出个纸条，递给孙胜利。孙胜利一看，只见上面是这样写的：

"齐新：我来了，你还没赶到。说实话，本不想来，可又怕你不高兴。我有个非常爱我的丈夫，我也很爱他，我不能伤害他!尽管我们见面只是喝喝咖啡叙叙旧，可他知道了也会不高兴的!我们是老朋友，在这异地他乡见到你我会很高兴的，可是，我们难道非要把快乐建立在另一个人的痛苦之上吗?我回去了，非常欢迎你晚上到我家里来，我会为你做几个家乡菜，你和我老公好好喝几杯!我老公是个非常棒的男人，你们会成为好朋友的……"

齐新从孙胜利手里拿回纸条，一边爱惜地将它折起，一边叹了口气，说："我想通了，吴敏做得对!我妻子和她以前的恋人见面，气得我好几天没和她说话。自己都接受不了的东西，为什么还要强加给别人呢?"说着，他又向孙胜利鞠了个躬，说："今天的事，太谢谢你了! 我已经往家里去了电话，钱一会儿就寄来。我要买两瓶好酒，和吴敏的丈夫好好喝几杯，再和他说声对不起。方才你推心置腹地劝我，又毫不犹豫地借钱给我，你就是我的朋友，再说，我一个人去吴敏家，总不太方便，你可不可以陪我一起去她家?"

孙胜利想也没想就答应了，齐新要给吴敏打电话问她家住哪儿，孙胜利笑了："用不着打电话，我保证把你领到她家去!"看着齐新目瞪口呆的样子，孙胜利乐了："实话告诉你吧，其实我就是吴敏的丈夫! "

（本篇月月评短信代码：1107）

（题图、插图：安玉民）

·本刊信息传真·

"点击网络故事"是《故事会》上半月刊推出的新栏目，从1月起，该栏目上相继发表了《让我爱一次》、《洗澡》、《胖考官的印章》等故事，受到了读者的关注。我们欢迎广大作者给这一栏目寄来既有浓郁时代气息、又有精彩故事情节的作品。此外，"情节ABC"也是上半月刊的一个新栏目，我们同样期待着作者们惠赐佳作。

来稿可从邮局寄发，也可发电子邮件，本期责任编辑E－ｍａｉｌ地址：xiaobaigsh@126.com。

稿约

幸福的婚姻关系是最低程度的融合加上最高程度的自治与独立。 ——韦恩·戴埃

街上流行鸳鸯鞋

□ 王彦双

业余长跑运动员罗小田，明天就要赴广州参加全国业余田径10000米的比赛。临行前的一天晚上，几个小哥们为他饯行，在饭店吃完饭又唱卡拉OK，折腾了大半宿，回到家里，妈妈已经睡下了。罗小田看了看墙壁上的挂钟，已经午夜十二点了，而凌晨四点他又要准时登机。好在妈妈已为他准备好了行囊，只是不知道他要穿哪双鞋，所以把两双鞋都放在了他床前。罗小田拨好闹钟，和衣躺下来，很快进入了梦乡。

妈妈准备好的两双鞋是罗小田在德国一家著名的鞋厂特意订制的，号码大小形状样式都一样，只是颜色不同，一双是红底黄花，一双是蓝底红花。两双鞋外观漂亮，质量一流，轻便结实，穿在脚上舒服得像没有穿鞋。平时他是不舍得穿的，只有在赛前训练和比赛时他才穿。上一届全国业余田径赛上，他穿着这鞋，夺得了10000米长跑的亚军。这次他的目标是冠军。

当闹钟的铃声把睡意浓浓的罗小田惊醒时，他眼也没睁，迷迷糊糊的，摸起床前的鞋子穿在脚上。为了不打扰母亲，他没有开灯，轻手轻脚地提起行李出了家门。接他的车正好赶到，上了车罗小田又半睡半醒地眯了一会。

直到上了飞机，罗小田才感觉清醒了一点。就在这时，一位眼尖的队员看见了罗小田脚上的鞋，惊诧地叫起来："罗小田，你怎么穿了一双鸳鸯鞋呀？"罗小田低头一看，可不是吗，因为刚才迷迷糊糊的，又没有开灯，两种颜色的鞋各穿了一只。此时回去换肯定不行了，罗小田只得沮丧地穿着鸳鸯鞋坐上了飞机。

飞抵广州后，罗小田马上投入了紧张的赛前训练，训练间歇时，他也曾到鞋店去寻找，但一直到比赛前，也没找到一双更合适的鞋。

罗小田由于买不到更合适的鞋，只好穿了鸳鸯鞋上赛场比赛。这双鸳鸯鞋却给他带来了好运。

在预赛和决赛中，罗小田一只脚穿红底黄花鞋，一只脚穿蓝底红花鞋，两只不同花色的鞋，像两只美丽的花蝴蝶在上下翻飞，翩翩起舞，配上罗小田两条矫健有力的大腿，简直就是一幅美丽动人的风景画。

观众席上的观众望着一路领先的罗小田，顿时响起了掌声和欢呼声。尤其是那些思想前卫的小青年齐声喊着："帅呆了！"、"酷毙了！"他们推波助澜把气氛推向了高潮。摄影记者像发现了新大陆，追逐着那双鸳鸯鞋不断地"啪"、"啪"按快门。电视台的摄影师也把镜头对着那双鸳鸯鞋长时间跟踪拍摄。

比赛结束时，罗小田终于如愿以偿，破记录获得了10000米长跑冠军。于是，全国许多家报纸刊登了罗小田穿着鸳鸯鞋进行比赛的大幅照片。许多家电视台也直播了比赛的全过程，甚至有几家电视台，包括罗小田家乡的电视台都对那双鸳鸯鞋进行了定格放大特写处理。

比赛结束后，罗小田先是美美地睡了一觉，然后利用登机前的两个小时跑到鞋店，准备好歹先买一双鞋，好把自己脚上的鸳鸯鞋换下来，以免回家时遇到熟人尴尬。

卖鞋的老大娘笑着对他说："小

"掌上灵通杯"《故事会》优秀作品月月评

　　《故事会》与上海掌上灵通咨询有限公司联合举办"掌上灵通杯"《故事会》优秀作品月月评活动，全年共设价值48万元的奖金和奖品。参加方式如下：

　　1. 请选出本期你最喜欢的一篇作品，将其篇尾的月月评短信代码（如1101，没有短信代码的作品不参加评选）发送到200056（中国移动）或900056（中国联通）。每次限选一篇，可多次投票。

篇名与短信代码

代码	篇名	代码	篇名	代码	篇名
1101	知道回家的伞	1109	挂到一个好爸爸	1117	我是老大
1102	野蛮女友	1110	45只信封	1118	防腐马桶
1103	公平	1111	懒汉打工	1119	母爱无涯
1104	送一个槟榔给女友	1112	价值连城的案板	1120	荤刑
1105	一次意外的约会	1113	澡堂惊艳	1121	上缴爱情
1106	穿绿衣服的稻草人	1114	致命病菌	1122	反季种植
1107	上海男人	1115	只值80元的爱情	1123	这钱值得花
1108	街上流行鸳鸯鞋	1116	吹牛立功	1124	最刺激的手机铃声

　　2. 凡选中故事在得票数前三名的读者均可参加抽奖。本期共设：一等奖3名，奖金各500元；二等奖10名，奖金各300元；三等奖20名，奖金各100元；阅读奖500名，各获价值15元的纪念品一份。所有参与读者将另获赠精彩梦网信息服务。

　　3. 本期活动截止期为：2004年6月5日。得奖读者在评选结果揭晓后将得到短信通知。本活动接收短信：0.10元／条。客户服务电话：021-53854588。

　　伙子，现在街上流行鸳鸯鞋，你也买一双鸳鸯鞋吧！"罗小田这才注意到几个年轻人都在挑选颜色不一样的鸳鸯鞋，而大街上穿鸳鸯鞋的男男女女更是数不清。罗小田不由得笑了，心想自己误打误撞，竟也赶了一回时髦，真是太有意思了！

　　下了飞机，参加完接待仪式和庆功酒宴，罗小田急匆匆地赶回家去见妈妈，打算把自己误打误撞了潮流的笑话讲给妈妈听，让妈妈也笑一回。没想到妈妈见了面就高兴地对他说："小田，这次你可真露脸了，不但破记录夺了冠军，还以独到的审美眼光开创了穿鸳鸯鞋的新潮流，当初，妈妈以为你是睡眼蒙眬穿错了鞋，还为你着急呢……"

　　罗小田这才恍然大悟。啊，连妈妈都以为自己是独具匠心，特意开创潮流呢！罗小田低下头，看着脚上的鸳鸯鞋，忽然叹了口气，心里蹦出一个大大的问号：街上一会儿流行这，一会儿流行那，有多少是像我这样"一时糊涂"而开创了潮流呢？

　　（本篇月月评短信代码：1108）

　　（题图、插图：魏忠善）

挂到一个
好爸爸

□ 未　蒙

孟天在省城当了四年兵。临复员那年，连里派他去外地出差。

在火车站检票口，人非常多，孟天正随着人群往里走，忽然感觉军大衣后面被什么拽着了。他赶忙转过身子，看见身后有个穿白色售货服的姑娘低头紧挨着自己，女人的脑袋都顶到自己腰上了。原来，她的一条又粗又黑的大辫子被孟天军大衣上的一个纽扣给挂上了！

那么近挨着个女人，孟天这可是头一回。他慌慌张张背过手去解那辫子，可辫子仿佛长在了他身上，硬是没法子给解开。那姑娘见久久解不开，"哇"的一声哭了。

哭声引来了所有人的关注。一个穿铁路制服的胖汉子，推开人群，挤到孟天和姑娘面前，二话不说，马上

开始解辫子。也真厉害，三下两下，就把孟天的难题给解决了。

姑娘终于可以抬起头来，孟天一看，原来是个二十来岁的姑娘，眼里满是泪水，一副痛苦的样子。孟天窘得满脸通红，尴尬地笑着说："对不起啊，我，我竟把你给挂住了……"刚说完，先前那穿制服的胖汉子就举起拳头冲他晃了晃："当兵的！你说什么？"孟天一脸委屈地解释说："真的对不起，太巧了，我不是存心挂住她的……"

"什么挂住？你别大白天耍流氓啊！"胖汉子仍不肯放过孟天。

30 爱情有它自己的规律，一切都要向它低头。 ——艾·马兰兹

这时，那姑娘放下手中的箱子，走到孟天和胖汉子中间，对胖汉子说："哥，算了吧，反正也没什么损失。"又转身对孟天说，"你走吧，快赶车去。"

孟天愣在那里，感动又感激，好一会儿才缓过神来，对着姑娘打躬作揖，连声说谢谢。当然还不由得仔细看了看她——中等个儿，白皙的脸，虽然不算太漂亮，但眼里透着和善，挺可亲的样子。胖汉子还想说什么，被姑娘挡住了："哥，咱也回去做买卖吧。"孟天望着两人的背影，长长地吁了口气，转身逃也似的赶车去了。

寒来暑往几度春秋，孟天复员后在家乡办了家工厂。开始经验不足，工厂很快倒闭，连结婚3年的老婆都狠心跟人跑了。孟天不甘心，又东筹西措张罗资金，重新起步。几年里终于有了些起色。一年冬天，为了购买急需设备，孟天又来到了当年当兵的省城。

买好了设备，大件都办托运发走了，几件不好装箱的拉杆只好简单缠一下随身携带。孟天给拉杆拴上绳套儿，像肩枪一样背着。走过火车站检票口时，他忽然听到背后有人"哎哟"一声，又顿时觉得肩上的东西沉了很多。孟天转身一看，只见一条布带正挂在他肩后拉杆的一个支叉上，下面连着一个倾斜的白色食品箱子。有十几个冒热气的包子滚落在地上。

包子的主人是个三十多岁的女人，正气呼呼地在训斥着孟天。孟天一脸愧疚，连声说"对不起"，又赶紧摘下食品箱递过去。这时，那女人突然停止了斥责，愣愣地看着孟天，看着看着竟"噗哧"笑了，"巧了! 怎么又是你?"看着女人白皙的脸、和善的双眼，孟天也闹愣了。眼前这女人不就是十年前那个被挂住辫子的姑娘吗?! 虽然现在辫子不见了，已经剪成短发，但孟天还是一下就认出了她。孟天乐了，打趣道："真巧了，正是我。这回又把你给挂上了……"

"臭流氓……"那女人嗔骂了一声，接着就咯咯地笑弯了腰。孟天也为遇上这种奇巧事大笑不止。弄得边上的人都莫名其妙地看着。

孟天瞅瞅周围的人，再看看地上的包子，连忙去捡，那女人边笑边说："别捡了，扔垃圾箱去。走! 到我小店里坐坐。"孟天不好意思地说："谢谢，掉的东西我赔你钱，我还要赶车。"那女人蛮大方，过来拉住孟天，说："别外道了，有缘人，赶下趟车不一样嘛!"盛情难却，孟天只好跟她走。

她家的小店就在车站对面。两层小楼，下边是卖快餐的小吃店；上边是个小旅店。由于没到吃饭的时间，小店里冷冷清清。那女人一进屋就喊："哥! 你出来，看谁来了。"说着就招呼孟天坐下，忙着沏茶。孟天刚卸

下肩上的东西，一个胖汉子从厨房里出来了，身边还跟着一个七八岁的小女孩。小女孩跑过来拽着那女人问："妈，谁来了？"那女人说："英子，快叫叔叔。"……胖汉子注视了孟天一会儿，说："是你？挂上我妹妹辫子那家伙……""是我，嘿嘿，你说巧不，这回我又被她挂上了……"孟天笑着，故意把话给说简略了。那女人笑着讲了刚才检票口的事。胖汉子听了开怀大笑，他看看孟天，又瞧瞧他妹妹，说："这也太离奇了，简直神了。"孟天摆出一副理性分析的样子，说："也算不上太离奇。你想，你妹妹整天在车站卖货，哪儿人多往哪儿凑，辫子和箱带都是易被挂着的，这两次又都赶上我身上有

钩有叉的……纯属巧合罢了。"说着，三人又笑。

那女人麻利，不一会儿就把几个菜摆上了桌。孟天把一张百元票拍在柜台上，说："有缘分！这顿我请了。"那女人用热切的目光看着他："哪能呢？你看不起妹子呀！这又不是在你家。"钱她死活不肯收，硬塞回孟天衣兜里。三人坐下喝酒。胖汉子端起酒杯说："哥们儿，干！"孟天酒量不行，正小口饮着，那女人说："挂上的，别耍滑呀……"孟天控制不住笑，"噗哧"把酒喷在了地上，然后就笑得岔了气。兄妹俩也笑得前仰后合，小女孩英子也跟着笑。

当天晚上，孟天就住在楼上。胖汉子是后半夜班，头半宿一直陪着孟天说话。原来这兄妹俩姓王，哥哥叫庆东，妹妹叫立娟。幼年父母相继病故，兄妹俩就相依为命地生活。兄妹都是铁路职工。只是妹妹所在的劳服公司头几年解体了，下岗后她就开了这家食宿店，哥哥休息日也过来帮忙。庆东说，妹夫原来也是铁路部门的，几年前死于一次事故中，现在妹妹就带着女儿英子过。

婚姻就好比桥梁，沟通了两个全然孤寂的世界。 ——基尔·凯丝勒

第二天，孟天想赶路回去，立娟不让。她那火辣的目光像要说什么。庆东从班上赶回来，更是不放他走。说："咱有缘，就留你住一天，让我妹妹带你看看街景。"立娟把小店扔给哥哥，带着女儿英子，陪着孟天逛了大半天街。孟天呢，给英子买了好多儿童书籍和玩具。

临走的时候，兄妹俩恋恋不舍地送孟天。临进检票口，庆东把他拉到一边："既然有缘，哥哥就不见外了，我妹妹自打妹夫出事，从没这样高兴过，她很相信缘分，如果可以，你要好好待她……明白我的意思吗？"其实，自打和立娟再次在检票口相遇，孟天就有种预感，心里也滋生一种莫名的企盼。于是，孟天点点头说："我明白。"

庆东回店去了。立娟一直把孟天送到车上。她打开随身带来的方便袋，把袋装饺子、烧鸡、香肠、小菜及饮料摆满了一茶几，说："带着路上吃，可别饿着。"孟天说："谢谢，这几天太麻烦你啦！""看你，还外外道道的。"立娟看见孟天戳在车窗边的物件，又说："把那东西放座席底下，别再给谁挂上。"说完忍不住又笑了。孟天脸红了，笑着说："你下车吧，车快开了。"

立娟下车后又转到车窗外，久久地看着孟天。孟天打开窗，探出头去，只见立娟眼里满是泪水。孟天赶忙说："你回去吧，店里事儿忙。我会给你打电话写信的。"车慢慢地开了。立娟向他挥挥手，然后就背过身去哭了。孟天也噙着泪水，一路上在甜蜜的回忆和遐想中度过。

回到家已是晚上九点多了，孟天犹豫一下，还是拨通了电话，没等说话，就听对面立娟先开了口："是你吗？"孟天回答："是我，挂上的。平安到家啦！"那边笑，孟天也笑。那边说："挂上的，一路有没有又挂上谁？"孟天说："挂上的，我一路挺老实，没敢再挂上谁。"对面又一阵笑声。孟天又说："你晚安吧！没事我挂上了。"那边说："你又挂上了？"孟天赶忙解释说："没事儿我电话要挂了。"说完那边又笑……

就这样，机缘巧合成就了一桩好姻缘。立娟赁出她的小店儿，去小城做了孟天的妻子。美满的生活中，那件已经陈旧的军大衣，被她从箱底翻了出来，刷洗干净，精心烫平，用塑料袋罩好，整齐地挂在衣柜的显眼处，受着特殊保护。女儿英子转到小城念小学。她的第一篇作文就得了奖，题目是：妈妈的奇遇。结尾是这样写的：……就这样，妈妈和那男人相互挂住了两次，那男人后来成了妈妈的好丈夫，我的好爸爸。

(本篇月月评短信代码：1109)

(题图、插图：黄全昌)

· 16 岁故事 ·

45只信封

□ 关成彦

早晨，第一节课的预备铃响起，班主任张老师刚要离开办公室，就听到一阵急促的敲门声。初三（1）班学生林兰神情紧张地向张老师报告："老师，我丢了100元钱，那是爸爸打工挣来的钱，是给我交学费的！"陪同林兰来的刘爽也急急地说："林兰只在宿舍和教室逗留过，钱肯定是被本班同学偷去了！"这边，林兰已经急得哭起来了。

张老师一边安慰林兰不要着急，一边和他们一起到了教室。张老师微笑着对全班同学说："同学们，林兰同学丢了100元钱，她妈妈有病在床，那100元钱是她爸爸辛辛苦苦打工挣来的血汗钱，我知道，捡到钱的同学一定也想把钱交还失主的，谁捡到钱了，请举手告诉我好吗？"教室内顿时像炸开了锅，这个说，林兰家多困

难呀，谁捡了都应该还给她；那个说，要是被小偷偷了，可就还不回来了！一提小偷，大家你瞅瞅我，我瞅瞅你，气氛顿时紧张起来，可是没有一个人把钱拿出来。张老师环视了一下教室，笑着说："下课把钱交给我也行。"然后就开始上课了。

可是一直到了第三节课，还是不见有人来还钱。林兰见没什么希望了，又急得要哭。同桌的刘爽气不过，站起来向全班同学喊："为什么到现在还没人来还钱？这就是偷，不是捡，捡的钱早该还了！偷钱的人真缺德，被我发现的话，我非打扁他不可！"教室里一阵骚动，可还是没人交钱。

34 人性至深的本质，在渴望获得尊重。 ——威廉·詹姆斯

中午，刘爽去找张老师，提议说："张老师，不如来一次全班大搜查！"张老师先是一愣，随后蹙起眉头，说："这样吧，你们先回去，这件事还是由老师来处理！"

下午一上课，张老师像往常一样站到了讲台上，只是手里多拎了一个黑兜子。她静静地扫视了一下全班同学，然后从兜子里掏出一捆信封，说："捡到林兰100元钱的这位同学一定急着要把钱送还给林兰，可他怕别人误认为是他偷的。怎么办呢？现在我给大家每人发一个信封，明天早上大家都把信封交给我，不用署名，大家听明白了吗？我和大家一样，也领一个信封，我们一起来做这件事情！"说着，张老师就给全班同学每人发了一只牛皮纸信封。

第二天早上，张老师到教室的时候，45只信封已经整整齐齐地躺在讲台上了。出乎她预料的是，里面竟然有好几只信封都装了钱！有2只信封是100元的，还有50元的，30元的，总共有500元钱！

张老师笑了，提议道："我们把100元给林兰，其余的400元钱作为以后困难同学的学费补助，大家同意吗？"大家齐声赞同，这件事情就算处理完毕，林兰也破涕为笑了。

时间过得飞快，初三第二学期末，在毕业生即将离校的前夕，张老师收到了一封信。看了这封信，张老师沉思良久，然后决定召开最后一次班会。

在班会上，张老师的语调微微有些激动："同学们，今天的班会只有一个内容，就是给大家念一封特别的信！"

说完，张老师就展开那封信念了起来：

"尊敬的张老师，我就是去年捡到林兰100元钱的学生。那天，我在教室前捡到100元钱，还没来得及交给您，就上课了，我只好把钱先放在自己的兜子里。可是同学间马上传出话来，说林兰的钱是被人偷了！于是我没有勇气把钱拿出来了。后来您给我们每人发一只信封，我就把那100元钱装进去了。虽然我把钱还了，但在以后的日子里，我的心情还是不能平静。老师，请您相信我，您放心吧，我是一个好孩子！"

张老师念完了这封信，教室里一片肃静，无数双晶亮的眼睛望着张老师。片刻之后，有人站了起来，紧接着，呼啦啦全体起立。不知是谁喊了一句："老师，您放心吧，我们都是好孩子！"然后就不约而同地变成了全班同学的共同语言"老师，您放心吧，我们都是好孩子！"

张老师面对自己这群真挚可爱的学生，微微笑了……

（本篇月月评短信代码：1110）

（题图：安玉民）

懒汉打工

□ 钱太玉 搜集整理

早先，有个懒汉叫张三，长得一身巴子肉，却出力就怕死。久而久之，竟懒出了一些窍门来，吃了不少白食。

一次农忙时节，有个东家要雇个短工，时间是一个月。张三知道后，主动应聘。东家看他长得腰圆体壮，比较满意。但张三提出四点打工要求。哪四点呢？张三掰着指头说，一不腾空走路，二不与哑巴对话，三不倒行逆施，四不抛石头上天。东家听完笑了，又不是玩杂耍的，做这些古怪动作干嘛哩，于是签约同意。

第二天，东家说："栽秧田里没水，你抓紧把水车满，待会儿我安排人去栽田。"

张三说："我不去，我有言在先，用脚车水，悬空滚动，那不是腾空走路吗？"

东家说："你不车水，就去用牛吧，把田耕细点。"

张三说："我不去，我有言在先，不与哑巴对话。那牛不作声，形同哑巴，用牛不吆喝，不与之交流，那牲口如何动作？"

东家说："不用牛，你去栽秧吧，跟上趟，不许偷懒。"

张三说："我不去，我有言在先，不倒行逆施。栽秧不倒退走路，怎个栽法？你倒做个示范。"

东家说："这不去那不去，你去舂米吧，反正你有的是力气。"

张三说："我也不去，我有言在先，不抛石头上天。那舂米的对嘴，抡到头顶上去不是抛石头上天吗？"

东家气得七窍生烟，骂他懒汉百分百，混蛋不打折，活脱脱赖皮一个。

（本篇月月评短信代码：1111）

（**题图**：蔡解强）

有时候，只有疯子才能摆脱生活的困境。 ——拉罗什富科《箴言集》

价值连城的

□安广禄

案板

清朝时，广州城最繁华的大街上有一家开了十多年的肉铺，老板姓丁。这天早上，太阳一竿子高的时候，一位高个子男人朝丁老板的肉铺走了过来，丁老板连忙热情地招呼道："客官，新鲜的大肉，想要几斤？"高个子男人看了看案板上的肉，又左右上下仔细地把案板看了一遍说："肉是不错，挺新鲜的，不过，我不买肉，想买你这块案板。"

"买案板？"丁老板觉得奇怪，他抬头看了那男人一眼，说："你有没有搞错？你要这么个脏兮兮的案板有什么用？"男人说："这个你就不用管

了。"丁老板还是不相信："你莫不是在开玩笑？"男人一本正经地说："多少银子，你开个价吧？"

丁老板觉得好笑，真是林子大了什么鸟都有，一块破案板竟然也有人想买？好吧，既然你存心想要，可别说我心狠手辣，于是他就伸出了五根手指头，说："你给这个数吧。"他正想说五两银子，话没出口，就听那男人说："五十两，行呀！"说罢，他就往身上掏银子。丁老板一听吓得差点儿没叫出声来，有人肯花五十两银子买一块旧案板？今儿个这是怎么了，莫非我这是在做梦？丁老板正在发呆，那男人已经取出五十两银子塞到了他的手里……

银子塞到了手里，丁老板这才清醒过来，他想，眼前这个男人肯定是家里银子多得放不下了，专门出来寻开心的，既然如此，我何不趁机再宰他一下？于是他摇了摇手，对那男人

说:"客官,你弄错了,我说的是五百两,不是五十两。"

"是吗?"那男人感到有点意外,说,"一块旧案板你竟然要这么多银子?"

丁老板一听,心里有了底儿,显得不慌不忙的,说:"话可不能这样说,做买卖向来都是两厢情愿的,你觉得价钱合适就买,不合适就走人,咱们谁也不欠谁的。""你……你……"一句话噎得那男人老半天说不上话来,他想了想,说:"好,算你狠,五百两就五百两,不过今天我身上没有这么多银子,明天还是这个时候,咱们一手交银子,一手交案板。"丁老板说:"好,一言为定!"

那男人走后,丁老板乐得一步三

摆腰,回到家里,将这个天大的喜讯告诉了老婆,老婆一听,也呆住了,她无论如何想不出这男人为什么要花五百两白花花的银子来买一块旧案板。这年头要说值钱的东西那就要数古董了,可这块案板绝对不可能是古董:当年丁老板准备开肉铺时没有案板,恰好院子里那棵长了十几年的老梨树死了,人都说"柏木棺材梨木案",丁老板便请木匠用那棵老梨树做了这副案板。可不是古董又会是什么呢?夫妻俩把案板翻过来倒过去,前后左右、仔仔细细地看了几十遍,还是什么名堂也没有看出来。最后,老婆伸了伸腰板说:"管它有什么名堂,他想买咱就卖给他,不过,既然他一定要买,价钱嘛,我看还得再高一点!"

丁老板吃了一惊:"一块旧案板咱们用了十几年,人家花五百两银子来买,你还嫌少?"老婆生气地说:"你卖了十几年的猪肉,难道也变成了猪脑袋?你想,那男人肯出这么高的价,说明这块旧案板肯定是个宝贝,你知道这案板到了他手里能值多少钱?一万

两还是十万两银子？所以，这案板得卖五千两！"丁老板还有点不愿意，他怕价钱高了人家不要，可他老婆一口咬定要这个数。

第二天早晨，那男人准时来到肉铺，他一听价钱涨到了五千两，很是吃惊，他对丁老板说："这样吧，这块案板你先给我妥善保管好，不许卖给别人，价钱嘛，我们再商量。最近我有点急事要办，马上就要走，过几天我再来取货。"说罢，他转身离去。

丁老板回到家把今天的事告诉了老婆，两人一商量，觉得那男人肯定会来，最多少卖一点，卖不了五千两，二三千两总能卖。为了妥善保管案板，他们决定先买一块新案板，将这块旧的洗干净后用纸包好，锁在店铺的一个柜子里，只等那男人送钱上门。

一晃十多天过去了，这一天，那男人果然来到丁老板的肉铺前，他一看，发现案板被调换了，马上问道："那块旧案板呢？"丁老板笑眯眯地说："别着急，别着急，稳稳妥妥地给你保管着呢。"

丁老板说着，就打开了柜子，把那块洗得干干净净的旧案板拿了过来，双手端着，递给了那男人，说："你嫌五千两贵，这样吧，一口价，三千两！"

那男人看了案板一眼，摇了摇头，说："三千两？现在你就是白送

给我，我也不要了。"

丁老板听罢，恼羞成怒地喝道："不要了？你在耍我？"

那男人说："我没有耍你，实话告诉你，这块旧案板里有个大蜈蚣，因为它常年喝猪血，十多年下来，嘴里就凝结了一颗十分珍稀的宝珠，不过，上次我来看的时候这颗宝珠还没有成熟，还需要再养一段时间才会大功告成，这十天光景是最紧要的时候，这就是我没有急于买下它的原因。可你把它洗干净放着，大蜈蚣没有猪血喝已经死了，宝珠也因此半途而废，实在是可惜呀！"

丁老板哪肯轻易相信他的话，恼怒地说："什么宝珠，你怎么知道这案板里有条大蜈蚣，还不是在骗我！"那男人微微一笑，说："这可是天机不可泄露哦！不过，你要是不相信，可以当众劈开案板看看。"于是，老板拿过一把刀来，用力劈开案板，果然发现里面有条死蜈蚣，蜈蚣的嘴里真的有一颗像鱼眼珠一样的圆珠子。那男人指着圆珠子说："别看它现在没有光泽，浑浊，不透明，可一旦成熟便会通体发光，是颗价值连城的宝珠呀，可现在就值不了几两银子了！"

男人的话还没有说完，丁老板就觉得天旋地转，晕倒在地，什么也不知道了……

（本篇月月评短信代码：1112）

（题图、插图：黄全昌）

澡堂惊艳

□ 朱玉来

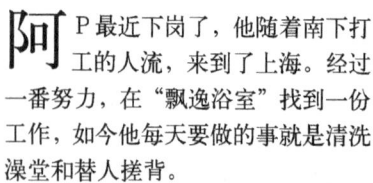

阿P最近下岗了，他随着南下打工的人流，来到了上海。经过一番努力，在"飘逸浴室"找到一份工作，如今他每天要做的事就是清洗澡堂和替人搓背。

"飘逸浴室"是个大众化的澡堂，浴池很大，容得下几十个人同时沐浴。这朝东是男浴室，朝西是女浴室，男女浴室相隔一堵墙，只有中间有一扇木门，平时锁着，打扫澡堂时，才把锁打开，方便清洁工来回清扫。上班第一天，老板就将一把沟通男女浴室之门的钥匙交给了阿P。阿P接过钥匙，不免一阵耳热心跳。他觉得这不只是一把钥匙，这是一种特权，从今以后自己就能堂而皇之地踏进女人世界，阿P当时就有点飘飘然了。

老板交待完，走了。阿P呆在男浴室里，看着男浴客们脱得赤条条地浸泡在热水中优哉游哉，他觉得时间过得特别慢。好不容易熬到半夜，最后一名浴客离去，阿P才精神抖擞起来。他急急忙忙用水龙头把男浴室冲洗了一遍，然后，迅速掏出那把令人心驰神荡的钥匙，他的手微微颤抖着，好半天才打开了通往女浴室的木门。其实，女浴室里早已是人去池空，可阿P还是像踏入禁区一样激动。他一边冲洗，一边品味着空气中的余香，想像着贵妃出浴时的媚态，最后竟蹲下来，贪婪地寻觅着澡堂里的蛛丝马迹，简直到了如痴如醉的地步。

"阿P！你发什么呆？快干活，你不回家我们还要回家呢！"几个等着下班的职工见阿P迟迟不出来，忍不住在外面催着。阿P顿时惊慌失措，以为被人发现了秘密，他赶紧收拾完工具，匆匆关上木门。

第二天午后，正值沐浴高峰，浴室里进来一位特别肥胖的中年人，这胖子看起来体重肯定超过100公斤，脱光衣服后，活像个柴油桶，浑身的肉是一走一哆嗦。他在热气腾腾的澡堂里浸泡了一会后，就向阿P招招手，示意要搓背。

阿P心里在扑通扑通乱跳，心想，这么个肥哥，不好服侍呀。只见胖子手摸着浴池边的墙壁，觉得瓷砖的墙面太滑了，就转过头，看见旁边有一扇木门，门上有个不锈钢把手，扶着它正好可以稳稳当当地搓背。于是胖子就紧紧抓住门把手，翘起屁股，闭上眼睛，准备好好享受一番搓背的乐趣。

见躲不过了，阿P只好上前，小心翼翼地为这位肥哥搓起背来。搓着搓着，胖子开口了："兄弟，你没吃中饭吧？"阿P没听出话中含意，"嘿嘿"笑道："吃了，吃了两大碗呢。"胖子说："那你使点劲呀。"阿P这才反应过来，他拍拍胸膛，又一运气，用足力气为胖子搓起来。胖子还嫌不过瘾，大喊："使劲一点！使劲一点！"阿P使出吃奶的力气，用劲一搓，意

想不到的事情发生了，只听"哐！"的一声，连接男女浴室的木门被撞开了，一丝不挂的胖子一头滚进了隔壁的女浴池。原来，昨晚阿P心不在焉，关上木门时忘记锁了。这下不得了，女浴室那边顿时像炸了营的马蜂窝，一片尖叫声。这边男浴室里，几颗不老实的脑袋瓜可是乘机一饱眼（艳）福了。

好半天，才听得那边一位女浴客歇斯底里地喊："快关门！快关门！"阿P早已吓呆了，听到喊声，惊慌失措地赶紧"嘭"的一声关上了门，哪里想到，胖子还在女浴室那边。只听

最佳求婚方式

最佳露骨奖： 让我们合法地结合吧!

最佳好奇奖： 我不知道人类为什么得结婚? 不如让我们一起亲自研究研究吧!

最佳直接奖： 让我死后葬在你家祖坟吧!

最佳直销奖： 你愿不愿意带我回家当你的生活必需品?

最佳柔情奖： 喜欢, 就是淡淡的爱。爱, 就是深深的喜欢。我希望以后可以不再送你回家, 而是我们一起回我们的家。

最佳变态奖： 哦, 看你骂我时, 似乎有很大的快感! 如果你想天天享受这种感觉, 就嫁给我吧!

最佳特技奖： 你愿意嫁给我吗? 如果愿意请站着举高双手, 如果不愿意, 请站着举高双脚。

最佳 COOL MAN(酷哥)奖： 我欠一个人管我。

最佳信徒奖： 到天国我还是一定要娶你!

最佳保健奖： 今年你再不娶我, 明年我就开始有恐婚症喽!

最佳告解奖： 请你终结我的桃花运吧!

最佳战俘奖： 求饶, 我投降了! 只要你天天给我口饭吃。

最佳影迷奖： 请给我签个名吧——签在户口簿的配偶栏。

(肖左茂 **推荐**)

(欢迎读者为本栏目推荐新鲜有趣的幽默格言、俏皮话和顺口溜, 来稿请寄: 上海市绍兴路74号《故事会》杂志社, 邮编: 200020。请写明姓名和联系方法, 并请在信封上注明"快乐辞典"字样。电子邮件请发 xiaobaigsh@126.com)

隔壁隐隐传来胖子有气无力的哀嚎: "快开门! 快开门! "这阿P可难了, 开也不是, 不开也不是。折腾了半天, 好不容易把门半开半掩地让胖子爬了过来。

阿P心凉了, 出了这样的事情, 浴室的生意肯定要受影响, 老板炒我的鱿鱼看来是炒定了。

澡堂惊艳的故事, 一时间成为街头巷尾茶余饭后的笑料, 可是谁也没想到, "飘逸浴室"的生意非但没有清淡, 反而越来越红火。更为出人意料的是, 发工资的时候, 阿P的工资非但分文不少, 老板还给他外加了一个小红包, 把阿P弄得是云里雾里, 百思不得其解。

"飘逸浴室"的生意越来越好, 不过, 从此以后, 这样的故事可再也没有发生过。有人有时会和阿P开玩笑"阿P, 看到什么了? " 阿P就会一昂脑袋, 挺自豪地说: "我阿P走南闯北见得多了, 这算啥呀——"

(本篇月月评短信代码: 1113)

(题图、插图: 李 加)

年年有鱼

□ 张省如

柳湾村的柳娃，自从承包了后山坡上一口堰塘养鱼之后，真是年年有余，家中境况如同腊月三十贴年画，旧貌换新颜，一跃成为村里的富裕户。

手中有了钱，柳娃的腰杆硬了，气也壮了，便决定改换门庭，建一栋房子，风光风光。他把想法和妻子黄彩云一说，黄彩云一拍巴掌连说三声"好、好、好！"想当年她嫁给柳娃时，父母双亲嫌柳娃家穷，都投了反对票。婚后几年，双亲说柳娃家那几间茅草屋太寒酸了，也没进过一次门。如今有钱了，盖栋房子，把父母接过来美美地住上一段日子，也让老人宽宽心。

夫妻俩心往一处想，说干就干，立马请来帮工，挖土采石，修路伐木，把个柳湾村闹了个热火朝天。

这天，柳娃放炮采石时，竟然炸出一股泉水。那泉水不浑不浊，优哉游哉地从石头缝中汩汩流出。更让柳娃喜不自禁的是从泉水中还流出许多鱼来。那些鱼儿虽小，却都是活蹦乱跳的，非常逗人喜爱。柳娃当机立断，停止建房，封锁消息，绝不能让流出来的鱼儿成了百家姓！

晚上，夫妻俩躺在床上，说着开心话，高兴得怎么也睡不着。是啊，这么多的鱼，像是天上掉下的买卖，一年下来不知要赚多少钱。夫妻俩说着

说着，柳娃忽然叹了一声道："只可惜鱼儿太小了，卖不出个好价钱来。"黄彩云想了想说："说不定里面还有大鱼流不出来呢，不妨把泉眼开大些试试看。"

柳娃一听，一拍巴掌说："有理，有理。"说完，他从床上一跃而起，穿好衣服，拿上钢钎，借着月光直奔泉水边。黄彩云也紧跟其后。夫妻俩将钢钎插入石缝中，使出吃奶的劲儿，撬掉了一块石头。呀！真是心想事成，果不其然，那泉水大了，流出来的鱼儿也大了。黄彩云高兴得直抹热泪，柳娃开心得在地上直打滚儿。黄彩云边抹热泪边拿来竹筐放在泉水下面，到天亮时，竟然接了一筐子鱼。

这好事不多久就像长了翅膀，迅速传遍全村。于是，村子里的男男女女，老老少少，纷纷前来看稀奇。柳娃和黄彩云一见这阵势，慌了手脚，害怕别人来抢鱼，忙弄来一些树枝挡在了泉眼上。村里几个年轻人见柳娃夫妻俩如此自私，心中不平：这些鱼儿又没写着你柳娃和黄彩云的姓名，凭啥独占？他们越想越有气，便跑到泉水边，掀掉树枝，开始抢鱼。村里其他人见状，便一拥而上，抢的抢，夺的夺，一时间，泥水四溅，鱼儿乱蹦，吵闹声，谩骂声，厮打声，响成一片，闹了个天昏地暗。

泉眼越凿越大，鱼儿也越流越多。村民们不分昼夜，全体出动，你一筐，我一筐，整整大战了五天。到了第六天早晨——

本期有奖竞猜的题目是：第六天早晨发生了什么？A、鱼儿越来越多（短信代码FA）B、鱼儿越来越少（短信代码FB）C、鱼儿完全没有了（短信代码FC）

（题图：魏中善）

猜情节，赢大奖

开动脑筋，猜想正确的情节！请选择你认为正确的情节发展，将其短信代码发送到200056（中国移动）或900056（中国联通）。我们将在本月下半月的刊物上刊登这个故事的结尾，并从竞猜正确的读者中抽取优胜奖20名，赠送价值100元的纪念品；从参加竞猜的全部读者中抽取参与奖500名，赠送价值10元的纪念品。所有参与读者将另获赠精彩梦网信息服务。本期活动截止日期为2004年6月5日。

参加全年情节ABC活动，并猜对全部情节的3名读者更将获得特等奖彩信手机一部！

得奖读者在评选结果揭晓后将得到短信通知。本活动每条短信收取0.10元。咨询电话：021-53854588。

□ 编译 吴会艺
原作 韦尔斯

致命病菌

本文作者韦尔斯（H.G.Wells）是著名的英国作家。他出身贫寒，毕业于英国皇家理学院，先从事动物学方面的研究，后转向文学创作。他的语言幽默诙谐，行文流畅，反映了人们对科学技术的日益关注及科学技术的发展对人们生活的种种影响。其中，科幻小说《隐身人》已在我国流传。

那天下午，细菌学家的实验室里来了一位陌生人。此人面色憔悴苍白，言谈举止局促不安。他这副神经质的模样立刻引起了细菌学家的兴趣。来客拿出一封信，细菌学家接过一看，信是他的一位老朋友写的，信上说来客是位记者，想要了解细菌学家最近的研究状况。

细菌学家把客人带到实验室的一台显微镜前，把一小块玻璃片放在显微镜下，对客人说："这是标准的霍乱杆菌标本。"客人一听惊奇地叫道："这就是霍乱病菌？这小玩意儿，只是一些粉色的小斑点、不规则的碎片。这些小小的东西就能让千万人丧命，就能毁灭整个城市！哈哈，真是太棒了！"

客人从显微镜下取出小玻璃片，

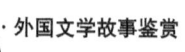

走到窗前,仔细地察看着,犹犹疑疑地问,"这些——是活的? 这些东西很危险吗? "细菌学家说:"不,不。这些东西对人没有危险。它们是已经死了的病菌。我正在进行染色处理。"客人微微一笑,说"我想,您这里不会有活的病菌吧? "细菌学家说:"正相反,我正在培育霍乱病菌。在这儿——"他边说边从房间另一头的一个架子上拿下一个密封着的玻璃管,"这个试管里装着活的病菌,或者说,"他犹豫了一下,补充道,"是瓶装的霍乱。"来客一听,脸上掠过一丝满意的笑容,眼睛紧盯着小玻璃管,说:"这么说,你是在制造杀人武器啰! "

细菌学家顿时来了精神,滔滔不绝地大谈他的研究成果。说了一阵,他怕外行人对纯学术的东西不感兴趣,忙用通俗的语言说:"……当然,只要这病菌被封在试管里,人们就是安全的,非常安全! "

客人点点头,眼里闪着光,他清了清嗓子,自言自语道:"那些战争狂人,那些恐怖分子真是些蠢东西,瞎了眼的蠢东西——其实,他们只要用这样的东西……可是他们竟还要去……"

这时,门外一阵轻轻的叩门声打断了他的话。细菌学家听出是他的妻子安妮在敲门。他向客人道声歉,便走出房间。

大约过了一分钟,细菌学家回到实验室。客人看了看手表,说:"非常感谢您为我介绍这许多有意思的东西,可是我不能再呆下去了,我还有个约会。"

客人边说边朝门外走去。细菌学家陪他到大门口,看着客人走出大门,在返回实验室的时候,他自言自语地说:"看来这人有心理问题,病态,对毁灭人类的流行病有点幸灾乐祸。"突然,他脑子里闪过一个念头,急忙冲进实验室,紧张地在架子上一阵寻找,发现刚才给客人看的那个试管不见了。他又在书桌上翻找一通,再翻检了自己所有的衣服口袋,接着,他冲出了实验室,见客厅的桌子上也是空荡荡的。

细菌学家大声喊叫道:"安妮! 刚才我和你说话时,手里拿着什么东西吗? "安妮说:"没有,亲爱的。"

"大事不好! "细菌学家大叫一声,飞快地跑出大门,跑上大街。

安妮听到大门"砰"的一声巨响,她惊慌地从窗口探出头去,只见离家门口不远处,一个陌生男人正慌慌张张钻进一辆马车,接着看到自己丈夫,光着头,穿着室内便鞋,一边飞快地向马车跑去,一边对着车里的人疯狂地挥着手。她见丈夫一只鞋跑掉了,似乎也没注意到。安妮不知发生了啥事,她惊奇地喃喃道:"这人疯了,这个样子就出门。这些科学家,总是这样不拘小节。"

她打开窗户，想要喊住丈夫。但马上发现车里的那个男人似乎也染上了疯病，只见他慌慌张张地指着细菌学家，对车夫说了句什么，眨眼间，车夫挥动鞭子，马迈开四蹄，拉起马车，"哒、哒、哒"飞快地跑远了。细菌学家也截住一辆马车追赶上去，两辆车很快转过街角不见了。

安妮觉得丈夫这么光着脚在伦敦的大街上跑，太让人笑话了，她更担心丈夫这样会着凉。于是，她迅速戴上出门的软帽，登上出门穿的鞋，拿了丈夫的帽子、皮鞋和外套，匆匆跑出大门，跳上一辆马车，让马车夫追上前边那位没戴帽子光着脚的先生。

再说第一辆马车里，那个客人，此时正缩在车厢角落里，双手抱在胸前，紧紧攥着那个能叫全伦敦人都死光的试管。

细菌学家猜测得没错，这人是个仇视一切社会制度和道德观念，不惜一切想要扬名天下的坏家伙，他伪造了一封信，从细菌学家那儿偷走了病菌。现在，他的目标是找城市供水系统，把这个小玻璃管里的东西放入供水管道，让全城的人染病、死亡！

这时他把头伸出车外，发现细菌学家乘着的马车追赶上来，他忙从口袋里摸出一张钞票，递给车夫："快，别让后边的车追上！"车夫接过钱，狠狠地在马耳边打了个响鞭，车子猛

地向前一蹿，车里的男人身子一晃，双手不由自主地抵住车厢挡板，这么一抵，他手里的小玻璃管"扑"碰碎了，试管里的液体洒在车厢的地板上，男人气极败坏地大骂一声，一屁股坐回座位上，绝望地盯着手里破碎的试管。突然，他发现破试管里还残存着几滴水珠，马上歇斯底里大嚷道："好！我是第一个！不管怎样，这样死了值！"说罢，他吞下了那几滴水。水吞进肚里，他觉得现在不用怕细菌学家来夺回试管了。他让车夫停车，下了车，趾高气

扬地站在马路边等着细菌学家。

他见了细菌学家就得意洋洋地说："朋友，你来晚了。我已经把它吞下去了。霍乱就要在全城传播开了。"

细菌学家从车上下来，打量着男人："你把它喝了？"但没等他还想说点什么，那男人向他挥了挥手，挺胸迈步沿着马路扬长而去，而且一路上他尽量往人多的地方钻。

细菌学家呆呆地站在马路上，连妻子赶来他都没理会，过了好一会儿，他才接过安妮手里的帽子、皮鞋和外套，慢吞吞地说："谢谢你。"

上车后，细菌学家依然呆呆的，突然，他哈哈大笑起来，笑罢，又皱皱眉，说"这真是个严重的错误。"他见安妮困惑地盯着他，就解释道，"这

人到实验室来拜访我，自称是记者。我一看就觉得他精神不正常。为了证实我的推测，我告诉他，那个试管里装的是霍乱病菌，他偷走了试管，吞下了里面的东西，想要让霍乱流行。但他怎么也没料到，这试管里面根本没什么病菌，那是我新近试制成功的培养液。你还记得那几只喝了这种培养液的猴子吗？它们浑身都出现了蓝色的斑点，就像马戏团里的滑稽小丑，在麻雀身上，那些蓝点更加鲜艳明亮。我倒是真想知道这种培养液用在人身上是什么效果。如果我能见到他那才棒呢。不过被他这么一闹，我现在还得花些工夫重新做些培养液了。"

（本篇月月评短信代码：1114）

（题图、插图：箭　中）

0—6岁 **影响一生**——幼儿教养锦囊
（超级爸妈养育秘笈）

这是一本以学龄前儿童家长为主要读者对象的自助性儿童教养读物，全书分为"快乐"、"勇气"、"爱心"、"自信"和"宽容"等五个部分，具有很强的知识性、可读性、操作性和指导性。

本书由长期从事儿童心理教育的儿科医院医生主编，作者针对幼儿家教中普遍存在的问题，通过对大量中外儿童教育成功或失误事例的系统分析和阐述，向年轻的家长们传授行之有效的家教方法，读来颇有启发。

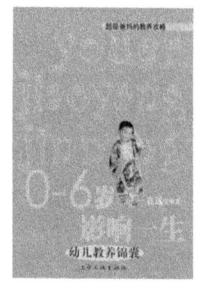

□ 同同推荐

只值80元的爱情

1．她要爱他一辈子

傍晚，余晖如金，安然小姐在咖啡吧里倚着椅背，欣赏着落地窗外的风景。突然，耳边传来一个男人温和的声音："小姐，我们可以聊聊吗？"安然吓了一跳，有点恼怒，抬头一望，却触到了一对含笑的眼睛。

安然打量他，高大的身材配着一张耐看的脸，穿着一身质地良好的休闲衫和长裤，给人的感觉熨帖而清爽。安然一笑："我的男朋友马上就来了，你还和我聊吗？""当然和你聊了，因为你根本就没有男朋友！"那男人大方地坐到了安然的面前，肆无

忌惮地盯着她说，"我已经注意你很久了，没有女孩在等男朋友时心情会这么懒散。"安然甜甜地笑了：这个男人的精明让她感到了一点喜悦，她愉快地和他聊了起来。

就这样，安然认识了维杰——电脑公司的工程师。他们第二次见面时，维杰的手上捧着一束马蹄莲，用绿色的素纸包着。

第三次，维杰约安然去海边散步。海风渐凉，维杰用他宽大的怀抱温暖着安然。说笑间，突然，维杰俯下身，为安然细心地系好散开的鞋带。那一刻，她感动地对自己说：我一定

要和他恋爱。

　　和维杰恋爱一个月后，他们做爱了。待激情退去，安然伏在维杰的胸膛上，问："维杰，我不是处女，你会爱我吗？"维杰抚着安然凌乱的头发，就像在抚摸一只可爱的小猫："傻瓜，都什么年代了，还问这么老土的问题，我在乎的是两个人是否相爱。"

　　第二天，安然提着自己的行李，搬进了维杰的房子。他们开始了同居生活。

　　同居的日子如饱含雨露的鲜花，美丽动人。每天清晨，当阳光滤过白色的窗幔，安然就穿着睡袍和拖鞋，去厨房为维杰准备早餐，然后维杰起床，这个时候，他总会过来搂住她的腰，一边嚷嚷："老婆，你真是这世界上最美丽最勤劳的女人！"每当此时，安然会感到生活就像空气中弥漫的鸡蛋牛奶味：香香的，甜甜的。

　　一天，安然和维杰路过一家时尚小屋，小屋的门前挂着一个小小的粉红色牌子："还你处女身，只要80元。"安然"嘻嘻"笑着说："听说男人都有处女情结……听说这东西还真不错，跟真的一样。"维杰认真地说："我没有处女情结，你不用补偿；再说，不是处女没什么可耻，拿假的东西骗人才可恨！"安然听了好感动，又一次感动得像小猫一样，把脑袋使劲往维

杰怀里钻"维杰，你真是世界上最伟大的男人，我一定会爱你一辈子。"

2．他在乎的不是爱

　　那年秋天，维杰被公司派往武汉工作，他走后，偌大的房子就只剩下寂寞的安然，她每天都数着维杰的归期。

　　前半个月，每天例行的电话时常会中断，安然觉得奇怪，问维杰，他支支吾吾的，说是工作太忙，安然信了，嘱咐他多休息。

　　有一次，临挂电话时，安然撒娇地说："维杰，我已经看好一套水晶之恋婚纱照，很不错，还有很多优惠服务呢。"维杰淡淡地"哦"了一声。维杰的淡漠让安然感到一丝不安，但她很快觉得自己神经质了。

　　维杰终于回来了，但他的眼神闪烁不定，尤其不敢直视安然的眼睛。直觉告诉安然：维杰有事瞒着她……

　　就在维杰回家的第十天，家里来了一位不速之客：一个女孩！维杰见了她，脸色"刷"地白了。安然冷冷地望着他们，说："你们谈吧，我出去一下。"

　　下楼时，安然已经虚脱得无法自制了。她坐在小区的花园里，回想着那个女孩的样子：细细柔柔的，小巧如玉的脸上梨花带雨，是那么的凄怨无助……

　　安然正这么想着，忽然看见维杰

发疯般地抱着那个女孩冲了出来，安然跑过去一看，那女孩的手腕上竟有大片的血，天，她居然割腕自杀！安然正在发呆的时候，维杰已冲上马路，拦了一辆车……

女孩被抢救过来了，安然去看她，只见她脸色苍白，正静静地打着点滴。安然和维杰走出了病房，维杰垂下头，说了他们的故事：那个女孩叫紫竹，在武汉，他们在同一所大厦上班。电梯里相遇多了，就成了一起喝茶聊天的朋友。他们认识的一个月后，有一个晚上，两人在一起喝了很多的酒，就发生了不该发生的事。

安然流着泪，几乎是吼着问他："那你现在准备怎么办？要她还是要我？！"

维杰望着别处，痛苦地说："安然，我准备和她结婚……"

安然发疯般地揪住了维杰的衣领"为什么不要我，要她？"

"安然，你比她坚强，没有我，你还可以活下去，可她不行，她太柔弱了。我放弃她的话，

她就会变成一具死尸。"

"你是说她可以为你去死吗？我告诉你，我也可以！"安然说着，迅速地拉开皮包，从里面掏出一把锋利的小刀，飞快地向手腕划去……

拿刀的手被维杰捏住了，维杰红着眼睛，痛苦地说："安然，你何必如此呢？她和你不一样，她跟我的时候是个处女，我一个大男人，总不能如此辜负一个清清白白的女孩吧？"

安然的头"轰"地一下晕了，小刀"叮当"掉到地上，回过神来，她狠狠地扇了维杰一个耳光"你不是说你没有处女情结吗？其实在你的心里，处女还是高贵的，更需要怜惜的，而我就活该遭你的抛弃，对不对？"说完，安然抹去了眼泪，义无反顾地冲

了出去，为这样的男人自杀，不值！

维杰的婚礼在一个月后举行，那天，安然独自跑到酒吧买醉。想到这个时候维杰和紫竹两人正甜甜蜜蜜地依偎在一起，安然一边大口大口地灌酒，一边破口大骂，骂男人混蛋、伪君子、骗子，酒吧里所有的男人都望着她，惊奇的、戏谑的、暧昧的，什么眼神都有，那一刻，安然觉得自己真的像残花败柳一般……

3. 究竟什么毁了他们的爱

几个月后，有一天，安然去超市买东西，转了几圈，竟遇上了维杰和他的妻子紫竹，他们在选购婴妇用品。维杰见了安然，脸色讪讪的，一旁的紫竹微微有点发胖，她偎着维杰，一脸都是幸福的笑："我怀孕了，宝宝快三个月了。"趁维杰去收银台的时候，紫竹告诉安然"维杰是个好丈夫，我怀孕以后，他不许我做一点家务，每天早晨，他都要为我做早餐，还说要保证母婴营养……"安然听了，心头一阵痛：维杰为了这个紫竹，重复着我以前为他做的事！

这次见面后的一个深夜，一阵尖利的电话铃声把安然惊醒了，她抓起话筒，听见维杰惊慌的声音："安然，快过来啊，紫竹流红了，怕是要流产。"安然一惊，穿起衣服冲到楼下打车。在路上，她心头一团乱麻：你不

是恨他们吗？为什么听说他们有事，竟也紧张起来了？

紫竹被送到了医院，在病房外的走廊上，维杰烦躁地抽着烟。来来回回地走着、埋怨着："都怪我，不该让她为我冲咖啡。她怀孕了，怎么能去冲咖啡呢？"看着他对紫竹这么心疼，安然恨不得冲上去喊：不过是怀孕而已，连冲个咖啡都不可以吗？你用刀子把我扎得心头直淌血，怎么反倒像个没事人似的！但她嘴上却安慰说："放心吧，有那么好的医生，紫竹不会有事的。"

一会儿，医生出来了，说胎儿保住了，维杰听了长长地松了口气。突然，医生皱着眉说："你们男人总是不懂怜惜妻子，她到底做了多少次人流啊，子宫薄得几乎没有能力保护胎儿。"医生的话如同一声炸雷，安然和维杰同时呆住了，尤其是维杰，眼神呆呆地，一句话都说不出来。

安然走出了医院，浓浓的夜色中，她想大笑，又更想放声大哭：那个紫竹可是第一次为维杰怀孕啊！她想起那天和维杰走过那个时尚小屋时看到的那块粉红色小牌："还你处女身，只要80元。"那个精明的紫竹，只用80元，就毁了安然和维杰的一切！

原来，爱情有时脆弱得只值80元……

（本篇月月评短信代码：1115）

（题图、插图：箭　中）

可以量深浅的爱是贫乏的。——莎士比亚

吹牛立功

□ 方城

头，示威般地亮了亮。红毛旁边有一个"刀疤脸"，他见了，立即把整个上衣都脱了下来，只见他整个上身都是密密麻麻的线条，竟然文着一只栩栩如生的猛虎，威风凛凛。这时，另外一个汉子好像早有准备，他不慌不忙地也把上衣脱了，但他的胸膛光溜溜的，没文什么花样，大家正纳闷，汉子却转过身去，只见他背后一条"文身"从肩部一直延伸到腰部，是一条翱游九天的飞龙，气势磅礴，势不可当，再仔细一看，这不是文身，而是一条长长的疤痕，这一下所有的人全都吸了一口冷气，这特殊的"文身"把众人都给镇住了！

大力吓了一跳，原来都是高手啊，心想自己千万不能示弱，于是他说："文身再厉害能说明什么？最重要的是事实。你们知道我是谁？东街小圣手瘦皮猴时大力，什么翻墙入

大力犯了事，被关进了看守所。他只是个平头百姓，没做过什么犯法的事，只是这一次打架惹出了祸，这才进了看守所，但他知道看守所不是一般人来的地方，为了不受欺负，大力一进看守所就装作恶狠狠的样子，而且故意撸起了袖子，露出了胳膊上的"文身"：一个骷髅头，其实这是他儿子昨天晚上用印画纸印的，没想到这会儿派上了用场。

躺在监舍角落里的是一个染了头的红毛小子，他看了，随即冷笑一声，慢慢吞吞地解开了胸前的扣子，露出了胸口上文的一只张着血盆大口的狼

室，开箱盗宝哪一样难得倒我？"

大力吹着牛皮，但红毛不买账："原来是个小蟊贼啊！我还以为什么高手呢！介绍一下鄙人吧，前天的报纸看了没？'派出所门前聚众砍人'，我就是其中一个，你们敢吗？"

大力一听，吓傻了，他确实不敢，不过有人敢，"怎么不敢，老子还杀人呢！"说话的是那个"刀疤脸"，他说，"两年前，老子劫了一辆长途中巴，车上那司机很不上道，老子一刀就结了他，到现在我都还逍遥法外。这次进来，虽然也是抢劫，但以前杀人的事，警方一点不知道，这才是能耐呢！""刀疤脸"说着，挑衅似的看了看一旁的那个汉子。

汉子阴沉沉地一笑，说："不就是拿刀砍人吗？老子不用刀！知道我这背后的文身怎么来的吗？那是在一次抢劫时，警方追捕，我被炸弹爆炸的冲击力冲倒后，被锐利的东西刮的。我这文身是真刀真枪拼出来的！"

红毛不服气，又说："不就是抢嘛！老子也玩过，记得轰动全国的'丽莎珠宝金行抢劫案'吗？告诉你们，里面就有我一个！"

此话一出，不光大力，连那汉子、刀疤脸都给镇住了。大力原以为红毛小子只是个小混混呢，想不到他道行还不浅呢，这下几个人都服帖了，大力还一个劲地催着红毛："说说劫金

行的过程来听听，让咱也开开眼界。"红毛见斗倒了众人，心里高兴，于是一口答应，得意洋洋地说了起来，从人员布置到案后销赃全给说了，听得大力寒毛直竖。

过了一星期，监室里的人先后都被提走了。这天轮到大力受审，他想好了对策，准备隐瞒一部分，交代一部分，争取把罪名减到最低，可他一走进受审室，看到审他的那个警察，他就全交代了，怎么着？这审判的警察竟然就是背后有条龙的汉子，那警察笑呵呵地说："有什么就说什么吧，看守所里的那两个家伙在证据面前全都招了，只要你老实坦白，我们一定对你从宽发落，毕竟你对我们有帮助，你帮着我们获得了'持刀抢劫杀人案'和'丽莎珠宝金行抢劫案'的线索，成功抓获了主犯！"

大力听着直眨眼，他想不到这汉子是警方安插在看守所里的内线，其实他们早就觉察到刀疤脸和那起中巴车上持刀抢劫杀人的案子有关系，可一直没有线索，就派了这汉子暗中监视，只是他们万万没想到，大力在看守所中带头吹牛，竟让警方顺手牵羊掌握到金行劫案的线索，轻而易举地破获了两起大案。

大力听完这些，再也不敢隐瞒什么，他全说了……

（本篇月月评短信代码：1116）

（题图：安玉民）

我是老大

□ 姚家斌

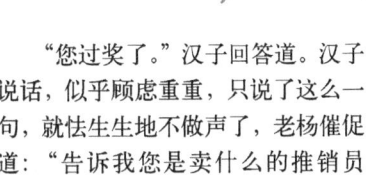

那天，老杨正在家里发呆，响起了敲门声，有人喊道："家里有人吗？"

老杨开门一看，是个穿着朴素的汉子，看起来仿佛是一个推销员。他站在那里，却并不开口。奇怪的是，这汉子肩上蹲了一只鹦鹉。

老杨看了鹦鹉一眼，鹦鹉便以尖利的嗓音和他打起了招呼："您好！"老杨觉得这鹦鹉很有意思，便对汉子说："我向来不欢迎推销员，但您如此独出心裁，我就区别对待吧！首先对于您想给用户带来快乐的服务精神，表示心悦诚服。"

"您过奖了。"汉子回答道。汉子说话，似乎顾虑重重，只说了这么一句，就怯生生地不做声了，老杨催促道："告诉我您是卖什么的推销员吧！"

"啊？我……"汉子很紧张的样子。

"那么，您先说一下卖什么好吗？我倒不一定买，可是，可以听听您的介绍。"

"实话说吧，这只鹦鹉便是商品，假如您喜欢的话……"

汉子客气地开始谈及这只乖巧的鹦鹉，鹦鹉立即抢过话头，说："我是只聪明的鹦鹉，买下之后，对您会有好处的……"

老杨完全没有想到鹦鹉竟会说那么一大段话，而且表达得如此老练，他禁不住惊讶地瞪圆了眼睛，凝视着鹦鹉，点头赞许道："越发惊人了，的确聪明，除此之外，它还会说什么？"

"噢！会说许多话哩，不管教它说

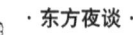

什么，它马上就能记住。"汉子说道。

老杨越发感兴趣了："那就让它表演一次吧!"

"噢……"那汉子吞吞吐吐地正要开口，鹦鹉又用那尖利而清晰的嗓音，抢过汉子的话头说起来，与那汉子蠢笨、含混的语调相比，鹦鹉的声音显得格外明快而自信。

"的确是只了不起的鹦鹉，如此训练有素!"老杨继而问，"我想买下它，要多少钱?"

那汉子嗫嚅着说了要价，价钱不便宜，但也合情合理，毕竟是如此聪

明的一只鹦鹉哦。老杨心想，它这样能说会道，说不定还是个稀世珍宝呢。买下之后，再教它说更多的话，每天的生活就更有趣了。如果带它参加吉尼斯世界纪录比赛，说不准还能赚回好多钱来呐。

"再便宜点行吗?"老杨问。于是双方开始讨价还价，最后那汉子让价三成，买卖成交，老杨付了钱。那只鹦鹉见自己已被买下，抖开翅膀，一下飞到了老杨肩头。汉子接过了钱，木讷地说了声"谢谢"，便走了。

老杨回到房间，让鹦鹉蹲在椅子上，一边频频打量着它，一边自言自语地说："我来教它些什么好呢?若训练得好，它可以看家，只要教它喊一声'谁'，小偷准会被吓跑的……"

于是老杨朝鹦鹉喊了一声"谁?"但是，鹦鹉却歪着脑袋一声不响。反复喊过多次，依然如故。"怎么回事，好像不大对头呀!"老杨顿生疑窦，两手交叉，沉思了一会，又自言自语道"大概有点轻率了，我似乎被他骗了，应当更仔细地查询之后再买才是。刚才那汉子也许是个'腹语术师'，他让这只毫无本领的鹦鹉蹲在肩上，走门串户，自己装成呆子，让鹦鹉扮作聪明的样子……"老杨越想越觉得自己受骗了，"然后他再用腹语术惟妙惟肖地表演，使人误以为是鹦鹉在说话。哎呀! 简直骗得太高明了! "想到此，老杨心头蹿起一股无

人类天生就是这样，只要你说话的时候神气十足像个主宰者，就有人服从你。 ——阿普

名之火:"倒霉啊,忘了问那家伙叫什么,住在哪儿,只顾盯着鹦鹉,连他的相貌也没有记住,真是吃了大亏,怎么补救呢,不如把这只鹦鹉煮了吃掉……"

老杨没完没了地唠叨着,冷不防,那鹦鹉突然又叫起来:"喂,不得无理,你又是煮,又是吃的,老子也不是好惹的!"老杨吓了一跳,简直不相信自己的耳朵。"啊,这家伙真会说话呀!还会吓唬人呢,那么,这并不是腹语术的把戏啰!"

"不,是腹语术,这一点你没弄错。"鹦鹉唧唧喳喳地说。

"你说什么?什么意思?"老杨被它越说越晕乎了。

"我是说,使用腹语术的不是那汉子,而是老子我,像他那样的笨蛋不可能使用腹语术,会的是我,他是个笨蛋大哑巴,老子是聪明的鹦鹉哦……"

鹦鹉喋喋不休地说个没完,实在是过于能说会道了!老杨发愣多时,惊讶之余,感到不寒而栗。

鹦鹉还在夸说自己的聪明与能干,老杨心想:这只鹦鹉实在可怕啊,它哪里像只鹦鹉,简直是妖精嘛!若是饲养这么个东西,肯定我也会像那汉子,被它差遣,不久也会变成傻瓜。哎,这还了得!说不准它还能使更厉害的妖术哦。老杨不敢再往下设想了,还是把这鹦鹉精放走吧。

老杨给鹦鹉作了个揖,恭敬地说:"鹦鹉大仙,我这儿没好酒好菜招待您,您哪儿来的,还是回哪儿去吧!"说完,老杨打开了窗子。

鹦鹉看都没看老杨一眼,展开翅膀就从窗户里飞出去了。它飞呀飞,很快就回到了自己的老巢。"嗨!我回来了啦!"它边喊边用嘴叩打窗玻璃,刚才那个呆头呆脑的汉子打开窗子,把鹦鹉迎了进去。那汉子照样一声不响,毕恭毕敬地鞠了一躬。

"今天算赚了大钱。喂,那些钱呢?统统都拿出来,放在老子面前,你若在钱数上捣鬼,老子可饶不了你!"鹦鹉一声令下,那汉子顺从地把从老杨那里赚来的钱拿了出来,规规矩矩放到鹦鹉面前。

"太好了,给你两成,余下的归老子。像你这样连话都不会说的笨蛋,能分点钱,吃上口饭,还不是托你老子的福吗?别忘了老子的养育之恩。"

那汉子仍是一声不响,又毕恭毕敬地鞠了一躬。

"我干了一天活,肚子饿了,赶快给我做好饭好菜去。"

愚蠢的汉子退了出去,开始着手为鹦鹉准备饭菜。只听鹦鹉在房间里唱起歌来:"鹦鹉鹦鹉最英明,我是老大我怕谁!"

(本篇月月评短信代码:1117)

(题图、插图:安玉民)

防腐马桶

□ 徐智强

南北朝北魏天安年间，朝廷法律规定贪污十匹布帛的人一律处以死刑。可尽管如此，朝中的皇亲国戚和王公爵侯自恃身分显贵，依然暗地里目无法纪地贪污受贿。

孝文帝拓跋宏是个关心百姓疾苦的明君。他对朝中的腐败之气深恶痛绝，决心好好整治一下。

一日早朝，孝文帝在大殿中央放了好多一尺半高的铁桶，个个状如水罐，外面绘有彩漆。

看到这些铁桶，殿下站列两厢的王公大臣们都面面相觑，不知皇上要做什么。孝文帝见大家疑惑，就说："众卿，今日朕赐尔等每人一个铁桶，只可作便溺之器，不可挪作他用，违旨不遵者，从严论处！"

众臣虽丈二和尚摸不着头脑，却都一齐跪谢，叩首伏地高呼："谢主隆恩，吾皇万岁！万岁！万万岁！"随后依次上殿逐个领了铁桶，各自下殿回府。

时值入梅，一连几天阴雨绵绵。那些王公大臣都是衣来伸手，饭来张口之辈，碰上这下雨天就懒得不愿外出上茅厕。既然皇上赐给了专门便溺的铁桶，他们就躲在屋里往铁桶里屙屎撒尿。这样一来，省去了好些如厕之苦。

由于铁桶比较高，无法蹲着进行，王公大臣们索性坐在上面，很是舒适自在。那架势状如骑马，尤其是那胳膊伸向后背擦屁股的动作，酷似催马扬鞭的姿势，于是，有人就给铁桶起了个形象而文雅的名字——马桶。

且说孝文帝早已四处派人下去，暗地里逐个查访那些贪官污吏的情况，把他们贪赃受贿的实情调查得了如指掌，收集了许多详实的证据。

三个月后的一天，孝文帝在早朝时问群臣道："众卿，朕赐给你们的铁桶如今尚好吗？"

只见众大臣一个个都跪倒在地，异口同声地答道："回禀陛下，御赐铁桶早已腐烂朽坏，都不能用了！"

孝文帝面有怒色，说："那铁桶是用上等好铁制成的，坚固耐久，怎么连一百天都没到就坏了呢？如此糟蹋赐物，实乃对朕不恭不敬……"众大臣听皇上有怪罪之意，都不敢言语。

孝文帝一脸不满，刚要发作，只见文班大臣列队中闪出赵郡王拓跋干，抢在孝文帝开口前慌忙禀奏"陛下有

所不知，那铁桶虽上等好铁所制，然作便溺之器，盛纳屎尿污秽之物，日久天长，势必经不起腐臭败坏之气的侵蚀，所以才遭腐损坏了！"

武班大臣列队中的汝阴王拓跋天赐见有人先开了口，也壮了胆子出班奏道："陛下，赵郡王所言极是，想这天气酷热，桶中废弃秽物发酵，起沫变酸，致使铁桶很快腐烂败坏，非我等不恭不敬也！"

文武百官皆啧啧称是。

不料，孝文帝听罢龙颜大怒，正色厉声道："你们明知腐败之气能损物坏器，致使坚固的铁桶腐烂，不能长久使用，为何还敢贪婪淫乱，不守法令，自行腐败之事呢？先帝留下的江山，即便是铁匠打出的铜墙铁壁，容纳了你们这些腐败之辈，还不就像那铁桶一样，不经百日便很快完蛋了吗？"孝文帝还没说完，朝中所有大臣都骇然无语。只听孝文帝将拓跋干叫到跟前，将他贪污受贿的罪行如数列举。

拓拔干听皇上说得事事确凿，早已无话可说，只好认罪。于是，孝文帝罢免了拓拔干的官职，令他马上收拾家什，回家乡做平民百姓。接着，孝文帝又一一惩办了剩余的贪官污吏。

打那以后，行贿受贿之风几乎被杜绝了。经过几年的励精图治，北魏朝廷与百姓个人的财力都充裕丰厚起

谈古说今

来。

有一天，刺史王肃对孝文帝建议说："陛下，现在虽然基本没有行贿受贿、贪赃枉法的人了，可是，为防微杜渐，永绝腐败的后患，您不妨再赐群臣涂以防蚀油漆的木'马桶'，一来以示陛下体恤之心，皇恩浩荡二则便溺之事，天天有之，而坐于防腐的木桶之上，防腐寓意如警钟长鸣，谁还敢贪污枉法呢？"

孝文帝听罢，龙颜大悦，夸赞王肃说："贤卿真乃我朝忠臣比干也！"

于是，孝文帝命令工匠打造了很多涂以防蚀油漆的"马桶"，赐予群臣。

马桶成了宫内显贵的日常必备器物，由于它使用方便，又特别适合年老体弱者，后来很快就流传到了民间。老百姓家中也都用起了马桶，而且，一直沿用至今。只是，后来人们用的都是防腐性能很好的木制马桶，再没有孝文帝赐予群臣的那些一用就会腐烂的铁制马桶了。今天，雪白坚固的陶瓷马桶走进了千家万户，我们也许从未想到，这马桶原是为了防腐而造啊！

（本篇月月评短信代码：1118）

（题图：安玉民）

私人侦探第一案

本书系《故事会》金栏目"中篇故事"精选，共收9则作品，都是与歹徒、罪犯作斗争的故事。公安人员追捕逃犯，历尽艰险，血洒战场；罪犯遥控杀妻，扑塑迷离；村霸设置黑洞，为非作歹；小偷擒获白色恶魔，仗义可嘉偷盗贪官财物，枪杀情敌后代……作品内容曲折惊险，具有震撼人心的艺术魅力。

妻子要跳交谊舞

本书系《故事会》金栏目"中篇故事"精选，共收9则作品，皆系情爱故事。虽属情爱，却非都是甜甜蜜蜜，卿卿我我，而是充满了喜怒哀乐，恩怨情仇。看这些年轻的男女主人公，既有历经悲欢离合终成眷属，也有历经磨难依然遗恨终生；既有由爱变恨，愤而断情，也有化恨为爱，喜结良缘……

对于母亲而言，如果失去心爱的孩子，所有的希望都是虚空……

母爱无涯

□ 方赛群

1. 漂泊寻女

叶秀芹一家就住在山明水秀的樟树村。秀芹三十出头，性情温柔善良，人也长得秀气。她和丈夫陈奎是高中时的同学。婚后两人在村里开爿烟酒杂货小店，生意做得有板有眼，生活过得有滋有味。

婚后四年，才喜得"千金"。这个迟来的天使把夫妻俩欢喜得梦里笑醒，盯着女儿，一看老半天。

小千金长得确实可爱。她小脸蛋红红的，大眼睛黑黑亮亮的，睫毛长长的，活脱脱像个洋娃娃。见孩子的右臂弯里长着一团花蕊状的胎记，秀芹夫妇就干脆给她取了个好听的名字——蕊儿。不用说，女儿在秀芹夫妇心目中，恰如那个"蕊"字：既是花朵儿，又是心尖子。

那年中秋节，小店月饼生意特好。陈奎开着拖拉机忙着到县城进货。秀芹忙得头都抬不起来，只塞了几块蛋糕给女儿说："蕊儿乖，自己

玩，妈妈挣了钱给你买个玩具。"

四岁的蕊儿特别喜欢玩具。她听妈妈一说，小脸儿笑成一朵花，奶声奶气地说："妈，我要会叫的'嘎嘎'。"秀芹听明白了，蕊儿要的是一种金黄色长毛绒、一捏会"嘎嘎"叫的玩具鸭子。

陈奎此时刚准备出门进货，听女儿一嚷，笑着说："只要蕊儿乖乖听话，爸爸就给你带只'嘎嘎'来。"陈奎说完，就开着拖拉机"突突突"进城去了。

蕊儿真的好乖，她坐在门口的小竹椅上，一个人唱开了外婆教的儿歌：

一捋麦，两捋麦，
三捋动手拍荞麦；
噼呖啪，噼呖啪，
颗颗荞麦四只角，
磨起粉粉雪雪白。

在女儿奶声奶气的儿歌声中，秀芹一刻不停地张罗着买卖，快吃午饭时，顾客渐渐少了。她长长地舒了口气，往门口一看，小竹椅是空的——女儿不见了！

女儿不见了，秀芹慌了神。村里人知道了，也搁下了手里的活儿帮她寻娃儿。可是，家里家外找过了，没有；左邻右舍问过了，没有；村口巷尾喊遍了，也没有；河塘水沟捞过了，还是没有。

这时，住在村东桥头的菊花嫂气喘吁吁地赶到秀芹家门前，上气不接下气地说，她上午9点左右，看见一个城里人打扮的中年人抱着蕊儿在桥上玩。蕊儿手里拿个洋娃娃，冲着那男人"叔叔"长"叔叔"短地叫得很甜。

听到这里，秀芹眼都直了。村里人七嘴八舌地急着问她："你家有这亲戚吗？他是谁？"

秀芹已不会说话，只是一个劲儿地摇头。

村里见多识广的张根老伯对秀芹说："看来，你家蕊儿是遇到

'拐子'了!"

一语刺中了秀芹的心,她"哇"地大哭起来。正在这时,陈奎进货回来了。他在半路上已得知家中出事。他先安慰妻子,然后仔细地向菊花嫂了解那"拐子"的外貌特征。菊花嫂告诉他,那男人是个装着一只假眼睛的"独眼龙"。

陈奎对秀芹说了声:"我得赶紧到县公安局报案去。"走了几步,又从怀中掏出个金黄长毛绒的玩具鸭子交到秀芹的手中说:"记住,别急,孩子一定很快能找到。你在家等我啊!"说完,陈奎发动拖拉机,心急火燎地上路了。

哪里知道,陈奎这一走再也没回来。在报案路上,他遭遇车祸,不幸而亡!

噩耗传来,秀芹什么话也没说,便一头栽倒在地上。

叶秀芹从昏迷中醒来,已经在医院里躺了五天。

她回到家,呆呆望着堂前桌上放着的两张照片:一张是蕊儿笑成一朵花的彩照,一张是丈夫镶了黑框的遗像。两张照片的上方,放着那只陈奎临死前给爱女买的玩具鸭子。秀芹不哭也不说话,只是拿过那只鸭子,轻轻抚摸着。

见女儿这般痴呆恍惚的样子,秀芹的白发老母心似刀绞。她紧紧抱住了女儿,就像抚慰一个受了惊吓的孩子:"好女儿,醒醒吧,别这样!坚强些……"

"嘎嘎"、"嘎嘎"秀芹手中的玩具鸭子受到挤压,突然大叫了起来。

玩具鸭子的"嘎嘎"声,终于彻底唤醒了秀芹,她抱着母亲,怔怔地看着玩具鸭,突然像老狼似的仰头"呕呕——"尖叫了两声,接着便哭了个昏天黑地。

十几天后,秀芹整理好行装,怀揣那只玩具鸭子,带上家中全部积蓄,准备出门寻女了。

临行前,她来到丈夫墓前,哽咽着与丈夫话别:"陈奎呀,我本想跟着你去,但我们的女儿怎么办呢?我在这里向你承诺:只要我还有一口气,哪怕走到天涯海角,我也要把她领回家!你就、就安心吧!"

亲友们把她送到了村口。母亲把一个绢包交到了秀芹的手里,含泪说:"这是我戴了一辈子的碧玉镯子。这也是一只祖传的'孝女镯',你今后交给蕊儿,也算是外婆的一点心意。妈希望你孤身在外要保重身体,要常惦着给家中捎信。你记着:蕊儿是你的心尖子,你也是妈的心头肉呀!"

秀芹抚摸着母亲一脸皱纹,泪如泉涌。她终于狠狠心推开母亲扭头急走,但走了几步又缓缓回头,朝着母亲"扑"地跪下:"妈,等我找到蕊儿,即刻归家!您等着我啊!"

2. 小叫花子

一转眼，叶秀芹到异地飘泊寻女已是两年多了。她自己也说不清楚到底走过多少城市、村庄，贴过多少张"寻女启事"，挨过多少饿，受过多少冻，遭受过多少次白眼，却未曾得到女儿的一点消息。蕊儿，好像从这世上消失了。

但叶秀芹没有灰心，仍不停地朝前走。她身上挎着一大一小两个包，小包里装的是自己的生活用品，大包装的是蕊儿的四季新衣。秀芹每晚睡觉都要搂着这个包，像搂着一个希望。

不知不觉，又一个冬季到了。秀芹冒着风雪，疲惫凄凉地来到了一个小县城的轮渡码头。

她和往常一样，到了码头，就到处贴她的"寻女启事"，又充满希望地

在进进出出的乘客中搜寻她的蕊儿。

秀芹走出轮渡码头，雪下得更大，风刮得更猛了。突然，离她不远的街边屋檐下，传来一个苍老而颤抖的声音："天寒地冻，请过路的先生小姐行行好哇，给我这落难之人几个钱吧，可怜我这小孙儿，已经一天没吃东西了……"

她上前一看，只见一老一小两个乞丐正跪在结冰的街头行乞。老乞丐一头白发，满脸皱纹，衣衫褴褛，挂着讨饭棒，佝偻着身子，跪在寒风中不住地哆嗦。他的身旁，是个六七岁的男孩鸡啄米似的向过往行人叩头。

秀芹见那孩子一条腿断了，膝盖以下那半条腿像个烂木棍晃荡晃荡。另一条腿极细极细，而且满是冻疮，到处烂得流脓。他衣着单薄，赤着一双脚，全身冻得黑紫，在大雪寒风中，

像个缩成一团的小刺猬。看得秀芹心都揪紧了。她从小乞丐的苦难联想到蕊儿的命运，心里又涌起阵阵酸楚。她毫不犹豫地奔到附近小吃店，买来热面和热包子，

然后又从自己的大包里，翻出一套棉衣，拿出一双棉鞋，帮小乞丐穿上。她的行动感动得围观者连声称赞："好人，好人！"

秀芹离开轮渡码头，在一家小旅店过了一宿，第二天一早，她背上大包小包又踏上了寻女之路。

她用大围巾紧裹着头，冒着雪花朝汽车站走去。

忽然，路旁传来了一个熟悉的声音："天寒地冻，请过路的先生小姐行行好哇……"

秀芹拨开围观者一看，又是昨日行乞的那对老小乞丐！让她吃惊的是：她昨日给小乞丐穿上的那套棉衣棉鞋不见了！小乞丐依然衣衫褴褛，依然赤着满是冻疮的双脚。

秀芹怒火中烧，她不顾一切地就冲到老乞丐跟前吼了起来："你，你你，你今天为什么还让孩子冻着？我昨天给他的那套棉衣呢？"说着，她又转身拉过小乞丐想问问他，但她手刚摸到小乞丐的手，又像触电似的缩回了手，她发现小乞丐身上滚烫，正发着高烧！这一来，她的火更大了，手指着老乞丐就骂："世上真有你这样的爷爷？你真想把这孩子冻死？你说，我给这孩子的棉衣哪去了？你给我拿出来！"

老乞丐哭着告诉秀芹，说她昨天送的棉衣、棉鞋被其他讨饭佬剥去给他们的孩子穿啦。

秀芹信了老乞丐的话，在围观的人渐渐散后，她蹲下身子扶那孩子坐起来，又从身上摸出五元钱放到他那脏兮兮的手心里。这时小乞丐眼睛张开了，他目不转睛地盯着秀芹看。秀芹这才发现小乞丐的脸脏得看不清皮肤，可他那眼睛又大又黑，那眼神，真像她的蕊儿呀！

忽然，她听到小乞丐声音很轻很轻地说："你是我妈妈吗？"

老乞丐拉着小乞丐走了，并很快消失在风雪中，可叶秀芹仍呆呆地站在原地。刚才小乞丐冷不丁冒出那声"你是我的妈妈吗"使她整个心灵颤抖了。

不知为什么，她突然想起了小时候听人讲过的一个恐怖故事，说某地张寡妇丢失了唯一的儿子，寻找多年没找到。一天镇上来了个马戏班子，表演节目的一只大黑狗会写字，会算术，还会随着音乐节拍跳舞。张寡妇也被娘家妹子拖去看"狗明星"表演。哪想到那大黑狗看到张寡妇，当即挣脱绳索跳到台下，跪在张寡妇面前声声哀号，眼中流出一长串眼泪，还用爪子在泥地刨出了"福儿"两字。那正是张寡妇丢失的儿子的名字……原来，张寡妇的儿子被歹徒拐走后，竟被"加工"成了一只挣大钱的狗！

想到这故事，一个可怕的念头突然掠过秀芹的脑海：小乞丐会不会也是一个落入魔爪的孩子？就像那悲惨

的"大黑狗"一样？就像……蕊儿一样？

秀芹当即决定：我不能走，我要弄清那对祖孙的真相。于是，她用大围巾将自己的头裹了起来，穿大街、过小巷，花了大半天，终于发现了老乞丐的行踪。

此时天已傍晚，风雪也停了。只见老乞丐收拾起讨饭家什，背起小乞丐，在行人同情的目光中，步履蹒跚地向城外走去。他走到郊外，从一个窝棚内拿出一块前面有根绳子下面安着四个小轮子的木头小滑板。他把小乞丐放在滑板上，自己拉着绳子在前面走。此时的老乞丐腰也挺了，脚步也快了，嘴里还吹着口哨，那神情俨然是牵着一条狗！

不知走了多久，老乞丐终于在一个掩没在荒草里的建筑工地前停了下来。那个工地挺大，里面是一幢幢、一排排，有的已封顶，有的已建了大半的小别墅。这些漂亮的小洋楼历经风吹雨打显得破落不堪，但大门口"天福公寓"那几个字仍清晰可辨。此时，"别墅"内有好多处升起了炊烟，大门口，还有好几个叫花子围在一起，挤眉弄眼地在聊天。

见此情形，秀芹明白了，这是一个半拉子工程。看来这就是"乞丐"的大本营了。

天色将暗，"别墅"门口已空无一人。秀芹正想离去。突然，她看见从"别墅"内又走出两个衣冠楚楚的人，说说笑笑朝县城方向走去。当他们路过秀芹躲藏的墙角边时，秀芹差点惊叫出声：她看清了，这两个男人，一个是"卸装"后的老乞丐，一个是装着一只假眼的"独眼龙"！

秀芹想起了菊花嫂说过，她的蕊儿是被一个装着假眼的"独眼龙"男子抱走的。她想，一个拿孩子骗钱的老乞丐和一个有拐骗人家孩子嫌疑的"独眼龙"同时出现，这难道是一种巧合？她回身向那片"半拉子工程"望去，只见在寒夜里，那一幢幢坐落在荒草里的别墅，就像是一个个在暗地里匍伏着的怪兽。她忽然感到：这里莫非是个魔鬼藏身的地方！

秀芹当即决定，为了蕊儿，为了那个被残害得不成样儿的小乞丐，闯一闯这可怕的地方。

3. 独闯贼窝

打定主意后，秀芹迅速在身上、脸上涂上泥巴，又在路边扯了把草，把头发弄散揉乱。经过这么因陋就简地一"化装"，秀芹活脱脱地成了一个无家可归而又有点精神不正常的女乞丐。

她悄悄地靠近了"别墅"的大门。正琢磨着下一步该怎么行动时，突然听到"汪汪"一阵狗叫，接着从"别墅"内蹿出一条大黄狗，朝秀芹狂吠不止。秀芹大吃一惊。情急之下，她从地上操起一根柴棒自卫。哪知那狗见秀芹竟敢"冒犯"它，顿时扑向秀芹又撕又咬。刹那间，秀芹的衣服被撕破了，手上脸上被狗咬得鲜血直流。

"大黄，停住，大黄！"一声喝斥，大黄狗停止了攻击，但仍"狗视眈眈"地盯着她。

秀芹躺在地上，循声望去，只见眼前站着一个手拿蜡烛的老太。她约摸六十多岁，头梳得光光的，身上的青布棉袄干干净净，秀芹有气无力地叫了声"大妈"。

老太一挥手，粗喉大嗓地说："别叫大妈，这里不作兴这样叫，他们都叫我'老菜帮子'！"

接着，那老太走上前，用蜡烛朝秀芹脸上一照说："哎呀，咬伤了吧？怎么混成这样呢？看你面黄肌瘦的，大概几天没吃饭了吧？"

秀芹跟着自称"老菜帮子"的老太走进了一幢气派而又破烂的"别墅"。看来这儿只住着老太一人。屋里有破桌、破凳还有锅碗瓢盆。"别墅"没安门窗，窗上钉了块塑料布挡风，门上挂了块草席子当门。

老太烧了碗热面给秀芹，她自己却摸出包花生米和一小瓶白酒，边吃喝边盘问秀芹："怎么寻到这里来的，谁给导的'线'哪？"

秀芹听出老太问话中有"切口"，她边猜边说："没'线'，是我自己找

来的。我见讨饭的都往这儿跑，就跟来了，寻思着找个落脚的地方，躲过这冬天再说，免得在外面冻死饿死……"

接着，秀芹抹着眼泪编了个女死夫亡的血泪故事。秀芹讲着讲着动了真情，竟哭了起来。

不料，老太听了竟"哈哈"大笑起来。笑够了才说，"这儿的叫花子哪个没编好一本'悲惨世界'？就说那个'青头皮'，扮个老头儿，带个折腿的'小财神'，每天讨的钱多得让你眼馋呢。"老太接着说，"一行有一行的规矩，你入了这个'盘子'，总得有个

见面礼吧？人家'青头皮'可是个难惹的主儿。"

秀芹一听就明白了。她掏出带在身边的80元钱说："大妈，这80元钱，30元交'青头皮'，另50元给你，今后就靠你疼我啦！"老太喜得连连说："好说，好说。今后我就说你是我的亲戚，是我'导'的线，保证没人欺侮你！"

正说着，只听门口有人喊"老菜帮子，和谁说话呢？"话音一落，草席门帘一掀，走进一个人来。

秀芹抬头一看，不禁大吃一惊：进来的竟是满嘴喷着酒气的老乞丐！老乞丐两眼死盯着秀芹好一会儿，才从他嘴里蹦出了几个字："你是怎么寻到这里来的？嗯！"

秀芹一面装出害怕的样子，弓着身子，缩着头，朝床角头躲去，一面悄悄抓住床沿边的一只酸菜坛子，准备拼一下子，然后夺门而逃。

这时候，"老菜帮子"接腔了："青头皮，刚潇洒回来？眼瞪得那么大干啥？别吓着人家。她呀，是我娘家村里人，是我带口信叫她出来的，今后多关照。喏，这是她给你的见面礼，30元，够意思了吧？"

老乞丐脸色立即"阴转晴"，他拿了30元钱，就打着酒嗝儿走了。临出门时，又回过头来说，"老菜帮子，你好好调教调教她，叫花子也有叫花子

规矩，要懂规矩！"

老乞丐走了。秀芹绷紧的神经才松弛下来，但她感到惊疑的是：凭着老乞丐那双老奸巨猾的眼睛，怎么没认出自己？秀芹正感到蹊跷时，猛抬头，突然看见挂在墙上的破镜子中映出一个披头散发、满脸血肿的女人正惊诧地盯着自己。她吓坏了，可再仔细一看，那镜中人原来是自己！她这才醒悟：怪不得老乞丐没认出自己！

当晚，秀芹躺在干草堆上，见老太还没睡就故意挑话头儿，打听老乞丐的情况。老太告诉她，老乞丐绰号"青头皮"，是这儿的"头"。此人心狠手辣，犯过案。他那"孙子"是他的"小财神"。孩子的腿是他敲断的，第一次敲断不久，又会走路了。他又狠毒地第二次敲断了孩子的腿。

"大妈，别说了，别说了！"秀芹听到这里已是五内俱焚，她再也没有勇气往下听了。

4. 神秘的"仓库"

这一夜秀芹恶梦不断，耳边总似有人哀号，"妈妈，我痛，我痛啊！"那声音像蕊儿，又像小乞丐。当她被恶梦惊醒，睁眼一看，天已快亮了。

这时，她听到窗外有人在小声说话："……这事做好了，我不会亏待你。"这是一个男人的声音。"没啥，没啥，不就这事，我不是一向这样弄的……"这是"老菜帮子"的声音。男

人又说："那小跷子也给点药——我可不愿他死了。"

秀芹蹑手蹑脚走到窗前，掀开塑料纸朝外一看，原来是"青头皮"与"独眼龙"正在和"老菜帮子"说悄悄话呢。

"老菜帮子"回屋摸索了一阵，出去之后一个上午没露面。老乞丐和"独眼龙"更不知去了哪里。

太阳出来了，阳光映照着皑皑白雪，显得晶莹美丽。秀芹想到小乞丐和他所受的摧残，就感到阵阵心疼。她心想，谁会想到在这美景如画的郊外，隐藏着骇人听闻的罪恶。她横下了一条心：一定要揭老乞丐等歹人的底，不能让他们再害人了！

她趁左右无人，便开始四处溜达起来。这"别墅"工地范围极大，犹如一个大村落，在一人多高的荒草中，那一排排一幢幢形状几乎一样的破旧"新楼"间，稍不留神就会迷路。秀芹正壮着胆子往里走着，突然传来一声吼叫"干什么的？来找死呀！"秀芹猛回头一看，只见身后站着两个凶神恶煞似的男人。

两人嘴里说着脏话，一步步逼了上来。秀芹急中生智地说道："你们瞎说什么呀，我是来找'老菜帮子'的！"秀芹话音刚落，"老菜帮子"果真从旁边一幢房子里一瘸一拐地走出来。她见秀芹，连忙向两个汉子赔笑脸说："不错，不错，她是我侄女，脑子不太好使，嘿嘿，嘿嘿！"说完她拉着秀芹就走，边走边埋怨道："你怎么找到这里来？你知道这是什么地方？这是'独眼龙'的'仓库重地'呀！你找死啊！"

此时秀芹根本没听见"老菜帮子"说的啥，她的全部注意力都被老太手中的一个婴儿用的奶瓶子吸引住了。

如何揭开这谜底？秀芹仔细分析了眼前的情况，觉得要掌握更多的证

据，只有从"老菜帮子"身上打开口子。

回到她们的"别墅"，"老菜帮子"一下跌坐在地上，抱着脚痛苦地叫唤。原来，她滑倒在结冰路上，脚崴了，刚才，几乎是半爬着回来的。

秀芹二话没说，忙把"老菜帮子"背上了楼。秀芹凭着从小从父亲那儿学到的一些药理知识，帮"老菜帮子"按摩治疗，使她伤痛大有好转。她挣扎着想站起来，但随即又痛得重重坐下，过了好一会儿，她才愁眉苦脸地说："大妹子，我想求你帮我个忙，但你什么都不用多问，做得到吗？"秀芹连忙说："这有什么做不到的呀！我娘从小就叫我不该问的事不要问。再说，在这里我不听你的，还听谁的呀！""老菜帮子"叹了口气说，"那好吧。现在，你先帮我把一件事做了，喏，你把桌上那碗饭热一下，再带点儿药，然后给后面第四幢小楼楼上'青头皮'的那个小跷子送去。"

秀芹听说让她去给小乞丐送药，心里喜得直说："老菜帮子"这一跤摔得真及时呀！

她到那幢小楼，见孩子正昏睡在一堆破棉絮中。秀芹忍住泪，叫醒他，用小勺一点一点给他喂热水。喂完水，秀芹转身拿饭时，发现小乞丐正目不转睛地看着她，忽然，他开口道："你是我的妈妈吗？"秀芹这一惊非同小可！可那小乞丐又说话了："妈妈

不怕，我不告诉别人！"秀芹情不自禁地把孩子紧紧搂在了怀里！孩子望着秀芹，眨巴着眼睛，突然又冒出一句："妈妈，你要带我走吗？"

尽管秀芹知道，要从这魔窟中救出孩子，谈何容易，但面对孩子那双热切期盼的眼睛，秀芹不知不觉地点了点头。

小乞丐的眼睛一下子亮了起来，他急切地说"妈妈，你把冬冬、羊羊，还有兰兰一起带走好吗？兰兰歌唱得最好听。"这轻轻的一句话，在秀芹听来犹如石破天惊！自己的怀疑终于被证实了：这里果然是人贩子们窝藏孩子的黑窝。她见小乞丐那双又大又黑的眼睛望着她，期待她的回答。

她毫不犹豫地重重点点头说："对，都带走！"

秀芹听小乞丐说兰兰唱歌好听，心又一动，问："你告诉我，兰兰都爱唱什么歌呀？"小乞丐歪着脑袋想了一会说："她会唱的歌儿可多了。她最爱唱的歌是'一挦麦，两挦麦，三挦动手拍荞麦'……"秀芹的头"嗡"地响了起来，她手一松，捧着的饭撒了一地，心里在喊：女儿，女儿，蕊儿啊！妈妈为寻找你，踏破了铁鞋。莫非，你就在这里？

秀芹觉得此处非久留之地！她连忙控制住自己的情绪，匆匆喂完小乞丐的饭，让他吃下退热药片，替他掖好了破棉絮。临走时，小乞丐看了一

眼窗外，然后又小声说了一句："妈妈不怕，我什么都不说！"

秀芹回来后，她就想去县城公安局报案。可是一晃过了五六天，秀芹正为找不到出"别墅"去报案的机会而心焦如焚时，"老菜帮子"却交给秀芹二十几元钱，叫她到城里去买几包奶粉，并说："你什么也不要问，早去早回。"说罢，还拿出套干净衣服，叫秀芹换了。

秀芹抑制住剧烈的心跳，先缩着头，袖着手，慢吞吞地走了好长一段路，在确认没人注意她时，便加快脚步，奔向县城，走进了县公安局的大门……

5. 奋身斗魔

秀芹反映的情况，引起了公安部门的高度重视，并决定当天天黑之后开始行动。

秀芹在傍晚时分回到了"别墅"。她除了买两包奶粉外，为防不测，还买了一把锋利的匕首藏在身上。

走进"别墅"，她见"别墅"内停着一辆破旧车子，"青头皮"戴着墨镜在旁与另一个男子头碰头地嘀咕什么。秀芹连忙闪身进破楼，藏在窗边一角，观察着"青头皮"那边的动静。突然身后传来一声："大妹子，回来了？"这一声吓了秀芹一跳，回头一看，见"老菜帮子"正坐在暗角里抹眼泪。

秀芹说："大妈，喏，奶粉我买来了。你怎么啦？"

"老菜帮子"说："大妹子，谢谢你叫我大妈，谢谢你还把我当个人，可我……""老菜帮子"说着，又从身边摸出了50元钱说，"这钱还给你，留着身边好用，你也赶快离开这个地方吧。"秀芹故作悲伤地试探道："大妈，你要走？是跟着'青头皮'走吗，几时回来？""老菜帮子"说："他们让我跟那些孩子一起走，还说给我一大笔钱，可我害怕呀。"说到这里，"老菜帮子"自觉失口了，"我，我这说些什么呀？我什么也没说，什么也没说……"

秀芹听说"青头皮"一伙要在天黑前把孩子转移走，可急坏了。情况突变，需要马上报告公安局！可是，自己若离去，这里的线索就"断"了，何况自己也难随便走动呀，这可怎么办？

秀芹心急火燎，突然把眼光转向了"老菜帮子"。通过这段时间的接触，她知道这老太虽被歹徒利用，但良知并未泯灭，得争取她。

太阳已经西斜，那辆车子已经启动朝着"仓库"方向驶去，情况紧急已容不得秀芹过多考虑。她赶忙走到"老菜帮子"面前，突然"扑通"朝她跪下："大妈，求您救救我的女儿！"

"老菜帮子"见秀芹直挺挺地跪在眼前，着实吃了一惊。"妹子，自古以来，哪有给叫花子下跪的。你这是干啥呀？"

秀芹一把抓住"老菜帮子"的手说："大妈，我对你实说了吧，我不是叫花子，我为了寻找女儿，才装扮成叫花子的。我发现我的女儿蕊儿她，就在那'仓库'里，就是那个被你们叫作'兰兰'的女孩……"

"老菜帮子"惊得嘴巴张着，却说不出话。这个老太也是为了自己的女儿，才跟"青头皮"出来"打工"的，她对"青头皮"等残害孩子也很心疼。现在见秀芹为了救女儿跪着求她，她犹豫了。

秀芹见"老菜帮子"愣着，就干

脆把话全挑明了说："大妈，你就是不救这些孩子，你也救不了自己！你知道这伙人的事情太多了，他们哪会放过你！你这么大年纪了，你要保个'善终'呀！"

这话可是点中了"老菜帮子"的命穴！她老泪纵横地说："可我……我怎么救我女儿？救那些孩子？我能干什么呀？"

秀芹快步走到窗前警惕地朝外环视了一遍，然后从内衣口袋掏出一张纸，说："大妈，这上面有个电话号码，你往西走一里多路，有个路边小店，小店里有电话机……""这是给谁打电话？""公安局！""公安局？"老菜帮子"露出了惊慌的神色。

秀芹说："大妈，别怕！法律是公正的。公安局已经掌握了情况。只是没想到这帮恶人要提前行动。不过，这正是你立功赎罪的机会呀！你救下孩子，也就救下你自己了！""老菜帮子"双眼亮了："大妹子，你说得很对，我这就走！可……你咋办？"秀芹往外推她："快走吧，我知道该怎么做。只要我在，就不能让他们把孩子带走！"

天色开始昏暗了。秀芹心情紧张地在思索着应付的法子。

"老菜帮子！老菜帮子！"

突然传来"青头皮"的声音，秀芹一阵紧张，忙往脸上抹了把脏土，然后装作一副痴呆的样子迎了出去：

"我姑，不在哩！""上哪儿了？""她说她今天要到好地方去哩，有点东西要带上。去拿了。喏，到那幢楼，不对！不对，在那幢楼，啊呀，我也不知她在哪里了。"

"青头皮"气急败坏地骂道："我早就知道这老东西藏私货！哼，有她好受的！"不过，秀芹此招也没能拖延多少时间。"青头皮"一伙四处寻找"老菜帮子"不见，几个人急急碰了一下头，就朝车子走去，一会儿，车子启动朝"别墅"大门开去。秀芹一见，紧追几步，站在了车前大声喊道："停车!你们不能把这些孩子带走！"

这突如其来的一声断喝，对做贼心虚的"青头皮"一伙来说，无异于一声炸雷！看着刚才还疯疯傻傻的女人，突然如战神般威风凛凛地挡在车前，他们一时都懵住了。

不过，"青头皮"毕竟是黑道上的老资格，他不慌不忙地从驾驶室下来，摘下墨镜打量着秀芹问："是你？我早就觉得哪儿不对劲了。说说看，哪个'老大'名下的？要多少？你不就是想分点儿财吗？喏，你看，这够吗？"说着摆弄着一大叠钞票向秀芹靠过来。

秀芹一扬手，把"青头皮"手中的钱打了个满天飞。"他妈的，不识好歹！""青头皮"恼怒了，举拳朝秀芹砸来。秀芹头一偏避过来拳，随手扬起了那把匕首："别过来，老实点！

我……我是公安局的！"

这后面一句是秀芹情急之中的应对，但威慑力却大得惊人，吓得车上的几个歹徒叫起来，有几个还"嗖嗖"跳下车，想拔腿逃跑。

"别动！""青头皮"朝后一摆手，车上车下的同伙霎时安静下来了。他"嘿嘿"冷笑一声："你唬谁呀？公安局就派你一个娘们儿来抓大爷？就凭你那把削苹果的小刀子？嘿嘿！见过这个吗？""青皮头"说罢，从身上"嗖"地摸出尺把长的钢刀。接着他摆手示意同伙撸起撒落在地上的钞票，然后又朝秀芹走来："不管你是哪个'庙'里的姑奶奶，咱们井水不犯河水！把钱拿着。""青头皮"不敢恋战，把钱往路边一放，朝同伙一挥手说："走！"

眼看一伙歹徒上了车，车子又发动了起来，秀芹急得冷汗直冒，她想我一个弱女子怎能挡住汽车轱辘转动呀。一想到车轱辘，秀芹眼睛一亮，她突然"呀——"地高喊一声，就像战士拼刺刀似的，手举匕首迎面向车子冲去。还没等"青头皮"一伙反应过来，她已经把匕首深深扎进了车轮胎!只听"哧——"、"哧——"声响，被扎的车轱辘渐渐瘪了下去，车子像一只瘟鸡似的趴在那儿不动了！

秀芹惨白的脸上露出了胜利的微笑。她依旧直挺挺站在车前！

"青头皮"嚎叫了一声，他做梦也

没想到一个弱女子竟会来这一手。现在轮到他冒冷汗了。他像个输急了的赌徒，双眼血红，高声嚎叫起来"打，给我打，打死她！"

此令一下，歹徒们纷纷跳下车，围住秀芹拳打脚踢。

就在这危急之时，突然一声炸雷似的断喝："住手，不许动！"接着，几支黑黝黝的枪口对准了这帮行凶的歹徒。

民警同志扶起被打得遍体鳞伤的秀芹。可她顾不得伤痛，环顾左右急切地问："孩子呢？孩子们在哪里？""老菜帮子"急忙答道："都在哩，你放心，都救出来了！"秀芹闻听此言，激动得眼泪汹涌而出。忽然，她站起身，跌跌撞撞朝破车冲去，冲到车前，她撕心裂肺地大喊："蕊儿，妈妈来了！"

车门"咣当"一声打开了，奇怪的是卡车里面静静的。警察用手电筒一照，只见车板上横七竖八地躺满了孩子，像死了一般。原来"青头皮"给他们全灌下了安眠药。

秀芹在孩子中焦急地寻找着蕊儿，可找了一遍又一遍，就是没蕊儿。她猛然醒悟：两年了，孩子长相一定变了，怎么可能一眼认出呢？于是她急忙朝车下大叫："大妈，大妈，你快过来！"

"老菜帮子"应声上车，秀芹拉住她说："快，快告诉我，哪个是兰兰……""老菜帮子"很快就把一个昏睡的小女孩抱到了秀芹的面前。

秀芹一把接过孩子，边吻边叫："蕊儿，蕊儿，睁开眼看看妈妈！"

突然，她发现怀中的女孩右鬓角有两颗黑痣，她急忙拉起孩子右臂的棉衣袖，一看之下，她惊呆了，孩子的右臂弯里没有花蕊状的胎记，呀，天哪！怀中的孩子不是蕊儿！

秀芹哭着问"老菜帮子"："告诉我，兰兰怎么会唱'一挼麦，两挼麦'？这里还有哪个孩子会唱？""老菜帮子"吓得愣怔了一会才说："这，这歌是我平时为了哄他们不哭，唱给他们听的，这歌怎么啦？"她的话没说完，只听秀芹"哇"地一声，吐出一大口鲜血！紧接着又"扑通"一声，一头栽倒在车上。

6. 情深心碎

待秀芹醒来时，她在医院已睡了好多天了。有关领导告诉她，这次共救了19个孩子，公安部门以"青头皮"为突破口，破获了一个涉及全国的特大拐骗贩卖儿童案。案犯绝大多数已落网，只是狡猾的"独眼龙"溜了，现在正在追捕之中。

几天后，秀芹出院了。她将告别这座曾给她留下一段难忘经历的小县城，去找她的女儿。

走之前，她要去福利院看望那些

没有和父母联系上的孩子。

在民政局同志的陪同下，秀芹跨进福利院的大门，突然腿被人紧紧抱住，随即听到了"妈妈，妈妈——！"的尖叫声。

秀芹往下一看，抱她腿喊"妈妈"的，竟是曾与她生死相依的小乞丐。秀芹惊喜之下，禁不住泪水涟涟地抱起孩子，问道："小朋友都在唱歌，你坐在门口干什么呀？"

"我等你，妈妈！你怎么才来呀！"孩子紧紧抱着她的头，突然委屈地大哭了起来！

福利院的阿姨告诉她，这孩子天天在门口等她，天黑了也不肯回。秀芹听了，刚止住的泪水又无声地汩汩而下，她更紧地抱住了孩子，情不自禁地一下又一下亲着孩子的小脸蛋。

亲着亲着，突然她意识到这孩子真的把她当成他的母亲了！

阿姨告诉秀芹，"小乞丐"的名字叫柴玉清，他是5岁时被"拐子"拐跑的。他的家，就在邻省的一个山区，父母已经找到，这里和当地民政部门都已联系好了，可不知为什么，他的父母到现在还没来认领。

这天晚上，秀芹就住在福利院里。她想找个机会慢慢向孩子解释清楚再走。可是，看着偎依在自己怀里的孩子那一脸幸福的神情，秀芹几次欲言又止。这一夜，她搂着小玉清，几乎整夜未睡。直到天快亮时，她终于

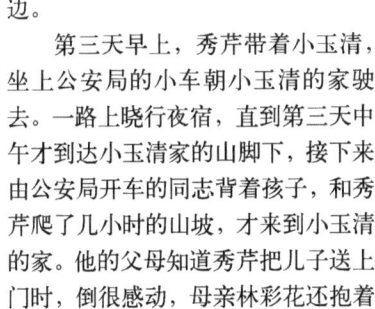

作出决断：孩子需要妈妈，她要亲自将他送到父母的身边。

第三天早上，秀芹带着小玉清，坐上公安局的小车朝小玉清的家驶去。一路上晓行夜宿，直到第三天中午才到达小玉清家的山脚下，接下来由公安局开车的同志背着孩子，和秀芹爬了几小时的山坡，才来到小玉清的家。他的父母知道秀芹把儿子送上门时，倒很感动，母亲林彩花还抱着孩子哭喊着"我的娃娃，我的肉"。谁知当夫妻俩发现儿子那条骇人的残腿时，女的脸色白了，男的眼睛也直了。

当天晚上，公安局的同志有急事下山走了。秀芹被女的死死拽住留下了。

第二天清晨，秀芹刚刚起床，小玉清的爸爸柴根土就敲门进房，对她说："大妹子，对不住得很哩，昨天夜里，我和我老婆又仔仔细细辨认过了，发现搞错了，你带的那个孩子，他……他，嘿，他不是我的儿子！"秀芹怔怔地看着柴根土，说："你说什么？""我是说，咳咳！这孩子，他不是我丢失的那个。"

秀芹大吃一惊！过了好一会，她才憋出一句话："你昨儿个认得好好的，今天又凭什么说清清不是你儿子了？凭什么？"柴根土说："不是就不是，没什么凭的。"

秀芹一转身，进了另一个房间，

　　林彩花正抱着小玉清在流泪。秀芹声音颤抖地说："林彩花，咱都是做娘的，你拿镜子照照自己的脸，再看看清清的脸，你能狠下心说这孩子不是你生的？亲生骨肉不认，你们到底要干什么？"林彩花哭出声来了："阿姐，你什么也别多问了，你是个好人，你带这个孩子走吧，就当是做好事吧！我那男人是个不争气的货，孩子留在这里也是受苦哇……"

　　柴根土一步跨了进来，对秀芹说："不用多说了，这孩子是你带来的，麻烦你把他带走！我们凭什么要养别人的孩子呢！我们凭什么养个瘫子！"

　　秀芹全明白了：柴根土说东道西，原来是不愿接受这个已经残疾了的儿子，她怒火中烧，忍不住指着夫妻俩骂道："天底下竟有你们这样的父母？看看孩子的腿，看看孩子身上的那些疤吧！他是九死一生才回到你们跟前的呀！你们竟然不认他？你们还算人吗？！"

　　秀芹越说越气。她气得"蹬蹬蹬"跑去拎起自己的包，头也不回地跨出了柴家的门，朝山下走去。

　　突然，她的身后传来"砰！"的一声关门声，接着传来孩子"哇……"的哭叫声。秀芹猛回头，只见小玉清被他父亲拎着丢在门外，重重地跌倒在泥地里！

　　"妈妈，妈妈——"小玉清惊恐地一边哭叫着，一边向秀芹爬了过来！

　　看见这一情景，秀芹的心碎了，她再也迈不动步子。呆呆地站了一会，秀芹转身奔到孩子面前，一把将满脸是泪、浑身是土的小玉清抱在了怀里！

　　小玉清紧紧搂着秀芹的头，浑身颤抖。秀芹只感到自己的心在阵阵抽搐，仿佛整个人都要爆炸了。她无法理解小玉清为什么在饱受歹徒摧残后，还要遭受亲人

的伤害！秀芹决心要当面找柴根土论个理儿。于是她不顾一切地举手奋力擂门："柴根土，你开门！你还是不是人！你们不能就这样把亲生骨肉抛弃了。你们这样做是犯法的，是伤天害理的！"

可是，任凭秀芹责骂，擂门，门里却始终没有一点动静。

秀芹手擂肿了，嗓子喊哑了，力气也用尽了，终于身子一软倒在了柴家门前。被惊吓得瘫在地上簌簌发抖的小玉清，此时屁股着地，不声不响地挪过来，紧紧地偎进了秀芹的怀抱。

秀芹抱着孩子，欲哭无泪。但有一点她算是明白过来了：就柴根土那样卑鄙而又丧失人性的父亲，小玉清即便留在这个家中，也不会有好结果。秀芹终于打定主意：带孩子走，不能让这可怜的孩子再受伤害了！

决心一定，秀芹心情随之平静下来。她缓缓站起身，从包里拿出毛巾，在门前的小水塘边，为孩子洗干净了手和脸。然后对孩子说："清清，妈妈带你走，也许我们永远也不会到这里来了。现在，你向你的生身父母叩个头，道个别吧！"

小玉清懂事地点点头，然后跪在门前，朝门口端端正正地拜了三拜。

7. 真爱是金

离开小玉清的家，秀芹给当地民政局领导写了一封长信，诉说了此行的遭遇，同时，又附上了一份申请书，要求领养小玉清。

一转眼，秀芹带着小玉清寻找蕊儿已经两个多月了。不知不觉间，又到了夏季。

一天，她背着小玉清正在一个小县城张贴"寻女启事"时，居然奇迹般地遇见了"老菜帮子"。"老菜帮子"告诉秀芹，她发现有个修自行车的人，很像"独眼龙"。

听到有"独眼龙"的线索，秀芹怎肯放过。她拿了公安局出具的证明，来到当地派出所求助。派出所领导当即亲自带了几个警察，穿上便衣，来到那个自行车修车棚周围埋伏下来。

秀芹看见了修车棚中那个修车人，只见他戴着墨镜，架着二郎腿在吸烟。秀芹见过"独眼龙"两次面，心中没底，一旁的"老菜帮子"也说不能百分之百肯定。于是，她们抱着小玉清，打开伞遮着脸朝对面走去。两人正紧张地商量着怎么靠近修车人时，哪知小玉清突然大喊大叫起来："大掌柜大坏蛋！独眼龙，大坏蛋！"

听到小玉清的怒骂，修车人猛地抬起头来，正和"老菜帮子"来了个面对面。"独眼龙"脱口而出："老菜帮子！"话一出口，立即醒悟过来，慌忙拖过一辆摩托车，飞身上车。眼看

"独眼龙"骑着摩托车已经上了路。秀芹猛地把伞一扔，飞扑上前，伸开双手一下子勾住了"独眼龙"的脖子，整个人都跟着车子"飞"了起来!

"独眼龙"怎么也没料到横刺里冲出一个不要命的人。惊慌失措之中，摩托车失去了控制，像个醉汉似的冲向旁边一排水果摊。在一片惊呼声中，各色瓜果满地飞滚。"独眼龙"和秀芹也被重重摔向路中心! 独眼龙摔得鼻青脸肿。秀芹额头鲜血直流。但她仍死死拖住"独眼龙"不放。"独眼龙"急了，抓起路边一块石头就要朝秀芹脑袋砸去! 这时，埋伏的警察已经赶来，很快就将"独眼龙""咔嚓"拷上了手铐。

秀芹在"老菜帮子"的搀扶下走了过来，平静地对派出所的同志说："我有一句话要问这个人，行吗?"还未等到回答，秀芹已经走到独眼龙跟前，突然抡起双手，使出全身的力气左右开弓，朝那张丑恶的脸"啪啪"扇了两记耳光! 接着她撕心裂肺地大声哭骂："强盗! 恶棍! 你还我丈夫! 还我女儿!"

恶魔"独眼龙"终于绳之以法了。经公安部门加紧审讯，"独眼龙"又交代了一批被拐卖的小孩的下落。秀芹终于从公安局提供的被拐卖的孩子中发现了女儿蕊儿的照片。

自从看到了蕊儿的照片那天起，秀芹寻女的事十分顺利。前后不过四天，双方公安局就把该办的手续都办了，收养蕊儿的人家也表态了，愿意把孩子归还她。公安部门的同志通知秀芹，明天，可以去接女儿了!

吃过早饭，当地公安局的同志开了小汽车，停在了小旅馆院内，秀芹拎起手提包朝门外走去，正要抬腿上车，小玉清突然放声哭了起来。这哭声来得那么突然，那么凄然。秀芹愣住了，她连忙回身，搂着儿子。小玉清不哭了，却泪汪汪地问了这么一句："妈妈，你还会回来吗?"

秀芹听了小玉清这句问话，心又一次隐隐作痛。她明白了，孩子盼望妈妈能找到妹妹，又怕妹妹夺走了他的妈妈……秀芹紧紧抱住儿子，笑着说："乖儿子，妈妈爱你，也爱妹妹。妈妈把妹妹领回来，咱就回樟树村老家了。到那时，妈妈开店，你领着妹妹到学堂念书……"

两天后，秀芹来到了女儿所在的滨江市。当地公安局的同志非常热情地接待了她。据他们介绍，她的女儿三年前病得奄奄一息，人贩子把她扔在人民医院门前，被一个上医院看病的老妇人拾起并救活了，后来这户人家就收养了她。蕊儿的养父养母都是教师。蕊儿现在的名字叫晶晶，是市实验小学一年级的学生。

下午，公安局的同志陪她驱车来到蕊儿的养父母家。

蕊儿的养父母家，住在城郊一幢带园子的古朴老式房子里。隔着铁栅围栏，只见园内花树簇簇，碧草如茵。蕊儿的养父母早已候在门前，那男的自我介绍姓吴，妻子姓陆。

进入客厅，秀芹一眼便看见一辆轮椅上坐着一位头发斑白的老人，老人的身边站着一位穿着白短裙、白皮鞋，乌黑的长发上系着一根粉色缎带的小姑娘。

秀芹目不转睛地盯着眼前的小姑娘，一时间，她竟疑惑起来：这个美得像"白雪公主"的小姑娘，真的是蕊儿？她顾不得想别的，几步上前把孩子揽在怀里，拉过她的右手往臂弯里一看，一块花蕊状的胎记赫然在目，只是比记忆中更大、更鲜红！

养母说："晶晶，这是你的妈妈，快叫妈妈！"

蕊儿看着秀芹，半晌不作声。在养母一再催促下，她终于开口叫了："阿姨——"

这两个字一出口，满座皆惊！一家子急得头上渗出汗。老外婆摇着轮椅过来："晶晶，你怎么不听话？外婆昨天怎么和你说的，啊！"

蕊儿好像什么也没听见，她定定地看着秀芹，又叫了声："阿姨"。秀芹听了，身子晃了晃，恍恍惚惚地问女儿："你叫我阿姨？可你知道吗？我是你的妈妈呀！"

"我知道。"小姑娘回答得挺干脆。她想了想又问秀芹："您是一个好人吗？"

秀芹不知所措地点点头："我想，是的。""好人要互相帮助，对吗？"蕊儿又问。秀芹又机械地点了点头。"如果我有事求您帮忙，您肯定能帮？"得到秀芹肯定的回答后，蕊儿突然哭了："那您就帮我这个忙吧：别带走我！妈妈有病，外婆也有病。知道您要来，她们天天哭。如果我跟您走了，外婆会死的，我不让外婆死！"孩子说罢，号啕大哭。

秀芹此时脑子里是一片空白。三年了，她曾千万次地设想过母女重逢

的场景，却怎么也没想过是今天这个样子。

吴老师把秀芹领到蕊儿的房内，突然，秀芹的目光被房内那架钢琴上的一只黄绒绒的玩具鸭吸引住了。她的心，被深深刺了一下。她情不自禁地拿起了它。吴老师并未注意到秀芹神态的变化，还在自顾自说着："这鸭子是她最爱的玩具。小时候，她叫这鸭子'嘎嘎'，现在还这样叫呢！"

听了这话，秀芹再也抑制不住自己的感情，她抱着这只玩具鸭，趴在钢琴上无声地恸哭起来。也不知过了多久，秀芹哭够了，心里舒坦了许多。她抬起头一看，只见蕊儿站在面前，正泪花闪闪地看着自己！孩子的身后，默默并排站着她的养父母，还有轮椅上的外婆。

"妈妈——"蕊儿突然朝着她一声哭喊，扑进了她的怀里！

第二天清晨，天蒙蒙亮，秀芹悄悄走了。桌上，一个用黄缎子包着的纸盒子内，放着她留给女儿的两样礼物：一只晶莹剔透的碧玉镯子，一只已褪了毛的黄颜色玩具鸭子。此外，还有封信。信中写道：

吴老师、陆老师、外婆:你们好！我走了。我思考了很久，还是决定把女儿留在你们的身边。理由很简单：女儿深爱着你们。即使是亲娘的我，也没有权利夺走孩子的这份爱。更何况，蕊儿她三年前已经遭受过一次失

去亲人的痛苦，我怎忍心让她再经受一次同样的痛苦？我寻找女儿，已漫漫三长载。苍天不负苦心人，我终于找到了她，并且知道她生活得这样幸福，我安心了、满足了。谢谢你们！谢谢你们救了我女儿，谢谢你们给了她那么多的爱！拜托你们一件事：将我留下的两样东西交给我女儿。一只碧玉镯子是我娘家的祖传之物，是蕊儿她外婆让我交给她的。另外一只玩具鸭子，是蕊儿她爸去世前给女儿买的，是女儿最喜爱的"嘎嘎"……我走了，我走得心率无挂。今后，无论在天涯海角，我都会祈求上苍赐福你们全家，赐福给我的女儿！还忘了告诉你们一件事：蕊儿的生日是农历的三月三，那正是传说中百花仙子的生日……

两天后，秀芹一个人默默地又回到了小旅馆，大老远，她就发现了坐在大门口的小玉清。

"妈妈——!"一声呼喊，小玉清屁股落地，使出浑身的劲，挪着爬着向她迎来。秀芹也飞奔过来，喊着："清清——"

三天后，秀芹手里拎着包，背了小玉清，登上了回樟树村的班车……

（本篇月月评短信代码：1119）

（题图、插图：杨宏富）

（本栏目欢迎来稿。来稿不拘形式，可从邮局寄发，也可从网上传递。如为电子邮件，请发以下信箱：xiaobaigsh@126.com）

悲剧故事

　　本书所收10则故事是从《故事会》刊登的数千同类作品中精选出来的，主人公的遭遇构成了凄怆感人的故事情节，主人公的命运牵动人心，主人公悲惨的结局更令人心颤。

喜剧故事

　　从《故事会》"幽默世界"栏目中精心挑选成集，按内容分为：谐趣篇、巧计篇、戏谑篇、讽刺篇、荒诞篇、沉思篇。本书的特点是：(1)现代感强。作品均是反映当代生活的各类题材；(2)短小精悍。作品长不过千余字，短只有三四百字，言简意赅，内容丰富。

恩仇故事

　　构成恩仇的因素是多方面的：由爱变恨，由恨成仇；以怒报德，恩将仇报；忘恩负义，寻仇报复；亲人之间，恩怨仇杀……本书这9则中篇恩仇故事矛盾冲突尖锐复杂，有很强的可读性。

怨女故事

　　这是一本关于悲怨女人的故事书，54则作品分为"大祸从天降、魂系狼窝口、扭曲的灵魂、水火当有情、红颜怨恨天、情谊伴君行、三女抗争记、情歌绝唱对、亡灵的哭泣、山村血泪情"等10个篇章。

裸体的小伙子

从前，在鲁兰河畔生活着一群贫苦的纤夫。由于穷困，他们每人一年四季仅有一条裤子，里面连个短裤衩都没有。到了夏天，他们就干脆赤裸着身子拉纤；省下裤子以免磨损。纤夫们赤着身子，打着号子，专心致志地拉纤，女人们照样到河边洗衣服捡螺贝，好像什么也没有看见。彼此相安无事。

这年夏天，从遥远的地方来了位小伙子，为了挣口饭吃，他加入了拉纤的行列。可他不知这些纤夫们为何都脱下裤子拉纤，便好奇地寻问其中缘故。纤夫们开玩笑说，这是本地风俗，否则会受到诅咒。小伙子看见纤夫们低着头、弓着腰，一个个像被剥光了皮的耕牛，觉得此地风俗实在不可思议。不过，初来乍到的他还是信以为真。

第一次拉纤的时候，虽然极其羞涩与不安，但他还是在光天化日之下脱得一丝不挂，心里暗暗祈祷着，千万不要有女人从这里经过。然而，恰在此时，小伙子看见迎面来了位年轻妇人。他情不自禁地满脸通红，慌忙丢下纤绳，一溜烟跑去采了片宽大的树叶，死死地捂着羞处。纤夫们都笑得前仰后合、东倒西歪。那位迎面而来的年轻妇人愤怒地走来，气急败坏地骂着。笑声戛然而止，纤夫们都愣在那里，像一尊尊泥塑的雕像。

小伙子暗自庆幸自己用树叶捂住了下身，心想：一群大男人光着身子不挨骂才怪呢！妇人仍然骂不绝口。

此时，一个纤夫不服气地说："有理路道，无理河道，我们也不是今天才裸着身子拉纤的，不住嘴地骂谁呢！"妇人用手指着那小伙子，嚷道："你说我能骂谁？我谁都不骂，专骂用手捂着树叶子的那个！"

生活往往如此，当人们对某一现象习以为常时，倘若谁突然改变了它，常常会被误解为对他人的不尊和羞辱，而不论其改变的动机是出于怎样的积极和友善。

（作者：颜廷录）

奴役将人们贬到最低点，以至他们以喜欢这种奴役而告终。 ——沃维纳格

机："先生，请问您为什么不把那讨厌的大胡子男人扔出车外？"

司机望着雪莉，说："他是我的客人。"

雪莉忍不住自己对那"大胡子"的憎恶，继续说道："那您至少收回您的笑容，别对他那么和善吧！"

"让我来告诉您我家小狗的事吧，"司机很有耐心地说："那条小家伙在每次有月光照耀时，都会整夜朝月亮吠个不停。"

雪莉听了很疑惑，问："这狗和月亮的事又能说明什么呢？"

司机先生很耐人寻味地说："虽然它一直吠叫，但月光依然照耀啊。"

（推荐：桑　日）

月光依然照耀

雪莉在芝加哥工作。每天，她搭乘巴士往返于工作单位和城郊的家。她注意到司机是个很特别的人，每当有乘客上巴士，他都朝他们微笑。每晚有许多乘客上上下下，大家都舒展开紧锁的眉头，回敬那位司机一个个美好的笑容。

然而，雪莉也注意到，有一个乘客始终没有朝司机笑过。他留着浓密的大胡子，常常边上车边粗鲁地咳嗽着，还大着嗓门强迫别人给他让座。

这一切都没让司机停止送上他的微笑。相反，他给"大胡子"男人送上最和煦的微笑。当然，"大胡子"男人似乎从来瞧不见那笑容。

这引起了雪莉的兴趣。有一次，她坐着巴士一直乘到终点。她问司

真的生活

某天，小云终于鼓起勇气对丈夫说："我们分开吧。"丈夫不解地问："为什么？"小云回答说："倦了，就不需要理由了。"

晚上，丈夫只抽烟不说话。小云的心越来越凉，连挽留都不会表达的男人，能给自己什么样的快乐？三年恋爱，两年婚姻，倦他的根源，是渴望浪漫。而他，却天性不善制造浪漫，木讷到让小云感受不到爱的气息。

弄巧成拙 （文：古　今；图：枫　叶）

1. 晚宴上，约翰的女秘书喝醉了，约翰只好送她回家。

2. 回家后，约翰怕妻子不理解，就没将这事告诉妻子。

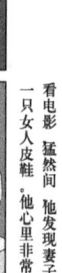

3. 第二天下午，约翰驾车陪妻子去看电影，猛然间，他发现妻子脚边有一只女人皮鞋。他心里非常紧张。

4. 约翰趁妻子不注意，把鞋子扔出窗外，一会儿，妻子伸着一只光脚，四下寻找：“咦，我的鞋呢？”

　　良久，丈夫看着小云，说："云，我怎么做才可以让你改变决定？"

　　小云注视着丈夫的眼睛，说"回答我一个问题，如果你能答到我心里，我就继续做你的老婆。比如，我非常喜欢悬崖上的一朵花，而你去摘的结果是百分之百的死亡，你会不会摘给我？"丈夫久久地看着小云，最后说："明天早晨告诉你答案，好吗？"小云点头。

　　第二天早晨，小云醒来，丈夫已不在屋里，只有一张纸压在温热的牛奶杯下。上面第一行字，就让小云浑身冰凉——

　　"亲爱的，我不会去摘花，但请允许我陈述不去摘的理由——

　　云，你只会用电脑打字，却总把程序弄得一塌糊涂，然后对着键盘哭，我要留着手指给你整理程序；你出门总是忘带钥匙，我要留着双脚跑回来给你开门；在自己的城市里你都常常迷路，我要留着眼睛给你带路……

　　小云的泪滴在纸上，洇开晶莹的花朵。她抹着泪，继续往下看："亲爱的，如果答案还让你满意的话，请你开门吧，我正站在门外，手里提着你喜欢吃的鲜奶面包……"

　　（推荐：郎会法）

　　（本栏题图：李　加）

家庭故事

　　家庭是一个舞台，千千万万个家庭演绎着万万千千的故事。这本故事书里的51则作品，艺术地再现了家庭中的矛盾纠葛、悲欢离合和儿女情长，内容亦庄亦谐，或耐人寻味，或令人捧腹，有较强的可读性和可传性。

情爱故事

　　集中所收38则故事，几乎覆盖人们情爱生活的各个环节，社会众生相在作品中得到了不同程度的映照和折射。这些故事不仅在情节设计上精于构思、巧于安排，而且在艺术风格上也各有所长。对看惯小说电影戏剧的诸位来说，浏览此书是一种全新的享受。

聪明人故事

　　本书犹如一叶风帆，引您在智慧之海遨游。故事中的主人公活跃在各自的人生舞台，凭着自己的聪明才智，斗强蛮，蔑权贵，助弱小，解万难，演绎着一出出绝妙无比的连台活剧，内容既有情节性又有趣味性。

傻子故事

　　傻子故事在民间流传极广。本书共收72则傻子故事，内容生动风趣，人物栩栩如生，一群言行可笑、可悲而又憨厚可爱的艺术形象，如一幅幅色彩奇特而又耐人寻味的漫画，让你目不暇接。

荤 刑

□曹德权

很多年以前，荣州有个知府叫宣洪宝。他在家时长年死读书，结果读成了个书呆子。

宣洪宝上任后，自然是要升堂问案的，遇到刁顽角色，大堂上往往要动刑具，不是杖打屁股就是上竹夹板，往往把人整得死去活来。

宣洪宝使过一阵刑具后，觉得不过瘾，这些刑具只伤及皮肉，使人感到疼痛，却不能让人难受，他想另外发明一些让人特别难受的刑罚来。

宣洪宝想起猪油蛋炒饭的事。当年，父母亲为使他养好身子，今后能光宗耀祖，每日三餐除了大鱼大肉外，晚上还让厨房给他炒碗猪油蛋炒饭补身子。

那时，宣洪宝真是遭了大罪，每日里对着大鱼大肉，一点儿食欲也没有，特别是晚上的猪油蛋炒饭，更是一见便发闷，只想吐。但又不敢违抗父母之命，吃顿晚饭停停歇歇，要花上一两个时辰才能吃下，吃完如受大刑一般，胸口闷得难受，满头大汗淋漓!

宣洪宝决定用这种办法对付犯人，并给取了个名儿叫：荤刑。

不久，县境内出了一个饥民抢米号的案子，差役们赶到现场时，抓住了十几个饥民。

这些人被带到大堂后，宣洪宝就让动刑，杖打屁股，竹夹手指，把十几个饥民整得惨叫连天，但无一人认罪，都说米号故意加倍涨价，逼得他们没有活路了，抢米时是按公认的价钱给了银子的。

宣洪宝大怒："胡说，你们再不认罪画押，我叫你们尝尝最厉害的荦刑！"

那十几个饥民已领教过大堂上刑具的残酷，现在听说要对他们动更可怕的刑，早已吓得直叫饶命。

宣洪宝也不多说，叫把这十几个饥民押入大牢，每日里荦刑侍候！

饥民们不知何谓荦刑，在牢子里提心吊胆地等待。结果荦刑没等来，却一连吃了十几天的猪油蛋炒饭，立马一个个都有了精气神。

饥民们私底下在议论：看这情形，一连吃了十几天猪油蛋炒饭，估计是要动那吓人的荦刑了，唉，就等死吧！不过也还算有运气，临死还能吃上十几天，当个饱死鬼！

过了十几天，饥民们被带到大堂上，宣洪宝阴笑着问："怎么样，这荦刑的滋味还消受得起吧？"

饥民们互相望望，大惑不解，这是咋的啦？还没动刑就问起了此刑的

滋味，难道知府大人脑子出了问题，一群饥民竟不知如何回答，全站在大堂上发呆。

宣洪宝见他们呆着不回答，只当他们被整傻了，开心得放声大笑："我知道你们这十几天是饱受了荦刑之苦了！好吧，本官念你们初犯，你们各自回家去吧！"

宣洪宝的话音刚落，十几个饥民都回过神来，竟全都跪了下去，哀求道："大人，你还是把我们收监吧，我们宁愿受这荦刑也不愿出去饿死啊！"

宣洪宝顿时大怒，一拍惊堂木，向差役们吼道："大胆刁民，竟如此不明事理，那就再关他们一月，荦刑侍候！"

（本篇月月评短信代码：1120）

老黄在公司干了整整十年，一天，他终于从车间被调到公关部。

回家后，老黄乐滋滋地向老婆报了喜。没想到，老婆郝娜立马紧张起来："听说公关部里都是些厉害的狐狸精，你去了，不把你狐倒才怪。"老黄边刮胡子，边不以为然地说："别瞎说，人家干的是正经事。"随后，他擦亮了皮鞋乐颠颠去了公关部。

打那以后，郝娜每天晚上坐在床头盘问老黄。憨厚的老黄把白天的事一一向老婆汇报：哪个女人朝他笑了，哪个女人朝他翻了白眼，都说得明明白白，并再三请老婆放心。可是郝娜总觉得自己的老公人人爱，那颗心说啥也塌实不了。直到有一天——

那天老黄回家后，交给老婆几件物品，说是喜欢他的女人送他的。郝娜端详着老黄的这些"战利品"，长久以来一直悬着的心终于放下了。她吊

着老黄的脖子亲了一下又一下。

从此，老黄隔三差五地从单位带回些"爱情信物"，郝娜得意地把这些信物挂在卧室的墙上，一件一件排列整齐，有黄手绢、纸鹤、领带、钢笔、剃须刀、皮带……猛一看去，像个失物招领栏。郝娜说此用意有二：一是天天能欣赏到丈夫的忠贞，二是对丈夫警钟常敲。

老黄家"爱情信物专栏"一事传到他们公司时，公司经理正为单位里闹离婚的事焦头烂额，婚外恋就像感冒似的流行得厉害，三天两头，就有人哭哭闹闹来找他倾诉、评理，有的甚至大闹离婚，从舌战到武打。经理忙于应付，苦不堪言，听到老黄家的事，他眼睛一亮，有了摆脱困境的计谋。他决定把老黄作为忠实婚姻的先进典型，以点带面，推动全盘。

很快，公司决定召开"忠于爱情，捍卫婚姻"的动员大会，经理号召公

上缴爱情

□ 紫雪

爱情是生活中美好的东西，但却往往因为我们对它提出过分的要求而被破坏了。 ——莫泊桑

反季种植

□ 谭 洪

某乡召开"反季蔬菜种植致富经验交流大会"。会议安排乡长在大会结束时总结发言。

乡长因为要赶去参加另一重要酒席，于是在大会开始时他便先作完了总结，然后提前走了。乡长走后，正式的经验交流会议才开始。

首先是一位老农上台发言。发言结束后，要回答记者提问。记者说："请您透露一下您成功种植'反季蔬菜'的秘诀，好吗？"老农憨厚地笑道"其实也没有什么秘诀，就是在冬天种夏天的菜，夏天栽冬天的菜。就像刚才乡长的讲话，把本该最后的发言拿到前面讲，都是一回事。反正，颠倒过来就是。"

全场哄笑，继而响起热烈的掌声。

（本篇月月评短信代码：1122）

司男女职工向老黄学习。

尽管老黄家里屋外被踩得菜地似的，郝娜心里却乐开了花，她响亮地吻着老黄的额头说："天哪，我太幸福了！简直让人受不了。你真是个小宝贝。"

开表彰大会那天，公司的大礼堂被挤得水泄不通。

老黄接过金光闪闪的奖杯时，台下掌声雷动。很多人在高喊，请老黄说几句，介绍介绍经验。老黄激动得两腿发颤，一转身溜到台后。

经理哭着脸说："你怎么不说几句，快上台去。"

老黄憋红了脸，一言不发。

台下掌声仍在有节奏地响。

经理这下可火了："你这傻大冒！先进怎能不发言？！"

老黄实在拗不过去，把头一耷拉："我狗屁经验！老婆在墙上挂的那些东西，都是我上街买来的。"

（本篇月月评短信代码：1121）

这钱值得花

□ 李园春

老王头有个孙子，叫小龙。今年高考，孙子的成绩离本科录取线仅差那么2分。有道是考完小孩考家长，小龙的父母都不在本城，重任全落到了老王头肩上。这些天，他老是愁眉苦脸地求爷爷告奶奶，到处托人找门路。

一天晚上，王老头的邻居老张兴冲冲来找他，说已经替老王头联系到了一个特有本事的人，保管能让他家小龙上本科。老王头一听有戏，马上千恩万谢，又把家中准备好的烟酒礼包拿出来答谢老张。老张倒也爽快，一摆手，说："咱先不提这些，事办成了再说。不过，魏总那边倒是要先意思意思。"老王头伸出右手，在老张面前晃了晃五个指头，问："这个数，够吗？"老张笑笑："那要看你想让小龙进啥大学了。"

当晚，老王头跟着老张到了魏总的家。

老张把老王头介绍成自己的亲戚，魏总便十分亲切地对老王头说："既然是老张的亲戚，这事包在我身上！"

老张试探性地说："那这事就全靠您了。您看这特招的费用要多少钱？"魏总没做声。老王头见魏总不吭声，急了，连忙说："魏总啊，孙子是我一手带大的，这钱我舍得花！"魏总看了看手表，欠起身，说"这样吧，你回去和家里合计合计，看你孙子想上哪所大学再说。晚上市里有个领导约我，我得去一趟。"

老张看魏总有送客的意思，赶紧说："这，要不要先放点钱在你这张罗这事？"魏总摆摆手，说："不要了，到时候再说。""多少放一点吧。"老张还是坚持要先放点钱。

一旁的老王头赶忙从口袋里掏出那包钱，塞给老张，说"这是五千元，

只有穷人才能明白送礼是一种奢侈的行为。 ——乔治·爱略特

涵子（网上来信）：我是个初三女生，16岁。《故事会》陪伴我十多年了。上小学之前，妈妈经常捧着《故事会》给我讲故事，后来，妈妈忙，没时间，我就学着自己看。虽然还不识几个字，很多故事读不懂，甚至，读一个小笑话都需要查字典，问家长，花好长时间。可是，我还是愿意放弃和伙伴玩耍的机会，伏在桌上假装"小作家"。一开始只是觉得有意思，等到上小学以后才发现，我认识的字比同学都多，而且，也养成了爱读书的好习惯。现在，我们语文课有好多阅读题都是我在《故事会》上看过的，所以，理解和阅读能力都比别人强。我的作文成绩也经常是班里的第一名，老师说我在写作上很有前途。我很喜欢写一些小故事，小散文，虽说不是很成熟的作品，但我真的很想在《故事会》上看到自己的名字。我也可以发表文章吗？希望得到小白的鼓励。

小白：看到涵子的信，非常感慨。我常常收到小读者的来信，说自己的父母、老师不允许他们看《故事会》，怕孩子不用功读书，把时间浪费在看课外书上。我又想到另一件事 去年海南有个学生高考作文得了满分，而这篇优秀作文引用了《故事会》上的作品，而且，几乎每年高考都有类似的事情发生……怎样才能读好书，特别是在文科学习上出类拔萃呢？

其实，兴趣是孩子最好的老师。涵子的亲身经历就是一个绝好的例子，对她而言，故事的魅力已经在无形中渗透到她的日常学习中，阅读和写作由此成为轻松愉快的事情。在这封信的字里行间，您能读出涵子由衷的满足感与自豪感。当然，涵子还不够勇敢，小白想告诉涵子：别有太多顾虑，将你满意的作品寄给我们或其他刊物，相信在编辑的帮助下，你的主动参与会令你更加受益！

《故事会》的办刊宗旨是"把我的作品变成你心中的故事"，我们也一直致力于使更多的作品成为学生们"心中的故事"。由于故事具有读得进、记得住、传得开的流传特点，所以不仅能提高学生的阅读能力，而且能使学生灵活地运用自己曾经看过的故事，将其作为作文素材，这也是一种能力的体现。特别是现在的中考、高考已经越来越注重考察学生的实际能力和知识面，《故事会》是帮助学生更多关心生活、关心社会、关心文化的窗口。不知那些反对孩子看《故事会》的家长和老师能否同意小白的观点呢？

小意思。"老张转手便递给魏总。魏总推辞了一下，说："这怎么好意思呢？事还没办哩。"虽然嘴上这么说，手里却已接过红包，放进裤兜里了。

老王头看魏总还在客气，忍不住一句话脱口而出："魏总，您千万别客气，这钱花在俺孙子身上，值！"

魏总一下子愣住了，越想越不是味道，放在裤兜里的手又要把红包拿出来，老张见状连忙上前，一手压住魏总放在裤兜上的手，一手拍了拍魏总的肩膀，说："别介意，老王头不是说您，他是说这钱是花在他孙子身上的，再多也值。"魏总一脸窘相，不知道该说什么好。

（本篇月月评短信代码：1123）

最刺激的手机铃声

□ 黄　胜

这天，局长办公室的几个人正聊得热火朝天，"笃、笃、笃……"敲门声很有节奏地响起。

"请进。"众人赶紧正襟危坐，人人一副日理万机的样子。外面却没动静。"怎么回事？"大刘起身过去开了门，门外却并没有人，正在纳闷，"笃笃"的敲门声又起，大家都把目光集中到秘书小王身上，只见小王从腰里拿出手机，一脸得意地问："各位，这种铃声酷不酷？"

原来，这是他新设置的手机铃声。大刘很是羡慕，蹭到小王身边，用巴结的口气说："给我的手机也设置一个酷的吧？"有人开头，众人都觉得自己的手机铃声单调无味，纷纷把自己的手机交给小王，连老成持重的赵科长也凑上了热闹。

于是，小王给大刘设置成了小狗叫；孙姐爱好音乐，设置了一段高雅的古琴曲；赵科长不变则已，一变惊

人，换成了老母鸡下蛋——呱呱蛋、呱呱蛋……设置完毕后，大家互相拨打着手机，嘻嘻哈哈，都很兴奋。

里屋的王局长开门出来，问："啥事让大伙都这么高兴？"赵科长抢着说了，然后建议道："王局长，你也叫小王给设置一个吧，很好玩。"王局长很随和，善于与民同乐，就乐呵呵地拿出手机递给王秘书，说："我早听够了这个嘟嘟声，软绵绵的，给我换个刺激有力的。"这时候，外面有人喊王局长过去开会，王局长边往外走边对小王说："换好了你给我放到里屋桌子上，下班我来拿。"

局长一走，小王不敢自己做主，与大家一起商议设置哪种铃声刺激有

力。最后，还是赵科长提了一种声音，大家一致同意，就数它最刺激。

第二天早上，刚上班，大刘就气急败坏地找小王算账，说："什么狗屁铃声，今天早晨我到河边锻炼，手机一响，一群小狗就把我给包围了，赶都赶不散，拼了命我才杀出重围。"大伙哈哈大笑，说你手机里的狗吠声录的准是一条处在发情期的小母狗的叫声。

王局长一直未来上班，中午的时候，忽然传来消息，说王局长昨晚因心脏病突然发作，住院了。大家很奇怪，王局长的身体一直很棒呀，跳起舞来一宿都不叫累，怎么忽然就得了心脏病呢。

孙姐出去转了一圈，回来后神色诡秘，带来一个绝密的小道消息：王局长是在洗浴城单间休息时心脏病突然发作的。据服务小姐交待，当时一切正常，只不过王局的手机忽然响了。孙姐眉飞色舞地说："那小姐一定很'劲'，王局这岁数，大概受不了那强烈刺激。"

一说"刺激"，小王心中"忽悠"一颤，暗叫不妙。再看赵科长、大刘，两人脸色也变了，几个人面面相觑，不由想起了为王局设计的那最为刺激的手机铃声——警笛大作之声。

（本篇月月评短信代码：1124）

（本栏题图：李　加）

芝麻官故事

芝麻官故事旨在全方位地展示这一特定社会角色的思想境界和人格境界。他们或两袖清风，为民请命；或贪赃枉法，假公济私；或昏庸糊涂，装腔作势；或廉洁奉公，兢兢业业。由于他们同老百姓的距离最为接近，因此他们的故事就更具现实意义。

打赌故事

古今中外73则打赌吹牛故事，按内容分为"逗趣、斗智、惹祸、戏丑"等四大类，多为表现人们的诙谐与机智，有的立意鲜明，寓有讽刺味，而较多的则是娱乐与逗笑。

老歌新唱：四季歌

春季到来绿满窗，

大姑娘窗下绣鸳鸯……

夏季到来柳丝长，

大姑娘漂泊到长江……

秋季到来荷花香，

大姑娘夜夜梦家乡……

冬季到来雪茫茫，

寒衣做好送情郎……

（图.文／庞　彦）

原创漫画系列《BRAVO 东东》问世

《故事会》与《我为歌狂》携手进军原创漫画新领域

东东是谁？东东是一个普通的初中生，有一点调皮捣蛋，脑子里充满各种奇思怪想，常常有点稀里糊涂，渴望做一个大男人，向往朦胧甜蜜的爱情……他还有一个搞笑的妈妈，一个严肃的爸爸，一帮性格各异、趣味横生的同学！也许东东就在你的身边，也许东东就是你自己，也许东东的许多故事许多想法都曾经发生在你的身上，也许东东会成为中国的樱桃小丸子！

一套反应 e 世代中学生生活的漫画丛书《BRAVO 东东》已由上海文艺出版社正式出版发行。该套书由曾经轰动一时的《我为歌狂》原班人马倾力打造，风格轻松活泼，风趣幽默，视觉效果和故事性俱佳，作为"故事会漫画丛书"向市场推出。

321 2004 6月

SEMIMONTHLY 下半月刊

STORIES

故事会

2004年6月
下半月刊·绿版

主 编：何承伟

副主编：吴 伦

社务委员会

何承伟 吴 伦 姚自豪
夏一鸣 冯 杰 张 凯

本期责任编辑：鲍 放

美术编辑：李宝强

发稿编辑：

梁宁宁 蔓 石
夏一鸣 马 峡
潇 白 姚自豪

主管：上海市新闻出版局

主办：上海文艺出版总社
（上海市绍兴路74号）
邮政编码：200020
电话：021-64375030
督印 发行：张 凯
（上海市建国西路384弄11号甲）
邮政编码：200031
电话：021-64313938

广告总代理：上海文艺广告传播中心
上海市绍兴路74号（邮编：200020）
广告总监：张 淮
广告业务：021-34010383
广告投诉：021-64333738
广告经营许可证
沪工商广字3101034000029号
发行：中国图书进出口上海公司
封面图片由红叶图片有限公司提供

本刊各栏目欢迎来稿。来稿寄上海市绍兴路74号《故事会》杂志社，邮编：200020；请在信封上注明"××栏目"收；本期责任编辑E-mail地址:tigerbao2002@yahoo.com.cn

· 笑话 ·

请安静

酒吧里，一个男人在喝酒。突然他气愤地喊起来"呸！这酒里掺水了。"

"你喊什么？"酒吧老板说，"我强迫你付水钱了吗？"（吴　康）

是谁创造的你

"你能告诉我是谁创造了你吗？"牧师问一个小男孩。

小男孩想了一会儿之后，抬头看着牧师说："上帝创造了部分的我。"

"这是什么意思，部分的你？"牧师不解地问。

"上帝创造出很小的我，余下的是我自己长出来的。"（杨东杰）

（本栏插图：李　加）

因为是猴年

甲：你知道今年的禽流感为什么会这么厉害？

乙：不知道。你说呢？

甲：因为今年是猴年。

乙：这跟猴年有什么关系？

甲："杀鸡给猴看"嘛！

（黄宪高）

事与愿违

为了防止即将成熟的葡萄被人偷去，老邱在葡萄园入口处竖了一块牌子，上面写道："葡萄喷有剧毒农药。"

第二天，老邱巡视葡萄园时逮住了一个正在偷葡萄的小偷。老邱指着入口处的牌子说："你没看见那上面的字吗？"

"看见了，共8个字。"小偷说。

"那你还偷摘我们的葡萄干什么？"老邱生气地吼道。

小偷如实回答："摘回去药老鼠！"

（胡长修）

　生气催人老，笑笑变年少。——巴甫洛夫

师生问答

老师：怎么表现思想者在思考？

学员：一支一支地抽烟。

老师：思考时间很长了呢？

学员：一堆烟屁股的特写。

老师：终于下了决心呢？

学员：一只有力的手猛地摁灭烟头。

老师：如果要表现他内心的激动呢？

学员：掏出烟，可是手颤抖，几次点不着火。

老师：如果他非常高兴呢？

学员：赶快给每个人发烟。

（刁铁城 供稿）

送什么

乔德陪老婆逛街，一卖花姑娘迎上来对他说："今天是情人节，买束玫瑰送心上人吧！"乔德问："多少钱？"姑娘回答："只要50元，一年才一回，不贵。"

乔德不想掏钱，可又不好意思回绝姑娘，见老婆盯着玫瑰，便说："你自己选，这个月是准备吃两只鸡呢，还是吃这把玫瑰？"

（明 喜）

替你害臊

大柱问媳妇要10块钱买烟，他媳妇说啥也不给，这事正巧被大柱他爹看见了。

爹把大柱叫到房里训斥道："你一个七尺多的汉子，兜里竟连10块钱都没有，也不嫌寒碜，爹真替你害臊。这钱别向你媳妇要了，晚上我给你。"

大柱问："爹，你咋不现在就给了我？"

爹说："废话，我现在哪有钱，得等晚上我找你娘要去。" （耿无为）

不知羞耻

老汤姆对年轻的女儿发火道"你真不知羞耻，众目睽睽之下竟对陌生男人丢飞吻。"

"那怎么着？"女儿反驳道，"是他先丢给我的，如果不丢还给他，我还留着不成？"　　（丁明亮）

更委屈

妙龄少女嫁给一个老富翁。婚礼上，有人指着新娘的背影说"真是委屈了姑娘，看那老新郎，年纪都快赶上她爷爷了。"

老富翁反驳道："要说委屈，我比她更委屈，她爷爷只比我大5岁，可我还得叫他爷爷哩！"（林红军）

两个女人

两个女人在大街上相遇，甲问乙"我听说，你又和你以前的丈夫复婚了？"

乙回答："是的。"

"你不是很讨厌他吗？"

"哼，我就是不能看到他过得幸福。"　　　　　　　　（李寒）

你是谁

年轻人在一起玩，总喜欢用"帅哥"或"美女"来称呼对方。这天，小王姑娘在家觉得很无聊，就打电话约男同学出来玩。电话一通，小王就急不可耐地说："嗨，帅哥，出来玩玩啰！"只听电话那头回答："我不做帅哥好多年啰！"小王姑娘不好意思地问："那你是谁？"

对方笑了："我是帅哥他老爸。"　　　　　　　　　　（高军）

称重

妇女在街上看到有一电脑磅秤，走过去问："称一次多少钱？"

那人看了女的一眼，说"可能20元，也可能4000元。"

妇女很吃惊："你这话怎么说？"

摊主解释："称一次是20元，把秤压坏了，这进口秤值4000元。"　　　　　　　　　　（林其）

说 谎

珍妮到朋友家作客，朋友不满十岁的儿子看着她说："这个阿姨真难看。"珍妮听了很不高兴，屋里的气氛一时尴尬起来。

朋友连忙让儿子认错，儿子想了想，说："阿姨，其实你还是蛮漂亮的。"珍妮还没来得及开口，朋友却教训起儿子来："杰克，我只是让你认错，可并没让你说谎啊！"　　（谢　伟）

一个建议

珠宝店里，售货员向一男士建议买一件价值5万元的项链给太太。售货员说："这样的话，保证你会给她一个意外的惊喜。"

男的嫌5万元太贵，看了看其他样品，问："如果我送这件500元的假项链呢？"

售货员回答："那就只有意外没有惊喜了。"　　（迷　芭）

家 里 好

有人问一位旅游者"你跑了好多地方，觉得什么地方最好？"

"当然是家里。"

"既然是家里好，那你为什么还要出来旅游呢？"

"要是不出来，我怎么知道是家里好呢？"　　（黄宪高）

百万富翁

一位巴黎名妓在酒吧对她的朋友们说"看见那位仪表堂堂的先生了么？是我把他变成了百万富翁！"

"哇！"朋友们惊叫起来，"你是如何办到的？"

"非常简单。"这位名妓得意地说，"在我刚结识他的时候，他是位亿万富翁。"

（刘圣任）

牙 知 道

孙女儿看完牙医回到家，奶奶心疼地问："牙还疼吗？"孙女儿头也没抬地答道："我不知道。"

奶奶挺生气，说："你怎么可以这样对奶奶说话呢？"孙女儿觉得很委屈："牙被爸爸留在牙医那里了，我怎么知道它疼不疼呢！"（张　伟）

 哲理故事

生活中处处有哲学，57则作品无不通过曲折生动的故事情节与矛盾冲突，揭示丰富和深刻的哲理内涵，让你从中看到智慧的闪光与思想的火花，并由感情的激荡而升华为哲理的思索，从中悟出事物深层的蕴含与人生命运的真谛。

 打官司故事

"打官司"这个词具有强烈的民间语言色彩，官司一打起来，各种矛盾冲突就无可回避，无法隐藏。本书共收集涉及法制的故事30则，分6大类，它们是：精彩个案，愚昧法盲，弄权枉法，道德法庭，回头是岸，法永道恒。

 校园故事

一生最好是少年，一年最好是青春。
这是一本充满活力的书，学生的时代，校园的生活，如花盛开般奔放，如火焰般热烈，全书34则故事，也许能唤起您少年时代最美好的回忆。
愿这本书能成为学生和老师的朋友！

 打工故事

随着改革的不断深化，打工的观念将会成为社会普遍认同的一个观念。本书收编的24则故事，就是生活中打工仔、打工妹们打工生活的真实写照与缩影，它们是同类故事中的精品，相信能引起您的阅读兴趣。我们祝愿打工者们：明天会更好！

我要一尊
弥勒佛

□ 唐君明

记得小时候，邻村住着一个卖泥人的驼背张大爷，他卖的泥人都是自己当场用手捏出来的。那个年代，小孩子几乎没有什么玩具，因而张大爷的泥人就成了我们的最爱。

但再好的东西也有看厌的时候，何况张大爷捏的泥人就那么几种，除了阿福娃娃就是小猫小狗小鸡小鸭。渐渐地，买他泥人的人越来越少了，张大爷的生意也越来越清淡。终于有一天，张大爷的泥人一个也没卖出去，他急得背越发地驼了，看上去还不如十岁的我高。

后来一连几天，张大爷一直没有

在村里出现，等人们再见到他时，他不知从哪里学了一手，卖泥人卖出了新花样。他把泥人都放进一个四周罩着玻璃的大框子里，框子顶上开了好几个小孔，上面放着一个木匣子，木匣子顶上也有一个小孔，你只要给5分钱，他就给你一个玻璃球，让你把它从木匣子的小孔里塞进去，玻璃球就会自己朝玻璃框里滚下去，滚到哪个泥人前，哪个泥人就是你的了。这还不算，关键是张大爷现在这个玻璃框里的泥人有了讲究，除了原先那些品种，他还能做出形态逼真的怒金刚和弥勒佛来。这一来，他的生意就比以前热闹多了，连不少大人也被吸引了过来，因为谁都希望用这样的方式买到一个弥勒佛，弥勒佛不仅模样讨人喜欢，而且拿在手里谁都会觉得自己是得到了好运气。

我父亲就特别喜欢这样的玩法，

每次张大爷从我家门前经过，我父亲一准笑眯眯地递给他五分钱，说："大爷，来一个。"也神了，父亲每次扔下去的玻璃球最后都滚到了弥勒佛前，我看了很多次，心里羡慕极了，我求父亲让我也来一次，谁知父亲瞪着眼说："小孩子家，别信这个，你要玩泥人，家里有那么多，拿去就是了。"我心里气不过，父亲不让我信这一套，可他自己为什么那么热衷呢？父亲越是不让我去，我越是心里痒痒的，于是放学后，我经常到张大爷那里去看别人玩。

终于有一天，我从母亲那里要到了五分钱，想到放学后也能去玩一把泥人，心里乐得连上课都走了神，结果被老师狠狠批了一顿。放学路上，我心里挺委屈，跑到张大爷那里，很想从他那里摸一个弥勒佛来让自己开心开心。我小心翼翼把五分钱交给张大爷，他就给了我一个玻璃球，让我从木匣子上的小孔里塞进去。这一套我都看熟了，可今天轮到我自己来的时候我心里竟"怦怦怦"地跳了起来。我睁大眼睛盯着这个玻璃球顺着小孔"骨碌碌"往下滚，一直滚进玻璃框里，啊，在一个泥人前停了下来，我一看，不是我想要的弥勒佛，而是一个横眉竖目的怒金刚。张大爷把怒金刚从玻璃框里拿出来给我，说："你看，你现在这张脸，就像这个怒金刚哩！"我气得看也不看，摔在了地上。

我转身就气鼓鼓地往家走，张大爷喊住我，问我为什么生这么大的气，我不睬他。他就逗我开心说"这样吧，我不收你的钱，你再来一次，你想要哪个？"我指了指笑开怀的弥勒佛说"我就要这个！""那好，你试试。"张大爷说着，又给了我一个玻璃球。

我小心翼翼地把球又塞进了木匣子顶上的那个小孔，看着它又"骨碌碌"地往下滚，这一回真的就滚到了那个眯眯笑的弥勒佛身上。我捧着那个弥勒佛又跳又笑，张大爷拍拍我的头说："小东西，大概被老师骂过了吧？好了，以后你的运气就来了。"

那天晚上，我兴奋得捧着弥勒佛睡觉，一夜香甜，一夜美梦。可是第二天一早醒来，脑子特别清醒的时候，我回想起头天的经历，就感觉有点不对劲：怎么我说想要弥勒佛就一定能拿到弥勒佛？我越想越觉得奇怪。第二天放学，张大爷正好把摊摆在我们学校门口，我看他躲在田埂下面解手，装泥人的玻璃框就搁在田埂上面，就悄悄溜过去打开那个木匣子看。一看果真就被我看出名堂来了，原来木匣子里装着一个小木槽，木槽的一端有根细铁丝直通匣底，木匣子是由张大爷控制的，他将木槽移向哪里，玻璃球就能滚到哪个泥人面前。

我无异于哥伦布发现新大陆：张大爷竟然是个骗子！我兴奋得立即跑回学校，将这一重大发现告诉同学们。平时老师不是教导我们要敢于向坏人坏事作斗争吗？于是大家一窝蜂地冲出学校，将正在系裤带的张大爷团团围住，又叫又嚷地将他那些骗人的玻璃框和木匣子猛一顿砸。张大爷面如死灰地站在那里，惊呆了。

回到家里，我迫不及待地将这件事炫耀给父亲听。谁知我还没讲完，本来笑眯眯的父亲转眼间就变得脸色铁青，他凶神恶煞地朝我吼道："你小子干的好事！人家张大爷多可怜，你看他肩不能挑，手不能提，他只有靠卖泥人为自己挣那么一点钱啊，那些东西都是他的饭碗，你将他的饭碗都

砸了，还敢这么得意？你良心呢，被狗吃了？"

"可……"我还是不服气，"他再可怜，也不能骗人哪！"

父亲更生气了："就你有能耐？就你发现他木匣子里有机关？告诉你，我们大人谁看不出来？不去说破他，是都想帮帮他啊！"

一会儿，父亲到灶间去提了半袋米出来，交到我手里，说："去，快给张大爷送去，向他赔个不是。"我愣在那里，一时没反应过来。父亲以为我还在认死理，弯下腰，摸摸我的头说："怎么，你还认为张大爷是骗子？唉，你们小孩子真是不懂事。其实你想想，张大爷哪里骗你们了？你要高兴了，他给你一个弥勒佛，你要生气了，他给你一个怒金刚，生活不就是这样的一面镜子吗？你对它哭，它也对你哭，你对它笑，它也对你笑。张大爷是在告诉大家一个道理：你怎么对待生活，生活就怎么回报你。"

也许，这是父亲一生中说的最富有哲理的话了，所以当我扛着那半袋大米走在去张大爷家的路上，我一直都在品味父亲这几句话的含义。我愿自己拥有和弥勒佛一样的笑容和大度，拥有一颗善良之心。

（本篇月月评短信代码：1201）

（题图、插图：安玉民）

（欢迎来稿，本期责任编辑电子信箱：tigerbao2002@yahoo.com.cn）

尴尬

不是我的错

□ 阮红松

我儿子中考没考好，离重点高中录取分数线还差三十多分。

时下的流行做法是"分不够钱来凑"，为儿子读书出钱我们两口子心里一百个愿意，可是几万元钱的赞助费一时怎么拿得出来？我和媳妇商量了半天，想来想去，决定找个门路活动活动，哪怕少出几个子儿也好。

一打听，还真找到一个关系，那是我的大学同学赵萍，她如今出息了，就在我儿子想进的那所重点高中任副校长。

不过这个关系有点让我哭笑不得。因为当年同窗共读时，我经常给校刊投稿，我写的诗歌曾迷倒过不少女生，其中就有赵萍。后来赵萍对我崇拜得五体投地，写了封情书偷偷夹在我的课本里。唉，怪就怪赵萍实在长得不咋样，要不我娶了她也就没有今天的烦恼了，可是谁让我那时嫌她难看，配不上自己。不过当时我还算有大将风度，仍然约她谈了一次，女生嘛，得给人家面子。在校园后面的竹林里，我甩着长发，拍着胸脯，满怀豪情地对赵萍说："我的未来是个梦，我如果成不了普希金，也要成为徐志摩。为了中国将来出一个杰出的诗人，我不得不将儿女私情埋在心底，原谅我吧！"记得当时赵萍听了我的话不但没恼，反而晕菜，被我感动得差点哭鼻子。

现在一想起当时这个镜头，我心

里就堵得慌，十几年一晃过去了，唉，我算什么呀，不但没当成老普那样的伟大诗人，甚至就连小徐那几句诗我都记不周全了。我只能在群艺馆这个捞不到任何实惠的地方混日子，我只能娶粗脚大手的卖菜女为妻。更令人沮丧的是，为了自己那不争气的儿子，我不得不去求当年被我拒绝的这个崇拜者。

真是太残酷了，如此掉底子的事，我只能硬着头皮去做。我不断地安慰自己：为了儿子，我就委屈自己，去做一回伟大的父亲吧！

那天，我迈着沉重的脚步来到赵萍家，按响了她家的门铃。"谁呀？"门里问，是赵萍的声音，还是那么清脆娇柔，十几年没变，随即就传来她过来开门的脚步声。我的心忽然"咚咚咚"直跳，下意识地抹了抹自己头上已经开始变得干枯的长发。

赵萍其实已经有点认不出我来，因为她开了门就愣在那儿，两只眼睛瞪着我半天没说话。唉，可见我这十几年真是老得够呛，这就更让我气短一截。我只好硬着头皮作自我介绍："我是你以前大学同学莫……"

赵萍惊讶地望着我"哟，原来是莫大诗人呀，看我这记性，真不好意思。"她边说边把我让进了屋。

可是我们彼此一点没有老同学相见的喜悦，我进屋后，赵萍张罗着拿水果倒茶，完全是一种礼仪上的客套应酬。我原打算见面后先和她叙叙旧，然后再提我的要求，可现在见她在屋子里忙出忙进根本没有坐下来的意思，顿时觉得了然无趣，于是只好硬着头皮直截了当向她说明来意。

赵萍听明白后，终于坐了下来。"这个嘛。"她笑眯眯地说，"如果能帮忙……咱们老同学之间还有啥话说。"

我一听，有门，便接过她的话尾说："是啊，想当年……"

"不过呢……"赵萍却打断我的话，一本正经地将学校的有关规定给我介绍了一遍，特别强调"分不够钱来凑"的录取原则，然后朝我两手一摊，说："老同学，你不知道，我也有我的难处啊！"

我傻眼了，嘴唇一个劲地哆嗦，一句话也说不出来，脑海里突然闪过一个念头：如果今天我是徐志摩……

赵萍自然不会知道我脑子里在想什么，继续给我叹苦经："不瞒你说，前天商业局林局长也为儿子的事来找过我……没办法，他最后也得出钱，学校得按市场……"

钱……市场……可爱的大学……徐志摩……我的脑子里乱成一团。

我也不知道自己又给赵萍胡扯了点啥，反正接下来就站起来告辞。我一面往门口走，一面从口袋里掏出一个装有一千元钱的红包给她。再怎么说，男人这点面子总是要的吧？其实

这钱是我媳妇省了两个月的买衣服钱，可这会儿我却故作轻松地说："我这次来得匆忙，也没买啥东西，这点钱，给孩子买零食吃。"

"别……千万别……"赵萍此刻很不好意思，死死挡住我的手。

我一狠劲，说："你不收，我……我……"我究竟要怎样，其实我也不知道，只是赵萍这么不给我面子，事情没办成，而且回去后我再也没了第二个关系可以找，心里又气又着急。大概是赵萍看我神色不对，终于松了手，扭过脸去，让我将钱放在了桌子上。

我转身就要走，就在这时候，窗外有个人影一闪。不知怎么，赵萍的神色显得有点慌乱，她尴尬地看着我

说："要不，你从后门走？"

我觉得很奇怪：她为什么要让我从后门走？可不管怎么说，大白天的，我堂堂一个大男人从她家后门溜出去，让人瞧见了算怎么回事？我一生的名节不就毁了？我站在那里不知怎么办好，心里又生气又懊恼，只怪自己生了这么个不争气的儿子。

正在这时候，前面响起了一阵敲门声，我看到赵萍紧张得气都有点喘不匀了："你……你……"她愣了片刻，突然一把抓起我刚才放在桌上的那个红包，说："老同学，委屈你了，帮帮忙，你也不要从后门走了，快，你现在就举着这东西从前门出去。"

我狐疑地望着她，心想：一定是她利用自己的身份得了不少好处，被别人盯上了。不知怎么搞的，十几年前校园竹林里的那一幕蓦然出现在我眼前，那个时候她对我是那么顶礼膜拜，可今天她居然就不顾我的脸面，硬要把我给推出去，真是今非昔比啊！可是我能照

14 人生不是受环境支配，而是受思维摆布。——赫胥黎

读者推荐: 值得关注的流行语

足球: 要么全部用脚,要么全部用手,干吗有人用手,有人用脚? 实在不公平!

篮球: 抢就抢了,抢完了还扔到别人筐子里,缺心眼儿!

赛跑: 人家一举枪,你就跪下来,一开枪你跑得比谁都快,胆小鬼!

拳击: 让人打架,又不许用脚,这是什么规矩?

棒球: 那家伙拿球砸你,你就该拿棒子揍他,光打球有什么用?

举重: 能把那个死砣子举起来算什么? 有本事把自己也举起来!

台球: 把球放进洞里去,还用得着杆子吗? 你长手是干什么的?

乒乓球: 就那么个小玩意儿,你们还推来推去让什么?

保龄球: 才十根柱子,你来来回回打它,不觉得无聊吗?

(推荐者: 陈 超)

(欢迎读者为本栏目推荐新鲜有趣的幽默格言、俏皮话和顺口溜,来稿请寄: 上海市绍兴路74号《故事会》杂志社,邮编: 200020。请写明姓名和联系方法,并请在信封上注明"快乐辞典"字样。电子邮件请发 xiayiming@163.net)

她说的做吗? 我死死站在那里,脚下挪不开半步。

赵萍急得脸都变了形,说"你快走,你儿子那点事我帮你办就是了。"

啥? 真的? 赵萍的话犹如石破天惊,我喜得直打哆嗦"这话可是你先说的! "我钉了她一句。

"真的,我肯定帮你办成。"赵萍的脸煞白。

这下我还有什么可犹豫的,不要赵萍教,我立刻举着我自己的红包,佯作狼狈样地开门就走。

门外果真站着个人,我不知他来找赵萍干什么,反正挺挺意味深长地看着我,管它呢,我抬腿就走。这时赵萍紧跟着我追了出来,愤愤然地冲着我的背影喝道:"哼,大白天行贿,你真是门缝里瞧人! 也不打听打听,我赵萍从来就不吃这一套! "一副大义凛然的样子。

天,这是在攮我吗? 我在心里吃吃地笑。

不久,我那不长进的儿子终于进了重点高中,我只是象征性地出了一点钱。可自从那次自尊受到重创,我如今连三流诗句也写不出来了。

(本篇月月评短信代码: 1202)

(题图、插图: 箭 中)

(欢迎来稿,本期责任编辑电子信箱: tigerbao2002@yahoo.com.cn)

美德故事

　　本书汇集的是《故事会》相关故事之精品，所选45则作品分类为"见义勇为、扶危济困、真诚待人、洁身自律、亲情似金、夫妇同心、师生谊重、知过悔改"等八大类，生动形象地歌了中华民族传统美德。

生意经故事

　　故事形象地描述了生意人的思维方式和经商才能。他们或巧做广告而振兴企业，或施展其经营绝招而"妙笔生金"，或审时度势掌握顾客心理而销售产品，或运用《孙子兵法》中的战术而出奇制胜。

16岁故事

　　在人生漫长的旅途中，16岁是一个最展辉煌、最富朝气、最显青春的花季。本集收入的36则故事，是为16岁少年编织的一支支动人的歌谣，一个个扑朔迷离的美梦，一首首催人泪下的诗篇。

口才故事

　　口才即说话的才能，当今社会人们演讲、论辩、访谈、讲解、教学以至主持节目、说相声、讲故事等等，都十分讲究口才，口才好与不好，其效果大相径庭。此书收入103则故事，集中表现了千百年来中华民族一些帝王贤臣、文人名士和民间机智人物的智慧、幽默以及其思维的敏捷和即兴论辩的才能。

网上你我他

□ 陈立军

都说网络是一个虚拟的世界，但从某种角度看，我以为每个人其实都在这个世界里表达着他自己做人的品格和价值观。

有个教授爱玩电脑，退休了在家里闲得无聊，于是就别出心裁地在自己制作的个人主页上发起了一次"咦哇"智力游戏。

教授对他的倡议是这样解释的："咦"代表悬念，"哇"代表惊喜；谁能设计出一个先是重重悬念后是阵阵惊喜的最令人意想不到的布局，谁就是优胜者。

当天，就有许多人在网上跃跃欲试。

一个叫"恐大侠"的人第一个亮相，他在网上发言说："教授先生，我想试试。请您现在就来欣赏一下我的杰作吧！我把您请进我的居室，您能看到居室中央围着一张幕帷。"

"咦？"教授的十个手指在键盘上不停地敲击着，网页上随即就出现了他的提问，"你为什么要在居室里布置幕帷？幕帷背后藏着什么秘密？"

恐大侠的回答通过网络显示在教授的电脑显示屏上："我喜欢。如果您拉开幕帷，您就会发现，幕帷里面还有一层幕帷。"

"再拉开一层呢？"教授问。

"还有一层。"恐大侠回答。

"这一层拉开后呢？"教授继续问。

"还有一层。"恐大侠继续答。

教授忍不住了："你是不是在搞恶作剧？你这幕帷到底要拉开多少层才

算完呢？"

"嘿嘿，"可以想象得出，恐大侠在那一头笑了，"您问多少层它就有多少层。教授先生，我很想知道，当您看到是这样一张拉不完的幕帷，而您又不愿意继续拉下去了，那么您会怀着什么样的心情离开我的居室呢？"

"我非常沮丧，非常！"教授重重地在键盘上敲下了这一行字。

"嘿嘿！"恐大侠一定又在那头笑了，"请慢，教授先生，现在我可以告诉您了，就在您转身要出门的刹那，您会看到我的居室门后，也就是在您的眼前，突然出现了一位裸体金发女郎……"

"哇！"教授惊叫起来，这个"哇"字立刻通过键盘跳上了电脑显示屏。

恐大侠得意得很，显示屏上出现了这样一行字："教授先生，您一定没有想到吧？"

"是的。"教授倒也不避讳，敲打着他的键盘，"我确实没有想到。请问，这个女郎是你什么人？难道她会那么听你的话，就这个样子站在我这个糟老头子面前？"

"哈哈！"恐大侠终于忍不住大笑起来，"请您别误会，她只是我从时装店临时租来的一个模特模型而已。"

"你这是什么意思？"教授觉得自己受到了戏弄，一行评语通过键盘愤然跳上了显示屏："你设计的这个

结局不是惊喜，乃是惊吓，且格调太低。50分，不及格。"

分一打出，立刻，第二个响应者登台亮相"教授先生，我请您光临寒舍，到我家来吧，当您按响门铃，门一开，立刻会有一大捧鲜艳的玫瑰出现在您的眼前。"

"你真是好客！"教授饶有兴趣地问，"那我接过玫瑰之后是什么呢？"

"还是玫瑰。"对方回答。

教授想起恐大侠对自己的戏弄，于是警告对方说："你别给我玩弄刚才那一套游戏，我想知道的是，除了玫瑰，你还有什么？"

"当然还是玫瑰。"

"可这么多的玫瑰，我怎么拿得了呢？"

"别急！"对方说，"当您拿到第四束玫瑰之后，您低头看看，您会发现自己手中拿的，其实并不是玫瑰。"

"咦，那是什么？"

"青蛇，四条面目可怕的青蛇。"

"哇！"教授的两只手立刻下意识地跳离了键盘，好像那些蛇真的就爬在了他手上似的。

好一阵子，教授才回过神来，继续敲打键盘说："请问你这位参赛者，你是从事什么职业的？你怎么可以设计这么残忍的布局呀？"

"教授先生，请您原谅我的莽撞，我是一位魔术师，其实我不过是和您

开个玩笑而已，您别紧张，那只是几条玩具蛇啊！"

教授长舒了口气，说："太恐怖了，没想到我发起的游戏，结果倒把我自己搞得如此惊心动魄。我想问你一句，难道你没有温情一点的设计布局吗？"

对方还没来得及回答，第三个人立即跳了出来："教授先生，我请您不是到我家，而是回到您自己的家，而且您刚到家，就会发现您家客厅餐桌上赫然摆放着一桌丰盛的酒席。"

"咦，什么意思？"教授摇摇头，"我这个孤老头子家里可没有什么值得喜庆的事情呀，我儿女都在国外，老伴作古一年多了，我还有什么要办酒席的事？没有！"

"您老先别急。"第三个说，"这时候，您只见您家保姆腼腆羞涩地对您说：'教授，恭喜您了。'"

教授急得很："我的学术论文还被领导压在箱子底，有何喜可贺的？"因为对方设计的布局是让教授回自己家，所以教授立刻不由自主地进入了角色。

对方继续设计道："您家保姆对您说'我肚子里有您的孩子了，我一个乡下女孩，您可不能耍赖甩了我啊！我不嫌您老，我愿意真心实意伺候您一辈子。'您说：'可你才二十来岁，我已经六十多岁了，就咱俩的年龄，也太悬殊了吧？'保姆生气了：

'年龄不是根本问题，您不要忘了，您那远在澳洲的洋女婿，年龄还要比您大两岁哩！'"

对方的设计布局不断形成文字在教授的电脑显示屏上跳出来，这个家伙不但把故事编到了教授头上，而且居然还编得如此荒唐，教授实在忍不住了，他重重地在键盘上敲打着："可耻！造谣！污蔑！"可再一想：自己本来就是闲得无聊才想起来玩这样的游戏，而且网络本来就是一个虚拟的世界，自己又何必为此大动肝火呢？

平下心来，教授继续敲打键盘："对不起，我刚才太激动了。请问，你到底是谁？你怎么会设计出这样的布局来呢？"

仅仅几秒钟的工夫，教授的电脑显示屏上，就跳出了这样一行字："我就是您家保姆阿碧！"

这回，每一个字无异于重锤，重重地敲在了教授的胸口！

（本篇月月评短信代码：1203）

（题图：张 恢）

衷心感谢广大读者对我们杂志社工作的支持，热忱欢迎诸位继续踊跃来稿。投稿方式 1、可从邮局寄发，地址上海市绍兴路74号上海文艺出版社《故事会》杂志社，邮编：200020。请勿一稿多投，并请自留底稿，如三月内未见选用通知，稿件即可自行处理。2、可发电子邮件，本期责任编辑电子信箱：tigerbao2002@yahoo.com.cn。

拿什么报答你

我的恩人

□文兴传

辣婶是小区里出名的厉害女人，这天她丈夫的父亲，也就是她的公爹，千里迢迢从乡下老家进城来看他们，她怕老人赖在城里不走，居然蛮横无理地不让老人进门。最后没办法，她丈夫只好含泪把自己的老父亲安排在附近的招待所住了两天，就送上了回老家的火车。

公爹前脚刚走，辣婶后脚就往菜市场跑。为啥？公爹在的时候，她怕丈夫把自己烧的菜拿去给公爹吃，所以一点荤腥也不沾，现在公爹走了，可以好好改善改善伙食了。辣婶在菜市场兜了一圈，买了一大篮海鲜鱼肉，正要往家走的时候，忽然听见有个人在后面喊她："大婶，等一下！"

辣婶回头一看，是个不认识的年轻人，她以为自己搞错了，谁知那年轻人冲着她说："大婶，我就是在喊你哪！"辣婶细细一打量，那年轻人西装革履，穿着挺讲究，手里还提着一个黑色的皮箱，一看就是个有钱的主儿。自己没有这样富贵的朋友呀，辣婶惊讶地问："你找我？"

那人的神情更惊讶："你不认识我了？我是韩彬呀！"

辣婶摇摇头。

年轻人说："大婶，五年前，也是在这附近，你忘了？还是个下雪天，那雪下得纷纷扬扬，把脚脖子都埋了，我饿昏在路边，是你塞给我二十块钱，还给了我一件棉袄……"

辣婶清楚自己从来没有做过这样的好事，不过她是个聪明人，她听出来这个年轻人是在寻找他的救命恩人，而且还误以为就是她，于是脑子一转说："这有什么呀，不就是二十块钱嘛，谁没有作难的时候。"

年轻人激动地说："当初，就是大婶你那二十块钱和那件棉袄救了我的命。古人说'滴水之恩当涌泉相报'，大婶，我现在好了，事业做大了，这次我就是专门来找大婶你报恩的……"年轻人表示无论如何要到辣婶家里去看一看。

辣婶想想自己现在已经下岗不说，丈夫也就是个一般的小工人，儿子才刚刚进中学，如果顺水推舟真认了这件事，说不定以后家里能靠他翻个身儿。望着年轻人手里沉甸甸的皮箱，辣婶心一动，于是就把年轻人领回了家。

年轻人果真报恩心切，刚到辣婶家门口，一看门牌号码，就马上给他在宾馆等候的妻子打电话，让她按着辣婶家的住址，马上到电脑城去给辣婶的儿子买台电脑送过来。辣婶吓了一跳，开始还有些害怕，可再想想，自己又没拐没骗，这个礼不要白不要，于是客气了几句，就把年轻人请进了家门。

年轻人进门就把皮箱打开了，原来是一箱子的好烟好酒。他问辣婶："我大叔呢？家里没人？"辣婶说："他呀，没什么出息，一个工人，上班呗，今儿是大班，他中午不回来，儿子上学去了。"

年轻人听了这话就四处看，突然他的脸色说变就变了，一把将辣婶推到墙边，凶巴巴地说："你他妈尽想好事，哪有那么多便宜让你占？你以为老子昏了头，非要给你送礼呀？你什么时候救过老子的命，啊？"他一边说一边拔出一把刀子横在了辣婶的脖子上。

辣婶惊呆了，吓傻了，知道自己上当受骗遇上上门打劫的了，心里一百个一千个的懊恼。年轻人问她："快说，钱放在什么地方？你要要滑头，老子的刀子不认人！"辣婶哪见过这样的阵势，吓得浑身发抖，战战兢兢地说："兄……兄弟，要钱好说，我给，我给，别伤人就行……"辣婶也不等年轻人逼问，一边求饶一边就把自家平时放钱的地方告诉了他。

年轻人从口袋里掏出根绳子，三下两下就把辣婶绑了。辣婶后悔死自己贪图小利落到这个地步，只觉得此刻那把横在脖子上的刀子就像在一刀一刀割着自己的心。

可奇怪的是这个年轻人并没有按着辣婶的指点翻找钱物，而是在她家里继续四处看，突然他指着一张褪了

色的照片问辣婶："他就是你爹吧？"

辣婶摇摇头："亲戚。"

"亲戚？"年轻人脸一沉，"他是你亲戚？"

辣婶一愣："是亲戚。"

年轻人仰天长叹一声："他是个好人哪，救我命的人就是他啊！"

辣婶一听立刻大叫起来："啊？你们认识？啊，对了对了，他就是我公爹啊！都怨我，你说得对，他是我公爹！"原来这个辣婶平时挺虚荣的，嫌公爹又老又穷，早些年公爹偶

尔还来她家小住的时候，她见了外人就说公爹是他丈夫老家的亲戚。平时说惯了，此刻自然就说溜了嘴。

年轻人狠狠瞪了辣婶一眼："你……你居然敢不认你公爹？你还是个人吗？简直是狗屁！"

辣婶知道自己理亏，低着头不吱声。

年轻人越想越气，不由骂开了："你嫌他丑嫌他土是不是？哼，你自己是什么东西，也配这样说他？你知道吗，我快冻死的时候，是他把自己身上的棉袄脱下来暖我的身子，是他东拼西凑给了我二十块钱，让我度过了最困难的日子。他是天底下最好的人，最好的人哪！"年轻人说到这里，一把拉住辣婶的衣领，"你给老子说实话，他现在到底在什么地方？说一句假话，当心老子活剐了你！"

辣婶吓得浑身发抖，只好一五一十把自己这回不让公爹进门的事说了。年轻人急得直跳脚："你有老人的电话号码吗？拨，你给我赶快拨！"

辣婶很快就把电话拨通了，年轻人对着话筒只喊了一声："大爷！"就泪流满面地跪了下来，他在电话里向老人问寒问暖问长问短，问了好一会儿才依依不舍地放下电话，转过身来就要走。

辣婶想想自己确实对老人做下了亏心事，所以也不敢再说什么，见年轻人要走，赶紧指着那只皮箱说："你

的东西，你拿走吧。"

年轻人不肯："这些东西都是干净的，就麻烦大婶转送给大爷吧，拜托了。"说完，头也不回地走了。

辣婶不放心，怕箱子里还有什么花头，待年轻人一走，马上就仔细检查起来，结果发现里面除了好烟好酒外，居然还有一大沓钱，上面附着一张纸条，纸条上这样写着：

大婶，我是专门来报大爷恩的，好不容易找到你们家，听邻居说你刚把大爷赶走，我很难受。大爷心好，对我这样一个路人尚且如此，可以想象

他是怎么对待你和大叔的，他不该得到这样的回报啊！找不到大爷，我就出此下策，惊着您了。我以前就是这样一个贼，是大叔救了我，我才走上正道，才有今天的。贼也知道报恩，况且你和大叔是堂堂正正的人啊，生养之恩更应终生报答！

辣婶看得面红耳赤……
（本篇月月评短信代码：1204）
（题图、插图：安玉民）
（欢迎来稿，本期责任编辑电子信箱：tigerbao2002@yahoo.com.cn）

《春草开花》

这是部队女作家裘山山积数年之心血创作的一部反映当代底层民众生活的长篇小说，全作以编年史的方式，讲述一个出生在江浙一带农村的普通人物春草的不平命运。春草从小生在一个上有哥哥下有弟弟、女人毫无地位的农村家庭，不能上学，更不能撒娇任性，除了辛苦劳作，没有任何快乐可言。但她却拥有一种影响了她终身的性格：倔强，不服输。揣着一定要过上好日子的梦想，她不甘心命运的摆布，奋力挣扎，自己找婆家，自己闯天下，出门打工，创业，发家，失败，东山再起，再失败，再开始，一次又一次，历尽艰辛，吃尽苦头。从农村到城市，从小商小贩到清洁工保姆，她挣扎、奋斗、忍耐、苦熬，坚决不气馁，坚决不放弃，甚至不诉苦……

天在看 | 人在做

□ 阿铎

忏悔其实也是人生的一种境界，它是对良知的呵护，是对灵魂的整理。它能使人清醒地认识自己，在今后的旅途上走得更从容，更自信，更踏实。

阿丽是个美丽的姑娘，从大山深处的穷山沟里走出来还不到一年，就嫁了个开药厂的有钱男人，人称常老板。

可是阿丽只开心了一阵子就笑不出来了，因为常老板平时把她看得很紧，连一毛钱也不让她随便花。阿丽受不了这种束缚，就想跟常老板离婚，可是常老板不肯。没办法，阿丽只有盼常老板早点死掉，好让她继承遗产。

可是这要等到什么时候呀，常老板今年才五十多岁，只怕等到他死的那一天，阿丽自己也活不了多久，人都是要老的嘛。想到这一点，阿丽心里很烦。

可想不到的是，老天很懂阿丽的心思。

不久，常老板就病了，开始是感冒，后来就整天咳个不停。常老板向来不吃西药，而中药的药效来得慢，所以他的病拖了几个月也不见好，而且越来越严重。

常老板每天喝的中药都是阿丽给煎的，煎着煎着，阿丽就动起了心思：老家有一种有毒的山慈姑，当地曾有小贩子当药材收过，如果把它弄来放进药里一块儿煎，不就可以神不知鬼不觉地把常老板毒死？反正他病了这么久，死了也不会有人怀疑。

于是阿丽借故回了一趟老家，把山慈姑带来了。

不过当阿丽真把这东西放进药罐子的时候，她猛然想起了老家的一句俗话："人在做，天在看。"天真的长眼睛吗？阿丽不觉有点害怕。

不过阿丽很会安慰自己：世上这么多人，每时每刻都有人在做坏事，老天就算长了眼睛，也不见得能把每件事情都看得清清楚楚，自己只不过往药罐里多加了一味药，老天肯定看不出来。这么一想，阿丽再把药端给常老板喝的时候，就已经非常心安理得了。

常老板当晚就死了。

常老板的两个儿子从千里之外赶来，怀疑父亲是被阿丽给害死的。阿丽自然死顶着不认账，于是儿子们就把阿丽告了。

警方一调查，马上就怀疑常老板喝的中药有问题。但他们的疑点并不在阿丽身上，因为常老板喝的中药里有一味化痰止咳的药叫"川贝"，市面上假货很多，就有用便宜的山慈姑来冒充的；而给常老板看病抓药的是一个从外地来开业的老中医，听说常老板中毒而死，也以为是自己从小贩手里批来的药材有问题，吓得把诊所里的药全毁了，然后逃之夭夭。这样，警方更加相信自己的推断，案子就这样了结了。

有惊无险之后，阿丽便满心欢喜地等着继承遗产，但她万万想不到的是，等来的却是法院的一纸查封令。原来阿丽不知道，常老板生前是做西药生意的，曾先后开过五个地下制药厂，不久前有两个病人因为吃了某医院开的假药致死，查来查去，最后查到了假药源头常老板这里。

事情曝光后，常老板的遗产全部被没收，人们都说他让假药毒死了是报应，只有阿丽真正明白个中原由。

阿丽终于相信老天不但长了眼睛，而且看得很清楚，之所以没有拆穿自己，是为了惩罚常老板。回想自己这些年的经历，阿丽如同做了一个噩梦，一觉醒来自己依然是个一无所有的打工妹。如果说自己和以前有什么不同，那就是心里烙上了六个深深的大字：人在做天在看！

奇怪呀，这六个字从此就如同六窝小蚂蚁，在阿丽的身体里到处乱咬。不久，阿丽得了一种奇怪的皮肤病，浑身痒得难受，抹什么药都止不住，而且还经常头疼。

终于有一天上班时，因为奇痒难

熬，心神不宁，阿丽被飞转的机器绞去了一只手。老板甩给她五千元，说是让她好好回去养伤，实际上是把她辞退了。

阿丽没有掉一滴眼泪，她认为这是老天对自己的惩罚，所以一分钱也不肯要。

这倒把老板震住了，老板想想自己的厂子里连一些必要的安全设备都没有，一旦事情捅出去麻烦就大了，他怕阿丽去告，于是主动把钱加到了一万元。可阿丽还是不要，老板越加，阿丽越是坚持。阿丽求老板别给，老板求阿丽收下，阿丽越不要，老板越是怕，就越要加，一直加到十万元。最后没办法，阿丽只得收下。

阿丽带着这笔钱回了老家。她不敢也不想用这个钱，就把它全部捐给了村里，用来修路建学校，而自己仍然住在原来的两间土坯房里。

这一来，阿丽成了村里最受大家尊敬和喜欢的人，她的事迹传遍了全乡，后来县长也亲自来看她。

可是这一切，丝毫也没有让阿丽的心情好起来，她一直难受极了，身上痒得更厉害，全身都被抓得血痂斑斑，没一个好地方。

而更让阿丽烦恼的是，村小学的阿朗老师疯狂地爱上了她，决心非她不娶。

阿丽说自己结过婚，阿朗根本不在乎。

阿丽说，自己是残疾人，阿朗说残疾人更需要爱情。

阿丽说，自己没文化，阿朗说可你有金子般的心呀！

阿丽痛苦极了，她不想害阿朗，误他的一生。

在一个月光皎洁的晚上，阿丽在阿朗面前伸出了被抓得斑斑驳驳的手臂。阿丽对阿朗说："我全身的皮肤，就像这手臂上的一样。"
阿朗惊呆了。

阿丽以为阿朗会吓跑，但没有，阿朗的脸上露出非常非常心疼的神情。阿朗说："阿丽呀，你真是太傻了，把那么多钱都捐出来，却舍不得留一点给自己治病。"

阿朗紧紧地把阿丽拥入怀里。

阿丽再也忍不住了，哭着说"阿朗，我……我不值得你这样啊！"她把自己害死常老板的秘密一股脑儿地说了出来。

阿朗一听愣了，傻了，一句话也没说，转身走了。

阿丽蹲在地上，痛苦得把脸埋进自己的胳膊，泪水像泉水一样涌了出来。直到这一刻，她才明白什么是爱情，她才知道，原来自己心里其实也爱阿朗，而且是那么那么地爱。阿丽后悔极了，现在只有一只手都可以养活自己，为什么当初有两只手却不好好过日子，为什么要做那么傻的事情。

阿丽哭累了，眼泪都哭干了，她想站起来，只觉得眼前发黑，身子软软的。这时候，背后有只手伸过来扶住了她，原来是阿朗！

阿朗采来了一大捧草药，这种草药阿丽也认识，小时候身上长痱子，外婆就是用这种草药煎水给她洗澡的，洗几次就好了。

阿朗说："阿丽，用它煎水洗澡，肯定能治好你的病。"

阿丽摇摇头，"我刚回家时洗过很多次，没有用的，我曾经擦过很多种药，都没有用。这种病是治不好的，这是老天给我的报应。"

"不，阿丽！"阿朗的两只眼睛闪着灼灼的光，"听我的话，你的病不在皮肤，而在心里。如果老天真的长眼，他看到你后来做的一切，肯定会原谅你的。不信你再试一次，老天肯定已经原谅你了。"

"真的会吗？"阿丽将信将疑地望着阿朗。

阿朗坚决地朝她点点头，说"造假药的人最可恨，常老板是他自己该死，他死有余辜。你已经受了这么多的罪，你又为村里做了这么多好事，老天如果还不原谅你，他就不配做天。"

真奇怪，这天晚上，阿丽用那种草药煎的水洗澡，很舒服，晚上睡得很香，她身上一点都不痒了，那些血痂一层层地掉下来，阿丽的皮肤重新变得光滑又健康。

阿丽太高兴了，真的，老天真的原谅自己了！

第二天，阿朗陪阿丽走进了公安局……

（本篇月月评短信代码：1205）

（题图、插图：魏忠善）

（欢迎来稿，本期责任编辑电子信箱：tigerbao2002@yahoo.com.cn）

·中国新传说·

会说话的石头

□张　湃

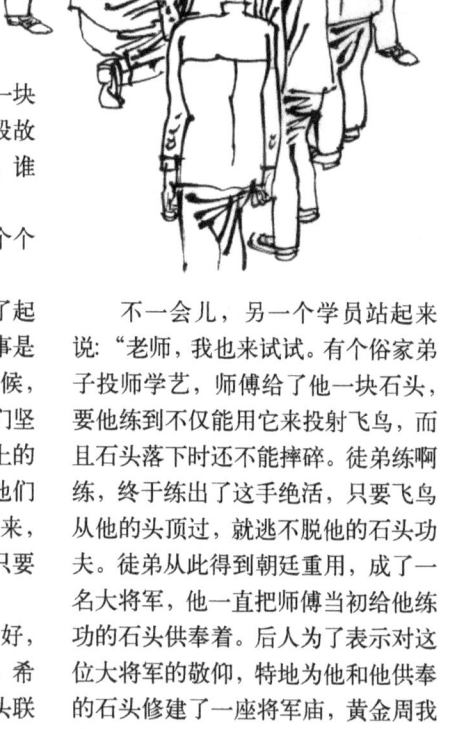

推销员培训班上，老师拿来一块石头，要大家据此编出一段故事来。老师说，谁能把石头说活，谁推销商品就不成问题了。

学员们一时哪来的灵感，一个个抓耳挠腮，面面相觑。

这时候，有个学员大胆地站了起来，说："老师，我试试。我的故事是这样的：在一次战斗最激烈的时候，八路军战士的子弹打光了，战士们坚决不当俘虏，于是就奋力捡起地上的石头朝鬼子身上扔去。虽然最后他们全都壮烈牺牲了，但这一仗打下来，那帮鬼子也得了'恐石症'，以后只要一看到满山的石头就浑身发抖。"

老师点点头，鼓励说："讲得好，讲得好！不过石头有各种各样的，希望大家编的故事最好能和这块石头联系起来，怎么样？"

教室里一时鸦雀无声。

不一会儿，另一个学员站起来说："老师，我也来试试。有个俗家弟子投师学艺，师傅给了他一块石头，要他练到不仅能用它来投射飞鸟，而且石头落下时还不能摔碎。徒弟练啊练，终于练出了这手绝活，只要飞鸟从他的头顶过，就逃不脱他的石头功夫。徒弟从此得到朝廷重用，成了一名大将军，他一直把师傅当初给他练功的石头供奉着。后人为了表示对这位大将军的敬仰，特地为他和他供奉的石头修建了一座将军庙，黄金周我去那里旅游时，趁讲解员不注意，就把大将军的这块石头拿来了。大家请

 失足，你可能马上恢复站立；失信，也许永难挽回。——莫里哀

看，就是讲台上的这一块！"

"哈哈——"同学们哄堂大笑，大家七嘴八舌纷纷讲开了自己的构思。

学员大刘是最后一个站起来的，而且脸上的神态特别凝重。他说："我给大家讲个故事。有个高炮连，驻扎在深山里，一天晚饭后，一个刚入伍的新战士到营房后面的山头上去玩，不小心踩飞了一块石头，他自己人倒没什么，可那块石头偏巧就朝下面倚山而盖的民房飞去，砸破屋顶掉进房里。新战士吓得连忙卧倒在地上，头也不敢抬，原以为老乡会跑出来找他算账，可等了半天，什么动静也没有，于是就连滚带爬逃回了营地。"

大刘的这个故事好像挺有特色，大家屏息静气地听他讲下去。

大刘说："这个新战士回到连队，没敢声张，可他到底是个军人，经过几天激烈的思想斗争，还是下定决心去老乡家赔礼道歉。这天，他特地跑七八里山路去买了一大堆礼品，谁知跑到老乡家一看，门前却挂着白幡，灵前正放着那块被他踢飞的石头。他这才知道自己闯下了大祸……"

大刘的语气非常沉重，讲到这里，几乎要哭出声来。

有人在底下轻声问："怎么，大刘，是真事儿？"

大刘长叹了口气，说："是真事儿，这个闯大祸的人就是我呀！可是当时看到他们家里人那么悲痛欲绝的

样子，我实在没有勇气站出来向他们坦白。为了给自己心灵一个交代，从此每年这个时候，无论走得多远，我都会悄悄赶回来，给这个我不认识而又因我而去的老乡上坟。我闯祸的这块石头，大小形状都和讲台上的这块差不多，几年来，这件事就像千斤巨石压在我的心头，我没有对任何人说起过我的这段经历，但是今天我再也忍不住了，说出来，我心里会好受些。"

教室里鸦雀无声。好一会儿，老师才缓缓说道："大刘同学的故事讲得非常动人，我想就是铁石心肠，也会为之动容。""老师，"大刘满眼泪痕地说，"我讲的全是真事儿。""我知道。"老师的声音突然哑了。"老师，您？"

"我把这个故事继续讲下去吧。"老师望着大刘同学说，"我没想到世界竟这么小，事情居然有这么巧！我，就是这个去世老乡的儿子，我也绝没有想到踩飞石头的你今天竟会是我的学生。没错，那天我得到消息赶回家，父亲已经咽气了，照我们当地的说法，这是天意；尤其是以后每年到了这个时候，父亲的坟头总供着一份丰厚的礼品，家里人就更相信这个说法了。但是我知道，事情绝不是这样的，每年父亲坟头上都会悄悄放着供品，说明这个事情一定是某个人无意中失手干的，而且事发之后他一

年年有鱼（结尾部分）

（六月号上半月刊中说到，到了第六天早晨……）

到了第六天早晨，泉水渐渐断了，鱼儿也没了，而村民们仍然流连忘返，久久不肯离去。柳娃和黄彩云夫妻俩躺在床上好几天，茶不思饭不想，原本想发一笔大财的，结果变成一场梦。

这天早晨，夫妻俩突然想起后山坡堰塘里的鱼已有多日没喂养了，急急忙忙赶了去，一瞧，险些吓昏过去。堰塘里干得没一口水，鱼的影子也没了。黄彩云一屁股跌坐在地上，嚎啕大哭起来，骂道："哪个缺德鬼，放了俺的水，偷了俺的鱼，叫他吃了烂肚烂肠烂屁股……"柳娃怔在那里好半天才缓过神来，急忙下山到镇派出所报案。

派出所的同志经过实地查看，并请有关专家勘察，最后认定堰塘里的鱼不是被人盗走的，而是柳娃放炮炸跑的。那个所谓的"泉水"，就是堰塘里的水，那些鱼自然也是堰塘里的鱼了。派出所的同志见柳娃和黄彩云不相信，就在水里洒上麦糠，从堰塘底部一个溶洞里灌进去，结果那些麦糠和着水便从泉眼里流了出来。柳娃和黄彩云见了，不再言语，只是唏嘘长叹，涕泪直流。

那几个带头抢鱼的年轻人得知此事后，觉得很是过意不去，便动员村里人将卖鱼的钱如数还给了柳娃。柳娃夫妻俩感动得只顾抹眼泪，他俩这才明白：盼望"年年有余"的梦想没错，但在追逐财富的过程中，没有免费的午餐，勤劳才是金哪！

所以，正确的答案是：C.鱼儿完全没有了

直在受着良心的煎熬。我把砸破父亲头颅的这块石头留着，就是盼着这个人会出现……"

"老师——"大刘痛哭流涕，一头跪倒在老师面前，"老师，今天要抓要打随你处置，我心甘情愿。"

老师一把把大刘拉起来，沉默了好半天，说："已经过去了的事，咱们以后谁也别提。"转而，老师大声对同学们说："我把这块石头拿来，原本是想借石说事的，现在事情真相大白就更好了。感谢石头给我们上了这么生动的一课，请同学们一定记住，要学做推销，首先就一定要先学做人，无论是战场还是商场，这是最大的根本啊！"

（本篇月月评短信代码：1206）

（题图：魏忠善）

（欢迎来稿，本期责任编辑电子信箱：tigerbao2002@yahoo.com.cn）

完美的品格，是在背地里也做可以公开于世的事情。 ——罗曼·罗兰

戏外情

□ 崔 陟

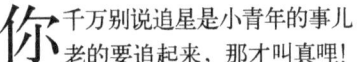

你千万别说追星是小青年的事儿，老的要追起来，那才叫真哩！

就说快解放那阵，河北河南交界地方有个演员叫文瑶先，老百姓都爱看她的戏。爱到什么程度？说是"扒了房子卖了砖，也得看看文瑶先"。有个老汉叫黄涞金，已经六十出头，孙子都抱上了，可迷文瑶先迷得个晕头转向，只要听说文瑶先在哪儿演戏，不管春夏秋冬也不论阴晴雨雪，抬腿就走，绝无二话。

这年快到八月十五了，得知文瑶先要在三县十八庄演戏，一个台口三天，黄涞金掰着手指头一算，可以连着看五十四天的戏，不得了呀！于是不顾老伴再三阻拦，背着半口袋烙饼，扛一把锄头就上路追星去了。乡下人出门带口粮并不希奇，可扛锄头干什么？黄涞金心里有盘算，出去那么长时间，就是带三口袋干粮也不够，得找机会打短工混饭吃呗。就这样，黄涞金开始了艰苦但快乐的看戏

生活，白天帮工，晚上看戏，戏散了，他随便找个破庙安身，在廊子底下一躺，还自个儿哼哼戏里的小曲，心里真是美极了。

这天晚上，黄涞金正在台下美滋滋地看戏，忽然有人拍他的肩膀，回头一看，是个和他年纪差不多的男人，对他说："你跟我到后台去。"黄涞金警惕地问："干啥？"那人四下看看，把嘴巴凑到他耳根上说："文瑶先请你……""文瑶先？"黄涞金惊讶万分：文瑶先怎么会认识我？虽说是半信半疑，但黄涞金还是跟着那人走了。他心说："我这个大老头子，还怕你给拐到妓院里不成？"

走到后台一看，到处都是着戏装的人，这个过来那个过去，比台上还热闹呢！黄涞金正看得眼花缭乱，一个青衣装束的人轻盈盈地走过来，满脸带笑地叫了声："大爷！"那声音就像一只小手，揉得黄涞金心里那个舒服啊就别提了，这人就是他最喜欢的名角文瑶先啊！黄涞金太激动了，使足了劲儿应了一声："哎……"

文瑶先让黄涞金坐下，亲手给他端来一杯茶，说："大爷，我留神好几天了，您一直跟着台口走，每天都在那个位置看戏，您老辛苦了。"黄涞金说："你……你在台上看见我啦？""是啊，"文瑶先说，"您老在那个位置站着，我就注意上了。大爷，您老这么喜欢我的戏，我演起来就更带劲

儿了，我谢谢您老！"一句话，说得黄涞金心里暖乎乎的。

这时候，文瑶先又要上场了，文瑶先对黄涞金说："大爷，您别走，待会儿我还有话说。"文瑶先高抬的人谁敢怠慢啊，于是这个给黄涞金倒茶，那个给黄涞金敬烟，还有人陪着黄涞金说话。黄涞金一摆手："别这样，我是来看戏的。"大伙赶紧在二幕内侧给他搬了把椅子，黄涞金坐在那儿真高兴啊，这可比站在台底下看美多了。

散了戏，文瑶先果然亲亲热热地又来看黄涞金了，当她听说黄涞金是舍了家打着短工来看戏的，心里非常感动，说"老爷子，您这么看得起我，您的年纪和我父亲差不多，我就认您做干爹吧！"黄涞金一愣"这……能行吗？""有什么不行的！"文瑶先是个痛快人，当下就跪在地上"咚咚咚"给黄涞金磕了三个响头，脆生生地叫了声："干爹！"把个黄涞金乐得差点儿摔在地上。文瑶先说："干爹，打今天起，您就别睡庙里了，咱们睡哪儿，哪儿就有您睡的地方。"黄涞金点点头说："好，可我今天还得走。"文瑶先问："为什么？"黄涞金嘿嘿一笑："我那锄头还在庙里呢！"

第二天，说好了天一亮黄涞金就回来，可眼看就晌午了，就是不见他人影。戏班子里有人嘀咕："我看那老头儿不来了，咱们文老板给他磕了

头，还不够他去吹一辈子的？"也有人说："咱先别下结论，再等等吧！"文瑶先什么话也没说，只是对着镜子发愣，一整天都提不起精神。直到晚饭时，才见黄涞金突然跌跌冲冲地跑进来，上气不接下气地喊道："闺……女啊！"文瑶先眸子一亮："干爹！"大伙儿一看，黄涞金浑身是土，满脸是汗，手里端着一个洗脸盆，里边有毛巾、香皂、梳子，还有一面镜子。黄涞金把手里的东西塞给文瑶先，擦着满脸的汗水说："闺女，这是干爹给你的见面礼！"文瑶先一愣："您哪儿来的钱？"黄涞金乐呵呵地说："我今天给人家锄了二亩地，杀了一口猪，还割了三十斤猪草。我……我还把锄头也卖了，闺女，你可别笑话干爹啊！"文瑶先一听，泪珠子当场就下来了："干爹，您这是干什么啊！"

打这以后，黄涞金就跟着戏班子走了，身上穿的，嘴里吃的，都是文瑶先给他打点。最让他开心的是每天能坐在台上看戏了，剧团里上上下下对他都很尊敬，走到哪儿都有人一迭声地叫他"老爷子"。黄涞金心里琢磨：我这不成了活神仙了吗？

有这么一天散了戏，黄涞金发现文瑶先的举止有些反常，就问："闺女，怎么啦？"文瑶先苦笑一声，什么也没说。管事的，也就是当初在台下叫黄涞金去见文瑶先的那个人，过来说："文老板累了，您就甭管了，

喝……酒去吧。"他把黄涞金拉到一个僻静地方，叫人备下一壶酒和一盆香肠，说了声："您慢慢喝吧，老爷子！"就走了。

黄涞金独自喝了一阵酒，总觉得心里头"噗噗"直跳，他把酒杯一推，就去找文瑶先。前前后后转了一圈，不见人影，黄涞金就问管事的："我闺女上哪儿去了？"管事的叹了口气，见瞒不过去，只好说了实话。原来文瑶先让驻在镇上的一个团长给请去了，那家伙是个出名的色鬼，文瑶先和大伙都知道此去凶多吉少，可是又不敢不去。

黄涞金一听暴跳如雷，跺着脚

说："要是往常还罢了，如今她是我闺女，我怎么能看着不管！"管事的双手一摊说："那又能怎么样呢？"黄涞金想了想说："你快点儿给我装扮上！"管事的眨眨眼问："您打算怎么装扮啊？"黄涞金瞪了他一眼："我叫你怎么着你就怎么着，按我说的做。"

不一会儿，黄涞金就完全成了另一副模样：一身对襟的绸子裤褂，一顶哔叽呢的礼帽，鼻梁上架着一副茶色眼镜，太阳穴上贴着一块狗皮膏药，手里还拿着一对保定府的大铁球。黄涞金把手掌朝上那么一翻，手指头一活动，一对大铁球就在他手里"骨碌碌"地转了起来。

黄涞金朝管事的一瞪眼："还等什么，带我去见那个畜生！"管事的吃不准黄涞金想干什么，又不敢怠慢，当即赶了一辆马车就把黄涞金送到了团部。

那个狗日的团长正跷着二郎腿坐在太师椅上，一边喝酒一边听文瑶先唱《粉妆楼》。黄涞金径直闯进去的时候，团长正喝得醉眼迷蒙，看黄涞金来势汹汹的样子不敢贸然得罪，猜想他准有来头，不是县长的老丈人也一准是哪个大人物的叔伯哥，于是连忙招呼："来了，您？"黄涞金没好气地回他一句："来了，怎么着？"那团长真让他给镇住了，赶紧叫人搬凳上茶。黄涞金自然不客气，一屁股就坐，

端起杯子就喝。团长客客气气地说："您老就先听听小戏吧！"

其实文瑶先一开始并没看出来人就是黄涞金，可黄涞金一开口，她心里就明白了。"干爹——"文瑶先心里涌起翻江倒海的波澜，她强忍住将要溢出的泪水，继续不紧不慢地唱着。

又唱了一段，黄涞金忽然一拍桌子说："别唱了，明天还有事呢！"文瑶先赶紧住嘴，琴师马上就收拾东西，黄涞金一挥手，他们就往外走。团长一时懵了，等他们都走远了，才缓过劲来问："刚才那老头子……是谁？"他手下的说："团长，您……不认识？"团长急了："我知道他是哪个庙里的？他们走你们怎么也不拦着问问？"手下说："团长，您不发话，我们怎么能随便拦呀！"团长扇了手下一巴掌："笨蛋，追呀！"手下的被他打得两眼直冒金星，连爬带滚地带着一干人就骑马追了上去。

再说黄涞金冒着危险救出文瑶先之后也不敢怠慢，让管事的驾了马车就急急忙忙往回赶。文瑶先还没来得及说上几句感激的话，远远地就听见后面响起了团长手下那帮人的追赶声。黄涞金一看这阵势，就要往车下跳，他对文瑶先说："闺女，咱俩有缘分，我当了你几天干爹，值了。我跟他们拼了，你自己要多保重啊！"文瑶先一看，死死拦住他说："干爹，要死咱俩一块儿死。"管事的急了："我

说你们先别死死死的行不,咱们不是还没落在他们手里呢!"说完,"啪"他一甩鞭子,马车风驰电掣般地直朝前奔。

说话间,马车到了一座窄窄的木桥前,那马扬起前蹄昂头长嘶,猛地停了下来。那木桥是几根圆木拼在一起的,桥面也就五尺多宽,白天慢慢走还差不多,可这是晚上,又得快跑,管事的一时还真毛了。黄涞金是种地人出身,自然会使牲口,他立刻从管事的手里接过鞭子,眯着眼睛瞄准了前方,使劲朝马身上抽了一鞭,大喝一声:"我说伙计,帮个忙啊!"那马真是争气,硬是笔直一条线地跑了过去。几乎是在同时,黄涞金猛地又朝马身上抽了一鞭,把鞭子朝管事的手上一塞,自己却滚下了车。

等黄涞金从地上爬起来的时候,他闺女文瑶先坐的那辆马车已经不见了踪影。黄涞金抬头一看,后面团长的兵冲过来了,前面几匹马已经上了桥。黄涞金急得在身上乱抓,一下摸到两个圆溜溜、冰凉凉、硬邦邦的东西。是什么?保定府的大铁球。黄涞金急中生智拿出一个铁球就朝冲在最前面的追兵扔过去,"咕咚"那个兵连人带马摔进了河里。

第二匹马也过来了,黄涞金"照方子抓药"又将一个铁球扔了过去。还真妙,那个当兵的人摔进了河里,他骑的马却留在木桥上,结果把后面

的马队都给撂倒了,只听得"扑通扑通"一阵乱响,后面的人马全都掉进河里去了。

黄涞金兴奋得像个小孩一样拍着手连连叫好。这时候,只听身后响起一阵马蹄声,他回头一看,原来是文瑶先坚持让管事的把车赶回来。干爹舍身救她,她怎么能抛下干爹自己逃命呢?文瑶先见黄涞金毫毛未损,一把抱住他,流着泪说:"干爹,您先回家吧,别跟着我们担惊受怕了。"黄涞金摇摇头:"这叫什么话,我能放心走吗?"

当下,几个人一商量,都觉得这

里已不是久留之地,大家都得赶快走。文瑶先让管事的把戏班子的人分成几拨,说好碰头的地点,分头行动。黄涞金一定要护送文瑶先,管事的觉得他们危险太大,也坚持一定要与他们一路同行,于是文瑶先只好让琴师赶快赶着马车回去通知大家,他们三个人又重新上了路。

紧赶慢赶走了一夜,眼看到了临县地界,三个人这才松了口气。想想白天目标太大,于是他们就在树林里找了个地方坐下来,想好好休息一下,等天黑了再赶路。毕竟受了一夜的惊吓和颠簸,三个人两眼一合就都进入了梦乡。

突然传来一阵脚步声,声音还挺大,管事的从睡梦中惊醒,抬头一看,是一队当兵的朝他们跑了过来,他不由得惊叫一声:"坏了……"连忙把文瑶先和黄涞金推醒。文瑶先一看,咬咬牙说"我……我跟他们拼了!"黄涞金瞪红了眼,一步就跳到了文瑶先身边。

这当儿,当兵的已经冲到他们跟前,"呼啦啦"围了上来,其中一个看样子是当官的,朝文瑶先眨巴眨巴眼睛,疑惑地问:"您是……"文瑶先头一昂:"我就是文瑶先。这事和他们无关,要怎么着你们朝我来!"当官的笑了:"我说嘛,怎么看着眼熟。你们误会啦!"当官的让文瑶先看他胸前

的标志,原来这些兵是解放军,和那个国民党缺德团长根本是两码事。黄涞金咂着嘴说:"怎么当官的和当官的不一样啊?"

这个当官的也是个团长,团长弄明白他们是怎么一回事后,对他们说:"现在咱们解放区一天比一天扩大,你们愿意不愿意去演出啊?费用我们照付。"文瑶先和管事的还没说话,黄涞金一拍巴掌就说"那有什么不可以的,戏班子就是要演戏嘛!"文瑶先对他说:"干爹,您就别跟着去了,回家吧!"黄涞金不高兴了:"我就是不算戏班子的人,也是你干爹吧,怎么,想撵我走?"文瑶先说"我哪有这个意思,我是怕我干娘着急。"黄涞金想了想说:"那就给她捎个信。"文瑶先点点头:"这倒是个好主意。"待戏班子的人都齐了后,文瑶先找了个人专门去办这事,自己就一门心思带着大家在解放区巡回演戏。黄涞金呢,一直跟着文瑶先走南闯北,走了好几个月,乐此不疲。

眼看快要过年了,文瑶先再次催黄涞金回去,说"干爹,您再不回去,干娘非怪我不行。您先回去,等明年过八月十五,我还把您接来,行不?"黄涞金这才依依不舍地和文瑶先告别,坐着文瑶先雇的马车回家去了。

他进村来到家门口,抬头一看,咦,原来破烂不堪的门楼怎么修葺一新了?踏进门,他更加吃惊,屋里的

隔壁的鼾声

□唐 勇

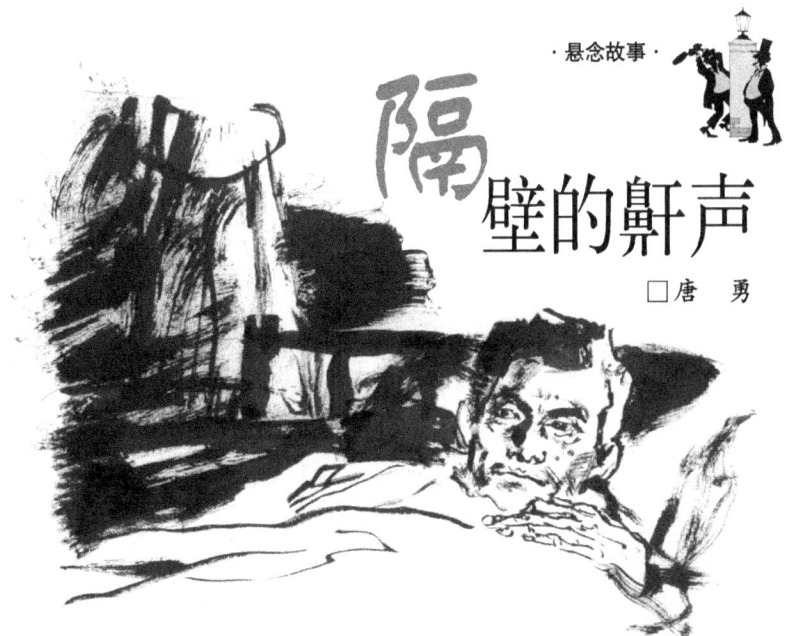

去年初夏，大老李去外地出差，车到目的地已是午夜一点，他本想在候车室里捱到天亮，可那里横七竖八躺满了人，连个插足的地方都没有，想想第二天还要赶十几里的山路，于是决定找个旅馆好好休息一下。

大老李走出车站，沿街找了半天，一连两家旅馆都已挂上了"客满"的牌子，后来好不容易发现有家小旅

家具是新的，炕上的被褥也是新的。他心说："坏了，走错门了。"赶紧回头出来。可站在院子里一看，东边老宋家，西边老赵家，门前有条河，没错啊？

就在这时，身后有人说话了："你这个死老头子，还知道回来啊？"回头一看，正是自己的老伴。黄涞金上上下下不住地打量她，老伴笑了："怎么，认生了啊？"黄涞金指着门楼和房子问："这……这是怎么回事？"老伴说："那天来了一个人，说是戏班子里的，来了就找人收拾屋子……怎么，你不知道啊？"

黄涞金明白了，不禁老泪纵横："我闺女真是个有情有义的人啊！"

（本篇月月评短信代码：1207）

（题图、插图：安玉民）

（欢迎来稿，本期责任编辑电子信箱：tigerbao2002@yahoo.com.cn）

·悬念故事·

店灯还亮着，就推门走了进去。

这是一家由住家改建的私人旅店，进门便是廊厅，厅里摆着床和电视机，五十多岁的老板娘正躺在床上看电视，一看来了客，连忙起身，带大老李到客房去。老板娘指着一个半开着的房门说："就这间，平时15元一晚，照顾你是下半夜来的，给10元就行。"老板娘看上去非常爽气，大老李心里挺感激。

大老李给了钱，老板娘转身带上门就出去了。

大老李抓紧时间倒头就想睡，可借着房间里昏暗的灯光一看，床单被子和枕头那个脏脏劲儿，他直想吐，没办法，只好安慰自己："权当就在车站蹲一晚吧，这里总算还能躺下来。"大老李连鞋也懒得脱，硬着头皮和衣往床上一倒，就闭上了眼睛。

这时候，房门突然开了，老板娘拿着暖瓶和水杯走进来，招呼大老李说："给你送水来。"大老李确实有点渴，可一想到那杯子也干净不到哪儿去，就懒洋洋地说了声："谢谢你了，放那儿吧。"又闭上了眼睛。

老板娘没有马上走的意思，半夜三更的还给大老李套近乎："你是头一次到我们这地方来？"大老李只想早点睡觉，懒得和她说话，随口答道："哪里是头一次，这地方我来得多了。"谁知老板娘一听他说这地方来得多了，马上就凑近他问："那，要不要我给你送个小姐来？我家有个咪咪小姐。"

大老李心里"别"一跳：莫非自己撞上黑店？吓得睁开眼睛就坐了起来："不不不，我只是来睡觉的。"

老板娘笑了："你放心，咪咪懂规矩，我又不多收你的钱，你急什么？"

大老李喉咙响了："我不要就是不要。你要硬送来，我立马就走。"

"好好好，"老板娘见大老李这个倔样，叹了口气，"都什么年代了，还这么死板！"她边摇头边就嘀嘀咕咕

生活的智慧大概就在于逢事问个为什么。——巴尔扎克

地走了。

老板娘一走，大老李立即将房门锁插上，重新在床上躺了下来。可是不到两分钟，老板娘的声音在他耳边又响了起来："咪咪啊，人家不要你这个小姐，我也没办法啊！"大老李一紧张，坐起来一看，房间里没人啊？再一打量，发现自己躺着的床头上方，与隔壁房间相连的墙壁上，有个大大的窗洞，老板娘的声音就是从这个窗洞里传过来的，怪不得听起来就像在房间里说话一样。大老李吃不准这老板娘到底还要搞什么名堂，早知道这样子，刚才还不如蹲车站里呢，他心里懊悔死了。

就在这时，"砰砰砰"老板娘过来敲大老李的房门，大老李不想开，装睡。谁知老板娘见敲不开门，索性自己用钥匙开进来了。大老李见那门锁原来是聋子的耳朵——摆设，气得板着脸说："你怎么可以自说自话进来？你到底要干什么？"老板娘却一点不生气，依然笑呵呵地说："咪咪小姐喜欢陪客人睡觉，要不我领过来你看看，喜欢就留下……"

大老李气得一蹦三尺高："我不会上你当的！"他不想与老板娘多啰嗦，一把把她推出门去，又掏出口袋里的手机，朝老板娘晃了晃，"你要再敢进来，我就打110报警！"说完，"哐"把门狠狠关上了。

老板娘会不会再来骚扰呢？大老李心里吃不准，但他打定主意，千万不能让女人走进房间一步，否则自己就是浑身长嘴也难说清，这种事大老李听得多了。他把房间里可以搬得动的桌子椅子都挪到门后边叠起来，把老板娘刚才送进来的暖水瓶往床边一放，人靠在床头上休息，两只眼睛却没有离开那个窗洞半步。他想好了：不管女人从门里进来还是从这个窗洞里过来，只要她来，自己就立刻高声大喊，坚决不让她靠近；如果她硬干，就先下手为强，把暖瓶甩过去，然后想办法夺门冲出去。他心里清楚得很，老板娘这么干，无非是想诈他的钱。唉，自己今天也不知哪根神经搭错了，鬼使神差竟找了这样一家黑店。

这时，外面走廊里传来一阵男人的咳嗽声，是老板？同伙？大老李的心再一次紧张起来：完了，今天难逃他们的手心，一定是相帮着编排自己来了！他马上把暖水瓶拿在手里。还好，结果是虚惊一场，原来这男人是半夜上厕所的，因为大老李听老板娘招呼了一声："厕所在那头。"

一直到老板娘的脚步声走远了，大老李这才松了口气，把手里的暖水瓶放了下来。

外面一切都安静下来了，可是大老李还是睡不着，也不敢睡，通过这个床头上的窗洞，隔壁老是传来"窸窸窣窣"的声音，这女人到底在干

什么？为防不测，大老李把随身带的钱分开塞进自己的鞋底和袜子里，就怕女人和老板娘再要什么花招。一个小时过去了，又一个小时过去了，大老李发现隔壁"窸窸窣窣"的声音没有了，随之而起的是另外一种声音，非常有规律，仔细辨别，原来是轻微的鼾声。大老李不由长嘘了口气，突然就觉得困顿极了，两眼一闭也迷糊过去。

天刚蒙蒙亮的时候，大老李就醒了，侧耳听隔壁鼾声依旧，他不由心里一喜，轻手轻脚把叠放在门口的桌子椅子移开，就溜出门去，恨不得一脚就逃出这个倒霉的旅店。在走廊里，他发现隔壁房门半开着，心里突然就跳出一个念头：隔壁到底是个怎么样的女人？探头朝里一望，不由惊呆了，蜷卧在床上的哪里是女人，原来是一只大花猫，轻微的鼾声就是从它的鼻腔里发出来的。

"轻点，轻点，别吵醒了我的咪咪小姐！"老板娘不知什么时候突然就站在大老李面前，眦着眼说，"怎么样，后悔了吧？这么好的小姐，还不要！"

"小姐？明明是只猫，怎么硬说成是小姐？害得我一夜没睡！"

"啊？"老板娘的眼睛瞪得比大老李还大，"你真不知道？我昨晚不是问你是不是头一回来，要不我早跟你说清楚了。我们这儿都这样，天生爱养猫小姐不算，就得让这宝贝晚上跟着陌生人睡，让它沾点儿财气回来，讨个吉利呗，要不怎么说'发财猫'呢？谁知道你还这么小气！"

大老李想想自己一夜遭的罪，哭笑不得。

（本篇月月评短信代码：1208）

（题图、插图：王申生）

0—6岁 **决定一生**——幼儿身体宝典
（超级爸妈护理攻略）

这是一本以学龄前儿童家长为主要读者对象的自助性儿童教养读物，全书分为"健康从娃娃抓起"、"四季健康宝宝"、"孩子的护身符"、"容易忽视的现象"、"家有马大哈妈妈"和"爸妈的小招术"等六个部分，具有很强的知识性、可读性、操作性和指导性。

本书由长期从事儿童心理教育的儿科医院医生主编，作者针对幼儿家教中普遍存在的问题，通过对大量中外儿童教育成功或失误事例的系统分析和阐述，向年轻的家长们传授行之有效的家教方法，读来颇有启发。

真假新娘

□ 刘春山

这年刚入冬，就下了一场漫天大雪，正是打猎的好时机。大清早，猎户胡一枪顶风冒雪刚爬上歪头山，就发现雪地上有野猪的脚印，他喜不自禁：秋末冬初的野猪肥得很哪！

沿着脚印一路寻去，不一会儿胡一枪便看到了野猪肥大的身躯。也就离着十几米，他借着树林的掩护选好地形架好枪，正要扣动扳机，忽然发现这只野猪奇得很，屁股上还长着两只滴溜乱转的小眼睛。胡一枪平时再见多识广，也不由惊出一身冷汗。

这到底是不是野猪？胡一枪陡起

好奇之心，再仔细一看，嘿嘿，他差点要笑出声来，原来野猪的身上倒趴着一只狐狸，尖尖的嘴巴正咬着野猪的尾巴，因为下大雪，身上洁白一片，一时半会的，胡一枪没分出来。你别看野猪凶残无比，它的致命弱点就是怕被咬住尾巴，尾巴受制于人，只能乖乖地听任摆布。下雪天行动不便，狐狸这是在投机取巧呢！

狐狸没什么怕的，胡一枪重新瞄准了野猪，"咚"地一声就扣动了扳机。就在枪响的刹那，忽然野猪身上腾起一团红云，胡一枪大惊失色："天呀，是红狐！"他身子一下就瘫软下来，要早知道是红狐，借他十个胆子也不敢开枪。

胡一枪怕红狐是有原因的。他爷爷当年上山狩猎，想替自己弄个狐皮睡袋，瞅准一只红狐举枪就射，红狐中弹倒地，胡爷爷刚想上前去拿，忽然那家伙支愣着脑袋又站了起来。胡爷爷毫不犹豫开了第二枪，可红狐竟连身子动都不动。胡爷爷傻眼了，因为他是百里挑一的神枪手啊，从来也没有开枪猎物不倒地的事儿。胡爷爷怀疑自己装的弹药有问题，掉转枪口往里瞅，谁知这时候"轰"地一声枪响了，胡爷爷顿时成了独眼龙。临终的时候，他一再告诫子孙：千万别招惹红狐，它已经成了狐仙。胡爸爸血气方刚不信这个邪，料理完父亲的丧事就上山找红狐，他在红狐的老窝一个小山洞洞口

架起了干柴。火势这个凶呀，直烧得洞里的石头"噼啪"作响，起初洞里还传出红狐阵阵惨嗥声，后来什么声音都没了。胡爸爸心满意足地回了家，可到家就惊呆了：房子被烧得片瓦不留。从此，不要说胡家，这一带谁也不敢招惹红狐了。

现在胡一枪误射了红狐，你说他能不害怕吗？醒过神来的胡一枪撒腿就跑，刚刚跑出十几步，受了伤的野猪追上来了，两条腿哪能跑得过四条腿，情急之下胡一枪脚下一滑，顺着陡坡滚进了一个雪窝，胡一枪机灵得很，身子一动不动地蹲在那儿，纷纷扬扬的大雪不一会儿就把他盖没了。胡一枪长出了一口气，正暗自庆幸着，忽然一个毛茸茸的东西舔到他的脸上，原来是红狐跟来了，红狐很快就扒开了雪堆，胡一枪顿时就暴露在光天化日之下，野猪见状也抹头跑了过来。

胡一枪狩猎极有经验，他知道野猪不喜欢死物，便躺在雪地上装死。笨拙的野猪好骗，可红狐不信，红狐用锋利的爪子在胡一枪脸上抓出许多血道道，把狐耳凑到胡一枪的鼻子底下听有没有喘息声音，还用一根树枝条去捅胡一枪的脚底心。

人们常说：宁疼勿痒。这脚心被红狐一捅，胡一枪就挺不住了，他愤怒至极，不管三七二十一，跳起来抽出插在腰里的砍刀就向红狐挥去，

"嚓"把红狐的一只耳朵给削了下来。红狐"哇哇"叫着，丢下树枝条就跑，胡一枪见状立刻"蹭蹭蹭"攀上旁边一棵大树。野猪一看没了辙，只好灰溜溜地走了。

胡一枪总算保住了性命，可是和红狐却结下了更深的冤仇。不过奇怪的是，三年过去了，红狐却一直没有找上门来。

转眼间胡一枪该娶妻生子了。结婚这天，花轿一落地，就听鼓乐喧天，鞭炮齐鸣，媒婆把轿帘一挑，蒙着红盖巾的新娘款款而出。就在这时，谁也没想到的事情发生了：花轿里走出一个新娘，又走出一个新娘，那穿戴打扮，甚至走路的姿势，两个新娘都一模一样。

两个新娘争着要与胡一枪拜天地，两团晃动的红影让胡一枪立刻想起了那只红狐。胡一枪心里"怦怦"直跳，他想了想，把新娘的哥哥拉到一边，问新娘有什么特征。娘家哥哥说，妹妹大腿内侧有个伤疤，那是小时候被狗咬的。当下也顾不得其他了，撩起两个新娘的裤腿看，可是却傻眼了：都有一块伤疤，形状都一模一样。

胡一枪一筹莫展，只好推迟拜堂成亲，叫人去二十里外请来鹤发童颜的"赛诸葛"帮忙。赛诸葛听胡一枪把前后事儿一说，安慰道："贤侄，别着急，今晚先将息一宿，明日定能断出真假！"也只能这样了。当晚，胡一枪分别安置了两个新娘。

第二天，村里人都来了。只见两个新娘梳妆完毕款款而出，赛诸葛对她们说："墙上靠着两把梯子，谁能攀上房去谁就是真新娘。"两个新娘一听，就抢着要上梯。"慢着！"胡一枪把赛诸葛拉到一旁，满腹疑惑地问："这个法子有什么用？"赛诸葛胸有成竹："放心吧，肯定能断出真假！"

赛诸葛一声令下，两个新娘同时上梯，一个三下两下上去了，另一个刚攀上一步，就听"咔哒"一声连梯带人摔倒在地上。攀上梯顶的新娘哈哈大笑："这下你们看清了吧，我才是真的。"赛诸葛忙说："这下好了，你快下来吧！"说着就上前去搀她。可是等她下了梯子还没站稳，赛诸葛突然从身后端出一碗黑狗血，迎头就朝她头上泼了过去。只见她顿时变成了一只红狐，而且是一只缺了耳朵的红狐，惊叫着穿过人群逃走了。

胡一枪问赛诸葛："你凭啥断定她是假的，不怕弄错了？"赛诸葛笑笑说："这简单，你看看梯子就明白了。"哎呀，原来梯子全是秫秸做的，只不过外面糊了一层色纸，难怪红狐没看出来。

由于黑狗血破了红狐的千年道行，它再也不能兴风作浪了。

（本篇月月评短信代码：1209）

（题图、插图：王申生）

我有法眼

□ 董轶

杰克最近连着搞的几个设计，都因为缺少新意而被客户退回。老板对此大发雷霆，说如果再这样的话，马上请杰克卷铺盖走人。

这天下班以后，杰克去酒吧借酒浇愁，喝到很晚才醉醺醺地回家。踏进家门，手刚触到电灯开关，突然就觉得一阵火烧火燎的疼痛，一股辣辣的热流立刻从指尖传遍他的全身，一阵眩晕，杰克什么都不知道了。

醒过来的时候，天已经大亮了，杰克只觉得浑身都疼。他挣扎着起来，想起昨天晚上奇怪的一幕，仔细查看，发现原来是开关漏电，盖壳已经被电流烧得发黑了。

杰克一看表，我的天，已经十点半了。他慌慌张张地赶到公司，该死，老板就站在那儿等他，老板冲着杰克吼道："混蛋，你迟到了，你这个好吃懒做的家伙，快去干你的活，不然你就死定了。你这头猪！"

杰克被骂得大气不敢出一声，刚想转身走，突然他眼睛瞪得溜圆，因为他看到老板的秃头顶上竟然出现了一头猪的影像。

老板看杰克瞪着自己，抬起大脚丫子就朝杰克屁股上踢了一脚："你这头猪，你发什么神经病？"杰克被老板这一踢，一下子回过神来，赶紧跑到自己的办公桌前。他擦了擦头上的汗，心想：我这是怎么了？

同事米勒看他呆呆的样子，关切地过来约他说："街口新开了一家比萨店，今天中午我们一起去尝尝？"

杰克摇摇头："你去吧，我没有胃口。"他说着抬头看了一眼米勒，真是奇怪，米勒的头上怎么有一个比萨饼的影像？我这是怎么了？杰克心里害怕极了：难道是我的脑子被电坏了？

杰克决定先喝一杯咖啡，让自己清醒清醒再说。去倒咖啡的时候，路过马森的办公室，马森现在是老板的大红人，他设计的好几个方案都得到了客户的首肯，杰克很想看看他设计的图纸，可又不好意思开口。正犹豫着，突然他看到马森头上有一幅已经完成了大半的设计图影像，创意非常不错。杰克一下子来了灵感，咖啡也不喝了，赶紧回去依样画葫芦把它记了下来。杰克的设计很快就搞定了，拿给老板一看，老板脸上露出了笑容："你这个猪脑子终于开窍了！"

老板叫大家来看杰克设计的图纸，马森的眉头不禁皱了起来，他满腹狐疑地看了杰克一眼，杰克心里痛快极了：一定是触电给了我特异功能，哈哈，我有一双法眼啦！他试着四下里一扫，果然看到每个同事头顶上都有一幅影像：米勒的影像是茱蒂，茱蒂是公司里的头号大美人；啊，茱蒂的影像竟然是和老板在床上亲

热，原来老板和茱蒂还有这么一腿……杰克不由在肚子里笑出了声。

以后每次来设计订单，杰克都是先看看马森和其他同事头顶的设计影像，然后再取其精华，融会贯通，做成自己的设计方案。这样下来，杰克的业绩突飞猛进，老板给他的笑容越来越灿烂，几个月后，杰克就被提升为设计室的主管了。

同事们却怀疑杰克窃取别人的劳动成果，可又拿不出一点证据，无奈之下就对杰克起了戒心，每当杰克作为主管向他们征求设计方案时，他们都支支吾吾地不答话；杰克经过他们身边时，他们都下意识地挡住自己的图纸。他们越是这样，杰克越是在心里暗笑："你们以为这样我就看不到了？真是一群笨蛋！"

接下来，有一个全市建筑设计大

赛，奖金高达100万美元。全公司的人都摩拳擦掌，准备一博。杰克也跃跃欲试，他不仅到处看同事们头顶上的设计影像，还跑到别的设计公司去打探。

晚上，杰克还在动脑筋想方案，搞得头都大了，便到厨房去煮咖啡。插上电源开关的时候，他只觉得手臂一阵酥麻，坏了，又触电了，一阵电流从他体内通过，他又失去了知觉，醒来的时候，又是第二天早上。杰克真有点哭笑不得：我怎么老触电啊？

杰克一看表，真是见鬼，又是十点半了。赶到公司，同事们都在埋头设计，大家一看杰克来了，都像躲瘟神一样躲着他。杰克也不在乎，趾高气扬地走进自己的办公室，习惯性地透过玻璃幕墙，想先看看同事们都有些什么新创意。不看则已，这一看杰克就吃惊起来：同事们的头顶上空空如也，什么影像也没有。

怎么回事？杰克发疯一样地冲出办公室，眨巴着眼睛满公司上下乱蹿，真的，什么也看不到了，法眼失灵了。难道是昨晚触电造成的？这么关键的时候，没有法眼可不行。

杰克脑子一动：我的法眼是触电得来的，又是触电而消失的，那我再去触一次电，不就行了吗？杰克一路跑回家，进门就摸开关，一阵电流通过，杰克晕了过去。可第二天醒来，什么影像也没有看到。杰克不死心，如是

三番五次，人已经被电流击得四肢老是抽搐，也不管用。

老板看到杰克整天魂不守舍的样子，骂他："你这头猪，你怎么又开始犯浑了？"杰克很不甘心地围着老板转了一圈又转了一圈，盼望着老板头上能出现猪的影像，可结果什么动静也没有。老板气得抬脚又把杰克踹了个狗吃屎："混蛋，干活去吧，还磨蹭什么！"杰克趴在地上半天没起来，同事们想笑又不敢笑出声。

突然窗外划过一道闪电，传来隐隐的雷声，杰克脑子里电光一闪：是不是我触电的电流量不够？我何不用闪电再试试？杰克着魔似的奔出公司大楼，驾车来到郊外一片空旷的荒地上，跳下车，满地上跑来跑去，边跑边朝着天空狂喊"闪电来吧，来电我吧，我要法眼！"

此时天空中电闪雷鸣，道道闪电就像条条金蛇在空中狂舞，声声巨雷震耳欲聋，终于，一道耀眼夺目的闪电劈了下来……

第二天早上，人们发现街上有一个衣衫不整的男人，浑身散发着一股焦糊味，他边手舞足蹈边对过往的路人傻笑："嘿嘿，我有法眼，我要得大奖，100万美元哩！"

（本篇月月评短信代码：1210）

（题图、插图：箭　中）

（欢迎来稿，本期责任编辑电子信箱：tigerbao2002@yahoo.com.cn）

贪心好比一个套结，把人的心越套越紧，结果把理智闭塞了。 ——巴尔扎克

神奇的
白色狍皮

□ 白 琅

这天早晨，建设局的办公室主任菊双刚才上班，副主任高胖子就跟了进来。菊双刚见高胖子满眼是笑，心里不免一动：莫非这老家伙又打探到什么宝贝了？自己前年春天买的那只足有脸盆大的绿毛老鳖，去年秋天买的那棵酷似人身的柱参，都是高胖子帮他打探到并想方设法用半价买到手的。

菊双刚迫不及待地问："老高，你这回又有什么好消息了？"高胖子压着嗓子，凑近他耳朵说："告诉你，这回这宝贝可比前两次灵多了！"菊双

刚一听，心都快要跳出来了："别卖关子啦，是什么宝贝？"高胖子一字一顿地说："是一张狍皮，白颜色的！"菊双刚一怔："狍皮？白颜色的？这有什么讲究？"高胖子"噗哧"一笑："十年黄，百年白。狍子要长到百年才能变成白色。你没听老辈人说起过，狍子长到百年就成精了！"

菊双刚愣是不明白："成精就值钱吗？"高胖子瞪他一眼："你是真不知？成精的狍皮就称得上是宝了。咱这旮旯不是有句话嘛：千宝万宝不如白狍皮好。你晚上垫着白狍皮睡觉，不但能防潮隔凉，若是来了野兽或是陌生人，它的皮毛就会竖起来，把你扎醒！"菊双刚被高胖子说得迷迷糊糊的："你不是在说天方夜谭吧？"高胖子拍拍他肩膀说："信不信由你。当年咱这旮旯有个土匪头子叫姚大脑袋，解放军起初抓了他五六次愣是没抓着。为什么？就因为他手里有这东

西!"

高胖子在局里向来以见多识广出名，菊双刚见他说得这么有板有眼，不得不信。正好，局里现在领导班子调整，有这东西作敲门砖，菊双刚很想弄个副局长当当。他脑子一转，朝高胖子招招手："老高，你今天总不会是白白来给我送消息的吧？既然是这么回事儿，那就拜托你去帮我搞定啦！"菊双刚只把话说了一半，自个儿心里的那点小算盘，自然是不能向高胖子和盘托出的。

谁知菊双刚话音刚落，高胖子就"哈哈哈"大笑起来："我就猜着你准会要这东西。放心吧，我已经帮你搞定啦！东西你先拿着，人家要知道是给你菊主任搞的，也不会急着要钱。"被高胖子这么一说，菊双刚有点不好意思起来："这……这……"高胖子倒是显得非常爽快"你忙你的，我回头就把这东西送你家里去，单位里可是不能露眼呦！"说罢，转身就走。

菊双刚原本是银行里的一名普通职员，也该他走官运，他的一个冯姓朋友的父亲四年前从外县调来当副县长，于是菊双刚就有了巴结的机会，一来二去熟了，大前年他就被冯副县长从银行调到县政府当了秘书，一年后又被调到这个被县里人称作"流肥油"的建设局当了一名办公室主任。当然，这调动也不是白调的，高胖子帮菊双刚搞来的绿毛老鳖和人身柱

参，最后都悄悄地在冯副县长的家里落了脚。

这回，这张白狐皮菊双刚自然也是要往冯副县长家里送的了。不过不巧的是，菊双刚去送礼的时候，偏偏冯副县长不在家。冯夫人见菊双刚捧着礼品一副小心翼翼的样子，笑着问："小菊，你又给老冯捣弄什么东西来了？"菊双刚便把高胖子的话学说了一遍。冯夫人大概也是第一次听说有这么神奇的事，半天没眨一下眼睛，而后，她高兴地对菊双刚说："小菊，这么贵重的东西你都给老冯送来了，你这个人真是重义气。我知道，你们建设局现在在调整领导班子，我头一回替老冯作主，保准给你留个位子，你回去等调令就是了。"

菊双刚没料到今天送礼竟然送得这么有效果，心里不禁乐开了花，他心想：这个高胖子，真是帮了我一个大忙，哪天我坐上局领导的交椅，嘿嘿，主任的位子就让他来坐。

从冯副县长家出来后，菊双刚就天天盼着升官的调令能早点下来，可等了一个星期又一个星期，什么动静也没有。菊双刚实在忍不住了，这天晚上说是路过来看看领导，又踏进了冯副县长的家门。可令他大惑不解的是，冯夫人一见菊双刚就恼怒地冲着他说："姓菊的，你也太缺德了，你今天竟然还有脸登我们冯家的门？""砰——"她一边说一边就让保姆狠

"掌上灵通杯"《故事会》优秀作品月月评

《故事会》与上海掌上灵通咨询有限公司联合举办"掌上灵通杯"《故事会》优秀作品月月评活动，全年共设价值48万元的奖金和奖品。参加方式如下：

1. 请选出本期你最喜欢的一篇作品，将其篇尾的月月评短信代码（如1201，没有短信代码的作品不参加评选）发送到200056（中国移动）或900056（中国联通）。每次限选一篇，可多次投票。

篇名与短信代码

代码	篇名	代码	篇名	代码	篇名
1201	我要一尊弥勒佛	1209	真假新娘	1217	喷嚏大侠
1202	尴尬不是我的错	1210	我有法眼	1218	投其所好
1203	网上你我他	1211	神奇的白色狍皮	1219	误会
1204	拿什么报答你我的恩人	1212	烟蒂之波	1220	县长来了
1205	人在做天在看	1213	老歌新唱	1221	看不懂
1206	会说话的石头	1214	玉王传奇	1222	七品芝麻鱼
1207	戏外情	1215	走运的记者	1223	这里流行传染病
1208	隔壁的鼾声	1216	星外来客		

2. 凡选中故事在得票数前三名的读者均可参加抽奖。本期共设：一等奖3名，奖金各500元；二等奖10名，奖金各300元；三等奖20名，奖金各100元；阅读奖500名，各获价值15元的纪念品一份。所有参与读者将另获赠精彩梦网信息服务。

3. 本期活动截止期为：2004年6月20日。得奖读者在评选结果揭晓后将得到短信通知。本活动接收短信：0.10元／条。客户服务电话：021-53854588。

狠地将门关上了。

菊双刚愣住了，又害怕又着急：这到底是怎么回事啊？难道高胖子弄来的狍皮是假货？他连夜去找高胖子，想问个清楚，可找来找去就是找不到高胖子的人影，打手机手机也关了。老婆见他六神无主的样子，赶紧找人打探消息，老婆的一个远房表姐的同学的老舅的侄子的表弟的父亲，正好是这个冯副县长的秘书，传出话来说："这个菊主任呀，送什么不好，偏要送张白狍皮？冯副县长是辽东人，他们那儿过去蹲监狱的都睡地上，所以谁蹲监狱谁家就给送一张狍

皮去，狍皮隔潮隔凉呗。他们那儿什么东西都可以送，就是不能送狍皮！"

菊双刚傻眼了，这个结局他万万没有想到。让他更没有想到的是，就在第二天，他盼望已久的调令就下来了，不过调离升职的不是他，而是高胖子。并且，还有更令人震惊的消息，说是由于高胖子的举报，冯副县长被双规了……

（本篇月月评短信代码：1211）

（题图：魏忠善）

（欢迎来稿，本期责任编辑电子信箱：tigerbao2002@yahoo.com.cn）

烟蒂之波

□ 张长公

牛四宝在麻将桌上坐了一下午，回到家中，从口袋里摸出五张百元大钞甩到桌上，跷跷大拇指，对老婆马六妹说："你看我手气好吗？"马六妹笑得眼睛眯成了一条缝。牛四宝洋洋得意地把手里快要吸光了的香烟头随手朝窗外一丢，说："以后我再去，你少啰嗦。"

话音未落，只听楼下叫起来"哎呀呀，楼上哪个缺德鬼呀，香烟头烫死我了啊！"

听声音，是楼下的黄老太，不一会儿，黄老太就骂骂咧咧地上楼来了。马六妹把四宝推进卫生间，然后开了门，装模作样地问："大妈，你找

谁呀？"

黄老太挺生气地说："也不知哪家，老喜欢朝窗外扔香烟头，已经不是一次二次了，迟早要出事。我得把这个缺德鬼找出来！"

马六妹"嘿嘿"一笑，说："哎呀，是得说说。不过我家四宝还没回来呢，要来了，我盯着他。"

黄老太怀疑地朝房间里张望了两眼，想想香烟头上又没写名字，怎么能硬说人家呢？只好走了。

马六妹关上门，赶紧朝四宝嚷嚷着："出来出来，别以为光你有本事，看我，几句话就把她打发走了！"

四宝对老婆跷跷大拇指"好，有

你这么聪明的老婆，一世不吃亏！"

第二天，四宝趁热打铁又坐上了麻将桌，不过今天是大大地晦气了，不仅把昨天赢来的钱全部输光，还亏了五百多元。

回到家里，四宝一声连一声地叹气，一支接一支地抽烟，抽一支就把香烟头朝窗外丢一支。猛地，他听到楼下有人歇斯底里地狂叫："你这个千刀万剐的缺德鬼呀，你一家人统统死光！"

不对，这是老婆的声音！原来马六妹拿了四宝昨天赢来的五百元钱，今天下班就去美容院做头发，现在刚刚走到楼下，一只香烟头从天而降，烫得她抱着头乱摸，时髦的发型成了一堆乱草窝。马六妹恨得咬牙切齿，猛地想起这会不会是四宝丢的？"噔噔噔"地奔回家来，果然！四宝见了她脸色都变了。

马六妹跑上去，当胸一把揪住四宝："呸，都是你这个害人精，你赔我的头发……"

四宝开始还觉得自己理短，忍着不响，后来马六妹越骂越收不住口，四宝也火了，心想：昨天有钱给你你就笑，今天你怎么就不知道给你男人一点脸面呢？于是冲口也回骂起来："你这个寻死作活的女人，谁知道你这头发做给谁看。这香烟头就是我丢的，怎么样？弄坏了活该……"他一边骂一边"啪啪"挥手就是两个耳光

上去了。

这时候，邻居们都围了上来。马六妹被打得晕头转向，一看来了这么多看热闹的人，不管三七二十一地叫起来："你们大家听听呀，你们拾到的香烟头都是他丢下去的呀，每次你们在楼下叫，他都还像没事似的……"

邻居们一听，就轰起来了。黄老太昨天头上被香烟头烫破了头皮，涂了不少药膏，现在还包着纱布；老皮匠鞋摊上的一双鞋，本来都修理得好好的，被落下的香烟头烫着了绒毛，老皮匠赔了人家好几百元，整整一个月白做；炸鸡铺的小老板更是哭笑不得，好好的一锅油里落进一只香烟头，顾客非要他把一锅油换掉，他舍不得，结果七传八传，说他的油锅里放了大麻，炸鸡生意一落千丈不说，还惊动了警方。今天总算元凶露真相，大家岂肯放过，要四宝赔偿。

四宝恨不得一拳头把老婆打死：都是这个女人，只当她聪明过人，却是只烂草包！

闹声惊动了居委会，四宝最后只好一一赔偿。四宝心痛得不得了，居委主任对他说："四宝，你出点钱，把这坏习惯改掉了，合算啊！"

（本篇月月评短信代码：1212）

　　　　　　　　　　（题图：魏忠善）

（欢迎来稿，本期责任编辑电子信箱:tigerbao2002@yahoo.com.cn）

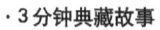

白衬衫和黑木炭

小胖放学以后气冲冲地回家，进了院子就跺脚，对父亲说："我今天非常生气，大虾让我在同学面前丢脸，我现在特别希望他遇上倒霉事情！"

父亲看了小胖一眼，从院角拎过一袋木炭，说："来，咱们现在就来玩个痛快。你把挂在绳子上的那件白衬衫当作大虾，把这袋里的木炭当作你想象中的倒霉事情，你用木炭去砸衬衫，每砸中一次就表示大虾倒霉一次，怎么样？"

小胖觉得这个游戏很好玩，拿起木炭就往衬衫上砸。可是衬衫挂在比较远的绳子上，他把一袋木炭都扔完了，也没有几块砸到衬衫上。父亲问小胖："你现在觉得怎么样？"小胖说："累死我了，但我很开心，因为我砸中了好几次！"父亲见儿子并没有理解他的用意，于是又让他去照镜子。小胖在镜子里看到自己浑身都是黑乎乎的，整张脸上只有牙齿是白的。

父亲语重心长地对小胖说："你看，你希望别人碰到很多倒霉事，结果倒霉事也落到了你自己身上。孩子，咱们做人可万万不能这样啊！"

（推荐者：王敏敏）

答得好

有个国王带着众臣在公园里赏花观水，一时心血来潮，指着一口鱼池问众大臣："这鱼池里有多少桶水？"众大臣一听都面面相觑，答不上来。旁边一丫环却上前答道"这要看大王想用多大的桶去装，如果桶和水池一般大，那池里就是一桶水；如果桶只有水池的一半大，那池里就有两桶水；如果桶只有水池的三分之一大，那池里就有三桶水。""答得好！"国王重重地赏了那个丫环。

众大臣之所以答不上来，是因为他们只看见池里的水，而不能透过池水看到那只可以大小变化的桶。只识其一面，而不识其另一面，算不上真正认识这个世界。

（推荐者：郑锦扬）

出征之前

儿子第一次出征打仗，心里很害怕。

为了给儿子鼓气，父亲交给儿子一个箭囊。他对儿子说"这个箭囊里有一支家传宝箭，神力无穷，你带在身上以防万一。但是有一条你必须记住，不到万不得已的时候，你不能轻易打开，否则将于事无补。"儿子听了父亲的话立刻觉得心里轻松不少，他兴高采烈地接过父亲的箭囊，奋勇杀上了战场，终于在鸣金收兵的号角声中胜利归来。

宿营时，儿子禁不住对神箭的好奇，悄悄打开箭囊来看。骤然间，他惊呆了：箭囊里装着的竟是一支被折断了的箭。"我原来一直挎着一支断箭在打仗啊！"儿子吓出一身冷汗，顷刻间精神崩溃了。其结果不言自明，当进攻的号角再次吹响时，儿子连站起来的勇气都没有了。

其实，若要自己手中的箭坚韧锋利，若要它百步穿杨、百发百中，那么磨砺它的只能是自己。真正的箭应该是儿子自己啊！

（推荐者：蒋　力）

心的存折

台湾金小姐去参观一个家用产品展览会，用午餐时，她见坐在自己对面的是一个白发老人，于是拿刀叉纸巾时顺便也替这位老人拿了一份。午餐很快就用完了，老人临走时递给金小姐一张名片，说："如果以后有需要，请与我联络。"金小姐一看，老人是日本一家大公司的社长。

一年以后，金小姐自己在台湾注册了一家公司，可是生意才开始，客户突然不做了。怎么办？金小姐突然想起那位日本老人来，于是就抱着一线希望去了一封求助信。谁知信发出

一个星期，老人竟带了他公司的六七个职员和一批样品赶来台湾，在考察了金小姐公司的产品质量之后，当场下了足够她公司做一年的订单。

金小姐惊喜地问："老先生，您有很多大客户，而我只是家小公司，您真的信得过我？"老人递给金小姐一本他自己写的书，书名叫《人心的贮存》。老人对金小姐说："当初你给我小小帮助的时候，你并没有想到会有这样的回报。这就像我在书中写的，人心就像一本存折，这个存折，是要用你平时一点一滴的善去储存的。"

（推荐者：瞿承培）　（插图：王申生）

老歌新唱

□ 路一歌

老嘎一大早在自家门前的菜地里转悠，他估摸着媳妇果子该做好早饭了，就准备回家。这时从路西边过来一个女人，骑着一辆半新旧的自行车，车后面载一个鼓鼓囊囊的大包，由于昨晚下了一场小雨，路滑不好走，那女人正好骑车经过老嘎家门前时摔倒了。老嘎跑过去帮忙，发现这个女人竟是自己二十多年前的恋人杏子。

杏子有点尴尬。老嘎关切地问："杏子，你这是干什么去？"杏子不好意思地说："我去县城赶大集，卖针织品呢。"老嘎早就听说杏子现在的日子过得并不舒心，丈夫很早死了，儿子又不孝，她一个人苦得很。老嘎想说几句安慰的话，偏偏这时候屋里就传出果子叫他回家吃饭的声音，老嘎只好看着杏子重新骑上自行车，歪歪扭扭地朝县城方向而去。

杏子比老嘎小几岁，以前是一个生产队的，当初两人都好了几年了，一起上山下坡的。那时年轻人谈恋爱保守得很，人面前都是同志，人背后才你给我一个秋波我给你一个飞眼；白天谁也不敢多说话，只有到晚上才找个有黑影的地方拉拉手说说话。老嘎记得，杏子总共送了他十六双自己做的鞋垫和三副毛线手套，他送了杏子一块小花巾和一双鞋。后来，两人的事公开了，老嘎的父亲坚决反对，嫌一个村里的结亲家太近，谁放个屁都听得见，还嫌杏子的脸色不好看，像是街上要饭的。老嘎跟爹争辩，说杏子那脸色是遗传，父亲扯着脖子就嚷："既然是遗传，那就更不能同意了，我不能让我孙子的脸色跟要饭的一样。"杏子那头呢，她爹也是一百个不愿意，嫌老嘎没多大的出息。就这样，一对鸳鸯硬是被拆散了。后来，老嘎娶了果子，而杏子嫁到了乡下，起初说男方家境不错，可没多久就传出她男人病逝的消息。

这是二十多年前的事了，今天是老天爷让老嘎再次碰到了杏子，老嘎的心里能平静得了吗？这一顿早饭吃的是啥老嘎自己都不知道，饭桌上果子跟他说话他也不理。老嘎心里在寻思：要是杏子当初嫁给了我，现在就不用这么苦苦地一个人去卖什么针织品挣钱。看果子，白白胖胖的，过得多滋润。

老嘎东想西想的，心里就打定了主意。吃罢早饭，他推出自行车，对果子说去县城赶大集。果子不高兴了："不是说好今天要给果树喷药的吗？"老嘎瞪了果子一眼："今天不喷药了，我就是想去赶大集！"果子很

纳闷：老嘎今天是怎么了？

还好，临近中午的时候老嘎就回来了，嘴里哼着小曲，脸上还笑嘻嘻的。老嘎进屋就把手里的塑料袋塞给果子，果子打开一看，是两条裤头，一条男式的，一条女式的。果子瞥了老嘎一眼，跑到院子里看着天上的太阳问老嘎："今儿太阳是从哪头升起的？"老嘎撇撇嘴："这还用问！"果子说："咱们都几十年了，你老嘎啥时候操心过这些东西？"老嘎就对果子说："果子啊，昨天我在老年之家看到一篇文章，说最好的衣服其实是纯棉的，像咱们身上穿的这种化纤衣服对身体都不好。你看，我今天买的这裤头多好，吸汗不说，还有弹性，穿着肯定舒服，你做的那些裤衩，都快把我的裆部咯红了。"老嘎说着就跑进里屋，把新买的裤头换上了。

果子忍不住也将老嘎给自己买的那条裤头往脸上蹭了蹭，果然一点也不拉皮。果子心里美滋滋的：这人上了岁数，知道心疼老婆不说，还挺懂科学哩，别人家的男人准不知道这些道理。自己这个郎真是没嫁错哇！

从那以后，每到县城赶大集的日子老嘎就去，去了就不空手回来，光果子和他自己的内衣内裤就买了一大摞，还给儿子买，给孙子买，有一次甚至还要给儿媳买，被果子骂得！哪有公公给儿媳买裤头的，传出去不让人家笑掉大牙？后来，老嘎还一

本正经建议果子戴个奶罩，说那东西既卫生又好看。果子唾了老嘎一脸，说老嘎是老风流，大姑娘小媳妇看花了眼。

要不是街上的小媳妇们，果子始终不知道老嘎这葫芦里卖的是什么药。这天晚上，果子提着马扎摇着蒲扇到大街口乘凉，刚坐下一会儿，村里小蚂蚱的媳妇就问果子："嘎婶，嘎叔给你买的裤头穿着舒服吧？"果子不知人家话里有话，"嘿嘿"笑着说："是舒服呀，这布料又软和又吸汗，还有弹性。这人哪，不懂科学还真是不行！"听果子这么回答，所有乘风凉的人都笑得前仰后跌，果子这才感到

老嘎买回来的裤头里面有文章。

到下一个赶大集的日子，老嘎推出车子前脚走，果子就跑到大街上雇了一辆三轮车后面跟。只见老嘎到了集上直奔一个摊位，停下来就要这要那的，边说边掏钱。只听那女摊主说："本善大哥，你不要买了，买多了你穿不了的，我这货卖得还行。"老嘎却不听这些，扔下票子，抓起两件背心和两条裤头就走。女摊主在后面叫他："本善大哥，找你的钱！"老嘎头也不回："不用找了，你拿着。"

老嘎一走，果子就蹭到那女摊主跟前，抬头一看，心里"咯噔"一下：这不是老嘎几十年前的相好杏子吗？果子曾经在老嘎的旧照片里见过杏子一面，女人嘛，这一面是永远不会忘的。果子心里明白了，老嘎这是在续前缘了啊，怪不得他现在一改过去光巴溜溜睡觉的习惯，天天穿着新买来的背心裤头睡觉。

果子一路哆嗦着，赶紧回家。等老嘎哼着小调走进家门的时候，院子里那高高矮矮的石榴树上，已经挂满了老嘎赶大集买回来的红红绿绿的裤头背心。果子学着杏子的腔调说："本善大哥，你回来了？"老嘎一愣。果子夺过老嘎手里新买的裤头，用力地撕了起来，边撕边骂："你这个老风流，你啥时勾搭上旧情人了？看你这副干巴巴的熊样，也会出去花哨！"

果子骂着骂着就伤心地大哭起

欢 迎 投 稿

人类天生就有讲故事的才能，在讲述自己的故事时往往下意识地把"悬念"当作一种必不可少的要素，为此，本刊特推出"悬念故事"栏目，以强化作品的"悬念"色彩，满足人们与生俱来的"悬念"愿望。来稿要求：1. 要有新奇性，不能让读者观其头而凭经验就能知其尾。2. 要有暗示性，不可故弄玄虚，让读者摸不着头脑。3. 要有诱导性，步步为营，充分调动读者的兴趣。4. 本栏目题材不限，字数以3000字以内为宜。

此外，您手中还有什么其他得意之作？新的，奇的，巧的，趣的，险的，智的……欢迎投稿。本刊辟有二十多个原创性栏目，如笑话、中国新传说、中篇故事、我的故事、海外故事、幽默世界等，可谓丰富多彩，必有一栏适合您。

读到或听到什么趣事可以和大家一起分享吗？3分钟典藏故事、情节聚焦、外国文学故事鉴赏、快乐辞典等，是本刊的推荐性栏目，一旦采用，均可获得相应的"推荐费"。

来稿必须注明投稿人的真实姓名、地址及一般联系方式（如电话、手机等）。来稿若没有采用，恕不奉还。

投稿地址：上海绍兴路74号《故事会》杂志社，邮编：200020；请在信封上注明"××栏目"收。如果发电子邮件，本期责任编辑信箱地址：tigerbao2002@yahoo.com.cn。

来，老嘎怕被邻居听见，让人家笑话，就死拉硬拽地要把果子拽回屋里去。可果子偏不，果子边哭边叫："你这丧天良的，几十年来我陪你苦，陪你累，白天陪你吃，夜里陪你睡，现在你是看我这四陪老了是吧？我看你那烂杏有什么好，要饭吃的一张脸，居然会让你疼成那样……"

果子话还没有说完，谁知这时候杏子突然一步闯了进来。杏子把一沓子钱塞给果子，果子不理她，杏子说："本善大嫂，本善大哥是个好人，他就是想帮我，我心里挺感激你们。这是我该找给你们的钱，你要是不拿，那我就再把这些东西拿走吧！刚才要不是有人指点你你就是本善大嫂，我还真不知道自己已经给你们惹下了这

么大的误会。本善大嫂，我真是对不起你们了！"

杏子说完，转身就走。望着一院子随风摆动的"万国旗"，老嘎想想自己好像是做得有点不太妥当，不该瞒着果子自个儿去学雷锋助人为乐。老嘎真心实意地向果子作深刻检讨，口头说了不算，还写下书面的。

果子不但聪明而且非常爽快，弄明白了事情的真相，气立刻就消了。后来，她还托人给杏子找了个老伴，拿退休金的，工资还不少哩，杏子就再不用去卖针织品了。

（本篇月月评短信代码：1213）

（题图、插图：王申生）

（欢迎来稿，本期责任编辑电子信箱：tigerbao2002@yahoo.com.cn）

玉王传奇

□ 贾福林

明朝万历年间,苏州出了一个雕琢玉器的大师,名叫陆子刚,凡经他雕出的玉器活儿,人们件件爱不释手,苏州的地方官为了讨好皇帝老子,便把陆子刚送到了京城。

朝廷二十四监里有一个专管玉器雕刻的,称"玉作监",那里原本都是一帮混饭吃的家伙,仗着与总管罗圈李的亲戚关系整天吃喝玩乐,皇上若派任务下来,他们就悄悄到民间请工匠定做,然后佯作自己的东西呈给皇上。陆子刚一来,露了他们的损招儿,所以他们对陆子刚恨得要命。

这天皇上派任务下来,指名要陆子刚把一块极玉贡品刻成一个玉扳指,并且在扳指上刻一幅百骏图,限五日完工。圣旨一下,玉作监里的那帮家伙喜作一团。你想,即使再强的手艺,

可就拇指丁点大小的地方,怎么刻得下百匹骏马呀?他们早就想把陆子刚撵出去了,就是苦于没有机会,现在好了,有陆子刚的好戏看了。

你也许还没弄明白什么叫扳指吧?这是古人射箭时套在大拇指上起防护作用的指套。对陆子刚来说,刻个扳指那还不跟玩儿似的?可要命的是要在上面刻一百匹骏马,每一匹马还占不到芝麻粒儿大的地方呢!

可这事儿并没有把陆子刚难倒,到第六天上朝时候,随太监一声传唤,陆子刚从容不迫地捧着一个紫红色锦匣踏进殿来,跪施大礼后禀道:

"小匠奉旨琢刻完工，请皇上查验。"

皇上从太监手里接过锦匣，打开，轻轻地取出扳指，仔细一看，只见上面刻了一幅风景画：高大的树林遮无边际，一条山路正对着寨子大门；整个画面上只有四匹马，一匹低头啃着路边的青草，后半身还留在树林里，一匹沿着山路正奔向山寨，一匹已经进了寨门的一半，而另一匹虽说先进了寨门，那神情却好像还在回首张望。

皇上一边欣赏着手里的扳指画，一边心里不住地赞叹：这真是一幅绝顶的百骏牧归图啊，整个画面虚虚实实，树林深处，山寨内外，这蹦跳腾越的骏马又何止百匹！皇上心里又惊又喜，但表面上却不动声色："传旨，让各位爱臣评判。"

太监用托盘托着锦匣，缓缓地在众大臣面前一一走过。有外行看热闹的赞不绝口，有内行看门道的频频点头，也有揣摩皇上心思的默然无声。玉作监总管罗圈李也在殿上，他恨不能把陆子刚往火坑里推，所以这会儿当锦匣从他眼前过的时候，他睁大着贼眼珠子拼命看。太监刚把锦匣送回到皇上手里，罗圈李便"扑通"一声跪奏道："启禀皇上，陆子刚犯有欺君大罪。"

朝廷上下一阵骚动。皇上道："你说与朕听来。""启禀皇上，"罗圈李振振有词地说，"明明皇上下旨让刻的

是百骏图，可这奴才只刻了四匹马，十分之一都不到。抗旨不遵，论律当斩。"

"哈哈哈哈！"皇上仰天长笑，随后突然"啪"的一声拍桌而起，"大胆奴才，来人，把他给我拉下去砍了！"罗圈李得意洋洋地抬起头来，没成想皇上正怒气冲冲地瞪眼瞧着他，罗圈李顿时吓出了一身冷汗"饶命啊，皇上饶命！""哼，你这个不中用的蠢货！"皇上生气的是身为玉作监总管居然如此不识货，可是念在罗圈李是他皇亲的脸面上，加上众大臣求情，最后还是饶了他。

罗圈李不是个傻瓜，为了报答皇上的宽恕之恩，他悄悄把他手下那帮家伙派出去四处网罗，终于又觅得一块极品黄玉，献给皇上，皇上喜得合不拢嘴。罗圈李讨好皇上说："皇上，您是真龙天子，就让那个姓陆的用这块黄玉给您刻一条金龙吧，下个月正好是您五十寿庆的喜日子。"

罗圈李别的本事没有，这马屁拍得是特对火候，所以皇上一听立刻点头称是。于是陆子刚的活儿又来了，整整一个月，他没出过作坊一步，完工的那天，陆子刚的两只眼睛已经变成了两只红灯笼，人也瘦了一圈。

金銮殿内外本来屋脊吻龙，藻井团龙，金柱盘龙，御椅雕龙，大大小小已经有四万多条龙，到皇上五十寿庆那天，陆子刚琢刻的这条威武灵动

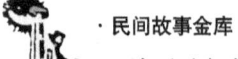

冲天欲舞的黄玉金龙一出现，大殿内外立刻金光四射，尤其是金龙头上那丝丝龙须，身上那片片龙鳞，看得众人目瞪口呆。众大臣"呼啦啦"跪倒一片，齐声欢呼："祝圣上万岁万岁万万岁！"

陆子刚手琢的这条金龙盖过了皇亲国戚、官员富商的寿礼，皇上把金龙摆在自己的龙案正中，抚摩着，欣赏着，心里那个舒服那个美呦！他喜滋滋地传御酒上殿，和众位大臣开怀畅饮，还赏罗圈李官升一级，赏陆子刚黄金百两。

眼看自己这么大一个马屁拍成功了，罗圈李自然高兴万分，不过看着陆子刚领赏而去的背影，他肚子里又打起了主意：可不能让这个家伙得意下去，早晚有一天，他会爬到我的头上，得趁早除了他。当晚，罗圈李盘算了一夜，第二天趁着早朝就进宫面奏皇上，借口玉作监想给皇上的玉金龙做一个龙座，把玉金龙请到了玉作监，特地从外面招来工匠度量尺寸，连夜赶制。

两天以后，龙座已经成形，

第三天一大早，正在打磨上漆，没想玉作监外一声高呼："皇上驾到！"罗圈李一惊：皇上怎么来了？其实皇上已经把这玉金龙看成了他自己统揽天下、稳固江山的象征，所以一连两天这个宝物不在身边，简直如坐针毡。今天凌晨，皇上突然梦到罗圈李失手打碎了他的玉金龙，便再也睡不着了，破天荒起了个大早，屈驾来到玉作监。此刻，皇上一眼看到玉金龙完好无损地放在案子上，心里悬着的石头落了地，绷紧的脸也随即放松下来。

罗圈李赶紧跪地禀报："回皇上，小臣正紧着赶哩，再有两个时辰就可完工了。"

"那就快快做吧，朕等着呢！"皇上说罢就准备起驾回宫。

"皇上……"罗圈李急忙一声启奏，"那姓陆的奴才狗胆包天，居然把他的贱名刻在玉金龙的尾巴尖下面，要不是小臣昨晚发现，皇上就被他戏弄过去了。小臣怕惊扰皇上圣寝，昨晚没敢禀报，本想今日早朝奏皇上，没想皇上却亲自动了大驾，小臣真是罪该万死。小臣叩请皇上过目，随后容小臣即刻铲除，还玉金龙一个洁净之身。"

那个时候，只有皇帝满天下题词作画，工匠们哪有在艺品上留名的资格？罗圈李就是抓住了这一点，绞尽脑汁想出了这么一个歹毒的主意，借机给陆子刚栽赃。

皇上立刻吩咐拿放大镜来，对着玉金龙的尾巴尖仔仔细细地看了起来，果然在那儿浅浅地刻着"子刚款"三个字。皇上勃然大怒："那奴才现在何处？"没等罗圈李回答，忽听屋外"哈哈哈"一阵狂笑，只见陆子刚跟跟跄跄地走了进来，直冲案子上的金龙而去。皇上急了："来人哪，给我将他拿下！"话音未落，只见陆子刚已经举起了玉金龙。

"皇上，小匠早已将自己的生死置之度外，只求皇上给天下像小匠一样的匠人一句话，能在自己做的活儿上留名。要不，小匠就毁了它。"说完，陆子刚把玉金龙高高举过头顶。

皇上生怕陆子刚真把玉金龙摔了，连连朝他摆手："别，千万别！朕即刻下旨颁诏天下，手工艺人留名具款任其自愿，朝廷不得兴师问罪。"

"空口无凭，立字为据。"陆子刚又将了皇上一军。

皇上没辙，立刻照办。陆子刚拿着皇上的手谕从头到尾看了一遍，对皇上说："我本在玉金龙的两只耳朵里各琢了一个名儿，为的是让皇上你能时时记住我的名字。可现在不需要了，皇上记不住我没关系，以后全天下的人都会记住我的名字，记住一个把自己的生命交给琢玉的匠人！"说罢，他跌跌撞撞地向门外走去。

皇上见状猛一挥手，已经迅速结集过来的锦衣卫们立刻放箭齐射，可怜一代玉王身处乱箭之中，他挣扎慢慢回转身来，怒视着皇上，突然"啊——"拼力一声高喊，身子就直直地朝摆放玉金龙的案子撞去。就听"哗啦啦"惊天动地一声响，皇上视为命根子的旷世奇珍立刻被摔得粉碎。

霎时，在场的人全僵住了，空气像凝固了一般。罗圈李怎么也没有料到事情会是这样的结局，"扑通"一声跪了下来，头磕得跟鸡啄米似的。

皇上龙颜大怒："都是你干的好事！也罢，朕念你是皇亲，赐你自个儿选个死法……"皇上话音未落，罗圈李先就吓死啦！

(本篇月月评短信代码：1214)

(题图、插图：黄全昌)

走运的记者 □黎 宇

故事根据丹麦作家奥·斯蒂芬妮的小说改编，在情节构思和人物塑造上，很有可借鉴之处。

发明轻型发动机的是一个美国人，叫马克。

丹麦航空工业公司总经理决意要买下他的专利权，于是就把他从纽约请到了丹麦，下榻在大陆饭店17号房间。媒体众记者闻讯蜂拥采访，但都遭到了婉拒。

有个记者叫裴迪，上司许诺"如果你能够想办法采访到比同行更多的东西，我立刻给你涨百分之二十的薪水。"裴迪一听很兴奋，决定试试。

两个小时后，裴迪来到大陆饭店，靠着自己活络的头脑，他居然躲过了门卫的眼睛，得意洋洋地站在了17号房门前。他敲敲门，不见动静，一看，门是虚掩着的，于是壮起胆子走了进去。经过门厅，他看到里面房间里有一张宽大的写字台，上面放满了

一个人精神的阴郁和爽朗就形成了他的命运。 ——歌德

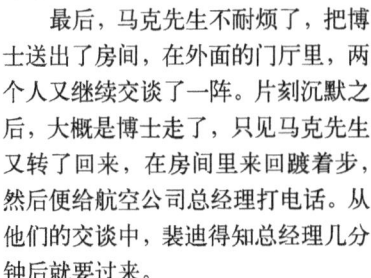

各种文件和纸张。看来马克先生只是走开一会儿，估计很快就会回来。

裴迪有点犹豫不决，自己是退出去还是就坐在房间里等马克先生回来？就在这时候，门外传来了脚步声，裴迪也不知道自己怎么突然就慌乱起来，来不及细想，拉开办公桌对面那个衣柜门就钻了进去。

脚步声越来越近，是马克先生回来了，透过衣柜门的缝隙，裴迪看到马克先生原来是一个红头发的壮实男子，只见他走进来就在写字桌后面的椅子上坐了下来，一边喘着粗气，一边就翻阅起桌上的一叠报纸。阳光透过他背后的窗户射进来，正好照在他的身上，他的红头发在阳光下就像是一团火。

裴迪眼睁睁看着这个镜头，不禁急出一身汗来：这么好的独家采访机会，自己怎么能轻易放过呢？可是就这么冒冒失失地从柜子里出去，除了被马克先生从房间里扔出去，不会有更好的下场。怎么办？

这时候服务员来通报，说是有个叫菲尔德的博士要来拜访。还没等马克先生回话，博士已经迫不及待地自报家门走了进来，他站在马克先生的对面，正好挡住了裴迪的视线。裴迪只能拼命竖起耳朵听。整个谈话过程好像都是围绕着一项发明进行的，博士鼓励马克先生跟他合作，可马克先生却表示抱歉，说他对博士还不太了

解，请给他一些时间考虑，等等。

最后，马克先生不耐烦了，把博士送出了房间，在外面的门厅里，两个人又继续交谈了一阵。片刻沉默之后，大概是博士走了，只见马克先生又转了回来，在房间里来回踱着步，然后便给航空公司总经理打电话。从他们的交谈中，裴迪得知总经理几分钟后就要过来。

马克先生放下电话去了洗手间。裴迪心中一喜：机会来了！他以迅雷不及掩耳的速度从衣柜里跳出来，飞一样地跑到外面门厅，钻进了靠近房门口的一个立柜里。也许是职业的习惯，裴迪刚才通过门厅进房间的时候就注意到这个立柜了。他心想：藏在那里自己就主动多了，等会儿马克先生在房间里和总经理谈话，自己就可以悄悄地从立柜里出来，然后大模大样地进去采访他们。

不过裴迪没料到的是，新的藏身之地情况更糟，里面堆着一大堆衣服，他刚刚钻进去不多会儿，就感觉腰酸背痛，怎么蹲都不舒服。裴迪苦不堪言。

正好这时，马克先生从洗手间里走了出来，几乎是同时，总经理也叩门而入。马克先生把总经理迎进门，就在门厅里谈开了，他们谈的都是关于专利的价格问题，裴迪尴尬极了，他怎么好意思在这种时候从立柜里钻

出去呢？所以只好硬着头皮蹲在那儿，大气也不敢出。

可是蹲着蹲着，裴迪觉得身子下面的衣服好像在动，还有人踹他的脚。他觉得恐怖极了，仿佛浑身的血液都凝固在血管里，好不容易听到总经理对马克先生说了句："放心，过半小时我会派人把钱给你送来。"随后就是一阵锁门声，大概是马克先生把总经理送下楼去了。这时候，裴迪再也耐不住了，推开立柜门跳出来，转身就去翻柜子里的衣服。

他傻眼了：立柜里，一个红头发的男子被五花大绑着，正躺在那里。

裴迪以为自己在做梦，可千真万确，这男子一头的红发直刺他的眼

睛。他猛地扯掉塞在男子嘴巴里的破布条，那男子大口大口地直喘粗气。裴迪问他："你怎么也是一头红头发？你是马克先生的孪生兄弟？"

男子涨红着脸，大吼一声："告诉你，我就是马克。那家伙是个骗子!你……你快给我把绳子解开。"

"你真是马克先生？"裴迪不清楚到底发生了什么事，但他知道他的采访肯定有戏，于是便赶紧给这个真马克先生松绑。

两分钟后，获得了自由的真马克先生终于站了起来，嘴里嘀咕着"这个该死的博士，哼，刚才这个家伙竟然把我打晕了塞在这里……"

突然他好像又想起了什么，两眼逼视着裴迪问："那么你呢，年轻人，你到柜子里来干什么？"

"这……这不是一两句话能说明白的!"裴迪结结巴巴地回答。

真马克先生一听，立刻"哈哈"大笑起来："如果我没有猜错的话，你一定是记者。"真马克先生大步走进房

间，抓起写字桌上的电话就给警察局打电话。随后他熟练地拉开抽屉，从里面拿出一支左轮手枪。

就在这时候，真马克先生发现门锁的钥匙孔转了起来，他不由分说一把把装迪推进了衣柜，自己也缩着身子蹲了进去。两个人在衣柜里透过门缝一看，进来的就是那个假马克，只见他兴奋地搓着双手，嘴里还哼着小曲，一定是眼看自己巨额诈骗的阴谋要成功了，心里得意得很。

这时候，又响起了一阵敲门声，来的是警察。警察问："您就是马克先生吗？"

"是我。"假马克有点紧张，"有什么事吗？"

"咦，不是您打电话叫我们来的吗？"

"我叫你们来？"假马克一听警察这么说，脸就有点发白。

接下去的几秒钟，房间里一片寂静，倒是走廊上有脚步声传来，是航空公司总经理派人送购买专利的钱来了。

"您是马克先生吧？公司派我把这笔钱交给您，一共是1000万克郎。"

"这……"红头发的假马克瞥了一眼站在旁边的警察，不过还是伸出两只手，"拿来吧！"

他话音未落，房间里的衣柜门突然被打开了，一声怒喝："把手举起来！"

假马克懵了，回头一看，一个同样红头发的男子正怒目瞪着他，黑洞洞的枪口对准了他的胸口。他不由自主地后退了两步，一下就跌坐在地上。

"你这个混蛋！"红头发的真马克先生冲上去猛一抓，嘿嘿，居然抓下来一个红红的假发套。

的确是一场好戏哇！

突然，警察惊叫了一声，因为他发现房间衣柜里还有一个年轻人，正蹲在那儿飞快地往一个小本子上写着什么。警察不知道，从现在起，这个年轻人的月薪已经被自动地上调了百分之二十。

（本篇月月评短信代码：1215）

（题图、插图：箭　中）

（欢迎来稿，本期责任编辑电子信箱：tigerbao2002@yahoo.com.cn）

生活中的问号，
是开启未来的钥匙！

星外来客

□ 王东生

1. 心中的姑娘走进来

东方伟是星城《科海幻影》杂志社的青年记者，前不久，他写的一篇《苹果变异》的科幻小说在青年学生中引起了轰动，所以在星城，他的名气很响。

这天晚上，东方伟忙完了他关于"苹果系列"的另一篇科幻小说，关掉电脑，打开电视机，身子往宽大的椅背上一靠，正想看看有什么新的娱乐节目，借此放松放松自己好几天都紧绷着的大脑，突然电视新闻里的一则消息把他吸引住了：美国"勇气号"登陆探测器从卡纳维拉尔角空军基地发射，经过206个昼夜，终于登陆火星。

关于登陆探测器，东方伟曾经在探索书系里看到过，他对科幻的东西向来有兴趣，所以现在一听到这则新闻，浑身的血液都沸腾起来，兴奋得立即从座椅上跳起来，又重新打开电脑，先是上网看新闻，接着查询有关"勇气号"登陆火星的最新资料，一边看一边头脑里已经展开了想象的翅膀……

夜深了，东方伟依然在奋笔疾书，忽然他觉得身后吹来一股奇怪的风，接着是一阵"窸窸窣窣"的声音，回头一看，天那，眼前竟站着一个姑娘，只见她苗条的身材，尖尖圆圆的下巴，两只乌溜溜的眼睛就像会说话一样。

这不就是自己想象中的外星姑娘

吗？东方伟惊呆了。所不同的是，自己想象中的姑娘红衣绿袄，裙裾飘飘，而眼前的姑娘则穿着一身银灰色的紧身服。

"请问你是谁？"东方伟惊异但非常有礼貌地问。

谁知姑娘的回答却含含糊糊，东方伟一句也没有听懂。

东方伟只好朝她笑笑说："不好意思，我根本听不懂你在说什么。"

姑娘又说了一遍，可东方伟还是一句也没听明白。

东方伟急得大声问："你到底是谁？深更半夜，你怎么进来的？"

"我是外星上来的使者。"姑娘终于大声地回答，而且说的是一口纯正的普通话。

东方伟大惊失色。

2. 要守住这条独家新闻

"你说你是外星上来的？"东方伟愣怔了足足有5分钟。姑娘朝他微微一笑。在东方伟的眼睛里，这姑娘的笑容简直太美了！

姑娘见东方伟一脸惊异的神情，补充说："我真的是从外星上来的，你是我见到的第一个地球人。"

"那你一开始说的是什么意思？"

"那是我们外星人的语言。"

哦，难怪听不懂呢，东方伟这才恍然大悟。可是有一个问题他不明白："你们外星人怎么也会说我们普通话呢？既然你会说，那一开始你又为什么不说呢？"

姑娘笑了："外星人没有到地球来之前当然不会使用地球语，现在我能够与你对话，就是刚才跟你学的呀！"

"跟我学的？就刚才？"东方伟疑惑地问，"可是我刚才并没有教过你，再说我俩才见面，你就……"

"那又有什么难的！"姑娘忽闪着她明亮的大眼睛，得意地解释说，"只要我的目光和你相遇，你们的语言我就能学会。"

东方伟有点将信将疑：如今社会上骗子太多，万一这个漂亮姑娘是另有目的闯进来的呢？我得防着点。这样一想，东方伟便冷下脸对姑娘说："你这话从何说起？这么晚了，就是有事也明天再说了，你出去吧！"

一听东方伟下逐客令，姑娘急了，瞪大了眼睛说："我真的是外星人，真的！"她一边说一边就搓着她那一双娇嫩的手，急促地在房间里来回走动起来。

怎么能证明自己的身份呢？

忽然，姑娘的眼睛一亮，说："对了，你们地球人有肚脐眼的，而我们外星人却没有，这我可以证明给你看。"还没等东方伟答话，姑娘已经解开了腰带，将她那光滑滑的肚子袒露出来。

姑娘的皮肤又白又细腻，而且居

然像白蜡一样透明。更重要的是，她的肚皮上真的没有肚脐眼。

这个发现太惊人了，可是东方伟还是觉得事情太突兀。他脑子一转，抬手从身后书柜里抽出一本《世界诗书精美集粹》来，递给姑娘说："你说你只要与我目光相遇，就能马上学会地球语，那你将这本书翻一遍，让我看看你的记忆是不是像你说的这么快。否则，我不会相信你的。"

姑娘丝毫没有犹豫，接过书，几乎是一眨眼的工夫就从第一页翻到了最后一页。随后，她把书一合，说"都

记住了。"

东方伟试着翻到书中的一页，点出一首诗，只见姑娘眼一瞥，仰头就背诵起来："千里黄云白日曛，北风吹雁雪纷纷。莫愁前路无知己，天下谁人不识君。"东方伟又点了一首，姑娘又流利地背诵出来了。

东方伟这时已经高兴得要疯了，看来这姑娘真的是星外来客呀！

他抓起电话就要把自己的这个奇遇告诉杂志社老总古天久，此刻全世界都在关注着"勇气号"的动作，如果杂志社能在这个时候赶出一组相关报道或是别的什么科幻小说之类的特刊号来，那就不单单是在青年学生中间，而是能在整个社会上引起轰动。

可忽然，他的手停住了：不行，我得特别谨慎，这是独家新闻，得当面向古总汇报。而且在新闻没有发布之前，应该好好熟悉一下这位客人。

东方伟刚打定主意，突然一阵急促的敲门声响了起来："开门，快开门！阿伟，快开门……"

听声音，是管琳琳来了。管琳琳和东方伟是大学同学，恋爱已有一个年头，管琳琳人挺不错，就是好吃醋，也许是爱东方伟爱得特别深吧。所以眼下这个时候让她进来，看见东方伟房间里有这么一个漂亮的姑娘，东方伟怕是有一百张嘴也说不清了。

东方伟急得汗都出来了，姑娘见他愣在那里，奇怪地问："是谁在敲

门？你怎么不让她进来？我正好可以认识第二个地球人呀！"姑娘边说边就要跑去开门。

东方伟吓得一把将她拽到一个立柜前，说："不行，你现在不能见她，她一定会吃你醋的，你还是先给我藏到这个立柜里去。"

姑娘不明白："有人进来，我为什么就要藏起来？吃醋是什么东西？"

姑娘一个劲地缠着东方伟要问个明白，这时敲门声更急了，东方伟没工夫向姑娘解释，一把将她推到了立柜里，厉声道："你要是想了解地球人，就先从我开始吧！"而后把立柜门紧紧地关上了。

东方伟这才去开门，这时候他才发现，外面天早已大亮了。

3. 你们地球人都说假话吗

管琳琳一进门就朝东方伟大发脾气："你怎么搞的，我打了一晚上电话，你都不接？"

东方伟觉得挺奇怪，分辩说"这一晚上，我桌上的电话铃根本没响过呀！"

"你还要狡辩！"管琳琳怀疑地瞪了他一眼，"刚才我好像还听见你屋子里有女人说话的声音。"

东方伟大惊失色："没有，没别的女人……"

"你肯定在骗我，等搜出来我饶不了你！"不由分说，管琳琳就像一只好斗的母鸡，只见她两只眼睛"骨碌碌"从房间的这头扫到那头，很快停在了立柜前。

东方伟紧张得心里"噗噗噗"直跳，知道这一关是躲不过去了，索性闭上眼睛，静等着事态的发展。

只听得"吱呀"一声响，立柜门被管琳琳拉开了，接着就听见管琳琳的口气突然软了下来："看来是我冤枉你了，对不起，阿伟。"

东方伟疑惑地睁开眼睛，那只立柜柜门敞开着，柜子里只有自己的几件衣服挂在那里，哪有姑娘的影子？

"哇——"管琳琳一下扑进东方伟的怀里，伤心地哭了起来。

"你怎么了，出什么事？"

"鸡，我的那些鸡……"

东方伟一下意识到事情的严重性。因为管琳琳在大学里学的是动物营养学，毕业后她好不容易筹资搞了一个相当规模的养鸡场，准备好好干一番事业，所以东方伟知道，那十万只活蹦乱跳的蛋鸡，在管琳琳心里是什么分量。

难道是鸡场出事了？果然！管琳琳哭得喘不过气来："阿伟，出大事了，那些鸡，它们成片成片地，突然都无精打采的样子，而且连一个蛋也不生了……我不知道它们得了什么病，兽医也查不出来。我没主意了，你快给我想想办法，想想办法……"

东方伟不知道事情竟有这么严

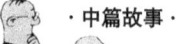

重，说："走，我们去鸡场……"可是话刚出口，一想不对，外星姑娘一定还在自己房间里，得把她找出来，所以立即又改口对管琳琳说："这样吧，你先走，我随后就去。"

管琳琳觉得奇怪："你怎么了？我们为什么不能一起走？"

东方伟说："你看，我胡子没刮，脸也没洗，我不能在你的员工面前丢你的脸呀！"

管琳琳还是觉得奇怪，不过也没时间多说什么了，嘱咐说："那好吧，你尽量快点来。"她自己就先走了。

其实鸡场出事，东方伟心里也着急，可比起星外来客，它毕竟是小事呀，东方伟只能忍痛将它放一边了。他送走管琳琳，飞快地转回房间，到处找那姑娘，奇怪，一眨眼的工夫，她能藏到哪儿去呢？找了一圈没有找到，拉开立柜门，吓了一大跳，只见姑娘正在立柜里朝他微笑。

"你一直在立柜里？怎么刚才没见你身影哪？"

姑娘打了个哈欠，一边从立柜里出来，一边问："你刚才找我来着？我困极了，大概是睡着了吧！"

原来外星人一睡觉就可以隐身，难怪管琳琳刚才没有看见她呢！

东方伟说："我得赶紧去我女朋友管琳琳的鸡场，那里出事了。"

"鸡场？鸡场是什么东西？"姑娘觉得十分新鲜，好奇地问。

东方伟便将鸡场出事的情况简单地向姑娘说了一遍。

姑娘说："我也去，这是我了解地球的机会，也许我还能帮帮你们呢。"

东方伟一想：也好，说不定她真能帮上管琳琳什么忙呢！于是便高兴地说："那好，我们赶紧走。"

东方伟自己有一辆桑塔纳轿车，他让姑娘在门口等着，自己把车从车库里开出来。谁知姑娘一见轿车就惊喜地叫起来："这是你的飞行器吗？"

东方伟忍不住笑了，告诉她"这是我们地球人用的一种交通工具，叫'汽车'。"

"汽车？"姑娘若有所思地点点头，"啊，这东西叫汽车！"

车子一上高速公路，就飞一样地往前急驶，姑娘对东方伟说："其实，我们星球上也有这种汽车，只不过我们的汽车是贴着地面飞的。看，这样飞！"她边说边做了个飞的动作。

东方伟心里不由感慨：看来外星球的发展要远远超过我以往的想象啊！

下了高速公路，车子继续在柏油路上急驰。突然东方伟发现有个行人居然大模大样地在路中间行走，东方伟没有减速，习惯地按了下喇叭。可是喇叭不响，东方伟又使劲按了几下，喇叭还是不响。眼看车子就要朝这个人身上撞上去了，东方伟急踩刹车，汽车轮胎冒着白烟"吱——"地擦着那个人身边停了下来，巨大的惯性使东方伟一头撞在车前的玻璃窗上。受了惊吓的行人这才让到了一边。

东方伟赶紧下车查看车况，还好，没有异常。

那姑娘也跟着下了车，看到让在路边的行人，拍着手直叫："我又看到一个地球人了，我又看到一个地球人了！"

东方伟却惊出一身冷汗，他跳回到车上，按了一下喇叭，喇叭脆亮地响着，一点没毛病呀，那刚才该响的时候为什么就不响呢？东方伟一面不住地按着喇叭，一面猜测到底是什么原因。

这时候，姑娘跳上车来，几乎是同时，喇叭突然不响了。

东方伟怀疑地看了姑娘一眼："喇叭怎么又不响了，是你搞的名堂？"

姑娘起初还不知道是怎么回事，弄明白后，吐着舌头说"哦，我忘了告诉你，我们外星人身上有磁场。"

原来是这样，难怪昨晚管琳琳打了一夜电

话，而东方伟桌上的电话铃一直没响，就是因为这个外星人身上的磁场在起作用啊！

"不过，"姑娘说，"只要我不呼吸，我身上的磁场就不起作用了。不信我试给你看！"姑娘说着立刻鼓起嘴憋住气，东方伟一按喇叭，喇叭真的又脆亮地响了起来。

东方伟不由"噗嗤"笑出声来，心里想着：姑娘身上这么多有趣的细节，今后都是独家新闻里的内容啊！等鸡场的事解决了，我得好好再进一步了解了解这个外星姑娘。

车子在公路上继续急驰起来，终于远远地能看见养鸡场那片绿色的鸡舍屋顶了。这时候，一个要命的问题却在东方伟的脑子里闪了出来：眼下自己还不能随随便便就把姑娘的外星

人身份公开出去，那么该怎么向管琳琳说明白自己和她的关系呢？

东方伟想了想，对姑娘说："是这样的，一会儿你见到我的女朋友管琳琳，要编个假话，就说你是我请来的兽医，姓'齐'，名字就叫'齐燕燕'。"

"我叫齐燕燕？为什么要说假话？而且我也不是兽医呀！难道你们地球人都习惯说假话？"

面对姑娘天真的提问，东方伟不知道怎么跟她解释清楚。

车子离鸡场越开越近，没有时间再多作解释了，况且也没办法向这个外星姑娘解释清楚。东方伟只得厉声对姑娘说："我让你这样说你就这样说。你还想不想向我了解地球了？地球上的事情很复杂，有时候你不得不说假话。"

姑娘被东方伟一吓就吓住了，急忙点头说："那好，我听你的，我就叫齐燕燕。"

说话间，桑塔纳"吱"一声停在了鸡场大门前，管琳琳已经站在门口等着东方伟了。不过，当她看到从车上下来了两个人，另一个竟然是这么漂亮的姑娘，才明白原来东方伟不肯和自己一块来，等的是她呀！管琳琳的脸色就不好看了。

等东方伟跟着管琳琳走进办公室，管琳琳就忍不住冲东方伟追问起来："你胡子没刮，脸也没洗，你这

不明摆着是在骗我吗？说，她是谁？"

4. 瘟疫可能危及人类

管琳琳指着站在办公室外的外星姑娘朝东方伟醋性大发："哼，你从哪找来的她？"

东方伟急忙解释说："你听我说，琳琳，她叫齐燕燕，是一个很能干的兽医。你不是让我找一个能给鸡治病的医生吗？她就是。"

东方伟怕管琳琳再追问下去，自己没法应付，赶紧朝门外招呼说："齐燕燕，齐医生，请你进来。"

姑娘于是走进管琳琳的办公室里，东方伟替她们双方互相介绍了一下，说："还等什么，我们现在最当紧的就是抢救那些鸡！"

一提起鸡来，毕竟是管琳琳的心血啊，她不吭声了。

三个人一起往鸡舍走去。

鸡舍里情况确实很不妙，那一排排的鸡笼里，探头吃食的鸡一个个都是无精打采的样子。管琳琳心痛得直掉泪，可外星姑娘却拍着手大叫起来："哇，原来鸡就是这个东西呀，这么多鸡，这么多……"

管琳琳一怔"怎么，她连鸡也不认识？她算哪门子兽医？"

东方伟吓坏了，赶紧打马虎眼说："她当然是兽医，正因为是，她才会有这样的职业兴奋。"又赶紧朝姑

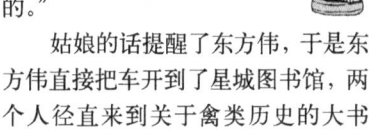

娘眨眼睛："齐燕燕，我请你来是给鸡看病的，不是来让你兴奋的！"

姑娘果然一点就透，立刻想起了自己跟东方伟来的目的，于是便问管琳琳"不好意思，你鸡场里的这些鸡开始都有些什么发病症状？"

管琳琳说："奇怪的就是事先什么症状都没有，昨天白天还抢着吃东西哩，我就不明白怎么一下就这么个打蔫的样子？"管琳琳一边说眼泪一边就"卟嗒卟嗒"下来了。

"让我再看看它们。"姑娘接过管琳琳递来的消毒手套，戴上，从鸡舍的这头跑到那头，不时抓出几只鸡来，掰掰它们的嘴，看看它们的舌头，又扒扒它们的眼睛。姑娘观察得很仔细，几乎是眨眼之间，她手中已经捏着一把柳叶刀和几个化验用的试管瓶子，在各个鸡舍区域给鸡做抽血化验。她最后对管琳琳说："这样吧，让我回去好好研究一下，争取尽快拿出一个方案来，你只管照看好这些鸡儿，等我的消息。"

离开鸡场，在回去的路上，东方伟发觉这件事尴尬了，让姑娘冒充兽医，可她根本没有接触到鸡，还能帮得了什么忙？不觉深深叹了口气。

姑娘好像看出了东方伟的担忧，说"你先别急，虽然我们星球的人从来没有看到过鸡这种东西，更别说吃过了，可既然你们地球人养鸡吃鸡，就一定有关于鸡的记载，我们去图书馆查资料，总能查出病因来的。"

姑娘的话提醒了东方伟，于是东方伟直接把车开到了星城图书馆，两个人径直来到关于禽类历史的大书库。

姑娘的飞速记忆法实在惊人，书库中几万册藏书，她一会儿就看完了。东方伟问："查到病因了吗？"

姑娘失望地说："没有。你们地球人五千年的记载里，有相似的情况，但又都与这次不完全一样。"

"这可怎么办？"东方伟心都抽紧了。

姑娘说："不是一直强调宇宙大

协作吗？我来试试。这样，你把这书库里的窗帘都拉上，挡住外面的光。"

东方伟疑惑地按她说的做了，屋子里一下子暗了下来。姑娘把一张椅子移到书库中央，坐了下来，双手按住太阳穴，闭上眼睛。只过了一会儿，只见她全身通体透亮，嘴里嘀嘀咕咕地说着东方伟听也听不懂的外星语。大约过了一刻钟时间，姑娘疲惫地睁开眼睛，对东方伟说："好了，打开窗帘吧。外星生物总部已经将我传送过去的病鸡组织进行了化验，认为这是外星以及地球上从未出现过的一种人禽互动疾病，叫'禽火狐'。"

"禽火狐？人禽互动？很严重吗？"

"'人禽互动'就是说，如果你们地球人染上了禽火狐鸡的病毒，就会产生同样的病变，就可能出现灭绝人类的瘟疫。"

啊？东方伟不禁想起了去年发生在地球上的那场骇人的非典恶梦，声音颤抖地问她："这禽火狐能治吗？"

"火星生物总部没有答案，只是告诉我，地球上的疾病只有用地球上的物质去制伏它。"

"那我们现在怎么办？"

"在未研制出新药之前，要将鸡场隔离，将鸡全部销毁，并向社会公布疫情，提前预防。"

东方伟不敢怠慢，立即和姑娘一起赶到管琳琳那里。

管琳琳一听要把她心爱的鸡全部销毁，脸色煞白，怔了半天。

东方伟劝她说："鸡场没有了还能从头再来，就当是我们下了一次岗，我们不得不忍痛割舍……"

管琳琳痛苦万分："阿伟，你是要我亲手毁掉自己的事业呀！"

"可是琳琳，"东方伟说，"你好好想想，你的事业与全社会相比，总该是小事了吧？我是你的朋友，可我还是一个记者，这个事咱们得赶快向上汇报，应该争取越早向社会公布越好。"

东方伟转身就要走，这时候，一个身影闯了进来："慢，没我的同意，你们谁也不能这么做！"

东方伟只觉得这个声音非常熟。进来的人是谁？

5. 芯片竟是万能记忆器

闯进来的人竟然是《科海幻影》杂志社的主编总占古天久。

东方伟不明白古天久为什么反对，他不在乎面对自己的顶头上司，直截了当地问道："古总，你怎么会到这儿来的？你反对这样做，为什么？"

古天久毫不避讳："因为这个养鸡场里有我的股份。"

"什么，鸡场里有你的股份？"东方伟大吃一惊，看看管琳琳。

管琳琳点点头，说："没错，当初我筹集资金的时候，古总主动来找我参了股。古总没让我事先告诉你，是因为他说，他想等搞成功之后再让你知道，他想借此证明自己虽是文化人，却也能做出实业来。"

"狗屁！"东方伟肚子里哼了一声，"什么文化人做实业，分明是又做总编又设法挣钱，脚踩两只船！"其实社里早有人议论古总在外面"种自留地"了，只不过东方伟一直不相信，也不愿相信，现在看来不但确有其事，而且这自留地居然种到了自己女朋友这里，这是他万万没有想到的。

东方伟强忍住心头的不平，当下最紧要的是要把鸡场的事处理好。东方伟对古天久说："古总，你是领导，这件事的严重性你应该清楚，我认为必须将它公布于众。"

古天久不知道外星姑娘的真实身份，心想：一个黄毛丫头说的话能当真？他瞥了她一眼，怀疑地说："我凭什么相信这个姑娘的话？她怎么就能够断定鸡场出了禽火狐？"

事关重大，东方伟决定把姑娘的真实身份告诉古天久。可是话没出口，古天久已经厉声命令他了："你不要多管事儿，回去给我好好编杂志，有这份闲心，还不如多写几篇文章，把杂志发行量搞上去了，你我都有钱。"

东方伟气得涨红了脸，一时不知说什么好。

管琳琳一把抓住姑娘说："你既然能查出禽火狐，你一定也能治这种病。不要毁了我的鸡场，不要毁了我的事业，你一定要帮我治好这些鸡，你是兽医呀，我求你了……"

姑娘点点头："如果研制出相应的抗菌素，也许，禽火狐能够扼制。"

"真的？"管琳琳转悲为喜，"你是说有希望了？"

姑娘镇定地说："我尽量试试。不

过你们要答应我三件事。"

"答应，答应！别说三件，就是三十件三百件，我也答应！"

"第一，立即隔离鸡场，不能让一只鸡出鸡场；第二，立即隔离鸡场工作人员的流动，外人也不许进入鸡场；第三，你们给我三天时间。若三天之内还是不能研制出制伏禽火狐的抗菌素，那就只有将鸡场毁灭，并向社会公布疫情。"

管琳琳觉得姑娘的这些要求不难做到，于是立即让自己的助手向全场工作人员宣布执行。古天久看管琳琳的态度这么坚决，只得让步。

回到东方伟的寓所，姑娘对东方伟说："我不愿意看到你朋友那么痛苦，我要尽力试试，我想再认真研究一下图书馆的全部资料。"

东方伟立即点头："那我们再去图书馆。"

姑娘说"不必了，我这里都有。"她从衣袋里拿出一块指甲盖大小的金属芯片，打开东方伟桌上的电脑，将芯片轻轻贴在电脑上，显示屏上立刻出现了他们刚才在图书馆里看到的所有资料。

原来这个小小的芯片竟是个万能记忆器，姑娘已经将图书馆里记载的地球人的文明资料记录在这个芯片上了。

姑娘开始飞快地阅读起来。一个小时后，她对东方伟说："根据你们的记载，鸡生于土，只要取来原始土，就能作为菌引研制出治愈禽火狐的抗菌素来。"

"这好办。"东方伟立刻到屋子后面的花园里挖回一些土来。

姑娘摇摇头："我要的是原始土，没有人碰过的土……"

这样的土到哪里去取？城市里怎么会有这种土？东方伟立即在因特网上查询起来。

6. 她露出了灿烂的笑脸

根据网上资料显示，东方伟连夜驾车，和姑娘风驰电掣赶到远离城市的自然保护区。他们在保护区腹地仔细察看后，取了一管原始土，又马不停蹄飞速往回赶。

半路上，姑娘突然让东方伟停车。"你想干什么？"东方伟奇怪地问。

姑娘也不答话，调皮地朝他扮个鬼脸，下车就朝路边的一条小河跑。东方伟不明就里，紧紧跟了上去。

只见姑娘跑到河边，蹲下身子，伸出两只手就朝河里掬水喝。东方伟一看，急得在她后面大声喊："不能喝，这水是脏的，不能喝。"

姑娘猛回头，疑惑地问："脏是什么东西？我们外星人喝水从来都是这样的呀！"

东方伟哭笑不得，只好耐心地给她解释，尔后把她拉回到车上，一边拿出原先备在车里的矿泉水给她喝，一边说："你要早对我说你想喝水，不就什么事都没了，现在你得做好准备，说不定待会你会闹肚子，回去我赶紧给你吃些预防药。"

姑娘又听不懂东方伟在说什么了，一个劲地追问，什么叫闹肚子。可还没来得及等东方伟解释完，姑娘果真捂着肚子要上厕所了。

东方伟真是又好气又好笑，嘀咕着："你还让我解释什么嘛，你自己去好好闹闹肚子，感受感受吧！"随即赶紧给她指点厕所方向。

趁姑娘上厕所的时候，东方伟闭上眼睛想抓紧时间休息一下，才一会工夫，突然听到姑娘慌慌张张的声音："你们怎么可以这样？怎么可以这样啊？"

东方伟睁眼一看，只见姑娘神色惶惶地跑了回来，后面还跟着三个嘻皮笑脸的男人，一面追一面喊："我们给你钱，小姐别跑，我们有钱！"

东方伟惊跳起来，"你们想干什么？"立即下车大吼着迎了上去。大概三个男人看看也捞不到什么便宜了，只好骂骂咧咧着扭头走了。

姑娘委屈地对东方伟说："他们怎么能这样？我做我的事情，他们做他们的事情，他们为什么要来拉我？还叫我小姐，还硬要塞钱给我？"

东方伟脑子一闪："你……你进了男厕所？"

"厕所还分男女？"姑娘比东方伟还要惊奇，"我们外星人从来不分男女。"

"傻丫头！"东方伟长叹一声，"他们是该死，可你……你……唉！算了，我们还是赶快回去吧。"

一路无语。回来后，东方伟赶紧给姑娘服用止泻药，姑娘倒也硬朗，稍稍休息后就开始干起来，用铁器皿做成一个蒸馏器，不一会儿便很快搞出一瓶蒸馏水来。她打开装有原始土的试管，将蒸馏水注入，再把试管紧紧攥在手里。东方伟猜想她一定是在用她具有神奇磁场的身体使蒸馏水磁化。间或姑娘还闭着眼睛沉思默想，

显然是在搜索大脑中记忆的资料。

一天过去了，两天过去了，姑娘不吃不喝，两只手紧紧握着试管，始终没有放下。到了第三天，姑娘才松开手，只见试管里的蒸馏水分外晶莹透明。姑娘的脸上露出了灿烂的笑容，她兴奋地对东方伟说："走，我们可以去试试了。"

两人驱车来到鸡场，管琳琳和古天久正急得像热锅上的蚂蚁呢，见了姑娘就像见到上帝一样。姑娘在不同的鸡舍区域抓来三只鸡，让管琳琳拿来注射器，将试管中的液体取出一滴，与葡萄糖稀释后，注入它们的体内。

一个小时之后，三只病鸡开始进食；三个小时之后，它们居然相互争斗起来。

姑娘激动得跳了起来，嚷着："快，咱们马上行动，快给所有的鸡都注射一次。"

管琳琳泪流满面地紧紧抱住姑娘，说"谢谢你，真是太谢谢你了！"

站在一边的古天久也兴奋得满脸放光，目不转睛地盯着姑娘上下看了又看，嘴里喃喃道："真行，又能干又漂亮。"扭头冲着东方伟，他竖起大拇指嘿嘿一笑："行啊，你这小子，哪儿找来这么个妞？"

东方伟厌恶地瞪着自己这个顶头上司，不过一颗悬着的心终于放了下来。

7. 意想不到的地球游戏

危及社会的禽火狐之疫被扼制住了，管琳琳和古天久决定在逍遥宫大酒店宴请姑娘。

当丰盛的鸡鸭鱼肉摆上餐桌后，姑娘惊呆了："你们都吃这些呀！"

管琳琳一愣，姑娘的惊讶再一次引起了她的注意。她试探着问："我们吃这些……那你们吃什么呢？"

姑娘说："我们只吃这个。"她指了指餐桌上青绿的蔬菜。

管琳琳又问："那你们究竟是谁……"

东方伟急得在一边赶紧给姑娘使眼色，因为他还想继续探访这位外星姑娘的秘密，不打算这么早就把姑娘的身份暴露给大家，独家新闻的采访和报道，这对任何一个记者都是不可抗拒的诱惑啊！

东方伟对管琳琳解释说："齐燕燕其实就是在说她自己，她不吃这些荤腥的。是吧，齐燕燕？"

姑娘心有所悟地点点头。

"哈哈，燕燕原来是个素食主义者呀！"古天久眯着眼睛，饶有兴趣地打量着姑娘说，"不过，人生在世尽享天伦，这些都是美味，就是素食主义者，你也不妨尝尝？"

姑娘听了眨眨眼睛，真的夹起一块红烧肉咬了一口："呀，真的好吃呢！"

古天久又举起了酒杯："为了感谢燕燕，这杯酒我敬你。"

"这又是什么？"姑娘从来没有喝过酒。

古天久也奇怪："怎么，你们那里不喝酒？全国人民都在喝呀！"古天久说完，一口先干下去了。

姑娘禁不住好奇也尝了一口，辣得她直咧嘴，可又尝一口之后，她很快就适应了："真好喝！"

古天久紧接着又点燃了一支烟，姑娘也想试试。

东方伟见状，真是急得要双脚跳，这几天接触下来，他知道外星人一定没有这些消遣的，于是拼命向姑娘丢眼色。

管琳琳气得一把拽住东方伟，说："你给我出去！"

走出包间，管琳琳脸色十分难看，冲着东方伟追问："她到底是谁？从哪里来的？"

东方伟知道管琳琳醋性大发了，赶紧为姑娘编了一个遥远的住址。

"她装什么天真？"管琳琳气得不能自已，"就

是再远的地方，她也住在地球上，怎么连吃肉喝酒都不知道？勾引你也用不着这么装呀！我不管你们怎么认识的，你现在就让她走。"

东方伟听不下去了，说："琳琳，你怎么能这样对待人家呢？她刚刚救了你的鸡场，你就……"

"她救了我的鸡场，却要抢走我的男朋友。那我宁可不要鸡场！"

"我不能那样做。"东方伟不想伤害外星姑娘，不能让她回去后笑话我们地球人生性狭隘，不由对管琳琳发起火来，"我不能这样对待我的客人！"

"好呀好呀，你怕伤了她，却不怕伤了我。你不让她走，那我走，我受不了你向她挤眉弄眼！"管琳琳哭着

一跺脚，跑了。

东方伟只好无可奈何地回到酒桌上，却看见了他更加不愿看到的一幕：古天久挪了个位置，正坐在外星姑娘的身边，捏着她的手不放，一对充满欲火的眼睛在她浑身上下乱扫。

东方伟气得两眼直冒火，冲着古天久愤怒地喊道："古总，你是领导，你怎么能打她的主意？"

古天久哈哈大笑："你酒喝多了吧，说话这么难听。好，我今天不跟你计较，不过你还是把你自己的女朋友管管好吧，别以为自己年轻，就可以吃着碗里的，看着锅里的……"

"你……"东方伟没想到古总会对他说出这样的话来，是酒喝多了酒后胡言，还是他本身就是一个道貌岸然的伪君子？东方伟不敢想下去了。反正这酒他是不想再喝下去了，他"蹭"地拉起外星姑娘就走。

一顿酒席不欢而散。

当姑娘和东方伟回到寓所面对面坐下时，姑娘终于感觉出了管琳琳的离席和东方伟的发怒都是因为自己。她嘴里不住地喃喃道："对不起，都是因为我，让你失去了女朋友，我不是故意的。如果还有时间，我一定去找琳琳说明白。对不起……"

东方伟吃了一惊"你说'如果还有时间'，这话什么意思？"

"我今晚就得回我自己的星球去了。"

"不，要说对不起的是我。你为琳琳的鸡场治愈了禽火狐，可你自己还没有完成向地球人了解地球生活经验的任务，是我对不住你呀！"

"你们地球人的生活经验我已经学到了呀！"姑娘又一次天真地笑了，"在这些天里，我跟着你同吃同行，我把看到听到碰到想到的事都记忆下来了，不信你看。"姑娘说着又拿出那个神奇的指甲盖大小的芯片，打开桌上的电脑，把芯片贴了上去。

显示屏上立刻显现出地球上各个门类各个学科所有的知识，东方伟认真地一页一页翻看着，一种做地球人的自豪感不禁油然而生。可当翻看到其中一页时却停住了，只见上面有汽车闯红灯的画面，有行人乱穿马路和随地吐痰的画面，有人们喝酒抽烟打麻将的画面……

东方伟奇怪地问："你记忆这些做什么？"

姑娘兴奋地说："这是我特意记下来的。你知道吗，我们星球的人没有这样的游戏，我要把这些带回去给他们看看。"

"啊？"东方伟愣住了，独家新闻怎么写，他好像一下子来了思路。

（本篇月月评短信代码：1216）

（题图、插图：杨宏富）

（欢迎来稿，本期责任编辑电子信箱：tigerbao2002@yahoo.com.cn）

青春读本 1、2

——感动中学生的 100 个故事

这是我国第一种由中学生全选、推选和评选而成的作品集。它来自全国各地的中学生之手，是从数万件推荐作品中大浪淘沙，筛选出一千来份，然后又特邀上海市的几所重点中学的同学们组成"读书会"，依其多数同学的公认，最后才集镌了这二册共 200 个故事。

据先睹为快的同学们坦言，读了这些作品，才知道什么叫轻松阅读，体会到愉快教育的真正魅力；因为它不但使人学会了感动，而且还让人在感动中留下生命的暗记；用不着逐字逐句地诵读，这些故事已完全潜入了意识领地，在需要的时候喷薄而出。

当然对于其他读者来说，看这些作品，一方面，可以了解我们中学生到底喜欢什么样的作品，另一方面，也可以从中探究他们的心理世界和价值取向。

* * * * * * * * * * * * * * * * * * *

滴水藏海

——300 个 3 分钟典藏故事

我们常有这样的生活经验 有时，想说出一番道理容易，而想让人接受这番道理则难，但如果你借助一个精彩的故事来述说道理，借事寓理，托事言志，情况则完全改观。

这就是故事的魅力。

本书收录的 300 则作品正是这样魅力洋溢的精彩故事。这些故事内容精深，构思精巧，篇幅精短，形式精致。学者撰文，教师授课，干部讲话，家长训导，学生作文，都可从中得心应手地广征博引，如同置一架书橱于身边。

本书会是你的良师益友。

喷嚏大侠

□ 傅昌尧

小丁感冒了，坐公交车去医院看病，在车子上正好看到一高一矮两个小偷合伙要偷一个外地人的皮夹，就故意"啊嚏——"打了个大喷嚏，吓得两个小偷只好把手缩了回去。

下车后，小丁就被这两个小偷盯上了，他顿时傻了眼：报警吧，凭啥说他们要报复你？干一仗吧，看这两个小偷的模样，自己绝对拼不过他们。怎么办？他急出一头汗来。

拐过一个路口的时候，两个小偷逼了上来。矮个一把揪住小丁的头发就骂："你小子活腻了是不是，竟敢管老子的事。哼，老子今天非给你点厉害瞧瞧！"

高个没等他把话说完，就猛地从腰里抽出一把尖刀，在小丁眼前晃悠，狞笑道："你不是喷嚏打得跟原子弹似的吗，现在打呀！"

小丁张了张嘴："我……我……啊嚏——"话没说完，他一个喷嚏又打了出来。

随着这一个喷嚏的骤然爆发，高个忽然"啊"地惨叫一声，扔下刀子捂着脸就跑："我的眼睛，我的眼睛呀！"他的手上不断有血渗出来。

矮个吓坏了，赶快追上去："你怎么啦？怎么啦？"

高个一把抓住矮个的手说："快跑，我们遇到高人了！"

两个家伙立刻就跑得无影无踪。

小丁迷惑不已：怎么自己一个喷嚏竟然就能把小偷的眼睛打出血来？一摸，嘿嘿，自己刚装的假牙不见了！

（本篇月月评短信代码：1217）

灵感总是歌唱，灵感从不解释。——纪伯伦

□ 万登峰

老张和老李都是铁杆球迷,老张看球做家务两不误,老李却正好相反,一看起球来就什么都不管了,家里两口子经常闹矛盾。于是,李嫂专程向张嫂请教。

张嫂说:"在我们家里,主要是依靠足球知识开发人力资源。比如该给花浇水了,我就说:'亲爱的,给米兰队员喝点儿水吧。'该喂鸽子了,我就说:'亲爱的,给菲戈准备些点心吧。'房间里脏了,我就说:'亲爱的,托蒂该出场了。'现在我们就连对稀饭、糊糊的称呼都改了,统称'范尼',哈哈,饭泥!"

李嫂将信将疑地问:"这方法管

用吗?"

"当然!"张嫂得意地说,"这叫投其所好。这不,我最近又找到一位更好使唤的球员。"

"谁呀?"

"皇马队的7号,劳尔。"

李嫂从来不看足球,所以她根本没听懂张嫂在说什么,牛头不对马嘴地说:"嗨,光挠耳朵有什么用,还要等到每个月7号。"

李嫂的话把张嫂惹得哈哈大笑:"你懂什么呀,劳尔,这'尔'字是文言文'你'的意思,劳尔不就是劳驾你的意思嘛!我常常对他说,'劳尔倒杯水','劳尔洗洗碗',嘿,效果特别好。不信你回去试试,保管有用。不过,你先要弄清楚他最喜欢的球员是哪几个。"

李嫂听得心里痒痒的,急着就回家试去了。第二天两个人再碰头,张嫂见李嫂满脸沮丧的样子,关心地问:"怎么了?"

李嫂摇摇头"你不知道,昨天我

·幽默世界·

投其所好

误 会

□ 远 云

晚上十一点，"哐啷啷"突然传来对门邻居家锅瓢碗盘摔到地上的声音，接着是女人一声喊"救命——"李某不假思索，拿起一把铁锤快步奔出去，三下两下就把邻居家的门砸了个大窟窿，一脚踹开冲了进去。

可是进去一看，原来是邻居夫妻俩正在看一部武侠碟片，刚播放到女主人遭歹徒强暴的镜头。邻居又震惊又气愤，指着李某大骂："你凭什么砸我家的门？"

李某指着电视荧屏再三解释道歉说："对不起，对不起，是我误会了，可我总不能见死不救吧？"

邻居说："那你再砸我的彩电呀！"

李某嗓门响了："你们怎么能这样说话，我吃饱了撑的，能无缘无故来砸你们家的门？"

双方瞪视片刻，最后邻居只好苦笑笑，摆摆手示意李某出去。

李某回到自己家里，上小学的儿子说："爸爸真笨，人家放碟片也听不出来。"

李某压低嗓门说："你懂什么，以后他们就不敢放这么大的音量，影响你做功课了！"

第二天，果然如李某所说。

（本篇月月评短信代码：1219）

一回家就问他最喜欢的足球运动员是谁，谁知他一把抱住我说：'亲爱的，今生今世唯爱你！'他今生今世只爱我一个，我一激动，就把家务全干了，可今天我弄明白了，什么'唯爱你'，他是说'维埃里'，那是人家球员的名字！"

（本篇月月评短信代码：1218）

县长来了

□ 吕士军

乡长与几个生意人在酒楼喝酒，办公室值班的狗蛋打电话来说县长突然下来调研。乡长不知道出了什么事，放了酒杯就走。

来到乡政府大院，狗蛋正和县长在院子里说话，乡长整整衣襟，上去和县长打招呼。县长问了他乡里的一些情况，就开始发表自己的意见。县长不愧是县长，说起话来滔滔不绝。

无意中，乡长看见站在县长后面的狗蛋正朝自己眨眼睛。乡长不知道狗蛋是什么意思，心里打起了小鼓。

县长正讲到兴头上，见乡长走神，心里就有些不高兴，用力咳了一声。乡长被县长的咳嗽声猛地一惊，便又继续听县长说下去。

听了一会儿，乡长忍不住又瞄了一眼狗蛋，狗蛋不但朝他眨眼睛，还用手在胸前比划着。乡长断定一定是县长对狗蛋说了什么，或者是狗蛋从县长的话中了解到了什么，而且这事牵扯到自己。他这么一想，心里就有些发毛。

这个县长也有个特点，自我感觉特别好，认为自己说话既有水平又有艺术，别人没有理由不认真听，所以看到乡长一再走神非常生气："刚才我讲到哪儿了？"

乡长脑袋"轰"地一下就大了，支支吾吾地说不出话来。县长的脸沉了下来，扭头就走，出院上车，任凭乡长和狗蛋怎么留，也没留住。

县长走了，乡长铁青着脸冲着狗蛋问："刚才你那是什么意思？"

狗蛋见乡长发火，心里一紧张，说话就结巴："乡长，你……你常说，要……要注意自己的形象，尤其是在领导面前。刚才我想告……告诉你，你胸前粘着一片羊肉。"

乡长低头一看，那是他先前喝酒吃肉时不小心粘上去的。

（本篇月月评短信代码：1220）

看不懂

□ 李 琴

老包这天昏了头，竟然在公司职工大会上公然举手反对新来的李书记兼任公司机构改革领导小组组长，大家说接下来就要公布下岗名单，老包肯定逃不掉。

但事实是，李书记非但没让老包下岗，还请他做公司里执行规章制度的监督员。有人就给老包分析说，监督员这种差事最得罪人，得罪了人之后再让老包下岗，大家就不能再说领导是搞打击报复，所以老包还是"死"定了。老包心一横，反正是死定了，我索性就来彻底监督监督你们这些当官的，也好在下岗之前替大家出出心里的怨气。

主意一定，老包脖子就硬了起来，该管的不该管的他都有模有样地管了起来，管得那些当官的见了他就怕。上梁一正下梁自然也不歪了，加上新领导治理有方，新政策不断出台，一个原本濒临破产的企业开始重新呈现出新的活力。

老包被请上了庆功大会的主席台。老包想不明白："李书记，我那回举手反对你当领导，你还这样重用我，你……"

李书记对他说："老包，不是我重用你，是公司重用你。不过我确实很想知道，你反对我当领导，原因到底是什么，说出来我也好改进呀！"

老包涨红了脸说："真不好意思，李书记，其实我不是故意的，你刚来，我怎么说得出你好不好？那天开会的时候我打了个盹，迷迷糊糊中听到'举手'两个字，就把手举了起来……"

李书记一听，哈哈大笑。

（本篇月月评短信代码：1221）

一个得不到满足的灵魂是永远不会快活的。——查尔斯·里德

七品芝麻鱼

□ 孙洪鹏

吝啬鬼家里有一串青鳞鱼，但不是吃的而是看的，全家人平时吃饭，咬一口饼子看一眼鱼，只有过年时才能吃上几口。那天，他儿子多看了一眼，他就恶狠狠地骂："看什么看，咸死你。"

这年，儿子要进京赶考，头天晚上，他娘给他打点东西，干粮没别的，就是玉米饼子和青鳞鱼。

他娘壮起胆子，将青鳞鱼一条条放进儿子的随行袋里，吝啬鬼眼睛瞪得像铜铃一般大，在一旁数着："1条，2条，3条……"

数到第9条时，见女人还要往口袋里装，吝啬鬼忍不住大叫起来："行

了，你还要给他多少？"吓得女人赶紧住了手。

儿子第二天就起程了，到京城以后给家里报了个平安，还说路上虽然艰辛，但自己格外地省吃俭用，到现在一条鱼尚有一鱼尾还没吃完。吝啬鬼一听却嚎啕大哭起来："这个败家子啊，才一个月不到，一条鱼就吃得只剩下鱼尾了！"

这天儿子为了省银子，向店家要了一把麦秸草，就自个儿在院里点火燎鱼，准备就着玉米饼当饭吃。

一个富贵打扮的人带着两个随从闻香找了过来，儿子一看来人气宇轩昂，很想巴结，于是便将手里刚燎好

自我解嘲（文：明 喜；图：枫 叶）

1. 刘先生正撅起屁股挑菜时，一位小姐在他的屁股上摸了一把。

2. 刘先生见小姐年轻貌美，还不停地给他送飞吻，禁不住心旌荡漾。

3. 小姐走了，刘先生掏钱付菜钱时，才发现自己裤兜里的钱包不见了。

4. "我原以为这姑娘是作风问题，哪晓得其实是经济问题！"

的流油的青鳞鱼和杏黄的玉米饼子递了过去。

来人一尝，连声叫好，吃完后问："还有吗？"

儿子打开口袋，不好意思地说："鱼只剩这七条了，您如果不嫌弃，请笑纳。"

来人让随从接过鱼，临走送了他一个金元宝。

儿子没想到七条青鳞鱼竟换了一个金元宝，兴奋得连夜写信把好事告诉家里。谁知咨啬鬼得知后依然嚎啕大哭："我真混哪，当初怎么不多让他带几条鱼去？"

事情还没完。儿子应试榜上有名，这天皇帝宴请众进士，儿子一见，敢情那个吃鱼的爷竟是当今皇上啊！

后来儿子做了个七品县令，事情一传开，大家都说儿子的官位是用七条青鳞鱼换的。

咨啬鬼懊丧得又哭又跳，指着女人的鼻子直骂："当初要让我儿只拿一条鱼去，我如今不就成一品大官的爹了吗？呜呜呜……"

（本篇月月评短信代码：1222）

（本栏题图、插图：李 加）

（欢迎来稿，本期责任编辑电子信箱：tigerbao2002@yahoo.com.cn）

这里流行传染病

□ 王　晖

　　我们都不是伟大的人，但我们可以用执著的追求和伟大的爱，来做生活中每一件平凡的事。

　　卡迪是个流浪汉，想找份工作，却四处碰壁。

　　这天，他愁眉苦脸地站在路边报栏前，正想找找报纸上有什么求职广告，一个太太走过，好心地凑上来问他："失业了？"

　　卡迪无奈地点点头。

　　"还没吃饭吧？"太太看了他一眼，"我告诉你个地方，就在前面拐角处，新开了一家收容所，提供免费食宿，都说挺不错的，快去吧！"

　　太太说得很诚恳，卡迪感激地向她道了声谢，随后便朝前面拐角处走去。

　　刚走到收容所大门，卡迪就被看门的老头给拦住了："喂，小伙子，你想进去？"

　　卡迪点点头。

　　谁知老头却对他说："这里可不是什么好地方，你这么年轻，我劝你

别进去。"

卡迪迷糊了："不是说里面能管吃管住吗？"

"你这叫什么话！"老头很生气，"我劝你是为你好，这里正在流行传染病，比瘟疫还可怕。小伙子，我看你身强力壮，赶快离开这里，不然你会后悔的。"老头边说边从口袋里掏出十美元，递给卡迪："附近有家运输公司，正在招聘装卸工，你不如去那儿试试。"

卡迪迟疑了一下，吃不准老头是什么意思，不过现在对他来说，能找到一份工作确实比什么都重要，于是他接过老头递来的十美元，又按他的指点朝那家运输公司走去。卡迪果然在运输公司里找到了工作，活儿虽然苦，但生活是没有问题了。

一晃几年过去了，一个偶然的机会，卡迪结识了一个经营服装的老板，开始经商，渐渐改变了自己的命运。成功后的卡迪没有忘记过去，他时常想起那个收容所的看门老头，没有他，或许就没有自己的今天，他要找一个合适的机会报答他。

机会终于来了，这年，卡迪公司即将搬到这家收容所附近，卡迪让手下人抽空去收容所看看，老头是否还在，他想把他请到公司里来，他愿意养他。

很快，手下回来报告说老头还在，那老头名叫威尔逊，早年是个流浪汉，现在却是本城一个亿万富翁的父亲；那家收容所是他儿子创办的慈善机构，可是这个父亲却整天守着收容所的大门，千方百计地阻止那些想进收容所的人，尤其是年轻人。

怎么会是这样？卡迪愣住了，早先存在心里的那份对老头的由衷感激顷刻间化为乌有，他心里充满了被愚弄的愤慨，决心好好教训一下这个吝啬的家伙，于是便带着一帮公司职员扮作乞丐，一窝蜂地向收容所拥去。

老头一看这么多人来，立刻大声恐吓说："你们赶快走，这里正在流行传染病。"

卡迪的嗓门比老头还响："大家别听他的，什么传染病，里面就是地狱咱们也要进！"

看着老头瞠目结舌的样子，卡迪开心极了。

从此以后，只要有时间，卡迪就会领着人装扮成乞丐拥进收容所大吃一顿。虽然不是什么山珍海味，但不花钱就能吃饱饭，有时还能喝上一点酒，感觉自然不同。

不过，这样的日子没多久，卡迪的恶作剧终于被老头发觉了，老头突然沉默起来，并且一改以往的态度，对卡迪他们的到来不闻不问。这一来，卡迪反倒觉得没了趣，后来也就打消了继续捉弄他的念头，一心一意投入到自己公司业务的运作中去。

可是不久，卡迪突然在生意场上

跌进了一个陷阱，短短几天就从一个拥有百万资产的富翁变成了一文不名的穷光蛋，而且还背上了沉重的债务。卡迪的精神一下子崩溃了，他买了一把手枪，决定自杀。

就在这时候，那个曾经救了他后来又被他捉弄过的老头，突然就像从地底下冒出来似的，站在了他的面前。老头哈哈笑着对卡迪说："小伙子，你不介意我此刻来打搅你吧？怎么样，愿意跟我合作吗？"老头整了整衣服，看着卡迪。

卡迪这时候只想一个人悄悄结束自己的生命，对老头的话根本不感兴趣，他揶揄地说："你一定是听说我已经破产了，想赶来阻止我到收容所去吧？"

老头摇摇头："收容所实在不是你该去的地方。"

"那你是什么意思？"卡迪有些惊讶。

"很简单，"老头伸出手指头，做了一个拉钩的手势，"我愿意与你合作。"

卡迪两眼一眨不眨地盯着老头，猜不透老头这是什么意思，但他突然产生了一种想活下去的念头，他放下手枪，与老头做了一个拉钩的手势。

于是，他们两人便签下了合约。不过老头提出的合作条件很苛刻，他为卡迪公司注入合作资金，但今后公司百分之六十的收入都要归他所有。

这是一种变相的高利贷，但卡迪却非常珍惜这个机会，他忘我地投入到公司的经营中去，一年以后就还清了贷款，还有了属于自己的流动资金。

想想当初自己险些走上绝路，卡迪十分感慨，虽然老头过于精明，但卡迪还是很感谢他。他再一次来到收容所，想专程向老头表示心中的谢意。谁知老头不在，看门的已经换成了一个长了一脸络腮胡子的中年人。

卡迪开口道"请问，威尔逊先生在哪里？"

"啊，你是卡迪先生吧？"中年人很有礼貌地向他点点头，语气显得异常沉重，"威尔逊先生已经永远离开我们了，葬礼是在一个星期前举行的。"

"你，你是说他去世了？"卡迪瞪大了眼睛。

"是的，"中年人把卡迪请进收容所，打开屋子里的一只保险柜，取出一份文件递给他，"威尔逊先生去世前有过交待，说你很快就会来的。他请你在你们合同期满后，把他应得的那部分钱汇到这个地址和账户上。"

"这个老家伙！"卡迪忍不住心里骂了老头一句。他接过纸条扫了一眼，发现写在上面的地址是城里一个著名慈善机构的名称，而且在捐款用途一栏内还特别注明：此款仅限应用于医疗研究。

"这不可能，"卡迪几乎跳了起来，"这个吝啬的家伙怎么会舍得把钱捐出去？"

"卡迪先生，请不要用'吝啬'这个字眼污辱威尔逊先生！"中年人很不高兴地板起面孔对卡迪说，"他从来就不是一个吝啬的人！"

"是吗？哈哈哈哈！"卡迪大笑起来，"难道那个老家伙临死前没有教你怎么守住这扇大门，怎么用恐吓的方法阻止那些想进入收容所里的人吗？"

"说过。"中年人冷冷地答道。

"这就对了，"卡迪说，"'这里流行传染病'，是吧？这是他最喜欢说的话！尊敬的先生，你能告诉我是什么样的传染病吗？"

"当然可以，"中年人说道，"威尔逊先生说，这里流行的传染病是贫穷，永久的贫穷！"

"什么？"卡迪一怔，仿佛一个惊雷从他的头顶滚过，他想说点什么，却一句话也说不出来。

"卡迪先生，"中年人严肃地说，"威尔逊先生早年曾在一家收容所里呆了将近二十年，他说要不是因为发生了一场大火，也许他会在那里呆一辈子，而不会有后来的娶妻生子。他根据自己的经历，认为应该取缔像收容所一类的慈善机构，因为那个地方会使人意志消沉，懒散成性。可是威尔逊先生的这种想法与大多数人的意见正好相反，就连他的富翁儿子也不赞成。他拗不过儿子，又固守自己的想法，于是就天天跑来看大门……"

世上竟有这样的人？卡迪先生不信，可又不得不信。他心头一热，忍不住对中年人说："威尔逊先生的墓地在哪里？请你告诉我，我要去拜祭他。"

（本篇月月评短信代码：1223）

（题图、插图：箭　中）

（欢迎来稿，本期责任编辑电子信箱：tigerbao2002@yahoo.com.cn）